rororo

«Dieses Buch ist nichts für schwache Nerven.» (Maxi)

Karin Slaughter wuchs in einer kleinen Stadt in Georgia auf und lebt heute in Atlanta. Mit «Belladonna», ihrem ersten Roman, sicherte sie sich auf Anhieb einen Platz unter den wichtigsten Thrillerautoren der USA.

KARIN SLAUGHTER

Belladonna

Roman *Rowohlt Taschenbuch Verlag*

Deutsch von Teja Schwaner

Die Originalausgabe erschien 1997 unter dem Titel
«Blindsighted» bei HarperCollins, New York
Redaktion Hans Georg Heepe

Einmalige Sonderausgabe
Veröffentlicht im Rowohlt Taschenbuch Verlag,
Reinbek bei Hamburg, März 2005

Für Ihre Hilfe in medizinischen und pathologischen
Fachfragen dankt der Übersetzer
Frau Doktor Eva Dankoweit-Timpe und
Herrn Doktor Klaus Peter Reinicke,
beide in Hannover.
Umschlaggestaltung any.way, Andreas Pufal
(Foto: SuperStock/Mauritius)
Druck und Bindung Clausen & Bosse, Leck
Printed in Germany
ISBN 3 499 23914 0

Für meinen Daddy, der mich lehrte,
den Süden zu lieben,
und für Billie Bennett, die mich ermutigte,
über den Süden zu schreiben.

MONTAG

EINS

Sara Linton lehnte sich auf dem Stuhl zurück und murmelte ein leises «Ja, Mama» in den Hörer. Und fragte sich, ob wohl je der Tag käme, an dem sie zu alt wäre, von ihrer Mutter übers Knie gelegt zu werden.

«Ja, Mama», wiederholte Sara und klopfte dabei mit ihrem Stift auf den Tisch. Sie spürte, dass sie ein heißes Gesicht bekam, und ein erdrückendes Gefühl ergriff von ihr Besitz.

Ein leises Klopfen an der Bürotür war zu hören, gefolgt von einem zögernden «Doktor Linton?».

Sara ließ sich die Erleichterung nicht anmerken. «Ich muss Schluss machen», sagte sie zu ihrer Mutter, die noch eine allerletzte Ermahnung losließ, bevor sie auflegte.

Nelly Morgan schob die Tür auf und musterte Sara streng. Als Büroleiterin der Heartsdale-Kinderklinik war Nelly auch so was wie eine Sekretärin für Sara. Solange sich Sara erinnern konnte, hatte Nelly in der Klinik das Zepter geschwungen. Sogar schon damals, als Sara selbst hier Patientin gewesen war.

Nelly sagte: «Deine Wangen glühen ja.»

«Meine Mutter hat mich angeschrien.»

Nelly zog eine Augenbraue in die Höhe. «Vermutlich hatte sie dazu allen Grund.»

«Na ja», sagte Sara und hoffte, dass die Sache damit erledigt war.

«Die Laborwerte von Jimmy Powell sind gekommen», sagte Nelly, ohne den Blick von Sara zu lassen. «Und die Post», fügte sie hinzu und ließ einen Stapel Briefe auf den Inhalt des Eingangskorbs fallen. Das Plastikgestell knickte unter dem zusätzlichen Gewicht ein.

Sara seufzte, als sie das Fax überflog. An einem guten Tag diagnostizierte sie Ohrenentzündungen und Halsschmerzen. Heute würde sie den Eltern eines zwölfjährigen Jungen sagen müssen, dass er an akuter myeloblastischer Leukämie erkrankt war.

«Nicht gut», vermutete Nelly. Sie arbeitete schon lange genug in der Klinik, um zu wissen, wie man einen Laborbericht las.

«Nein», stimmte Sara zu und rieb sich die Augen. «Ganz und gar nicht.» Sie setzte sich im Stuhl zurück und fragte: «Die Powells sind in Disney World, oder?»

«Zu seinem Geburtstag», sagte Nelly. «Sie müssten heute Abend wieder zurück sein.»

Sara fühlte, wie tiefe Traurigkeit in ihr aufstieg. Sie konnte sich einfach nicht daran gewöhnen, Nachrichten dieser Art zu überbringen.

Nelly schlug vor: «Ich kann für sie gleich als Erstes morgen früh einen Termin machen.»

«Danke», sagte Sara und steckte den Laborbericht in Jimmy Powells Krankenakte. Dabei warf sie einen Blick auf die Wanduhr und schnappte hörbar nach Luft. «Stimmt das etwa?», fragte sie und sah zum Vergleich auf ihre Armbanduhr. «Ich sollte Tessa schon vor einer Viertelstunde zum Lunch treffen.»

Nelly sah auf ihre Uhr. «So spät? Es ist doch schon bald Abendbrotszeit.»

«Anders konnte ich nicht», sagte Sara und sammelte Krankenblätter zusammen. Sie stieß gegen den Eingangskorb, der endgültig zusammenbrach, und ein Haufen Papier fiel zu Boden.

«Mist», zischte Sara.

Nelly wollte helfen, aber Sara hielt sie davon ab. Nicht nur dass sie es ungern sah, wenn andere Leute die Unordnung beseitigten, die sie angerichtet hatte; sollte Nelly es tatsächlich schaffen, auf die Knie zu sinken, käme sie zweifellos ohne intensive Hilfe nicht wieder hoch.

«Ich hab's schon», sagte Sara zu ihr, raffte den ganzen Stapel zusammen und ließ ihn auf den Schreibtisch fallen. «War sonst noch etwas?»

Nelly lächelte sie an. «Chief Tolliver wartet auf Leitung drei.»

Sara lehnte sich in der Hocke zurück und verspürte eine böse Ahnung. Sie nahm in der Stadt zwei Pflichten wahr, als Kinderärztin und Coroner, und Jeffrey Tolliver, ihr Exmann, war der Polizeichef. Es gab nur zwei Gründe für ihn, Sara mitten am Tag anzurufen, und von denen war keiner sonderlich angenehm.

Sara stand auf und griff nach dem Telefon, bereit, Nachsicht walten zu lassen. «Ich kann nur hoffen, dass jemand tot ist.»

Jeffreys Stimme war verzerrt, und sie nahm an, dass er sein Handy benutzte. «Da muss ich dich leider enttäuschen», sagte er, und dann: «Ich häng schon zehn Minuten in der Leitung. Wenn das jetzt ein Notfall gewesen wäre?»

Sara machte sich daran, Papiere in ihrer Aktentasche zu verstauen. Es war ungeschriebenes Klinik-Gesetz, Jeffrey stets erst durch brennende Reifen springen zu lassen, bevor man ihn mit Sara telefonieren ließ. Sie war richtig überrascht, dass Nelly daran gedacht hatte, ihr zu sagen, dass er in der Leitung war.

«Sara?»

Sie schaute zur Tür und murmelte: «Ich sollte längst weg sein.»

«Was?», fragte er. Seine Stimme hatte ein leichtes Echo im Handy.

«Ich hab gesagt, dass du immer jemanden vorbeischickst, wenn ein Notfall vorliegt», log sie. «Wo bist du?»

«Im College», antwortete er. «Ich warte auf die Hilfswauwaus.»

Er benutzte ihren gemeinsamen Ausdruck für die Wachleute an der Grant Tech, der Staatsuniversität im Stadtzentrum.

Sie fragte: «Und was gibt's?»

«Ich wollte nur mal fragen, wie es dir geht.»

«Prima», schnauzte sie, zog die Papiere wieder aus der Aktentasche und fragte sich, wieso sie sie überhaupt erst eingepackt hatte. Sie blätterte ein paar Karteikarten durch und schob sie dann wieder in eine Seitentasche.

Sie sagte: «Ich komm schon jetzt zu spät zum Lunch mit Tess. Was kann ich für dich tun?»

Offenbar brüskiert von ihrem schroffen Ton, sagte er: «Du sahst gestern etwas abgelenkt aus. In der Kirche.»

«Ich war aber nicht abgelenkt», flüsterte sie und ging ihre Post durch. Beim Anblick einer Postkarte hielt sie inne, und ihr Körper erstarrte. Auf der Vorderseite der Karte war ein Bild von Saras Alma Mater, der Emory University in Atlanta, zu sehen. Neben ihrer Adresse in der Kinderklinik standen auf der Rückseite die mit der Schreibmaschine getippten Worte «Warum hast du mich verlassen?».

«Sara?»

Sie brach in kalten Schweiß aus. «Ich muss Schluss machen.»

«Sara, ich –»

Sie legte auf, bevor Jeffrey seinen Satz beenden konnte, und stopfte drei weitere Krankenblätter zusammen mit der Postkarte in ihre Aktentasche. Sie schlüpfte zur Seitentür hinaus, ohne dass jemand sie sah.

In strahlendem Sonnenschein trat Sara auf die Straße. Die Luft war inzwischen kühler als noch am Morgen, und die dunklen Wolken kündeten Regen für den späteren Abend an.

Ein roter Thunderbird fuhr vorüber, aus dessen Fenster ein kleiner Arm hing.

«Hallo, Doktor Linton», rief ein Kind.

Sara winkte und antwortete mit einem «He!», als sie die Straße überquerte. Sie nahm ihre Aktentasche von der einen Hand in die andere, als sie quer über den Rasen vor dem College ging. Sie bog nach rechts auf den Gehsteig ein und ging dann weiter in Richtung Main Street. In weniger als fünf Minuten erreichte sie das Esslokal.

Tessa saß in einer Nische an der gegenüberliegenden Wand des leeren Lokals und aß einen Hamburger. Sie sah nicht gerade erfreut aus.

«Tut mir Leid, dass ich zu spät komme», entschuldigte sich Sara und ging auf ihre Schwester zu. Sie versuchte es mit einem Lächeln, aber Tessa reagierte nicht.

«Du hast zwei gesagt. Jetzt ist es schon fast halb drei.»

«Ich musste noch Papierkram erledigen», sagte Sara zur Erklärung und schob ihre Aktentasche auf die Sitzbank. Tessa war Klempnerin und ihr gemeinsamer Vater Klempner. Verstopfte Abflussrohre mochten durchaus keine Lappalien sein, aber Linton & Töchter bekamen nur sehr selten Notrufe, wie sie bei Sara an der Tagesordnung waren. Ihre Familie vermochte sich nicht vorzustellen, wie ein arbeitsreicher Tag für Sara aussah, und man war ständig verärgert über ihre Unpünktlichkeit.

«Ich hab um zwei im Leichenschauhaus angerufen», klärte Tessa sie auf. Sie knabberte dabei an einem Stück Pommes frites. «Du warst nicht da.»

Mit einem Seufzer setzte sich Sara und fuhr sich mit den Fingern durchs Haar. «Ich hab nochmal in der Klinik vorbeigeschaut, und dann rief Mama an, und irgendwie ist mir die Zeit davongelaufen.» Sie unterbrach sich und sagte dann, was sie immer sagte: «Tut mir Leid. Ich hätte dich anrufen sollen.» Als Tessa nicht reagierte, fuhr Sara fort: «Du kannst für den Rest des Mittagessens auf mich wütend sein, oder du kannst damit aufhören, und ich geb dir ein Stück Schokosahnetorte aus.»

«Ich möchte lieber Red-Velvet-Torte», konterte Tessa.

«Geht klar», erwiderte Sara außerordentlich erleichtert. Es reichte, dass ihre Mutter auf sie wütend war.

«Wo du von Anrufen sprichst», fing Tessa an, und Sara

wusste, worauf sie hinauswollte, bevor ihre Schwester die Frage gestellt hatte: «Von Jeffrey gehört?»

Sara erhob sich leicht, um mit der Hand in die Tasche zu greifen. Sie zog zwei Fünfdollarscheine hervor. «Er hat angerufen, bevor ich die Klinik verließ.»

Tessas bellendes Lachen hallte durchs Restaurant. «Was hat er gesagt?»

«Ich hab aufgelegt, bevor er überhaupt was sagen konnte», antwortete Sara und gab ihrer Schwester das Geld.

Sara stopfte die Fünfer in die Gesäßtasche ihrer Jeans. «Mama hat also angerufen? Sie war ziemlich stinkig auf dich.»

«Ich bin auch ziemlich stinkig auf mich», sagte Sara. Nachdem sie nun schon zwei Jahre geschieden war, konnte sie ihren Exmann immer noch nicht loslassen. Sara schwankte zwischen Hass auf Jeffrey Tolliver und Hass auf sich selbst. Sie wünschte sich, dass nur ein einziger Tag verging, ohne dass sie an ihn denken musste, ohne dass er in ihrem Leben auftauchte. Weder gestern noch heute war ein solcher Tag gewesen.

Ostersonntag war ihrer Mutter wichtig. Obwohl Sara nicht sonderlich religiös war, empfand sie es als nicht zu viel verlangt, an einem Sonntag im Jahr Strumpfhosen zu tragen, um Cathy Linton glücklich zu machen. Sara hatte nicht damit gerechnet, dass Jeffrey in der Kirche sein würde. Gleich nach dem ersten Choral hatte sie ihn aus dem Augenwinkel gesehen. Er saß rechts drei Reihen hinter ihr, und sie beide schienen sich gleichzeitig zu bemerken. Sara hatte sich als Erste gezwungen, wieder wegzusehen.

Wie sie dort in der Kirche saß und den Priester anstarrte, ohne ein einziges Wort zu verstehen, das der Mann sagte, spürte Sara Jeffreys unverwandten Blick im Nacken. Die Intensität dieses Blicks ließ Hitze in ihr aufsteigen, sodass sie errötete. Obwohl sie in einer Kirche saß, ihre Mutter auf der einen Seite und Tessa und ihr Vater auf der anderen, fühlte Sara, wie ihr Körper auf den Blick reagierte, der von Jeffrey gekommen war.

Irgendwas war an dieser Jahreszeit, das sie zu einem völlig anderen Menschen gemacht hatte.

Sie rutschte tatsächlich auf ihrem Platz hin und her, stellte sich vor, dass Jeffrey sie berührte und wie sich seine Hände auf ihrer Haut anfühlten, als Cathy Linton ihr den Ellbogen in die Rippen stieß. Der Miene ihrer Mutter war zu entnehmen, dass sie genau wusste, was Sara in diesem Moment durch den Kopf ging, und dass es ihr ganz und gar nicht gefiel. Cathy hatte voller Ingrimm die Arme über der Brust verschränkt, und man sah, sie fand sich mit der Tatsache ab, dass ihre Tochter in der Hölle enden würde, weil sie am Ostersonntag in der Baptistenkirche an Sex dachte.

Es folgte ein Gebet, dann ein weiterer Choral. Nach einer vermeintlich angemessenen Zeitspanne warf Sara einen Blick über die Schulter, um noch einmal nach Jeffrey zu schauen, sah aber, dass er mit dem Kinn auf der Brust eingeschlafen war. Ebendas war das Problem mit Jeffrey Tolliver: Die Vorstellung, die man sich von ihm machte, war weitaus besser als die Realität.

Tessa klopfte mit den Fingern auf den Tisch, um Saras Aufmerksamkeit zu wecken. «Sara?»

Sara legte die Hand auf die Brust, denn sie merkte, dass ihr Herz wie gestern Morgen in der Kirche zu stark klopfte. «Was?»

Tessa schenkte ihr einen wissenden Blick, machte aber dankenswerterweise kein Thema daraus. «Was hat Jeb denn gesagt?»

«Wovon redest du?»

«Ich hab gesehen, wie du nach dem Gottesdienst mit ihm gesprochen hast», sagte Tessa. «Was hat er denn gesagt?»

Sara überlegte, ob sie lügen sollte oder nicht. Schließlich antwortete sie: «Er hat mich für heute zum Mittagessen eingeladen, aber ich hab ihm gesagt, dass ich dich treffe.»

«Hättest du doch absagen können.»

Sara zuckte die Achseln. «Wir gehen Mittwochabend aus.»

Es fehlte nur noch, dass Tessa vor Begeisterung in die Hände klatschte.

«Mein Gott», stöhnte Sara. «Was hab ich nur gedacht?»

«Zur Abwechslung mal nicht an Jeffrey», erwiderte Tessa. «Stimmt's?»

Sara nahm die Speisekarte hinter dem Serviettenständer hervor, wenngleich sie kaum darauf zu schauen brauchte. Sie oder ein Mitglied ihrer Familie hatten, seit Sara drei Jahre alt war, mindestens einmal die Woche im Grant Filling Station gegessen, und die einzige Änderung auf der Speisekarte hatte es gegeben, als Pete Wayne, der Besitzer, zu Ehren von Präsident Jimmy Carter dem Angebot auf der Nachtischkarte Erdnusskrokant hinzugefügt hatte.

Tessa reichte über den Tisch und drückte die Speisekarte sanft beiseite. «Bist du in Ordnung?»

«Es ist wieder die Zeit», sagte Sara und kramte in ihrer Aktentasche. Sie fand die Postkarte und hielt sie in die Höhe.

Tessa nahm die Karte nicht, und deshalb las Sara laut von der Rückseite vor: «‹Warum hast du mich verlassen?›» Sie legte die Karte zwischen ihnen auf den Tisch und erwartete Tessas Reaktion.

«Aus der Bibel?», fragte Tessa, obwohl sie es doch genau wusste.

Um Fassung bemüht, blickte Sara aus dem Fenster. Plötzlich stand sie vom Tisch auf und sagte: «Ich muss mir die Hände waschen.»

«Sara?»

Sie tat Tessas Betroffenheit mit einer Handbewegung ab, ging nach hinten und versuchte sich zusammenzureißen, bis sie die Toiletten erreicht hatte. Die Tür der Damentoilette klemmte seit Anbeginn der Zeiten, und daher zog sie mit einem heftigen Ruck an der Klinke. Der kleine, schwarzweiß gekachelte Raum war kühl und fast schon anheimelnd. Sie lehnte sich mit dem Rücken gegen die Wand, die Hände vor dem Gesicht und darauf bedacht, die letzten paar Stunden des Tages aus dem Gedächtnis zu wischen. Jimmy Powells Laborwerte verfolgten sie noch immer. Vor zwölf Jahren als Assistenzärztin am Grady Hospital in Atlanta hatte sie den Tod kennen gelernt, wenn sie sich auch nie an ihn hatte gewöhnen können. Grady hatte die beste Notaufnahme im Südosten, und Sara hatte ihren Teil an schwierigsten Verletzungen zu Gesicht bekommen, angefangen bei dem Jungen, der ein Päckchen Rasierklingen verschluckt hatte, bis zu dem Teenager, an dem eine Abtreibung mit einem Kleiderbügel aus Metall versucht worden war. Das waren schreckliche Fälle, aber in einer so großen Stadt kamen sie dennoch nicht völlig unverhofft.

Fälle in der Kinderklinik wie die Erkrankung von Jimmy Powell trafen Sara jedoch mit der Wucht einer Abrissbirne. Er würde zu einem jener seltenen Fälle werden, bei denen Sara in ihren beiden professionellen Funktionen würde tätig werden müssen. Jimmy Powell, der so gern beim College-Basketball zuschaute und über eine der größten Sammlungen von Rennwagenmodellen verfügte, die Sara je gesehen hatte, würde mit größter Wahrscheinlichkeit innerhalb eines Jahres sterben.

Sara bändigte ihr Haar mit einer Spange zum Pferdeschwanz, während sie darauf wartete, dass sich das Waschbecken mit kaltem Wasser füllte. Sie lehnte sich darüber und hielt inne, weil ihr ein Übelkeit erregender süßlicher Geruch entgegenschlug. Pete hatte wahrscheinlich Essig in den Ablauf geschüttet, damit es nicht faulig stank. Das war ein alter Klempnertrick, aber Sara hasste den Essiggeruch.

Sie hielt den Atem an, als sie sich wieder über das Becken beugte und sich Wasser ins Gesicht spritzte, um wach zu werden. Ein Blick in den Spiegel zeigte, dass nichts besser geworden war, sich aber ein nasser Fleck direkt unter dem Halsausschnitt ihres T-Shirts abzeichnete.

«Na toll», murmelte Sara.

Sie trocknete sich die Hände an den Hosenbeinen ab, während sie auf die Kabinen zuging. Nachdem sie den Inhalt eines Toilettenbeckens gesehen hatte, ging sie zur nächsten Kabine, der für Behinderte, und öffnete die Tür.

«Oh», hauchte Sara und trat schnell zurück. Sie blieb erst wieder stehen, als das Waschbecken gegen die Rückseite ihrer Beine drückte. Sie griff hinter sich und stützte sich darauf. Sie hatte einen metallischen Geschmack im Mund und musste sich zwingen, konzentriert zu atmen, um nicht ohnmächtig zu werden. Sie ließ den Kopf abrupt sinken, schloss die Augen und zählte volle fünf Sekunden ab, bevor sie wieder aufsah.

Sibyl Adams, eine Professorin am College, saß auf der Toilette. Ihr Kopf war nach hinten an die gekachelte Wand geneigt, die Augen hatte sie geschlossen. Ihre Hose war bis zu den Knöcheln hinuntergezogen, die Beine waren weit gespreizt. Sie hatte eine Stichwunde im Unterleib. Blut füllte das Toilettenbecken, zwischen ihren Beinen tropfte es auf die Bodenkacheln.

Sara zwang sich, in die Kabine zu gehen, und hockte sich vor die junge Frau. Sibyls Hemd war hochgezogen, und Sara konnte einen großen senkrechten Schnitt erkennen, der über den gesamten Unterleib verlief, den Nabel durchtrennte und am Schambein endete. Ein weiterer Schnitt, noch tiefer, hatte unter ihren Brüsten eine klaffende waagerechte Wunde hinterlassen. Von ihr stammte auch der größte Teil des Bluts, das noch immer am Körper hinunterrann. Sara legte die Hand auf die Wunde und versuchte, die Blutung zu stillen, aber das Blut quoll zwischen ihren Fingern hervor, als drückte sie einen Schwamm aus.

Sara wischte sich die Hände am Hemd ab und neigte dann Sibyls Kopf nach vorn. Ein leises Stöhnen war zu hören, aber Sara vermochte nicht zu sagen, ob da nur Luft zwischen den Lippen einer Leiche entwich oder ob eine noch lebende Frau um Hilfe flehte. «Sibyl?», flüsterte Sara unter den größten Mühen, denn die Angst schnürte ihr die Kehle zu.

«Sibyl?», wiederholte sie und drückte mit dem Daumen Sibyls Augenlid auf. Die Haut der Frau fühlte sich heiß an, als sei sie zu lange in der Sonne gewesen. Eine große Quetschung bedeckte die rechte Seite ihres Gesichts. Sara erkannte den Abdruck einer Faust unter dem Auge. Als sie den blauen Fleck berührte, bewegten sich Knochen unter Saras Fingern und klickten wie zwei Murmeln, die aneinander stoßen.

Saras Hand zitterte, als sie die Finger an Sibyls Halsschlagader presste. Sie spürte ein leichtes Flattern an ihren Fingerspitzen, aber Sara war sich nicht sicher, ob es sich um das Beben ihrer eigenen Hände handelte oder ob sich noch Leben regte. Sara schloss die Augen und konzentrierte sich darauf, die beiden Empfindungen auseinander zu halten.

Ohne Vorwarnung verkrampfte sich der Körper, zuckte heftig, stürzte nach vorn und riss Sara zu Boden. Eine Blutlache breitete sich um sie beide aus, und instinktiv versuchte sie sich in den Boden zu krallen, um unter der krampfhaft zuckenden Frau hervorzukommen. Mit Füßen und Händen tastete sie nach einem Halt auf dem glatten Toilettenboden. Schließlich schaffte Sara es, unter der Frau hervorzurutschen. Sie drehte Sibyl auf den Rücken, barg ihren Kopf in den Armen und gab sich alle Mühe, ihr über die Zuckungen hinwegzuhelfen. Plötzlich endeten die Krämpfe. Sara legte das Ohr an Sibyls Mund, horchte auf Atemgeräusche. Es gab keine.

Sara ließ sich auf die Knie nieder und drückte auf Sibyls Brustkorb, versucht, wieder Leben in ihr Herz zu pressen. Sara hielt der jüngeren Frau die Nase zu und atmete ihr Luft in den Mund. Sibyls Brustkorb hob sich ganz kurz, aber mehr geschah nicht. Sara versuchte es noch einmal und musste würgen, weil die Sterbende ihr Blut in den Mund hustete. Sie spuckte mehrmals aus und wollte schon weitermachen, aber dann erkannte sie, dass es zu spät war. Sibyls Augen verdrehten sich nach hinten, und als sie ein letztes Mal zischend ausatmete, lief noch ein leichter Schauder durch ihren Körper. Urin rann zwischen ihren Beinen hervor.

Sie war tot.

ZWEI

Grant County war nach dem guten Grant benannt, nicht Ulysses, sondern Lemuel Pratt Grant, einem Eisenbahnunternehmer, der Mitte des neunzehnten Jahrhunderts die Atlanta-Strecke weit hinein nach South Georgia und zum Meer ausbaute. Auf Grants Schienen transportierten die Züge Baumwolle und andere Waren durch ganz Georgia. Diese Eisenbahnlinie hatte dazu geführt, dass man von Orten wie Heartsdale, Madison und Avondale als Städten Notiz nahm. So manche Stadt in Georgia war nach dem Mann benannt. Zu Beginn des Bürgerkriegs entwickelte Colonel Grant zudem einen Verteidigungsplan für den Fall, dass Atlanta je belagert werden sollte; unglücklicherweise verstand er sich jedoch besser auf Güterzüge als auf Feldzüge.

Während der Depression beschlossen die Bürger von Avondale, Heartsdale und Madison, ihre Polizei, ihre Feuerwehren und auch ihre Schulen unter eine gemeinsame Verwaltung zu stellen. Das half, bei unentbehrlichen öffentlichen Dienstleistungen Geld zu sparen, und bewog außerdem die Bahn, die Grant-Strecke nicht stillzulegen. Als Ganzes war das County nämlich viel größer als die Einzelstädte. 1928 wurde in Madison ein Armeestützpunkt gebaut, und das brachte Familien aus allen Teilen der Nation in das winzige Grant County. Ein paar Jahre später wurde Avondale zum Standort eines Bahnbetriebswerks auf der Strecke Atlanta–Savannah. Es vergingen noch ein paar Jahre, und in Heartsdale wurde das Grant College gegründet. Fast sechzig Jahre lang blühte und gedieh das County, bis die Schließung von Garnisonen, Rationalisierungen und die Finanzpolitik der Reagan-Ära die Wirtschaft von Madison und drei Jahre später die von Avondale Schritt für Schritt ruinierte. Wäre das College nicht gewesen, das 1946 zu einer technischen Universität wurde, die sich auf Agrarwesen spezialisierte, hätte

Heartsdale denselben Niedergang erlebt wie seine Schwesterstädte.

So war also das College das Herzblut der Stadt, und die oberste Direktive des Bürgermeisters von Heartsdale an den Polizeichef Jeffrey Tolliver lautete, das College bei Laune zu halten, wenn ihm sein Job lieb war. Und genau das tat Jeffrey gerade, als er bei einer Sitzung mit der Campus-Polizei Maßnahmen gegen die seit kurzer Zeit erhebliche Zunahme von Fahrraddiebstählen erörterte und plötzlich sein Handy läutete. Anfangs erkannte er Saras Stimme nicht und dachte, jemand erlaube sich mit diesem Anruf einen Scherz. In den acht Jahren, die er sie jetzt kannte, hatte Sara nicht einmal so verzweifelt geklungen. Ihre Stimme bebte, als sie drei Wörter aussprach, die er nie aus ihrem Mund erwartet hätte: Ich brauche dich.

Jeffrey bog vor den Toren zum College links ab und lenkte seinen Lincoln Town Car die Main Street hinauf in Richtung des Esslokals. Der Frühling hatte in diesem Jahr besonders früh eingesetzt, und die Hartriegelbäume, die die Straße säumten, blühten bereits und webten einen weißen Vorhang über die Straße. Die Frauen vom Gartenclub hatten Tulpen in Kübel gepflanzt, die die Gehsteige zierten, und ein paar Kids aus der High School waren dabei, die Straße zu fegen, statt nachzusitzen. Der Besitzer des Textilgeschäfts hatte einen Kleiderständer mit seiner Ware auf dem Gehsteig aufgestellt, und der Haushaltswarenladen hatte im Freien eine Loggia komplett mit Verandaschaukel errichtet. Jeffrey wusste, dass die Szenerie, die ihn im Diner erwartete, einen harten Kontrast bilden würde.

Er drehte die Scheibe herunter, um frische Luft in den stickigen Wagen zu lassen. Die Krawatte lag eng um seinen Hals, und ohne weiter nachzudenken, nahm er sie ab. Im Geist ließ er Saras Anruf wieder und wieder ablaufen, und dabei versuchte er, ihm etwas zu entnehmen, das über die ganz offensichtlichen Fakten hinausging. Sibyl Adams war in einem Diner niedergestochen und getötet worden.

Zwanzig Jahre als Cop hatten Jeffrey dennoch nicht für eine solche Nachricht gerüstet. Die Hälfte seiner Laufbahn hatte er in Birmingham, Alabama, verbracht, wo Mord nur selten eine Überraschung darstellt. Es war kaum einmal eine Woche vergangen, ohne dass er gerufen wurde, mindestens einen Mord zu untersuchen, gewöhnlich Folge der extremen Armut in Birmingham: Drogengeschäfte, die schief gelaufen waren, häusliche Streitigkeiten, bei denen Waffen zu leicht bei der Hand waren. Wenn Saras Anruf aus Madison oder gar Avondale gekommen wäre, hätte es Jeffrey nicht überrascht. Drogen und gewalttätige Auseinandersetzungen unter rivalisierenden Banden wurden in den beiden anderen Städten immer häufiger zu Problemen. Heartsdale war das Juwel. In zehn Jahren betraf der einzige verdächtige Todesfall eine alte Frau, die einen Herzschlag bekommen hatte, als sie ihren Enkel dabei erwischte, wie er ihren Fernseher stehlen wollte.

«Chief?»

Jeffrey griff nach unten und nahm sein Funkgerät zur Hand. «Yeah?»

Marla Simms, die Telefonistin auf der Wache, sagte: «Ich habe mich um die Sache gekümmert, so wie Sie es wünschten.»

«Gut», antwortete er und fügte hinzu: «Bis auf weiteres Funkstille.»

Marla verzichtete auf die nahe liegende Frage und schwieg. Grant war immer noch eine Kleinstadt, und sogar auf der Wache gab es Leute, die reden würden. Jeffrey wollte diese Sache so lange unter Verschluss halten, wie es nur ging.

«Verstanden?», fragte Jeffrey.

Schließlich antwortete sie: «Ja, Sir.»

Jeffrey schob sein Handy in die Jackentasche, als er aus dem Auto stieg. Frank Wallace, sein dienstältester Detective, stand bereits Wache vor dem Diner.

«Jemand rein oder raus?», fragte Jeffrey.

Er schüttelte den Kopf. «Brad ist an der Hintertür», sagte er.

«Der Alarm ist abgeschaltet. Ich nehme an, der Täter hat sich das zunutze gemacht, um rein- und wieder rauszukommen.»

Jeffrey blickte auf die Straße zurück. Betty Reynolds, die Besitzerin des Kramladens, fegte den Gehsteig und warf argwöhnische Blicke in Richtung Diner. Bald würden die Leute kommen, wenn nicht von Neugier getrieben, dann von Hunger.

Jeffrey drehte sich wieder zu Frank um. «Niemand hat was gesehen?»

«Nicht das Geringste», bestätigte Frank. «Sie ist zu Fuß von zu Hause hierher gekommen. Pete sagte, sie kommt jeden Montag nach dem Mittagsandrang her.»

Jeffrey nickte knapp und betrat das Lokal. Das Grant Filling Station war so etwas wie der Mittelpunkt der Main Street. Mit seinen großen roten Nischen und den gesprenkelten weißen Resopalflächen, mit den Chromgeländern und den verchromten Strohhalmspendern sah es noch fast so aus wie damals, als Petes Vater es eröffnet hatte. Sogar die derben weißen Linoleumfliesen auf dem Boden, die stellenweise so durchgetreten waren, dass man die schwarzen Klebeflächen sah, stammten noch aus der Anfangszeit. Jeffrey hatte in den vergangenen zehn Jahren hier fast jeden Mittag gegessen. Das Lokal war irgendwie ein Hort der Entspannung gewesen, eine vertraute Zuflucht nach der ständigen Auseinandersetzung mit dem Abschaum der Menschheit. Er sah sich im Raum um, wohl wissend, dass für ihn von jetzt an hier nichts mehr wie früher sein würde.

Tessa Linton saß an der Theke, den Kopf in die Hände gestützt. Pete Wayne saß ihr gegenüber und starrte mit leerem Blick aus dem Fenster. Nur an dem Tag, als die Raumfähre *Challenger* explodiert war, hatte Jeffrey ihn wie heute ohne seine Papiermütze im Lokal gesehen. Petes Haar war auf seinem Kopf hochgesteckt, und dadurch wirkte sein Gesicht noch länger, als es bereits war.

«Tess?», fragte Jeffrey und legte ihr die Hand auf die Schulter. Sie lehnte sich weinend an ihn. Jeffrey strich ihr übers Haar und nickte Pete zu.

Pete Wayne war normalerweise ein fröhlicher Mensch, aber heute wirkte er wie versteinert. Er schien Jeffrey kaum wahrzunehmen, starrte unverwandt zu den Fenstern an der Restaurantfront hinaus und bewegte fast unmerklich die Lippen. Doch es kam kein Ton heraus.

Nach einigen Augenblicken des Schweigens setzte Tessa sich auf. Sie hantierte an dem Serviettenspender, bis Jeffrey ihr sein Taschentuch anbot. Er wartete, bis sie sich die Nase geputzt hatte, und fragte dann: «Wo ist Sara?»

Tessa faltete das Taschentuch zusammen. «Noch immer auf der Toilette. Ich weiß nicht –» Tessas Stimme versagte. «Da war so viel Blut. Sie wollte mich nicht hineinlassen.»

Er nickte und strich ihr das Haar aus dem Gesicht. Sara war immer sehr besorgt um ihre kleine Schwester, und während ihrer Ehe hatte sich dieser Beschützerinstinkt auf Jeffrey übertragen. Auch nach der Scheidung hatte Jeffrey noch das Gefühl, dass Tessa und die Lintons seine Familie waren.

«Okay?», fragte er.

Sie nickte. «Geh nur. Sie braucht dich.»

Jeffrey gab sich Mühe, darauf nicht einzugehen. Wäre Sara nicht Coroner des County, würde er sie nie zu Gesicht bekommen. Es sagte viel über ihre Beziehung aus, dass erst jemand sterben musste, damit sie sich mit ihm im selben Raum aufhielt.

Als er in dem Lokal nach hinten ging, merkte er, dass Beklommenheit in ihm aufstieg. Er wusste, dass eine Gewalttat geschehen war. Er wusste, dass man Sibyl Adams getötet hatte. Aber darüber hinaus hatte er nicht die geringste Ahnung, was ihn erwartete, als er die Tür zur Damentoilette mit einem Ruck öffnete. Was er sah, raubte ihm buchstäblich den Atem.

Sara saß mitten im Raum, Sibyl Adams' Kopf auf dem Schoß. Überall war Blut, bedeckte den Leichnam, bedeckte Sara, deren Hemd und Hose von oben bis unten durchtränkt waren, als hätte jemand einen Schlauch genommen und sie mit Blut bespritzt. Blutige Schuh- und Handabdrücke hatten Spuren auf dem Fußboden hinterlassen, als sei es hier zu einem furchtbaren Kampf gekommen.

Jeffrey stand in der Türöffnung, ließ alles auf sich wirken und rang nach Luft.

«Mach bitte die Tür zu», flüsterte Sara, deren Hand auf Sibyls Stirn ruhte.

Er tat wie geheißen und ging dann an den Wänden entlang einmal um den Raum. Sein Mund öffnete sich, aber kein Wort kam heraus. Es galt natürlich, die nahe liegenden Fragen zu stellen, aber ein Teil von Jeffrey wollte die Antworten gar nicht wissen. Ein Teil von ihm wollte Sara hinausbringen, sie in sein Auto setzen und mit ihr fahren, bis keiner von beiden sich mehr daran erinnern konnte, wie dieser winzige Toilettenraum aussah und roch. Der morbide Geschmack von Gewalt lag in der Luft, fast greifbar und klebrig saß er in seiner Kehle. Allein schon weil er dort stand, kam er sich beschmutzt vor.

«Sie sieht aus wie Lena», sagte er schließlich. Damit meinte er Sibyl Adams' Zwillingsschwester, die in seiner Truppe Detective war. «Eine Sekunde lang dachte ich schon …» Er schüttelte den Kopf, konnte nicht fortfahren.

«Lena hat längere Haare.»

«Yeah», sagte er, unfähig, den Blick vom Opfer zu wenden. Jeffrey hatte im Laufe der Zeit eine Menge furchtbarer Dinge gesehen, aber noch nie das Opfer eines Gewaltverbrechens persönlich gekannt. Nicht dass er Sibyl Adams gut gekannt hatte, aber in einer so kleinen Stadt wie Heartsdale waren alle Leute Nachbarn.

Sara räusperte sich. «Hast du es Lena schon gesagt?»

Ihre Frage traf ihn wie ein Hammer. Nach zwei Wochen im Amt als Polizeichef hatte er Lena Adams direkt von der Akademie in Macon eingestellt. In jenen ersten Tagen war sie wie Jeffrey ein Außenseiter. Acht Jahre später hatte er sie zum Detective befördert. Mit dreiunddreißig Jahren war sie der jüngste Detective und zudem die einzige Frau unter den höheren Beamten. Und jetzt war ihre Schwester gleichsam auf ihrem Hinterhof ermordet worden, wenig mehr als zweihundert Meter vom Polizeirevier entfernt. Das Gefühl, auf irgendeine Weise persönlich dafür verantwortlich zu sein, raubte ihm fast die Luft.

«Jeffrey?»

Jeffrey atmete tief ein und langsam wieder aus. «Sie bringt gerade Beweismittel nach Macon», antwortete er schließlich. «Ich hab die Highway-Streife angerufen und darum gebeten, dass man sie herschickt.»

Sara sah ihn an. Ihre Augen waren rot gerändert, aber sie hatte nicht geweint. Darüber war Jeffrey besonders froh, denn er hatte Sara auch noch nie weinen gesehen. Er dachte, wenn er sie weinen sähe, würde auch er schlapp machen.

«Wusstest du, dass sie blind war?», fragte sie.

Jeffrey lehnte sich gegen die Wand. Irgendwie hatte er diesen Umstand vergessen. «Sie hat es nicht einmal kommen sehen», flüsterte Sara. Sie senkte den Kopf und sah auf Sibyl hinab. Wie gewöhnlich konnte sich Jeffrey nicht vorstellen, was Sara dachte. Er beschloss zu warten, bis sie sprach. Offenbar brauchte sie eine Weile, um ihre Gedanken zu sammeln.

Er vergrub die Hände in den Taschen und nahm die Szenerie in sich auf. Da gab es zwei Kabinen mit Holztüren gegenüber einem so alten Waschbecken, dass die Hähne für heißes und kaltes Wasser auf gegenüberliegenden Seiten des Beckens angebracht waren. Darüber hing ein golden gesprenkelter Spiegel, der an den Rändern bereits abgeblättert war. Insgesamt war der Raum unter zehn Quadratmeter groß, und die winzigen schwarzen und weißen Kacheln auf dem Boden ließen ihn sogar noch kleiner erscheinen. Die dunkle Blutlache um den Leichnam verschlimmerte den Eindruck. Mit Klaustrophobie hatte Jeffrey nie Probleme gehabt, aber Saras Schweigen wirkte wie die Anwesenheit einer vierten Person. Im Bemühen um Distanz sah er hinauf zur weißen Decke.

Endlich sprach Sara. Ihre Stimme klang kräftiger, selbstsicherer. «Sie saß auf der Toilette, als ich sie gefunden habe.»

Da ihm nichts Besseres einfiel, holte Jeffrey einen kleinen Notizblock mit Spiralbindung hervor. Er zog einen Stift aus der Brusttasche und schrieb mit, während Sara die Ereignisse bis zum gegenwärtigen Augenblick schilderte. Ihre Stimme wurde ausdruckslos, als sie Sibyls Tod monoton in allen klinischen Einzelheiten schilderte.

«Dann bat ich Tess, mir mein Handy zu bringen.» Sara sprach nicht weiter, und Jeffrey beantwortete ihre Frage, noch bevor sie sie gestellt hatte.

«Sie ist okay», beruhigte er sie. «Auf dem Weg hierher hab ich dann Eddie angerufen.»

«Hast du ihm gesagt, was geschehen ist?»

Jeffrey versuchte ein Lächeln. Saras Vater zählte nicht gerade zu seinen größten Fans. «Ich hatte Glück, dass er nicht einfach aufgelegt hat.»

Sara lächelte nicht gerade, aber jetzt endlich sah sie Jeffrey in die Augen. In ihrem Blick war eine Verletzlichkeit, die er seit Ewigkeiten nicht mehr gesehen hatte. «Ich muss die Vorbeschau machen, dann können wir sie ins Leichenschauhaus bringen.»

Jeffrey schob den Notizblock in die Jackentasche, während Sara Sibyls Kopf sanft zu Boden gleiten ließ. Sie hockte sich auf die Fersen und wischte die Hände hinten an ihrer Hose ab.

Sie sagte: «Ich möchte sie hergerichtet haben, bevor Lena sie zu sehen bekommt.»

Jeffrey nickte. «Sie ist noch mindestens zwei Stunden entfernt. Da sollten wir genug Zeit haben, um die Spuren zu sichern.» Er deutete auf die Kabinentür. Das Schloss war aufgebrochen. «War das Schloss schon in dem Zustand, als du sie gefunden hast?»

«Das Schloss ist in dem Zustand, seit ich sieben bin», sagte

Sara und zeigte auf ihre Aktentasche neben der Tür. «Reich mir ein Paar Handschuhe.»

Jeffrey öffnete die Tasche und achtete darauf, dass er die blutigen Griffe nicht berührte. Aus einer Innentasche zog er ein Paar Latexhandschuhe. Als er sich umdrehte, stand Sara zu Füßen der Leiche. Ihre Haltung hatte sich verändert, und trotz der Blutflecken auf der Vorderseite ihrer Kleidung schien sie sich wieder unter Kontrolle zu haben.

Dennoch musste er sie fragen: «Bist du sicher, dass du das hier tun willst? Wir könnten auch jemanden aus Atlanta kommen lassen.»

Sara schüttelte den Kopf, während sie sich routiniert die Handschuhe überstreifte. «Ich will nicht, dass ein Fremder sie berührt.»

Jeffrey verstand sehr wohl, was sie meinte. Das hier war eine Angelegenheit des County. Und daher würden sich Menschen, die zum County gehörten, ihrer annehmen.

Sara stemmte die Hände in die Hüften und ging um die Leiche herum. Er wusste, dass sie versuchte, einen unbefangenen Blick für das Geschehen zu gewinnen, sich selbst aus der Gleichung auszuklammern. Jeffrey erwischte sich dabei, dass er seine ehemalige Frau genau musterte, während sie das tat. Sara war hoch gewachsen, über eins achtzig groß, mit tiefgrünen Augen und dunkelrotem Haar. Er ließ seine Gedanken schweifen, erinnerte sich daran, wie gut es gewesen war, mit ihr zusammen zu sein, als der scharfe Ton ihrer Stimme ihn in die Realität zurückriss.

«Jeffrey!», schnauzte Sara und sah ihn streng an.

Er starrte zurück, und er merkte, dass seine Gedanken an einen anderen, scheinbar sichereren Ort gewandert waren.

Sie hielt seinem Blick noch einen Moment stand, wandte sich dann aber zur Toilettenkabine. Jeffrey nahm noch ein Paar Handschuhe aus ihrer Tasche und streifte sie über, während Sara zu ihm sprach.

«Wie ich schon sagte», fing sie an, «saß sie auf der Toilette, als ich sie fand. Wir haben das Gleichgewicht verloren und sind gemeinsam zu Boden gefallen, und danach habe ich sie auf den Rücken gedreht.»

Sara hob Sibyls Hände und untersuchte die Fingernägel. «Nichts. Ich vermute, sie wurde überrascht und wusste gar nicht, wie ihr geschah, bis es zu spät war.»

«Glaubst du, es ist schnell gegangen?»

«So schnell nun auch nicht. Was er getan hat, sieht für mich aus wie geplant. Der Tatort war sehr sauber, bis ich gekommen bin. Sie wäre ins Becken ausgeblutet, wenn ich nicht die Toilette hätte benutzen müssen.» Sara wandte den Blick ab. «Oder vielleicht auch nicht verblutet, wenn ich nicht zu spät hier aufgetaucht wäre.»

Jeffrey versuchte sie zu trösten. «Wie willst du das wissen.»

Sie reagierte mit einem Achselzucken. «Da sind ein paar Quetschungen an ihren Handgelenken, wo sie gegen die Haltegriffe für Behinderte gestoßen ist. Und außerdem» – sie spreizte Sibyls Beine ein wenig – «sieh mal hier, an ihren Beinen.»

Jeffrey folgte ihrer Aufforderung. An der Innenseite beider Knie war die Haut abgeschürft. «Was ist das?», fragte er.

«Der Toilettensitz», sagte sie. «Die untere Kante ist ziemlich scharf. Ich vermute, sie hat die Beine zusammengepresst, als sie sich zur Wehr setzte. Man kann sehen, dass ein wenig Haut daran haften geblieben ist.»

Jeffrey warf einen Blick auf das Toilettenbecken und sah dann wieder Sara an. «Meinst du, er hat sie auf der Toilette nach hinten gedrückt und dann zugestochen?»

Sara antwortete nicht. Stattdessen wies sie auf Sibyls nackten Rumpf. «Der Schnitt ist nicht tief bis etwa zur Mitte des Kreuzes», erklärte sie und drückte auf den Bauch, um die Wunde so zu öffnen, dass er sah, was sie meinte. «Ich nehme an, es war eine doppelseitige Klinge. Man erkennt die V-Form beiderseits des Schnitts.» Ohne Zögern ließ Sara den Zeigefinger in die Wunde gleiten. Dabei machte die Haut ein schmatzendes Geräusch, und Jeffrey sah zähneknirschend zur Seite. Als er sich wieder umdrehte, sah Sara ihn fragend an.

«Alles okay?»

Er nickte, wagte aber nicht, den Mund zu öffnen.

Sie bewegte den Finger im klaffenden Loch in Sibyl Adams' Brust. Blut sickerte aus der Wunde. «Ich würde sagen, es handelt sich mindestens um eine Zehn-Zentimeter-Klinge», schloss sie und ließ ihn dabei nicht aus den Augen. «Ist dir das hier unangenehm?»

Er schüttelte den Kopf, obwohl sich ihm bei dem Geräusch der Magen umdrehte.

Sara ließ den Finger wieder herausgleiten und fuhr fort: «Es war eine sehr scharfe Klinge. Um den Einstich herum weist nichts auf ein Zögern hin, also muss er, wie ich schon sagte, von Anfang an genau gewusst haben, was er tat.»

«Und was tat er?»

Ihr Tonfall war sachlich. «Er hat ihr ein Zeichen in den Unterleib geschlitzt. Die Schnitte waren sehr überlegt, einmal von oben nach unten, einmal quer und dann noch ein Stich in den Oberkörper. Ich würde denken, das war die tödliche Wunde. Todesursache ist wahrscheinlich Verbluten.»

«Sie ist verblutet?»

Sara zuckte die Achseln. «Im Augenblick deutet noch alles darauf hin, ja. Sie ist verblutet. Es hat wahrscheinlich ungefähr zehn Minuten gedauert. Die Krämpfe waren Folge des Schocks.»

Jeffrey konnte den Schauder nicht unterdrücken, der ihn überkam. Er deutete auf die Wunden. «Das ist doch ein Kreuz, oder?»

Sara schaute sich die Schnitte genau an. «Würde ich auch sagen. Ich meine, was anderes kann es doch kaum sein, oder?»

«Meinst du, es soll so etwas wie eine religiöse Aussage sein?»

«Wer kann das bei einer Vergewaltigung schon sagen?», erwiderte sie und stutzte, als sie seinen Gesichtsausdruck sah. «Was?»

«Sie wurde vergewaltigt?», fragte er und suchte bei Sibyl Adams nach auffälligen Anzeichen von Gewaltanwendung. Es waren jedoch weder Quetschungen an ihren Oberschenkeln noch Abschürfungen im Beckenbereich zu entdecken. «Hast du was gefunden?»

Sara war stumm. Schließlich sagte sie aber: «Nein. Ich meine, ich weiß nicht.»

«Was hast du denn gefunden?»

«Nichts.» Ihre Gummihandschuhe schmatzten, als sie sie von den Fingern zog. «Nur das, was ich dir gesagt hab. Ich kann das hier im Schauhaus zu Ende bringen.»

«Ich kann nicht –»

«Ich werde Carlos anrufen, damit er sie abholt», sagte sie und bezog sich damit auf ihren Assistenten. «Treffen wir uns dort, wenn du hier fertig bist, okay?» Als er nicht antwortete, sagte sie: «Wegen der Vergewaltigung, ich weiß es nicht, Jeff. Wirklich nicht. Es war nur eine Vermutung.»

Jeffrey wusste nicht, was er sagen sollte. Er wusste nämlich nur zu genau, dass seine Exfrau auf ihrem Fachgebiet niemals Vermutungen anstellte. «Sara?», fragte er. Und dann: «Geht es dir gut?»

Sara lachte freudlos. «Ob es mir gut geht?», wiederholte sie. «Mein Gott, Jeffrey, was für eine blöde Frage.» Sie ging zur Tür, öffnete sie aber nicht. Dann sagte sie kurz und bündig: «Du musst die Person finden, die das hier getan hat.»

«Ich weiß.»

«Nein, Jeffrey.» Sara drehte sich um und sah ihn durchdringend an. «Das hier ist ein ritueller Gewaltakt, keine Zufallstat. Sieh dir ihren Körper an. Sieh doch, wie sie hier zurückgelassen wurde.» Sara hielt inne, sprach dann weiter. «Wer immer Sibyl Adams getötet hat, muss es sorgfältig geplant haben. Er wusste, wo er sie finden konnte. Er ist ihr auf die Toilette gefolgt. Das hier ist ein kalkulierter Mord, verübt von jemandem, der damit ein klares Zeichen setzen wollte.»

Als ihm klar wurde, dass sie Recht hatte, fühlte er sich wie vor den Kopf geschlagen. Er hatte diese Art Mord schon gesehen. Er wusste ganz genau, wovon sie sprach. Das war nicht das Werk eines Amateurs. Wer immer dies hier getan hatte, putschte sich wahrscheinlich schon in diesem Moment zu einer weitaus dramatischeren Tat auf.

Sara schien immer noch nicht zu glauben, dass er verstanden hatte. «Meinst du, dass er es bei einem Mord belassen wird?»

Diesmal zögerte Jeffrey nicht einen Moment. «Nein.»

DREI

Lena Adams schaute stirnrunzelnd auf den blauen Honda Civic vor sich und betätigte die Lichthupe. Die ausgeschilderte Geschwindigkeitsbegrenzung auf diesem Stück der Georgia I-20 war fünfundsechzig, aber wie die meisten Landbewohner Georgias sah auch Lena in den Schildern kaum mehr als einen wohlgemeinten Rat an die Touristen, die nach Florida fuhren oder von dort kamen. Und wie konnte es auch anders sein – die Nummernschilder des Civic waren aus Ohio.

«Nun mach schon», stöhnte sie und schaute auf den Tacho. Sie war eingeklemmt zwischen einem riesigen Laster zu ihrer Rechten und dem Yankee in seinem Civic vor sich, und der war anscheinend entschlossen, sie nur ein bisschen über der erlaubten Geschwindigkeit zu halten. Einen kurzen Moment lang wünschte sich Lena, sie hätte einen der Streifenwagen von Grant County genommen. Nicht nur dass es sich darin angenehmer fuhr als in ihrem Celica, sondern überdies hatte man das Vergnügen, den Rasern einen Höllenschreck einjagen zu können.

Wie durch ein Wunder wurde der Laster langsamer und ließ den Civic vor sich einscheren. Lena reagierte auf die rüde Geste des Fahrers mit einem fröhlichen Winken. Sie konnte nur hoffen, dass er seine Lektion gelernt hatte. Eine Autofahrt durch den Süden war Darwinismus in Reinkultur.

Der Tacho des Celica kletterte auf fünfundachtzig, als sie die Stadtgrenze von Macon hinter sich ließ. Lena nahm eine Kassette aus ihrer Hülle. Sibyl hatte ihr speziell Musik zum Autofahren aufgenommen. Lena schob die Kassette ein und lächelte, als die Musik anfing, weil sie die ersten Takte von Joan Jetts «Bad Reputation» erkannte. Dieser Song war während ihrer High-School-Zeit die Hymne der Schwestern gewesen, und sie waren an so manchem Abend spät über abgelegene Straßen gerast und hatten lauthals «Ich geb einen Scheiß auf meinen schlechten Ruf» gesungen. Dank eines auf Abwege geratenen Onkels wurden die Mädchen zum armen weißen Pack gezählt, ohne wirklich besonders arm zu sein oder gar, dank ihrer halb spanischen Mutter, sonderlich weiß.

Beweismaterial zum Labor des Georgia Bureau of Investigation nach Macon zu transportieren war, im Großen und Ganzen betrachtet, kaum mehr als ein Kurierjob, aber Lena war froh, dazu eingeteilt worden zu sein. Jeffrey hatte gesagt, sie könne den Tag nutzen, um sich abzuregen. Das hieß, freundlich ausgedrückt, sie möge ihr hitziges Temperament unter Kontrolle bringen. Frank Wallace und Lena bekamen einander ständig in die Wolle wegen eines speziellen Problems, das von Anfang an ihre partnerschaftliche Zusammenarbeit beeinträchtigt hatte. Der achtundfünfzigjährige Frank war nämlich nicht besonders erbaut davon, dass Frauen bei der Polizei Dienst taten, und noch weniger gern sah er eine Frau als Partnerin an seiner Seite. Sehr oft schloss er Lena bei Ermittlungen aus, während sie ständig versuchte, ihre Beteiligung zu erzwingen. Es musste etwas passieren. Da Frank jedoch in zwei Jahren pensioniert wurde, wusste Lena, dass sie eigentlich nur in Ruhe abzuwarten brauchte.

In Wahrheit war Frank gar kein so übler Kerl. Auch wenn er unter jener Verschrobenheit litt, die fortgeschrittenes Alter mit sich bringt, schien er sich doch alle Mühe zu geben. An einem guten Tag vermochte sie zu erkennen, dass seine anmaßende Art nicht seinem Ego entstammte, sondern tiefer begründet war. Er zählte zu der Sorte Männer, die Frauen die Türen aufhielten, und im Haus nahm er stets seinen Hut ab. Frank war sogar Mitglied bei den Freimaurern. So jemand ließ seine weibliche Partnerin keine Vernehmung führen, geschweige denn, dass er ihr das Kommando bei einer Razzia überließ. An einem schlechten Tag hätte Lena ihn am liebsten in seiner Garage eingesperrt und den Motor seines Wagens gestartet.

Jeffrey hatte Recht damit gehabt, dass der Ausflug ihr half, sich abzuregen. Lena war zeitig in Macon angekommen, hatte dank der Sechszylindermaschine des Celica eine halbe Stunde gutgemacht. Sie mochte ihren Boss, der das absolute Gegenteil von Frank Wallace war. Frank handelte strikt aus dem Bauch heraus, während Jeffrey eher ein Kopfmensch war. Jeffrey zählte zudem zu jenen Männern, die sich in Gesellschaft von Frauen wohl fühlten und nichts dagegen hatten, wenn diese ihre Meinung zum Ausdruck brachten. Die Tatsache, dass er Lena schon vom ersten Tag an dazu aufgebaut hatte, einmal den Rang eines Detective zu bekleiden, war ihr nicht entgangen. Jeffrey hatte sie nicht befördert, um eine vom County festgelegte Quote zu erfüllen oder um besser dazustehen als sein Vorgänger: Das hier war schließlich Grant County, mit einer Stadt, die bis vor fünfzig Jahren noch auf keiner Landkarte verzeichnet gewesen war. Jeffrey hatte Lena den Job anvertraut, weil er ihre Arbeit und ihren Verstand schätzte. Die Tatsache, dass sie eine Frau war, hatte damit nichts zu tun.

«Scheiße», zischte Lena, als sie das Blaulicht hinter sich aufblitzen sah. Sie nahm Gas weg und fuhr rechts ran, der Civic fuhr an ihr vorbei. Der Yankee hupte und winkte. Jetzt war Lena an der Reihe, dem Mann aus Ohio den Finger zu zeigen.

Der Beamte der Georgia Highway Patrol stieg in aller Ruhe aus seinem Wagen. Lena griff nach ihrer Handtasche auf dem Rücksitz und kramte nach ihrer Dienstmarke. Als sie sich wieder umdrehte, stellte sie zu ihrer Überraschung fest, dass der Cop direkt hinter ihrem Wagen stand. Die Hand hatte er an der Waffe, und sie hätte sich dafür ohrfeigen können, dass sie nicht gewartet hatte, bis er herangekommen war. Wahrscheinlich nahm er jetzt an, dass sie nach einer Waffe suchte.

Lena ließ die Dienstmarke auf den Schoß fallen und hob die Hände. «Tut mir Leid», sagte sie zum offenen Fenster hinaus.

Der Cop trat zögernd einen Schritt auf sie zu, und seine kantigen Kiefer mahlten, als er neben dem Wagen stand. Er nahm die Sonnenbrille ab und musterte sie prüfend.

«Hören Sie», sagte sie, die Hände noch immer erhoben. «Ich bin im Dienst.»

Er unterbrach sie. «Sind Sie Detective Salina Adams?»

Sie senkte die Hände und sah den Streifenpolizisten fragend an. Er war recht klein, aber sein Oberkörper war auf eine Weise muskulös, wie man es oft bei kleinen Männern findet, die den Mangel an Körpergröße überkompensieren. Seine Arme waren so dick, dass sie von seinem Körper abstanden. Sein Oberkörper schien aus den Nähten seiner Uniform platzen zu wollen.

«Lena heiße ich», sagte sie und warf einen Blick auf sein Namensschild. «Kenne ich Sie?»

«Nein, Ma'am», erwiderte er und stülpte sich seine Sonnenbrille wieder auf. «Wir haben einen Anruf von Ihrem Chief bekommen. Ich soll Sie nach Grant County zurückbegleiten.»

«Wie bitte?», fragte Lena, überzeugt, sich verhört zu haben. «Von meinem Chief? Von Jeffrey Tolliver?»

Er nickte kurz. «Ja, Ma'am.» Bevor sie ihm noch eine weitere Frage stellen konnte, war er schon auf dem Rückweg zu seinem Wagen. Lena wartete, bis er wieder auf die Straße gefahren war, und setzte sich dann hinter ihn. Er beschleunigte zügig und fuhr nach Minuten schon neunzig. Sie überholten den blauen Civic, aber Lena scherte sich nicht darum. Sie konnte nur denken: «Was hab ich diesmal gemacht?»

VIER

Obwohl das Heartsdale Medical Center den markanten Abschluss der Main Street bildete, wirkte es nicht auch nur halb so imposant, wie sein Name hätte vermuten lassen. Gerade eben zwei Stockwerke hoch, war das kleine Krankenhaus zu kaum mehr in der Lage, als sich der Abschürfungen und verdorbenen Mägen anzunehmen, die nicht auf die Sprechstunden der Ärzte warten konnten. Ungefähr dreißig Minuten entfernt gab es in Augusta ein größeres Krankenhaus, in dem die schwereren Fälle behandelt wurden. Hätte sich nicht das Leichenschauhaus des County in seinem Kellergeschoss befunden, wäre das Medizinische Zentrum schon vor langer Zeit abgerissen worden, um einem Studentenwohnheim zu weichen.

Wie der Rest der Stadt war auch das Krankenhaus während des Aufschwungs der dreißiger Jahre erbaut worden. Die beiden Stockwerke waren seither renoviert worden, aber das Leichenschauhaus war der Krankenhausverwaltung offenbar nicht besonders wichtig. Die Wände waren mit hellblauen Fliesen gekachelt, die so alt waren, dass sie langsam wieder in Mode kamen. Die Fußböden waren mit braunem und grünem Linoleum im Karomuster ausgelegt. Die Decke hatte so manchen Wasserschaden erlitten, war aber fast immer wieder ausgebessert worden. Die Geräte waren veraltet, aber funktionierten.

Saras Büro befand sich im rückwärtigen Teil, vom Rest des Leichenschauhauses durch ein großes Glasfenster abgetrennt. Sie saß hinter ihrem Schreibtisch, schaute aus dem Fenster und gab sich alle Mühe, ihre Gedanken zu sammeln. Sie konzentrierte sich auf das statische Rauschen im Leichenschauhaus: das Surren des Kompressors für den Gefrierschrank, das Whusch-whusch des Wassers aus dem Schlauch, mit dem Carlos den Fußboden abspritzte. Da sie sich unter der Erde befanden, wurden die Geräusche von den Wänden des Leichenschauhauses eher geschluckt als reflektiert, und auf eigenartige Weise empfand sie das vertraute Surren und Plätschern als beruhigend. Das schrille Läuten des Telefons durchbrach die Ruhe.

«Sara Linton», sagte sie, denn sie erwartete Jeffrey. Stattdessen war es ihr Vater.

«He, Baby.»

Sara lächelte, denn beim Klang von Eddie Lintons Stimme wurde ihr leichter ums Herz. «He, Daddy.»

«Ich hätte einen Witz für dich.»

«So?» Sie versuchte unbefangen zu wirken, sie wusste, dass ihr Vater dazu neigte, seinen Stress mit Humor zu bewältigen. «Und wie geht der?»

«Ein Kinderarzt, ein Anwalt und ein Priester sind auf der *Titanic,* als die zu sinken beginnt», fing er an. «Der Kinderarzt sagt: ‹Rettet die Kinder!› Der Anwalt sagt: ‹Fuck the children!› Und der Priester sagt: ‹Haben wir denn dazu noch Zeit?›»

Sara lachte, aber eigentlich nur, um ihrem Vater den Gefallen zu tun. Er schwieg, wartete wohl darauf, dass sie etwas sagte. «Wie geht's Tessie?»

«Macht ein Nickerchen», wusste er zu berichten. «Und wie geht's dir?»

«Ach, alles in Ordnung.» Sara zeichnete die ersten Kreise auf ihren Kalender. Eigentlich kritzelte sie nie, aber sie musste einfach etwas mit ihren Händen anfangen. Einerseits hätte sie gern in ihrer Tasche nachgeschaut, ob Tessa daran gedacht hatte, die Postkarte hineinzutun. Andererseits wollte sie gar nicht wissen, wo die Karte war.

Eddie unterbrach ihre Gedanken. «Mom sagt, du musst morgen zum Frühstück kommen.»

«So?», fragte Sara und zeichnete Quadrate um die Kreise.

Seine Stimme intonierte einen Singsang. «Waffeln und Hafergrütze und Toast und Speck.»

«He», sagte Jeffrey.

Sara hob ruckartig den Kopf und ließ den Stift fallen. «Du hast mich erschreckt», sagte sie, und dann zu ihrem Vater: «Daddy, Jeffrey ist hier –»

Eddie Linton gab eine Reihe unverständlicher Töne von sich. Seiner Meinung nach half bei allen Problemen mit Jeffrey Tolliver nur ein wohl gezielter Steinwurf an den Kopf.

«Also gut», sagte Sara in den Hörer und bedachte Jeffrey mit einem verkniffenen Lächeln. Er betrachtete die Gravur im Glas, wo ihr Vater ein Stück Klebeband über den Nachnamen TOLLIVER geklatscht und dann mit schwarzem Filzschreiber LINTON darauf geschrieben hatte. Da Jeffrey Sara mit der einzigen Graveurin der Stadt betrogen hatte, stand zu bezweifeln, dass die Beschriftung in näherer Zeit professioneller korrigiert werden würde.

«Daddy», unterbrach Sara, «ich seh dich dann morgen früh.» Sie legte auf, bevor er noch ein Wort entgegnen konnte.

Jeffrey sagte: «Lass mich raten – er lässt mir liebe Grüße ausrichten?»

Sara ignorierte den Kommentar, denn sie wollte nicht in ein persönliches Gespräch mit Jeffrey geraten. So umgarnte er sie nämlich. Wiegte sie in dem Glauben, ein ganz normaler Mann zu sein, der zu Ehrlichkeit und Hilfsbereitschaft in der Lage war, während dieser Jeffrey in Wirklichkeit wahrscheinlich schon in dem Moment, da er das Gefühl hatte, sich Saras Wohlwollen wieder erworben zu haben, einen Strang suchte, über den er schlagen konnte.

Er sagte: «Wie geht's denn Tessa so?»

«Gut», sagte Sara. Sie nahm ihre Brille aus dem Etui und setzte sie auf. «Wo ist Lena?»

Er warf einen Blick auf die Uhr an der Wand. «Noch ungefähr eine Autostunde entfernt. Frank wird mich ausrufen lassen, wenn es nur noch zehn Minuten sind.»

Sara stand auf und zupfte ihre weiße Arzthose an der Taille zurecht. Sie hatte oben im Krankenhaus geduscht und ihre blutige Kleidung in einen Beutel für Beweismittel gepackt für den Fall, dass sie zum Prozess benötigt wurde.

Sie fragte: «Hast du dir überlegt, was du ihr sagen willst?»

Er schüttelte verneinend den Kopf. «Ich hoffe nur, wir finden etwas Konkretes, bevor ich mit ihr spreche. Lena ist ein Cop. Sie wird Antworten wollen.»

Sara lehnte sich über die Tischplatte und klopfte an die Scheibe. Carlos sah auf. «Sie können jetzt gehen», sagte sie. Dann fügte sie erklärend zu Jeffrey hinzu: «Er bringt Blut- und Urinproben ins Labor. Die wird man dort heute Abend noch untersuchen.»

«Gut.»

Sara setzte sich auf ihrem Stuhl zurück. «Hast du was Brauchbares in der Toilette gefunden?»

«Wir haben ihren Stock und ihre Brille hinter dem Toilettenbecken gefunden. Alles sauber gewischt.»

«Und die Kabinentür?»

«Nichts», sagte er. «Ich meine, nicht nichts, aber jede Frau der Stadt ist da schon rein und raus. Beim letzten Zählen hatte Matt schon über fünfzig verschiedene Abdrücke.» Er zog einige Polaroids aus der Tasche und warf sie auf den Schreibtisch. Außer Nahaufnahmen des Leichnams auf dem Boden waren darunter auch Bilder von Saras blutigem Schuh und von Handabdrücken.

Sara nahm eines der Bilder zur Hand und sagte: «Ich nehme an, es war nicht gerade hilfreich, dass ich am Tatort Trugspuren hinterlassen habe.»

«Du hattest ja wohl kaum eine andere Wahl.»

Sie behielt ihre Gedanken für sich und ordnete die Bilder in eine logische Reihenfolge.

Er wiederholte ihre frühere Einschätzung. «Wer immer das getan hat, wusste genau, was er wollte. Er wusste, dass sie das Restaurant allein besuchen würde. Er wusste, dass sie nicht sehen konnte. Er wusste, dass das Lokal um diese Tageszeit kaum besucht war.»

«Meinst du, er hat sie erwartet?»

Jeffrey reagierte mit einem Achselzucken. «Scheint jedenfalls so. Er ist wahrscheinlich durch die Hintertür hereingekommen und wieder hinausgegangen. Pete hatte die Alarmanlage abgeschaltet, damit sie die Tür zum Lüften offen lassen konnten.»

«Yeah», sagte sie. Sie entsann sich, dass die Hintertür des Esslokals öfter geöffnet als zugesperrt war.

«Also sind wir auf der Suche nach jemandem, der sich mit ihren Aktivitäten auskannte, stimmt's? Und der mit den Räumen des Lokals und ihrer Anordnung vertraut war.»

Sara wollte diese Frage nicht beantworten, denn sie unterstellte, dass der Mörder jemand war, der in Grant wohnte, jemand, der die Leute und die Lokale so gut kannte, wie es nur ein Ortsansässiger tut. Stattdessen stand sie auf und ging zu dem Aktenschrank aus Metall, der auf der anderen Seite ihres Schreibtisches stand. Sie nahm einen frischen Laborkittel heraus, streifte ihn über und sagte: «Ich habe bereits Röntgenaufnahmen gemacht und ihre Kleidung untersucht. Sie ist also so weit fertig.»

Jeffrey drehte sich um und musterte den Tisch, der mitten im Leichenschauhaus stand. Auch Sara blickte dorthin, und es kam ihr vor, als sei Sibyl Adams im Tod viel kleiner, als sie zu Lebzeiten gewirkt hatte.

Jeffrey fragte: «Hast du sie gut gekannt?»

Sara geriet ins Grübeln. Schließlich sagte sie: «Ich denke schon. Wir haben beide letztes Jahr in der Mittelschule Berufsberatung abgehalten. Und dann bin ich ihr ja, wie du weißt, manchmal in der Bibliothek begegnet.»

«In der Bibliothek?», staunte Jeffrey. «Ich dachte, sie war blind.»

«Aber man hat dort doch auch Hörbücher.» Sie blieb direkt vor ihm stehen und verschränkte die Arme. «Du, ich muss dir was sagen. Lena und ich hatten vor einigen Wochen Streit.»

Offensichtlich war er überrascht. Sara hatte es auch überrascht, es gab nicht viele Leute in der Stadt, mit denen sie nicht auskam. Aber Lena Adams gehörte offenbar dazu.

Sara erläuterte: «Sie hat Nick Shelton vom GBI angerufen und um einen toxikologischen Bericht zu einem Fall nachgesucht.»

Jeffrey schüttelte verständnislos den Kopf. «Wieso denn das?»

Sara zuckte die Achseln. Sie wusste immer noch nicht, warum Lena sie übergangen hatte, zumal bekannt war, dass Sara sehr kollegial mit Nick Shelton zusammenarbeitete, dem Außenagenten des Georgia Bureau of Investigation für Grant County.

«Und?», beharrte Jeffrey.

«Ich weiß nicht, was Lena damit erreichen wollte, dass sie Nick direkt anrief. Wir haben es dann bereinigt. Es floss zwar kein Blut, aber ich würde auch nicht behaupten, dass wir als Freundinnen auseinander gegangen sind.»

Jeffrey zuckte die Achseln, als wolle er sagen: Was kann man da schon machen? Lena hatte sich den Ruf erworben, gern andere Leute vor den Kopf zu stoßen. Als Sara und Jeffrey noch verheiratet gewesen waren, hatte Jeffrey oft über Lenas Temperamentsausbrüche geklagt.

«Wenn sie» – er hielt inne –, «wenn sie vergewaltigt worden ist, Sara. Ich weiß ja nicht.»

«Fangen wir an», antwortete Sara eilig und ging an ihm vorbei in den Leichenschauraum. Sie blieb vor dem Materialschrank stehen, weil sie einen Chirurgenkittel suchte. Sie blieb, die Hände an den Schranktüren, stehen und spulte im Geiste noch einmal ihr Gespräch ab. Wie war aus einer forensischen Beurteilung eine Diskussion darüber geworden, ob Sibyl Adams nicht nur ermordet, sondern auch noch vergewaltigt worden war, wobei sie Jeffreys latente Empörung spürte.

«Sara?», fragte er. «Stimmt was nicht?»

Sara fühlte Zorn über seine dumme Frage in sich aufsteigen. «Ob etwas nicht stimmt?» Sie fand den Kittel und knallte die Türen wieder zu, und zwar mit solcher Wucht, dass der Metallrahmen schepperte. Sara drehte sich um und riss die sterile Verpackung auf. «Was nicht stimmt, ist, dass ich es leid bin, von dir ständig gefragt zu werden, ob etwas nicht stimmt, wenn doch verdammt klar ist, was nicht stimmt.» Sie hielt inne, riss den Kittel geradezu aus der Verpackung. «Denk doch mal nach, Jeffrey. Heute ist eine Frau buchstäblich in meinen Armen gestorben. Und es war keine Fremde, sondern eine Frau, die ich kannte. Ich sollte jetzt zu Hause sein, ausgiebig duschen oder mit den Hunden spazieren gehen, aber stattdessen muss ich jetzt da rübergehen und sie aufschneiden, sie noch schlimmer zurichten, als sie es bereits ist. Damit ich sagen kann, ob du anfangen solltest, alle Perversen der Stadt zum Verhör zu holen oder nicht.»

Ihre Hände zitterten vor Zorn, als sie den Kittel überzuziehen versuchte. Einen Ärmel konnte sie nicht erreichen, und sie drehte sich, um besser an ihn heranzukommen. Jeffrey sprang ihr bei.

Übellaunig fuhr sie ihn an: «Ich schaff's schon alleine.»

Er hob ihr die Handflächen entgegen, als wolle er sich ergeben. «Tut mir Leid.»

Sara plagte sich mit den Bändern des Kittels und brachte es schließlich fertig, sie falsch zu verknoten. «Scheiße», zischte sie und versuchte krampfhaft, den Knoten wieder zu lösen.

«Ich könnte Brad dazu kriegen, mit den Hunden Gassi zu gehen», erbot sich Jeffrey.

Sara ließ resigniert die Hände sinken. «Darum geht es doch gar nicht, Jeffrey.»

«Weiß ich auch», erwiderte er und näherte sich ihr so vorsichtig wie einem tollwütigen Hund. Er nahm die Bänder, und sie sah nach unten, beobachtete, wie er den Knoten löste. Sie ließ ihren Blick zu seinem Hinterkopf wandern, wo sie ein paar graue Strähnen zwischen den schwarzen Haaren bemerkte. Am liebsten hätte sie ihn telepathisch dazu gebracht, dass er sie tröstete und nicht immer nur versuchte, aus allem einen Witz zu machen. Sie wünschte sich, dass er wie durch ein Wunder Einfühlungsvermögen entwickelte. Aber nach zehn Jahren hätte sie es besser wissen müssen.

Er lockerte den Knoten mit einem Grinsen, als hätte er durch diese simple Handlung schlagartig alles zum Guten gewendet. Er sagte: «Da.»

Sara übernahm die Bänder und machte eine Schleife.

Er fasste ihr unters Kinn. «Alles okay», sagte er, und diesmal war es keine Frage.

«Yeah», stimmte sie zu und machte einen Schritt zur Seite. «Alles okay.» Sie nahm ein Paar Gummihandschuhe und machte sich an die Aufgabe, die vor ihr lag. «Bringen wir die äußere Leichenschau hinter uns, bevor Lena zurückkommt.»

Sara ging hinüber zu dem Autopsietisch aus Keramik, der in der Mitte des Raums im Fußboden verankert war. An den Seiten nach oben gebogen, umfing der weiße Tisch Sibyls kleinen Körper. Carlos hatte ihren Kopf auf einen schwarzen Gummiblock gebettet und ein weißes Tuch über sie gebreitet. Wäre da nicht die schwarze Stelle über ihrem Auge gewesen, hätte man annehmen können, sie schliefe.

«Mein Gott», flüsterte Sara, als sie das Tuch wegzog. Der Abtransport des Leichnams vom Schauplatz des Mordes hatte noch schlimmeren Schaden angerichtet. Im grellen Licht des Leichenschauhauses waren alle Merkmale der Wunde überdeutlich zu erkennen. Die Einschnitte am Abdomen waren lang und deutlich konturiert. Sie bildeten ein beinahe perfektes Kreuz. Stellenweise war die Haut runzlig, und das lenkte ihre Aufmerksamkeit von der tiefen Furche im Schnittpunkt des Kreuzes ab. Bei Leichen nahmen Wunden ein dunkles, ja fast schwarzes Aussehen an. Die Risse in Sibyl Adams' Haut klafften auf wie winzige feuchte Münder.

«Sie besaß nicht viel Körperfett», erläuterte Sara. Sie deutete auf den Bauch, wo der Einschnitt sich gleich über dem Nabel verbreiterte. Die Schnittwunde dort war tiefer, und die Haut war gespreizt wie bei einem zu engen Oberhemd, an dem ein Knopf weggeplatzt war. «Im unteren Abdomenbereich, wo die Eingeweide durch die Klinge verletzt wurden, befindet sich Kot. Ich weiß nicht, ob der Stich absichtlich so tief geführt wurde oder ob es zufällig geschah. Die Wunde sieht jedenfalls gespreizt aus.»

Sie deutete auf die Wundränder. «Hier an der Spitze der Wunde kannst du die Riefung erkennen. Vielleicht hat er das Messer hin und her bewegt. Es gedreht. Außerdem …» Sie hielt inne und stellte ihre Überlegungen an, während sie weitermachte. «Es gibt Kotspuren an ihren Händen sowie an den Haltestangen in der Toilettenkabine, und daher muss ich annehmen, dass sie aufgeschlitzt wurde, die Hände auf den Bauch presste und schließlich aus irgendeinem Grund die Haltestangen umklammerte.»

Sie sah zu Jeffrey auf, um einzuschätzen, wie er sich hielt. Er schien wie angewurzelt dazustehen, vom Anblick des Leichnams wie gelähmt. Sara wusste aus eigener Erfahrung, dass der Verstand einen Streich spielen und die brutalen Konturen einer Gewalttat verwischen konnte. Auch für Sara war der neuerliche Anblick von Sibyl vielleicht schlimmer als der erste.

Sara legte die Hände auf den Leichnam und stellte zu ihrer Überraschung fest, dass er noch warm war. Die Temperatur im Leichenschauhaus war immer niedrig, sogar im Sommer, weil der Raum sich unter der Erde befand. Sibyl hätte eigentlich inzwischen sehr viel weiter abgekühlt sein müssen.

«Sara?», fragte Jeffrey.

«Nichts», entgegnete sie, eigentlich noch nicht darauf eingestellt, Vermutungen auszusprechen. Sie drückte an der Wunde im Schnittpunkt des Kreuzes herum. «Es war eine zweischneidige Klinge», begann sie dennoch. «Damit müsstest du etwas anfangen können. Die meisten Stichverletzungen stammen doch von gezackten Jagdmessern, stimmt's?»

«Stimmt.»

Sie wies auf eine bräunliche Stelle um die zentrale Wunde. Beim Säubern des Leichnams hatte Sara viel mehr sehen können, als ihre erste Untersuchung in der Toilette ergeben hatte. «Das stammt von der Parierstange und bedeutet, er hat das Messer bis zum Anschlag hineingestoßen. Ich kann mir vorstellen, dass ich Absplitterungen an der Wirbelsäule entdecke, wenn ich sie aufmache. Ich habe beim Tasten mit dem Finger schon Unregelmäßigkeiten gefühlt. Wahrscheinlich sind da auch noch Knochensplitter drin.»

Jeffrey forderte sie mit einem Kopfnicken zum Weiterreden auf.

«Wenn wir Glück haben, finden wir irgendwo auch noch einen Abdruck der Klinge. Und wenn nicht, dann hilft uns vielleicht die Quetschung weiter, die durch die Parierstange verursacht worden ist. Ich kann die Haut abtrennen und präparieren, nachdem Lena ihre Schwester gesehen hat.»

Sie deutete auf die Stichwunde im Mittelpunkt des Kreuzes. «Das war ein kräftiger Stoß, und deswegen würde ich vermuten, dass der Mörder von oben zugestoßen hat. Siehst du, dass die Wunde einen Winkel von ungefähr fünfundvierzig Grad hat?» Sehr aufmerksam betrachtete sie den Einstich und versuchte zu verstehen, was geschehen war. «Ich würde fast sagen, dass der Stich in den Unterleib anders ist als der, der die Brustwunde verursacht hat. Aber das ergibt keinen Sinn.»

«Warum?»

«Die Einstiche sind verschieden.»

«Und wie das?»

«Kann ich nicht sagen», antwortete sie wahrheitsgemäß. Sie ließ dies Thema für den Augenblick fallen und konzentrierte sich stattdessen auf die Stichwunde im Mittelpunkt des Kreuzes. «Also, er steht wahrscheinlich vor ihr, in den Knien eingeknickt, und er führt das Messer seitlich nach hinten» – sie demonstrierte das, indem sie die Hand zurückzog –, «bevor er es ihr in die Brust rammt.»

«Er benutzt für die Tat zwei Messer?»

«Kann ich noch nicht sagen», räumte Sara ein und wandte sich wieder der Bauchwunde zu. Irgendwas stimmte nicht.

Jeffrey kratzte sich am Kinn und betrachtete die Brustwunde. Er fragte: «Warum kein direkter Stich ins Herz?»

«Nun, zum einen liegt das Herz nicht in der Mitte des Brustkorbs, wohin der Stich geführt werden musste, um den Mittelpunkt des Kreuzes zu treffen. Seine Entscheidung hat also auch eine ästhetische Komponente. Zum anderen ist das Herz von Rippen und Knorpeln umgeben. Er hätte wiederholt zustechen müssen, um da durchzukommen. Und damit hätte er die klare Kontur des Kreuzes verdorben, oder?» Sara pausierte. «Bei einer Verletzung des Herzens wäre eine große Menge Blut ausgetreten, und es wäre zudem mit beträchtlicher Geschwindigkeit hervorgesprudelt. Vielleicht hat er das vermeiden wollen.» Sie zuckte die Achseln, sah zu Jeffrey auf. «Ich denke, er hätte das Messer auch unter den Brustkorb und dann aufwärts führen können, wenn er das Herz hätte treffen wollen, aber das wäre ein Vabanquespiel gewesen.»

«Willst du damit sagen, dass der Angreifer über gewisse medizinische Kenntnisse verfügt haben muss?»

Sara fragte: «Weißt du, wo das Herz ist?»

Er legte eine Hand auf die linke Brustseite.

«Richtig. Und du weißt auch, dass sich deine Rippen nicht ganz in der Mitte treffen.»

Er tippte mit den Fingern auf seine Brustmitte. «Was ist das hier?»

«Das Sternum», antwortete sie. «Der Einstich sitzt jedoch tiefer. Und zwar im Schwertfortsatz. Ich kann nicht sagen, ob das reines Glück war oder beabsichtigt.»

«Und das heißt?»

«Das heißt, wenn du auf Teufel komm raus einer Person ein Kreuz in den Bauch schlitzen und dann ein Messer in die Mitte stoßen willst, dann wäre dies die beste Stelle, wenn du möchtest, dass das Messer auch tief eindringt. Das Sternum hat drei Teile», sagte sie und deutete auf ihre Brust, um es zu verdeutlichen. «Das Manubrium, der obere Teil, der Knochenkörper, der Hauptteil, und dann der Schwertfortsatz. Von den drei Teilen ist der Schwertfortsatz der weichste. Besonders bei jemandem in diesem Alter. Sie ist wie alt, Anfang dreißig?»

«Dreiunddreißig.»

«So alt wie Tessa», flüsterte Sara, und eine Sekunde lang sah sie ihre Schwester vor sich. Doch dann löste sie sich von dem Gedanken an ihre Schwester und konzentrierte sich wieder auf den Leichnam. «Der Schwertfortsatz verkalkt mit zunehmendem Alter. Der Knorpel wird härter. Wenn ich also jemandem in die Brust stechen wollte, würde ich dort mein X machen.»

«Vielleicht wollte er nicht in ihre Brüste stechen?»

Sara überlegte. «Das hier scheint mir persönlicher zu sein.» Sie suchte nach den richtigen Worten. «Ich weiß nicht, ich würde eher denken, dass er ihre Brüste verletzen wollte. Verstehst du, was ich meine?»

«Besonders wenn es sexuelle Motive gibt», meinte Jeffrey. «Ich meine, bei Vergewaltigungen geht es doch normalerweise um Macht, oder nicht? Es hat damit zu tun, dass jemand einen Zorn auf Frauen hat, dass er sie kontrollieren will. Warum sollte er sie also dort aufschlitzen und nicht an der Stelle, die sie zur Frau macht?»

«Bei einer Vergewaltigung geht es auch um Penetration», entgegnete Sara. «Und das trifft hier zweifellos zu. Ein wuchtiger Einstich, der fast ungehindert in den Körper dringt. Ich glaube nicht –» Sie hielt inne, starrte auf die Wunde. Ihr kam ein neuer Gedanke. «Guter Gott», flüsterte sie.

«Was ist denn?», fragte Jeffrey.

Ein paar Sekunden lang bekam sie keinen Ton heraus. Sie hatte das Gefühl, als schnürte sich ihre Kehle zu.

«Sara?»

Ein Piepton erfüllte den Sektionssaal. Jeffrey schaute auf seinem Pager nach. «Das kann Lena nicht sein», sagte er. «Darf ich mal das Telefon benutzen?»

«Sicher.» Sara kreuzte die Arme, wohl aus dem Bedürfnis, sich vor den eigenen Gedanken zu schützen. Sie wartete, bis Jeffrey hinter ihrem Schreibtisch Platz genommen hatte, und fuhr erst dann mit der Untersuchung fort.

Sie hob die Hand über den Kopf und drehte die Lampe so, dass sie den Beckenbereich besser erkennen konnte. Sie richtete das Spekulum aus und betete im Stillen zu Gott, zu sich selbst, zu jedem, der sie erhören wollte – aber vergeblich. Als Jeffrey an ihre Seite zurückkehrte, gab es keinen Zweifel mehr.

«Und?», fragte er.

Saras Hände zitterten, als sie die Handschuhe abstreifte. «Sie wurde gleich zu Beginn des tätlichen Angriffs sexuell missbraucht.» Sie brach ab, ließ die verschmutzten Handschuhe auf den Tisch fallen und rief sich ins Gedächtnis, wie Sibyl Adams auf der Toilette gesessen hatte, die Hände auf die offene Wunde in ihrem Unterleib gepresst, und sich dann an die Haltestangen beiderseits der Kabine klammerte und absolut nicht fassen konnte, wie ihr geschah.

Er wartete einige Momente, bevor er drängte: «Und?»

Sara stützte sich auf den Rand des Obduktionstisches. «In ihrer Vagina befanden sich Spuren von Kot.»

Jeffrey schien nicht ganz folgen zu können. «Es kam also zuerst zur Sodomie?»

«Es gibt kein Anzeichen einer analen Penetration.»

«Aber du hast doch Kot gefunden», sagte er, denn er begriff immer noch nicht.

«Tief in ihrer Vagina», sagte Sara. Sie wollte es nicht aussprechen, wusste aber, dass es nicht anders ging. Sie nahm ein uncharakteristisches Zittern in ihrer Stimme wahr, als sie sagte: «Der Einschnitt in ihren Bauch war absichtlich so tief, Jeffrey.» Sie schwieg und musste nach Worten suchen, um die entsetzliche Tat zu beschreiben, die sie entdeckt hatte.

«Er hat sie vergewaltigt», sagte Jeffrey, und diesmal war es keine Frage. «Es gab eine vaginale Penetration.»

«Ja», antwortete Sara. Noch immer auf der Suche nach einer Möglichkeit, es unmissverständlich auszudrücken. Schließlich sagte sie: «Es kam zu einer vaginalen Penetration, nachdem er zuvor gewaltsam in die Wunde eingedrungen war.»

FÜNF

Der Abend war schnell hereingebrochen, und mit dem Untergang der Sonne war auch die Temperatur gesunken. Jeffrey überquerte die Straße, als Lena auf den Parkplatz der Wache fuhr. Sie war ausgestiegen, bevor er bei ihr war.

«Was ist denn los?», fragte sie, aber er konnte erkennen, dass sie bereits wusste, dass etwas passiert war. «Ist was mit meinem Onkel?», fragte sie und rieb sich die Arme, um die Kälte zu vertreiben. Sie trug nur ein dünnes T-Shirt und Jeans, nicht ihre normale Arbeitskleidung, denn die Fahrt nach Macon war sozusagen außerdienstlich gewesen.

Jeffrey zog sein Jackett aus und reichte es ihr. Das Gewicht dessen, was Sara ihm eröffnet hatte, lastete wie ein Stein auf seiner Brust. Wenn Jeffrey ein Wort mitzureden hätte, würde

Lena niemals genau erfahren, was mit Sibyl Adams geschehen war. Sie würde niemals zu wissen bekommen, was diese Bestie ihrer Schwester angetan hatte.

«Gehen wir rein», sagte er und stützte ihren Ellbogen.

«Ich will aber nicht reingehen», entgegnete sie und riss ihren Arm los. Sein Jackett fiel zwischen ihnen zu Boden.

Jeffrey beugte sich hinunter, um es aufzuheben. Als er wieder aufsah, hatte Lena die Hände in die Hüften gestemmt. Solange er sie kannte, war Lena Adams schon aus dem nichtigsten Anlass aus der Haut gefahren. Irgendwo im Hinterkopf hatte Jeffrey gedacht, dass sie eine Schulter bräuchte, um sich auszuweinen, oder tröstende Worte. Er konnte sich einfach nicht daran gewöhnen, dass Lena keine sanfte Seite besaß. Vielleicht, weil sie eine Frau war. Vielleicht aber auch, weil er noch vor wenigen Minuten ihre Schwester aufgeschlitzt im Leichenschauhaus hatte liegen sehen. Er hätte sich ins Gedächtnis rufen sollen, dass Lena Adams härter war als das. Er hätte sich auf die Wut gefasst machen sollen.

Jeffrey zog sich sein Jackett über. «Ich möchte nicht hier draußen darüber sprechen.»

«Was wollen Sie denn sagen?», verlangte sie zu wissen. «Sie wollen sagen, dass er am Steuer saß, stimmt's? Und von der Straße abgekommen ist, stimmt's?» Sie zählte die Abfolge an den Fingerspitzen ab und konfrontierte ihn beinahe wortgetreu mit den Vorschriften aus dem Polizeihandbuch für den Fall, dass jemand darüber informiert werden muss, dass ein Familienmitglied zu Tode gekommen ist. Führen Sie langsam darauf zu. Überfallen Sie die Angehörigen nicht damit. Geben Sie dem Familienmitglied oder geliebten Menschen Zeit, sich mit dem Gedanken vertraut zu machen.

Lena richtete sich weiterhin nach der vorgeschriebenen Reihenfolge, und bei jedem Satz wurde ihre Stimme lauter. «Wurde er von einem anderen Wagen angefahren? Hä? Und man hat ihn ins Krankenhaus gebracht? Und man hat versucht, ihn zu retten, aber es doch nicht geschafft? Sie haben jedoch alles in ihrer Macht Stehende getan, hä?»

«Lena –»

Sie ging zurück zu ihrem Wagen und drehte sich dann nochmal um. «Wo ist meine Schwester? Haben Sie es ihr schon gesagt?»

Jeffrey atmete tief ein und ganz langsam aus.

«Seh sich einer das an», zischte Lena, drehte sich zur Polizeiwache und winkte. Marla Simms blickte aus einem der vorderen Fenster. «Komm doch raus, Marla», rief Lena.

«Kommen Sie», sagte Jeffrey, bemüht, sie zu besänftigen.

Sie wich vor ihm zurück. «Wo ist meine Schwester?»

Seine Lippen wollten sich nicht bewegen. Mit äußerster Willensanstrengung kriegte er heraus: «Sie war im Diner.»

Lena drehte sich um und ging in Richtung des Lokals.

Jeffrey fuhr fort: «Sie ging auf die Toilette.»

Lena blieb abrupt stehen.

«Dort hatte sich jemand versteckt. Er stieß ihr ein Messer in die Brust.» Jeffrey wartete darauf, dass sie sich umdrehte, aber das tat sie immer noch nicht. Lenas Schultern waren gerade, und sie verharrte absolut bewegungslos. Er fuhr fort: «Dr. Linton aß mit ihrer Schwester Tessa zu Mittag. Sie ging auf die Toilette und fand Sibyl.»

Lena drehte sich langsam um, die Lippen leicht geöffnet.

«Sara hat versucht, sie zu retten.»

Lena sah ihm direkt in die Augen. Er zwang sich dazu, nicht wegzusehen.

«Sie ist tot.»

Die Worte hingen in der Luft wie Nachtfalter vor einer Straßenlaterne.

Lenas Hand fuhr zum Mund. Fast wie betrunken ging sie ein paar Schritte im Halbkreis, drehte sich dann wieder zu Jeffrey um. Ihr fragender Blick schien ihn durchbohren zu wollen. Sollte das etwa ein Scherz sein? War er zu solcher Grausamkeit fähig?

«Sie ist tot», wiederholte er.

Sie atmete stoßweise. Er vermochte beinahe zu sehen, wie es in ihrem Kopf arbeitete, wie sie die Information zu bewältigen suchte. Lena ging auf die Wache zu, blieb dann stehen. Mit offenem Mund wandte sie sich wieder Jeffrey zu, sagte aber nichts. Ohne Vorwarnung startete sie in Richtung Diner.

«Lena!», rief Jeffrey und rannte hinter ihr her. Sie war sehr schnell für ihre Größe, und seine Straßenschuhe konnten nicht mit ihren leichten Turnschuhen mithalten. Er winkelte die Arme an, wurde schneller und mühte sich mit aller Kraft, sie einzuholen, bevor sie das Lokal erreichte.

Er rief nochmals ihren Namen, als sie sich dem Lokal näherte, aber sie raste daran vorbei und bog dann nach links zum medizinischen Zentrum ab.

«Nein», stöhnte Jeffrey und trieb sich noch schneller voran. Sie war auf dem Weg zum Schauhaus. Nochmal rief er ihren Namen, aber Lena sah sich nicht um, als sie auf die Auffahrt des Krankenhauses zulief. Sie warf sich gegen die Schiebetüren, sodass sie aus dem Rahmen sprangen und Alarm ausgelöst wurde.

Jeffrey folgte ihr nur Sekunden später. Er lief um die Ecke zur Treppe und hörte, wie Lenas Tennisschuhe über die Gummibeläge der Stufen schlappten. Ein Dröhnen hallte das schmale Treppenhaus hinauf, als sie die Tür zum Leichenschauhaus öffnete.

Jeffrey blieb auf der vierten Stufe von unten stehen. Er hörte Saras überraschtes «Lena», gefolgt von einem schmerzerfüllten Stöhnen.

Er zwang sich dazu, die letzten Stufen hinunterzugehen und das Leichenschauhaus zu betreten.

Lena war über ihre Schwester gebeugt, hielt sie bei der Hand. Sara hatte ganz offensichtlich versucht, die schlimmsten Verletzungen mit einem Tuch zu bedecken, aber der größte Teil von Sibyls Oberkörper war noch zu sehen.

Lena stand neben ihrer Schwester. Ihr Atem kam in keuchenden Stößen, ihr gesamter Körper bebte wie bei einem Anfall von Schüttelfrost.

Sara warf Jeffrey strafende Blicke zu. Er konnte nur abwehrend die Hände heben. Er hatte sie doch aufzuhalten versucht.

«Wann ist es passiert?», fragte Lena zähneklappernd. «Wann ist sie gestorben?»

«Gegen vierzehn Uhr dreißig», antwortete Sara. An ihren Handschuhen war Blut, und sie klemmte sie unter die Achseln, als wollte sie es verbergen.

«Sie fühlt sich so warm an.»

«Ich weiß.»

Lena senkte die Stimme. «Ich war in Macon, Sibby», sagte sie zu ihrer Schwester und strich ihr das Haar zurück. Jeffrey war froh, dass Sara sich die Mühe gemacht hatte, wenigstens einen Teil des Blutes auszukämmen.

Im Leichenschauhaus herrschte Stille. Es war unheimlich, Lena neben der toten Frau stehen zu sehen. Sibyl war ihre eineiige Zwillingsschwester, glich ihr aufs Haar. Sie waren beide zierliche Frauen, kaum eins sechzig groß und knapp sechzig Kilo schwer. Ihre Haut hatte denselben olivenfarbigen Teint. Lenas dunkelbraunes Haar war länger als das ihrer Schwester, Sibyls lockiger. Der Gesichtsausdruck der Schwestern hätte gegensätzlicher nicht sein können: Die eine wirkte unbeteiligt und emotionslos, die andere von tiefer Trauer zerrissen.

Sara wandte sich ein wenig zur Seite und zog die Handschuhe aus. «Lasst uns nach oben gehen, okay?», schlug sie vor.

«Sie waren doch dabei», sagte Lena mit leiser Stimme. «Was haben Sie getan, um ihr zu helfen?»

Sara blickte auf ihre Hände. «Ich hab getan, was ich tun konnte.»

Lena streichelte die Wange ihrer Schwester, und sie klang etwas gereizter, als sie fragte: «Und was genau war es, das Sie tun konnten?»

Jeffrey wollte dazwischentreten, aber Sara warf ihm einen strengen Blick zu, um ihn daran zu hindern. Seine Chance, die Situation zu retten, war vor zehn Minuten gewesen und inzwischen wieder vorbei.

«Es ging sehr schnell», sagte Sara zu Lena. Widerstrebend, wie nicht zu übersehen war. «Sie bekam bereits Krämpfe.»

Lena legte Sibyls Hand zurück auf den Tisch. Sie zog das Tuch hoch bis unter das Kinn ihrer Schwester und sagte dabei: «Sie sind doch nur Kinderärztin, oder nicht? Was genau haben Sie gemacht, um meiner Schwester zu helfen?» Sie gab Sara keine Möglichkeit, ihrem Blick auszuweichen. «Warum haben Sie keinen richtigen Arzt gerufen?»

Sara lachte kurz auf, ungläubig. Sie atmete tief ein, bevor sie antwortete: «Lena, ich glaube, Sie sollten sich lieber jetzt von Jeffrey nach Hause fahren lassen.»

«Ich will aber nicht nach Hause fahren», entgegnete Lena gefasst, beinahe schon in ganz normalem Plauderton. «Haben Sie einen Krankenwagen gerufen? Haben Sie Ihren Freund hier gerufen?» Mit einem Neigen des Kopfes wies sie auf Jeffrey.

Sara verschränkte die Hände hinter dem Rücken. Sie schien sich mit aller Kraft zusammenzureißen. «Wir werden uns jetzt nicht darüber unterhalten. Dazu sind Sie viel zu erregt.»

«Ich bin zu erregt», wiederholte Lena und ballte die Fäuste. «Sie meinen, ich bin erregt?», sagte sie, diesmal mit lauterer Stimme. «Sie meinen, ich bin zu verdammt erregt, um mit Ihnen darüber zu sprechen, warum Sie verdammt nochmal meiner Schwester nicht geholfen haben?»

So schnell, wie sie auf dem Parkplatz losgerannt war, stürzte Lena sich jetzt auf Sara.

«Sie sind Ärztin!», schrie Lena. «Wie konnte sie sterben, obwohl doch eine verdammte Ärztin daneben stand?»

Sara antwortete nicht, sondern blickte zur Seite.

«Sie können mir ja nicht einmal in die Augen schauen», sagte Lena. «Oder?»

Sara änderte ihre Blickrichtung nicht.

«Sie haben meine Schwester sterben lassen, und Sie können mich verdammt nochmal nicht einmal ansehen.»

«Lena», sagte Jeffrey, der jetzt endlich eingriff. Er legte ihr die Hand auf den Arm, wollte sie zurückhalten.

«Lassen Sie mich los», schrie sie und trommelte mit den Fäusten auf ihn ein. Sie wollte seine Brust bearbeiten, aber er packte ihre Hände und hielt sie ganz fest. Sie ging weiter auf ihn los, kreischte, spuckte und trat um sich. Es kam ihm vor, als hielte er ein nicht isoliertes Stromkabel fest. Er ließ sie jedoch nicht los, ertrug die Beschimpfungen, ließ sie alles rauslassen, bis sie zusammenbrach und zusammengekauert vor ihm auf dem Boden lag. Jeffrey hockte sich neben sie und hielt sie in den Armen. Sie schluchzte hemmungslos. Als ihm einfiel, nach Sara zu schauen, war diese nirgends mehr zu entdecken.

Jeffrey zog mit einer Hand ein Taschentuch aus seiner Schreibtischschublade und hielt mit der anderen den Telefonhörer ans Ohr. Mit dem Tuch tupfte er das Blut von den Lippen, als die metallische Version von Saras Stimme ihn aufforderte, auf den Piepton zu warten.

«He», sagte er und nahm das Tuch vom Mund. «Bist du da?» Er wartete einige Sekunden. «Ich wollte mich nur vergewissern, dass es dir gut geht, Sara.» Weitere Sekunden vergingen. «Wenn du nicht abnimmst, komme ich bei dir vorbei.» Er hätte eigentlich erwartet, dass darauf eine Reaktion kommen würde, aber nichts geschah. Er hörte den Anrufbeantworter ablaufen und legte auf.

Frank klopfte an die Bürotür. «Die Kleine ist auf der Toilette», sagte er und meinte damit Lena. Jeffrey wusste, dass Lena es hasste, Kleine genannt zu werden, aber Frank Wallace wusste nicht, wie er sonst seinem Partner zeigen sollte, dass er Mitgefühl empfand und besorgt war.

Frank sagte: «Sie hat 'ne fiese Rechte, stimmt's?»

«Yeah.» Jeffrey faltete das Taschentuch so, dass er eine saubere Ecke benutzen konnte. «Sie weiß, dass ich auf sie warte?»

«Ich sorge dafür, dass sie keine Umwege macht», erbot sich Frank.

«Gut», sagte Jeffrey. Und dann: «Danke.»

Er sah, wie Lena durch den Wachraum ging, das Kinn trotzig in die Höhe gereckt. Als sie in seinem Büro angelangt war, schloss sie in aller Ruhe die Tür hinter sich und ließ sich dann auf einen der beiden Stühle sinken, die ihm gegenüberstanden. Sie machte ein Gesicht wie ein Teenager, der zum Direktor gerufen worden war.

«Tut mir Leid, dass ich Sie geschlagen habe», murmelte sie.

«Yeah», erwiderte Jeffrey und hielt das Taschentuch in die Höhe. «Mehr hab ich nur beim Spiel Auburn gegen Alabama abgekriegt.» Sie reagierte nicht, und daher fügte er hinzu: «Und da stand ich auf der Tribüne.»

Lena stützte einen Ellbogen auf die Stuhllehne und lehnte das Kinn in die Hand. «Was für Anhaltspunkte haben Sie?», fragte sie. «Verdächtige?»

«Wir lassen im Moment alles durch den Computer laufen», sagte er. «Morgen früh sollten wir eine Liste haben.»

Sie legte die Hand über die Augen. Er faltete das Taschentuch, wartete darauf, dass sie etwas sagte.

Sie flüsterte: «Sie wurde vergewaltigt?»

«Ja.»

«Wie schlimm?»

«Das weiß ich nicht.»

«Sie wurde aufgeschlitzt», sagte Lena. «Irgend so ein Jesus-Freak?»

Seine Antwort entsprach der Wahrheit: «Ich weiß nicht.»

«Sie scheinen verdammt wenig zu wissen», sagte sie schließlich.

«Da haben Sie Recht», stimmte er zu. «Ich muss Ihnen einige Fragen stellen.»

Lena hob nicht den Blick, aber er sah, dass sie ein Nicken andeutete.

«Hat sie sich mit jemandem getroffen?»

Jetzt sah sie doch auf. «Nein.»

«Irgendwelche männlichen Freunde von früher?»

Ein leichtes Flackern in ihrem Blick, und ihre Antwort kam nicht so schnell wie vorher. «Nein.»

«Sind Sie da sicher?»

«Ja, ganz sicher.»

«Nicht mal jemand von vor Jahren? Sibyl ist – wann war das – vor ungefähr sechs Jahren hergezogen?»

«Richtig», sagte Lena und klang wieder feindselig. «Sie hat einen Job am College angenommen, um in meiner Nähe sein zu können.»

«Hat sie mit jemandem zusammengelebt?»

«Was soll das heißen?»

Jeffrey ließ das Taschentuch fallen. «Es heißt, was es heißt, Lena. Sie war blind. Ich nehme an, da war sie auf Hilfe angewiesen. Also, lebte sie mit jemandem zusammen?»

Lena schürzte die Lippen, als müsse sie erwägen, ob sie antworten sollte oder nicht. «Sie hatte mit Nan Thomas zusammen ein Haus an der Cooper.»

«Mit der Bibliothekarin?» Das würde erklären, warum Sara ihr in der Bibliothek begegnet war.

Lena sagte mit gedämpfter Stimme: «Ich muss Nan ja wohl auch von dem hier berichten.»

Jeffrey nahm an, dass Nan Thomas bereits Bescheid wusste. In Grant blieb nichts lange geheim. Dennoch bot er an: «Ich kann es ihr sagen.»

«Nein», sagte sie und warf ihm einen vernichtenden Blick zu. «Ich denke, es ist besser, wenn sie es von jemandem erfährt, den sie kennt.»

Was unterschwellig damit gemeint war, entging Jeffrey nicht, aber er entschied sich gegen die Konfrontation. Lena war auf einen neuen Streit aus, so viel war klar. «Ich bin sicher, dass sie bereits etwas gehört hat. Doch Einzelheiten wird sie nicht erfahren haben.»

«Sie wird nichts von der Vergewaltigung wissen, meinen Sie?» Lena wippte nervös mit dem Bein. «Ich nehme an, ich sollte ihr nichts von dem Kreuz erzählen?»

«Wohl besser nicht», antwortete er. «Wir müssen einige der Details zurückhalten für den Fall, dass jemand gesteht.»

«Den würde ich gern in die Finger kriegen, der ein falsches Geständnis macht», flüsterte Lena. Ihr Bein bewegte sich noch immer.

«Sie sollten heute Nacht nicht allein bleiben», sagte er ihr. «Möchten Sie, dass ich Ihren Onkel anrufe?» Er wollte nach dem Telefon greifen, aber sie hielt ihn mit einem «Nein» davon ab.

«Mir geht es gut», sagte sie und stand auf. «Ich seh Sie dann morgen.»

Auch Jeffrey erhob sich, froh, zu einem Ende zu kommen. «Ich rufe Sie an, sobald wir was haben.»

Sie sah ihn verblüfft an. «Wann ist die Einsatzbesprechung?»

Er merkte, worauf sie hinauswollte. «Ich werde Sie an diesem Fall nicht mitarbeiten lassen, Lena. Das müssen Sie wissen.»

«Sie verstehen nicht», sagte sie. «Wenn Sie mich nicht daran mitarbeiten lassen, dann hat Ihre Freundin demnächst noch eine Leiche auf dem Tisch.»

SECHS

Lena trommelte mit der Faust an die Eingangstür des Hauses ihrer Schwester. Sie wollte schon zurück zu ihrem Wagen gehen und ihre Zweitschlüssel holen, als Nan Thomas die Tür öffnete.

Nan war kleiner als Lena, wog aber ungefähr fünf Kilo mehr. Mit ihren kurzen graubraunen Haaren und dicken Brillengläsern sah sie ganz genau so aus, wie man sich die typische Bibliothekarin vorstellte.

Nans Augen waren verweint und geschwollen. Frische Tränen liefen ihr immer noch über die Wangen. Sie hielt ein zusammengeknülltes Papiertaschentuch in der Hand.

Lena sagte: «Ich nehme an, Sie haben es schon gehört.»

Nan machte eine Kehrtwendung, ging ins Haus zurück und ließ die Tür für Lena offen. Die beiden Frauen waren noch nie gut miteinander ausgekommen. Wäre Nan Thomas nicht Sibyls Geliebte gewesen, hätte Lena wohl kaum je ein Wort mit ihr gewechselt.

Das Haus war ein Bungalow aus den zwanziger Jahren. Die ursprüngliche Architektur war größtenteils erhalten, von den Holzfußböden bis zu den schlichten Türfüllungen. Die Vordertür führte in einen großen Wohnraum mit einem Kamin auf der einen Seite und dem Esszimmer auf der anderen, von wo die Küche abging. Zwei kleine Schlafzimmer und ein Bad vervollständigten den einfachen Grundriss.

Lena ging zielstrebig den Flur entlang. Sie öffnete die erste Tür zu ihrer Rechten und betrat das Schlafzimmer, das Sibyl sich als Arbeitsraum eingerichtet hatte. Alles war penibel aufgeräumt, in erster Linie wohl aus reiner Notwendigkeit. Da Sibyl blind war, mussten sich alle Dinge stets an ihrem Platz befinden, damit sie sie auch finden konnte. Bücher in Braille waren auf Regalen gestapelt. Zeitschriften, ebenfalls in Blindenschrift, lagen ausgebreitet auf dem Couchtisch vor einem alten Futon. Auf einem Schreibtisch auf der gegenüberliegenden Seite stand ein Computer. Lena schaltete ihn ein, als Nan das Zimmer betrat.

«Was denken Sie sich eigentlich dabei?»

«Ich muss ihre persönlichen Dinge überprüfen.»

«Und wieso?», fragte Nan und trat an den Schreibtisch. Sie legte die Hand auf die Tastatur, als könnte sie Lena dadurch Einhalt gebieten.

«Ich muss prüfen, ob etwas Eigentümliches vorgefallen ist, ob jemand sie verfolgt hat.»

«Und wieso gerade hier?», fragte Nan. Sie nahm die Tastatur an sich. «Den Computer hat sie nur für ihre Arbeit benutzt. Sie könnten doch nicht einmal mit der Software zur Spracherkennung umgehen.»

Lena griff sich die Tastatur. «Das krieg ich schon raus.»

«Nein, kriegen Sie nicht», widersprach Nan. «Das hier ist auch mein Haus.»

Lena stemmte die Hände in die Hüften und ging mitten ins Zimmer. Sie entdeckte einen Stapel Papier neben einer alten Schreibmaschine für Blindenschrift. Sie nahm die Seiten zur Hand und wandte sich an Nan. «Was ist das hier?»

Nan kam herbeigerannt und entriss ihr die Seiten. «Das ist ihr Tagebuch.»

«Können Sie das lesen?»

«Das ist ihr persönliches Tagebuch», wiederholte Nan entsetzt. «Es enthält ihre ganz privaten Gedanken.»

Lena biss sich auf die Unterlippe und überlegte sich eine bessere Taktik. Dass sie Nan Thomas nie hatte leiden können, war in diesem Haus kein Geheimnis. «Sie können Braille lesen, nicht wahr?»

«Etwas.»

«Sie müssen mir sagen, was hier steht, Nan. Jemand hat sie umgebracht.» Sie tippte auf die Seiten. «Vielleicht war jemand hinter ihr her. Vielleicht hatte sie vor etwas Angst und wollte es uns nicht sagen.»

Nan wandte sich ab, den Kopf zu den Seiten gebeugt. Sie fuhr mit dem Finger über die oberste Reihe der Punkte, aber Lena merkte, dass sie nicht wirklich las. Lena hatte den Eindruck, dass sie die Seiten nur berührte, weil Sibyl es auch getan hatte, und dadurch wohl hoffte, etwas von Sibyl in sich aufzunehmen und nicht nur Wörter.

Nan sagte: «Montags ist sie immer essen gegangen, um mal etwas zu tun, bei dem sie ganz auf sich allein gestellt war.»

«Ich weiß.»

«Wir wollten uns heute Abend eigentlich Burritos machen.» Nan legte den Stapel Papier vor den Schreibtisch. «Tun Sie, was Sie tun müssen», sagte sie. «Ich bin im Wohnzimmer.»

Lena wartete, bis sie gegangen war, und machte sich dann wieder an ihre Arbeit. Nan hatte mit dem Computer Recht gehabt. Lena wusste nicht, wie die Software funktionierte. Sibyl hatte das Gerät auch nur für die Arbeit am College benutzt. Sibyl hatte in den Computer diktiert, was sie brauchte, und ihre Assistentin hatte dafür gesorgt, dass Kopien ausgedruckt wurden.

Das zweite Schlafzimmer war ein wenig größer als das erste. Lena stand in der Türöffnung und ließ das säuberlich gemachte Bett auf sich wirken. Gemütlich eingepackt zwischen den Kissen lag Pu, der Teddybär. Pu war alt und stellenweise abgescheuert. In ihren Kindertagen war Sibyl nur höchst selten ohne Pu aufgetreten, und den Teddybären wegzuwerfen war ihnen wie eine Schandtat vorgekommen. Lena lehnte sich gegen den Türrahmen und sah vor ihrem geistigen Auge ein Bild von Sibyl als Kind. Sie stand da mit ihrem Teddybär Pu. Lena schloss die Augen und überließ sich der Erinnerung. Viel hatte es in ihrer Kindheit nicht gegeben, an das Lena sich gern erinnerte, aber ein besonderer Tag ragte heraus. Ein paar Monate nach dem Unfall, durch den Sibyl erblindet war, gab Lena ihrer

Schwester, die auf der Schaukel saß, immer wieder Schwung. Sibyl hielt Pu ganz fest an die Brust gedrückt, hatte den Kopf nach hinten geworfen, weil sie den Luftzug spürte, und lächelte, weil sie dies schlichte Vergnügen sehr genoss. Ein so starkes Vertrauen herrschte zwischen ihnen, dass Sibyl ohne jede Furcht auf die Schaukel stieg und sich sicher war, dass Lena sie weder zu hoch noch zu schnell schaukelte. Lena hatte sich verantwortlich gefühlt und war stolz darauf. Sie gab Sibyl Schwung, bis ihr die Arme wehtaten.

Lena rieb sich die Augen und schloss die Schlafzimmertür. Sie ging ins Badezimmer und öffnete den Arzneischrank. Bis auf Sibyls gewohnte Vitamine und Kräuter war er leer. Lena öffnete den Wandschrank und wühlte sich durch Toilettenpapier und Tampons, Haargel und Handtücher. Wonach sie suchte, wusste Lena nicht. Sibyl würde niemals etwas verstecken. Denn sie wäre die Letzte gewesen, die es wieder gefunden hätte.

«Sibby», hauchte Lena und wandte sich wieder zum Spiegel am Arzneischrank. Sie sah Sibyl, sah nicht sich. Lena flüsterte ihrem Spiegelbild zu: «Sag mir etwas. Bitte.»

Sie schloss die Augen und versuchte, sich zu orientieren, wie Sibyl es getan hätte. Das Badezimmer war klein, Lena konnte beide Wände mit den Händen berühren, wenn sie in der Mitte stand. Sie öffnete die Augen und seufzte enttäuscht. Nichts.

Nan Thomas saß im Wohnzimmer auf der Couch. Sie hatte Sibyls Tagebuch auf dem Schoß und sah nicht auf, als Lena hereinkam. «Ich habe die Eintragungen der letzten Tage gelesen», sagte sie mit ausdrucksloser Stimme. «Nichts Ungewöhnliches. Sie machte sich nur Sorgen um eine Studentin im ersten Semester, die durchzufallen drohte.»

Lena stützte sich mit der Hand an der Wand ab. «Waren im letzten Monat irgendwelche Handwerker da?»

«Nein.»

«Jemand, der Post abgegeben hat? Kein Bote von UPS oder FedEx?»

«Niemand Neues. Wir sind hier in Grant County, Lee.»

Lena sträubten sich die Haare, als sie den vertrauten Namen hörte. Sie gab sich alle Mühe, ihren Zorn zu unterdrücken. «Sie hat nicht etwa gesagt, dass sie das Gefühl hatte, verfolgt zu werden oder dergleichen?»

«Ganz und gar nicht. Sie verhielt sich absolut normal.» Nan presste die Tagebuchseiten an die Brust. «Mit ihren Studenten war alles in Ordnung. Mit uns war alles in Ordnung.» Ein leichtes Lächeln trat auf ihre Lippen. «Wir hatten vor, an diesem Wochenende einen Tagesausflug nach Eufalla zu machen.»

Lena zog ihre Autoschlüssel aus der Tasche. «In Ordnung», sagte sie knapp. «Ich denke, wenn irgendwas auftaucht, sollten Sie mich anrufen.»

«Lee –»

Lena hob eine Hand. «Bitte nicht.»

Nan reagierte auf die Ermahnung mit einem Stirnrunzeln. «Ich werde Sie anrufen, wenn mir etwas einfällt.»

Um Mitternacht leerte Lena schon ihre dritte Flasche Rolling Rock. Sie fuhr außerhalb von Madison über die Bezirksgrenze von Grant County. Sie erwog kurz, die leere Flasche aus dem Wagenfenster zu werfen, aber hielt sich in letzter Minute zurück. Sie lachte über ihr verqueres Moralempfinden: Sie fuhr zwar unter Alkoholeinfluss, aber die Landschaft zu verunreinigen kam nicht infrage. Irgendwo musste man die Grenze ziehen.

Als Angela Norton, Lenas Mutter, aufwuchs, hatte sie mit ansehen müssen, wie ihr Bruder Hank tiefer und tiefer in einen bodenlosen Abgrund von Alkohol und Drogenmissbrauch versank. Hank hatte Lena erzählt, dass ihre Mutter strenge Alkoholgegnerin gewesen war. Als Angela ihren Calvin Adams geheiratet hatte, hatte das einzige Gebot, auf dem sie bestand, von ihm verlangt, dass er niemals mit seinen Polizistenkollegen zum Trinken ging. Von Cal wusste man zwar, dass er manchmal über die Stränge schlug, aber im Großen und Ganzen kam er dem Wunsch seiner Frau nach. Gerade erst drei Monate verheiratet, machte er eine routinemäßige Verkehrskontrolle an einer unbefestigten Straße außerhalb von Reece, Georgia, als der Fahrer seine Waffe zog. Von zwei Schüssen in den Kopf getroffen, starb Calvin Adams, ehe sein Körper den Boden berührte.

Mit dreiundzwanzig war Angela kaum auf ein Leben als Witwe vorbereitet. Als sie beim Begräbnis ihres Mannes in Ohnmacht fiel, schrieb ihre Familie das ihrem schwachen Nervenkostüm zu. Nach vier Wochen morgendlicher Übelkeit nannte ihre Ärztin dann die Diagnose: Angela war schwanger.

Im Laufe der Schwangerschaft wurde Angela immer verzagter. Eine wirklich glückliche Frau war sie ohnehin nie gewesen. Das Leben in Reece war nicht leicht, und die Norton-Familie hatte ihre Erfahrung mit schwierigen Zeiten. Hank Norton war berüchtigt wegen seines Jähzorns und galt als einer jener gewalttätigen Trunkenbolde, denen man besser nicht in einer dunklen Gasse begegnete. Unter der Obhut ihres älteren Bruders hatte Angela gelernt, sich lieber aus allen Streitigkeiten herauszuhalten. Zwei Wochen nachdem sie Zwillingsmädchen zur Welt gebracht hatte, erlag Angela Adams einer Infektionskrankheit. Sie war gerade vierundzwanzig Jahre alt. Hank Norton war als einziger Verwandter bereit, ihre beiden Mädchen bei sich aufzunehmen.

Wenn man Hanks Erzählungen Glauben schenkte, hatten Sibyl und Lena sein Leben völlig umgekrempelt. An dem Tag, als er sie in sein Haus brachte, hatte er aufgehört, Raubbau mit seinem Körper zu treiben. Er behauptete, allein durch ihre Existenz Gott gefunden zu haben, und sagte heute noch, er könne sich bis in alle Einzelheiten daran erinnern, wie es gewesen war, Lena und Sibyl zum ersten Mal im Arm zu halten.

In Wahrheit hatte Hank nur aufgehört, sich Speed zu spritzen, als die Mädchen zu ihm kamen. Mit dem Trinken hörte er erst sehr viel später auf. Als das geschah, waren die Mädchen acht. Ein schlechter Tag auf der Arbeit hatte Hank veranlasst, sich voll laufen zu lassen. Als er keinen Schnaps mehr hatte, beschloss er, zum Spirituosenladen nicht zu Fuß zu gehen, sondern das Auto zu nehmen. Er kam nicht mal hinaus auf die Straße. Sibyl und Lena spielten im Vorgarten Ball. Lena wusste immer noch nicht, was Sibyl sich dabei gedacht hatte, bis in die Auffahrt hinter dem Ball herzulaufen. Der Wagen hatte sie von der Seite erwischt. Die Stoßstange hatte sie mit voller Wucht an der Schläfe getroffen, als sie sich bückte, um den Ball aufzuheben.

Die Behörden des County waren eingeschaltet worden, aber die Untersuchung verlief im Sande. Von Reece aus brauchte man mit dem Auto vierzig Minuten zum nächsten Krankenhaus. Hank hatte genügend Zeit, nüchtern zu werden und eine glaubwürdige Geschichte zu erfinden. Lena konnte sich noch daran erinnern, wie sie mit ihm im Wagen gesessen und beobachtet hatte, wie seine Lippen sich bewegten, als er sich die Geschichte ausdachte. Zu jener Zeit war die achtjährige Lena nicht ganz sicher, was überhaupt passiert war, und als sie bei der Polizei befragt wurde, hatte sie Hanks Geschichte bestätigt.

Noch immer träumte Lena ab und zu von dem Unfall, und in diesen Träumen prallte Sibyls Körper kaum anders als der Ball auf den Boden. Dass Hank angeblich seither keinen Tropfen Alkohol mehr getrunken hatte, war für Lena ohne jede Bedeutung. Der Schaden war angerichtet.

Sie machte noch eine Flasche Bier auf und nahm dabei beide Hände vom Lenkrad, um den Schraubverschluss abzudrehen. Sie nahm einen großen Schluck und verzog das Gesicht wegen des Geschmacks. Alkohol hatte sie noch nie gereizt. Lena hasste es, sich nicht unter Kontrolle zu haben, hasste den betrunkenen Zustand und die Benommenheit. Sich zu betrinken war etwas für schwache Menschen, eine Krücke für diejenigen, die nicht genügend Kraft besaßen, ihr eigenes Leben zu leben, auf den eigenen Füßen zu stehen. Sich zu betrinken hieß, vor etwas davonzulaufen. Lena nahm noch einen Schluck Bier und dachte, eben jetzt sei genau der richtige Zeitpunkt dafür.

Der Celica brach aus, als sie zu schnell in die Ausfahrt abbog. Lena lenkte mit einer Hand gegen und hielt die Bierflasche fest in der anderen. Eine scharfe Rechtskurve brachte sie zum «Stop 'n' Save» von Reece. Das Innere des Ladens war dunkel. Wie die meisten Geschäfte in der Stadt schloss auch die Tankstelle um 22 Uhr. Aber wenn sie die Erinnerung nicht täuschte, musste man nur um das Gebäude herumgehen, um auf eine Gruppe von Teenagern zu stoßen, die Alkohol tranken, Zigaretten rauchten und auch sonst alle jene Dinge taten, von denen ihre Eltern nichts wissen wollten. Lena und Sibyl waren an so manchem dunklen Abend hierher spaziert, nachdem sie sich unter Hanks nicht sonderlich wachsamen Augen davongeschlichen hatten.

Lena sammelte die leeren Flaschen zusammen und stieg aus dem Wagen. Sie stolperte, weil ihr Fuß an der Tür hängen blieb. Eine Flasche rutschte ihr aus der Hand und zerbrach auf dem Beton. Fluchend trat sie die Scherben von ihren Reifen weg und ging zum Mülleimer. Als sie die leeren Flaschen hineinwarf, starrte Lena auf ihr Spiegelbild im Sicherheitsglas der Schaufensterscheibe. Eine Sekunde lange hatte sie das Gefühl, Sibyl zu sehen. Sie legte die Hand auf die Scheibe, berührte ihre Lippen und ihre Augen.

«Mein Gott», seufzte Lena. Dies war einer der vielen Gründe, warum sie nicht trinken mochte. Sie war ja schon fast ein Fall für die Klapsmühle.

Musik plärrte von der Bar auf der anderen Straßenseite herüber. Hank betrachtete es als eine Prüfung seiner Willensstärke, dass er eine Bar besaß, aber keinen Tropfen trank. «The Hut» sah, wie der Name andeutete, ein wenig nach Südsee aus. Das Dach war so hoch wie nötig mit Reet gedeckt, und ganz oben war es mit verrostetem Blech beschlagen. Fackeln mit orange und roten Glühbirnen statt echter Flammen standen links und rechts vom Eingang, und die Tür war so gestrichen, dass es aussah, als sei sie aus Gras. Zwar blätterte überall Farbe von den Wänden ab, aber man konnte das Bambusmuster noch ahnen.

Betrunken, wie sie war, besaß Lena dennoch genügend Selbstkontrolle, um nach links und rechts zu sehen, bevor sie die Straße überquerte. Ihre Füße schlurften gut zehn Sekunden hinter dem Rest ihres Körpers her, und sie hatte die Arme zur Seite ausgestreckt, um das Gleichgewicht zu halten, als sie über den Kies des Parkplatzes ging. Von den ungefähr fünfzig Fahrzeugen auf dem Platz waren vierzig Pick-ups. Da man sich im «Neuen» Süden befand, hatten die Kleinlaster keine Gewehrhalterungen mehr, sondern Chromleisten und goldene Zierstreifen an den Seiten. Die anderen Autos waren Jeeps und Geländewagen. Startnummern für Nascar-Rennen waren auf die rückwärtigen Scheiben gemalt. Hanks cremefarbener Mercedes von 1983 war die einzige Limousine auf dem Platz.

«The Hut» stank nach Zigarettenrauch, und Lena musste ganz flach atmen, um nicht zu würgen. Ihre Augen brannten, als sie zum Tresen ging. In den vergangenen zwanzig oder so Jahren hatte sich nicht viel verändert. Der Fußboden war klebrig von Bier, und unter den Füßen knirschten Erdnussschalen. Zur Linken befanden sich Nischen, in denen wahrscheinlich mehr DNS-Material zu finden war als im FBI-Labor von Quantico. Rechts erstreckte sich eine lange Bar aus Fünfzig-Gallonen-Fässern und Fichtenkernholz. An der hinteren Wand befand sich die Bühne, links und rechts von ihr jeweils die Damen- und Herrentoiletten. In der Mitte des Raums lag das, was Hank Tanzfläche nannte. Abends war sie meistens randvoll von Männern und Frauen in verschiedenen Stadien betrunkener Erregung. «The Hut» war eine «Halbdrei-Bar», womit gemeint war, dass um halb drei Uhr morgens alle Gäste blendend aussahen.

Hank war nirgends zu sehen, aber Lena wusste, dass er bei

einem «Je-ka-mi»-Abend wie heute nicht weit sein konnte. Jeden zweiten Montag waren die Gäste der «Hut» herzlich eingeladen, auf die Bühne zu gehen und sich vor dem Rest der Stadt zum Narren zu machen. Bei dem Gedanken daran grauste es Lena. Im Vergleich zu Reece war Heartsdale eine geschäftige Metropole. Wäre nicht die Reifenfabrik gewesen, die meisten Männer hier im Raum hätten schon vor Jahren die Flucht ergriffen. Aber so waren sie es zufrieden, sich zu Tode zu trinken und dabei so zu tun, als seien sie froh und glücklich.

Lena rutschte auf den erstbesten freien Barhocker. Der Country-Song aus der Musikbox hatte einen stampfenden Bass-Rhythmus; sie stützte die Ellbogen auf die Theke und legte die Hände über die Ohren, um sich möglichst ungestört beim Denken zuzuhören.

Jemand stieß gegen ihren Arm, und als sie den Kopf hob, sah sie den Prototyp eines Hinterwäldlers neben sich sitzen. Sein Gesicht war sonnenverbrannt, und zwar vom Hals aufwärts bis zwei Zentimeter unter dem Haaransatz, weil er wahrscheinlich im Freien gearbeitet und dabei seine Baseballkappe getragen hatte. Sein Hemd war so gestärkt, dass man es hätte hinstellen können, und die Manschetten lagen eng um seine dicken Handgelenke. Die Musikbox verstummte plötzlich, und Lena mahlte mit den Kinnbacken, damit es in den Ohren knackte und sie sich nicht mehr so vorkam, als sei sie in einem Tunnel.

Der Gentleman-Nachbar knuffte abermals ihren Arm, grinste und sagte: «He, Lady.»

Lena verdrehte die Augen und erweckte die Aufmerksamkeit des Barkeepers. «JD on the rocks», bestellte sie.

«Das geht auf mich», sagte der Mann und knallte einen Zehndollarschein auf die Theke. Wenn er sprach, kollidierten seine Wörter wie die Waggons eines entgleisten Güterzugs, und Lena wurde klar, dass er viel betrunkener war, als sie je werden wollte.

Der Mann bedachte sie mit einem lüsternen Grinsen.

«Weißt du was, Zuckerpuppe, ich würde gern was Biblisches mit dir anstellen.»

Sie beugte sich dicht an sein Ohr. «Sollte ich je feststellen, dass du es getan hast, werd ich dir mit meinem Zündschlüssel die Eier rausreißen.»

Er öffnete den Mund, um etwas zu entgegnen, wurde aber vom Barhocker gerissen, bevor er auch nur ein Wort herausbekam. Hank stand da, hielt den Mann am Hemdkragen gepackt und stieß ihn dann in die Menge. Der Blick, mit dem ihr Onkel sie musterte, war genauso grimmig wie der, mit dem sie ihn ansah.

Lena hatte Hank nie gemocht. Anders als Sibyl war sie jemand, der nur schwer verzeihen konnte. Auch wenn Lena Sibyl nach Reece fuhr, damit sie den Onkel besuchen konnte, verbrachte sie den größten Teil der Zeit im Auto oder saß auf der Vordertreppe, Autoschlüssel in der Hand, um sofort aufbrechen zu können, sobald Sibyl zur Vordertür herauskam.

Trotz der Tatsache, dass Hank sich im Alter von zwanzig bis fast vierzig ständig Speed in die Venen gespritzt hatte, war er keineswegs ein Idiot. Dass Lena mitten in der Nacht bei ihm auftauchte, konnte nur eins bedeuten.

Sie sahen einander immer noch starr an, als die Musik von neuem loslegte, die Wände zu erschüttern schien und den Boden so stark vibrieren ließ, dass man es auf dem Barhocker spürte. Was Hank fragte, sah sie eher, als dass sie es hören konnte: «Wo ist Sibyl?»

Hinter die Bar angebaut und eher wie eine Außentoilette wirkend und nicht wie ein Raum für normale Geschäfte, war Hanks Büro nicht viel mehr als ein kleiner Holzverschlag mit einem Blechdach. Eine Glühbirne hing an einem fast durchgescheuerten elektrischen Kabel, das wahrscheinlich gleich nach der großen Depression im Rahmen eines staatlichen Hilfsprogramms installiert worden war. Plakate von Bier- und Schnapsfirmen dienten als Tapeten. Weiße Kartons mit Spirituosen waren vor der rückwärtigen Wand aufgestapelt, sodass vielleicht noch drei Quadratmeter Platz blieben für einen Schreibtisch und je einen Stuhl auf beiden Seiten. Um die Stühle und den Tisch herum häuften sich Schachteln voller Quittungen und Belege, die Hank als Betreiber der Bar im Laufe der Jahre angesammelt hatte. Ein Bach, der hinter der Bar floss, sorgte dafür, dass stets Feuchtigkeit und Moder in der Luft lagen. Lena nahm an, dass Hank gern an diesem düsteren und muffigen Ort arbeitete.

«Ich sehe, du hast renoviert», sagte Lena und stellte ihr Glas auf eine der Schachteln. Sie konnte nicht sagen, ob sie nicht mehr betrunken genug oder schon zu betrunken war, um es zu merken.

Hank warf einen flüchtigen Blick auf das Glas und sah dann wieder Lena an. «Du trinkst doch gar nicht.»

Sie hob das Glas und prostete ihm zu. «Auf die Spätentwicklerin.»

Hank setzte sich auf seinem Bürostuhl zurück, die Hände vor dem Bauch verschränkt. Er war hoch gewachsen und dürr, und seine Haut neigte dazu, im Winter schuppig zu werden. Hanks Vater war Spanier, aber äußerlich ähnelte er weit mehr seiner Mutter, einer käsigen Frau, die so sauertöpfisch war, wie sie aussah. Lena war es immer so vorgekommen, als ob Hank große Ähnlichkeit mit einer Albino-Schlange besaß.

Er fragte: «Was treibt dich in diese Gegend?»

«Wollte nur mal reinschauen», kriegte sie über den Rand des Glases heraus. Der Whiskey hinterließ einen bitteren Geschmack. Sie ließ den Blick nicht von Hank, als sie das Glas leerte und es dann mit Schwung auf die Schachtel zurückstellte. Lena konnte sich nicht erklären, was sie zurückhielt. Jahrelang hatte sie darauf gewartet, einmal die Oberhand über Hank Norton zu gewinnen. Jetzt war ihre Möglichkeit gekommen, ihm so wehzutun, wie er Sibyl wehgetan hatte.

«Hast du jetzt auch angefangen, Kokain zu schnupfen, oder nur geheult?»

Lena rieb sich mit dem Handrücken über den Mund. «Was meinst du wohl?»

Hank starrte sie an, rieb und knetete sich die Hände. Das war mehr als eine nervöse Angewohnheit, wie Lena wusste. Hank hatte schon früh Arthritis bekommen, weil er sich immer wieder Speed in die Venen seiner Hände gespritzt hatte. Da die meisten Venen durch die starken Zusatzstoffe, mit denen die Droge gestreckt wurde, verkalkt waren, funktionierte auch in den Armen der Blutkreislauf nicht gut. An den meisten Tagen waren seine Hände eiskalt und schmerzten unentwegt.

Er hörte plötzlich auf, sich die Hände zu reiben. «Bringen wir's hinter uns, Lee. Ich muss eine Show auf die Bühne stellen.»

Lena wollte den Mund öffnen, aber sie brachte keinen Ton heraus. Zum Teil war sie ärgerlich über seine arrogant-schnodderige Art, die er ihr gegenüber schon seit jeher an den Tag gelegt hatte. Zum anderen wusste sie nicht, wie sie es ihm sagen sollte. Sosehr Lena ihren Onkel auch hasste, war er doch ein menschliches Wesen. Hank war in Sibyl vernarrt gewesen. Während der High-School-Zeit konnte Lena ihre Schwester nicht überallhin mitnehmen, und so war Sibyl oft zu Hause bei Hank geblieben. Die enge Beziehung zwischen beiden war unbestreitbar, und sosehr Lena auch den Wunsch verspürte, ihren Onkel leiden zu sehen, spürte sie doch eine gewisse Hemmung. Lena hatte Sibyl geliebt, Sibyl hatte Hank geliebt.

Hank nahm einen Kugelschreiber zur Hand, drehte ihn zwischen den Fingern und ließ ihn über den Tisch wandern, bevor er schließlich fragte: «Was gibt's denn für Probleme, Lee? Brauchst du Geld?»

Wenn es so einfach wäre, dachte Lena.

«Auto kaputt?»

Sie schüttelte ganz langsam den Kopf.

«Es ist wegen Sibyl», verkündete er, und dabei drohte seine Stimme zu versagen.

Als Lena nicht antwortete, nickte er wie zur Selbstbestätigung und faltete die Hände, als wolle er beten. «Sie ist krank?», fragte er. Man merkte seiner Frage an, dass er das Schlimmste befürchtete. In diesem einen Satz lag mehr Gefühl, als Lena ihren Onkel je hatte ausdrücken sehen. Sie betrachtete ihn, als sähe sie ihn zum ersten Mal. Seine käsige Haut hatte eine Vielzahl jener roten Flecken, die blasse Männer mit zunehmendem Alter im Gesicht bekommen. Sein Haar, schon silbrig grau, solange sie sich erinnern konnte, hatte jetzt unter der Sechzig-Watt-Glühbirne einen stumpfen gelblichen Schimmer angenommen. Sein Hawaiihemd war zerknittert, was er sich sonst eigentlich nie leistete, und seine Hände, die er anscheinend nicht ruhig halten konnte, zitterten leicht.

Lena machte es so, wie Jeffrey Tolliver es auch getan hatte. «Sie ging in den Diner in der Stadtmitte», fing sie an. «Du weißt schon, den gegenüber von dem Kleidergeschäft.» Er nickte. «Sie ging zu Fuß hin. Das hat sie jede Woche einmal gemacht, sie wollte etwas tun, bei dem sie auf sich allein gestellt war.»

Hank verschränkte die Hände vorm Gesicht und legte die Seiten der Zeigefinger an die Stirn.

«Also, ähm...» Lena hob das Glas, weil sie etwas tun musste. Sie saugte den letzten Rest Whiskey von den Eiswürfeln und fuhr fort: «Sie ging auf die Toilette, und jemand hat sie umgebracht.»

In dem winzigen Büroraum war kaum ein Ton zu hören. Grashüpfer zirpten draußen. Der Bach gluckerte. Das ferne Hämmern der Musikbox klang aus der Bar herüber.

Ohne jede Einleitung drehte Hank sich um, kramte in den Kartons und fragte: «Was hast du heute Abend getrunken?»

Lena war von der Frage überrascht, obwohl sie es nicht hätte sein sollen. Trotz der Gehirnwäsche bei den Anonymen Alkoholikern war Hank Norton ein Meister darin, allem Unangenehmen aus dem Weg zu gehen. Dieses Bedürfnis, möglichst alles zu verdrängen, hatte Hank überhaupt erst zum Alkohol und zu den Drogen gebracht. Sie spielte mit. «Bier im Auto», sagte sie, froh, dass er die grässlichen Einzelheiten nicht hören wollte. «Hier dann JD.»

Eine Flasche Jack Daniels in der Hand, hielt er inne. «Bier vor Schnaps, und du hast 'n Klaps», zitierte er, und bei den letzten Worten versagte seine Stimme.

Lena streckte ihm ihr Glas entgegen und ließ die Eiswürfel klirren. Sie beobachtete Hank, als er ihr einschenkte, und wunderte sich nicht, dass er sich die Lippen leckte.

«Und wie bekommt dir die Arbeit?», fragte Hank. In dem Verschlag klang seine Stimme blechern. Seine Unterlippe zitterte leicht. Sein Gesicht drückte grenzenlosen Kummer aus, aber die Worte, die aus seinem Mund kamen, hörten sich völlig anders an. Er sagte: «Kriegst du alles hin?»

Lena nickte. Sie kam sich vor wie bei einem Autounfall. Endlich verstand sie die Bedeutung des Wortes surreal. In diesem winzigen Raum erschien ihr nichts fassbar. Das Glas lag schwer in ihrer Hand. Hank war meilenweit entfernt. Sie träumte nur.

Lena wollte heraus aus diesem Traum. Sie leerte hastig ihr Glas. Der Alkohol brannte ihr wie Feuer in der Kehle, es war ein Gefühl, als hätte sie glühenden Asphalt geschluckt.

Hank sah auf das Glas, sah nicht Lena an, als sie dies tat.

Mehr brauchte sie nicht. Sie sagte: «Sibyl ist tot, Hank.»

Ohne Vorwarnung rannen ihm Tränen aus den Augen, Lena konnte nur denken, dass er sehr, sehr alt aussah. Sie hatte den Eindruck, eine Blume verwelken zu sehen. Er zog sein Taschentuch hervor und putzte sich die Nase.

Lena wiederholte die Worte fast so, wie Jeffrey Tolliver es schon früher am Abend getan hatte. «Sie ist tot.»

Mit bebender Stimme fragte er: «Bist du sicher?»

Lena nickte fast hektisch. «Ich hab sie gesehen.» Und dann: «Jemand hat sie sehr übel aufgeschlitzt.»

Sein Mund öffnete und schloss sich wie bei einem Fisch. Er behielt Lena im Blick, wie er es immer getan hatte, wenn er versuchte, sie einer Lüge zu überführen. Schließlich aber sah er woandershin und murmelte: «Das ergibt doch gar keinen Sinn.»

Sie hätte hinüberreichen und seine alte Hand tätscheln können, vielleicht sogar versuchen können, ihn zu trösten, aber sie tat es nicht. Lena saß wie versteinert auf ihrem Stuhl. Statt an Sibyl zu denken, was eigentlich ihre erste Reaktion gewesen war, konzentrierte sie sich jetzt auf Hank, auf seine feuchten Lippen, seine Augen, die Haare, die ihm aus der Nase wuchsen.

«Oh, Sibby.» Er seufzte und wischte sich die Augen. Lena sah seinen Adamsapfel hüpfen, als er schluckte. Er griff nach der Flasche, ließ seine Hand auf deren Hals ruhen. Ohne zu fragen, drehte er die Kappe ab und schenkte Lena noch einmal nach. Diesmal reichte die dunkle Flüssigkeit fast bis hinauf an den Rand des Glases.

Zeit verstrich, dann putzte sich Hank laut die Nase und tupfte sich die Augen mit dem Taschentuch ab. «Ich kann mir absolut nicht vorstellen, dass jemand sie umzubringen versucht.» Seine Hände zitterten immer stärker, als er das Taschentuch Lage um Lage kleiner zusammenfaltete. «Ergibt doch gar keinen Sinn», stammelte er. «Bei dir, da könnte ich's noch verstehen.»

«Vielen Dank auch.»

Schon war Hank verärgert. «Fahr bloß nicht gleich aus der Haut. Ich meine, bei dem Job, den du hast.»

Dazu sagte Lena nichts. Das war eine wohlvertraute Aufforderung.

Er stützte sich mit den Händen auf den Tisch und starrte Lena an. «Wo bist du gewesen, als es geschah?»

Lena stürzte den Drink hinunter. Diesmal brannte es nicht

so stark. Als sie das Glas auf den Tisch stellte, starrte Hank sie immer noch an.

Leise murmelte sie: «Macon.»

«War es ein Verbrechen aus Hass?»

Lena griff nach der Flasche und hob sie hoch. «Ich weiß nicht. Vielleicht.» Der Whiskey gluckerte in der Flasche, als sie sich nachschenkte. «Vielleicht hat er gerade sie ausgesucht, weil sie lesbisch war. Vielleicht hat er sie auch ausgesucht, weil sie blind war.» Lena sah mit einem Seitenblick, wie gequält er darauf reagierte. Sie beschloss, ihre Spekulation zu erläutern. «Vergewaltiger neigen dazu, sich Frauen auszusuchen, die sie kontrollieren können, Hank. Sie war ein leichtes Opfer.»

«Also ist es am Ende auch noch meine Schuld?»

«Das hab ich nicht gesagt.»

Er schnappte sich die Flasche. «Gut», fuhr er sie an und ließ die halb leere Flasche wieder in den Karton fallen. Jetzt klang er wütend und darauf bedacht, auf das Wesentliche zurückzukommen. Wie Lena fühlte sich auch Hank unbehaglich, wenn Emotionen ins Spiel kamen. Sibyl hatte oft gesagt, Hank und Lena kämen hauptsächlich deswegen nicht miteinander aus, weil sie einander so ähnlich waren. Als sie hier mit Hank saß und seinen Kummer und Zorn in sich aufnahm, die den winzigen Verschlag erfüllten, sah Lena ein, dass Sibyl Recht gehabt hatte. Sie sah sich vor sich, wie sie in zwanzig Jahren sein würde, und konnte nichts dagegen tun, der Entwicklung keinen Einhalt gebieten.

Hank fragte: «Hast du mit Nan gesprochen?»

«Yeah.»

«Wir müssen uns um die Beerdigung kümmern», sagte er, nahm einen Stift und zeichnete eine Art Kasten auf seinen Kalender. Obendrüber schrieb er in Großbuchstaben BEGRÄBNIS. «Meinst du, es gibt jemanden in Grant, der das vernünftig machen könnte?» Er wartete auf ihre Antwort und fügte hinzu: «Ich mein, die meisten ihrer Freunde waren doch von da.»

«Was?», fragte Lena, das Glas an ihren Lippen. «Wovon redest du eigentlich?»

«Lee, wir müssen Vorbereitungen treffen. Wir müssen uns doch um Sibby kümmern.»

Lena leerte das Glas. Als sie Hank ansah, verschwammen seine Gesichtszüge. Ja, eigentlich wirkte der ganze Raum verschwommen. Sie hatte das Gefühl, sich auf einer Achterbahn zu befinden, und entsprechend reagierte auch ihr Magen. Lena presste die Hand vor den Mund und kämpfte gegen die Übelkeit.

Hank hatte diesen Gesichtsausdruck wahrscheinlich schon sehr oft gesehen, und meistens im Spiegel. Er stand neben ihr und hielt ihr einen Mülleimer unters Kinn, als sie den Kampf verlor.

DIENSTAG

SIEBEN

Sara beugte sich über den Küchenausguss im Haus ihrer Eltern und löste mit der Zange ihres Vaters den Wasserhahn. Sie hatte den größten Teil des Abends im Leichenschauhaus mit der Autopsie von Sibyl Adams verbracht. In ein dunkles Haus zurückzukehren und allein zu schlafen war nicht nach ihrem Geschmack gewesen. Dazu kam dann auch noch Jeffreys letzte Drohung auf ihrem Anrufbeantworter, noch einmal bei ihr vorbeizukommen, und so hatte Sara nicht mehr die geringste Wahl gehabt, wo sie vergangene Nacht hätte schlafen sollen. Sie war bei sich nur eben reingeschlichen, um die Hunde zu holen, und hatte sich noch nicht einmal die Zeit genommen, ihren Operationskittel abzulegen.

Sie wischte sich den Schweiß von der Stirn und sah auf die Uhr an der Kaffeemaschine. Es war halb sieben morgens, und sie hatte gerade mal zwei Stunden geschlafen. Wenn sie die Augen schloss, hatte sie an Sibyl Adams auf der Toilette denken müssen, die nicht sah, was mit ihr geschah, aber umso mehr spürte, was der Angreifer ihr antat.

Das einzig Gute war, dass der heutige Tag niemals so schlimm werden konnte wie der gestrige, es sei denn, es käme zu irgendeiner Art familiärer Katastrophe.

Cathy Linton spazierte in die Küche, öffnete einen Schrank und nahm eine Kaffeetasse heraus, bevor sie gewahr wurde, dass ihre älteste Tochter neben ihr stand. «Was machst du denn hier?»

Sara legte einen neuen Dichtungsring ein. «Der Wasserhahn hat getropft.»

«Zwei Klempner in der Familie», klagte Cathy und goss sich Kaffee ein, «und meine Tochter, die Ärztin, muss einen tropfenden Wasserhahn reparieren.»

Sara lächelte und drehte die Zange mit ganzer Kraft. Die Lintons waren eine Familie von Klempnern, und Sara hatte die meisten Tage ihrer Schulferien im Sommer damit verbracht, ihrem Vater beim Reinigen von Abflüssen und Schweißen von Rohren zur Hand zu gehen. Manchmal dachte sie, sie habe nur deswegen die High School ein Jahr früher abgeschlossen und im Sommer für die Universitätsreife gearbeitet, um nicht mit ihrem Vater in von Spinnen verseuchten Hohlräumen unter dem Fußboden nach der Wasserleitung zu suchen. Nicht dass sie ihren Vater nicht liebte, aber im Gegensatz zu Tessa hatte sie ihre Angst vor Spinnen nie überwinden können.

Cathy rutschte auf den Küchenhocker. «Hast du letzte Nacht hier geschlafen?»

«Ja», antwortete Sara, die sich jetzt die Hände wusch. Sie drehte den Wasserhahn zu und lächelte zufrieden, als er nicht mehr tropfte. Das Gefühl, etwas gut gemacht zu haben, nahm ihr ein wenig Last von den Schultern.

Cathy lächelte anerkennend. «Wenn diese Medizinsache sich nicht auszahlt, kannst du immer aufs Klempnern zurückgreifen.»

«Weißt du, das hat Daddy mir auch gesagt, als er mich am ersten Tag zum College fuhr.»

«Ich weiß», sagte Cathy, «und dafür hätte ich ihn umbringen können.» Sie trank einen Schluck Kaffee und sah Sara über den Rand ihrer Tasse an. «Warum bist du nicht zu dir nach Hause gefahren?»

«Ich hab bis spät gearbeitet und wollte gern hierher kommen. Das ist doch in Ordnung?»

«Aber natürlich ist es in Ordnung», sagte Cathy und warf Sara ein Handtuch zu. «Sei nicht albern.»

Sara trocknete sich die Hände ab. «Hoffentlich hab ich euch nicht geweckt, als ich gekommen bin.»

«Mich jedenfalls nicht», antwortete Cathy. «Warum hast du denn nicht bei Tess geschlafen?»

Sara beschäftigte sich angestrengt damit, das Handtuch akkurat hinzuhängen. Tessa hatte eine Wohnung mit zwei Schlafzimmern über der Garage. In den letzten Jahren hatte es immer wieder einmal Nächte gegeben, in denen Sara nicht allein zu Hause hatte schlafen wollen. Normalerweise übernachtete sie dann bei ihrer Schwester, dann riskierte sie nicht, ihren Vater zu wecken, der in solchen Fällen unweigerlich in aller Breite diskutieren wollte, von welchen Problemen sie gequält wurde.

Sara antwortete: «Ich wollte sie nicht stören.»

«Blödsinn.» Cathy lachte. «Du lieber Gott, Sara, fast eine Viertelmillion Dollar hat das College geschluckt, und sie haben dir nicht mal beigebracht, besser zu lügen?»

Sara nahm ihren Lieblingsbecher aus dem Regal und schenkte sich Kaffee ein. «Vielleicht hättet ihr mich lieber Jura studieren lassen sollen.»

Cathy kreuzte die Beine und runzelte die Stirn. Sie war eine kleine Person, die sich mit Yoga in Form hielt. Ihr blondes Haar und ihre blauen Augen hatten Sara übersprungen und waren an Tessa vererbt worden. Wäre da nicht die Ähnlichkeit im Temperament gewesen, hätte wohl kaum jemand auf die Idee kommen können, dass Cathy und Sara Mutter und Tochter waren.

«Na?», sagte Cathy nachhelfend.

Sara konnte sich ein Lächeln nicht verkneifen. «Sagen wir einfach, Tess war … etwas beschäftigt, als ich reinkam, und belassen wir es dabei.»

«Beschäftigt? Allein?»

«Nein.» Um ihre Verlegenheit zu verbergen, lachte Sara laut, spürte aber, wie ihr das Blut zu Kopf stieg. «Mein Gott, Mutter.»

Nach einigen Augenblicken senkte Cathy die Stimme und fragte: «War es Devon Lockwood?»

«Devon?» Der Name überraschte Sara. Sie hatte nicht genau sehen können, mit wem Tessa im Bett im Clinch gewesen war, aber Devon Lockwood, der neue Gehilfe, den Eddie Linton vor zwei Wochen eingestellt hatte, war der Letzte, mit dem sie gerechnet hätte.

Cathy mahnte sie, leise zu sein. «Sonst hört uns dein Vater noch.»

«Was hört ihr Vater?», fragte Eddie, der in die Küche geschlurft kam. Seine Augen strahlten, als er Sara sah. «Da ist ja mein Baby», sagte er und küsste mit lautem Schmatzen ihre Wange. «Warst du es, die ich heute Morgen hab kommen hören?»

«Das war ich», gestand Sara.

«Ich hab ein paar Farbproben in der Garage», bot er an. «Vielleicht können wir sie uns nach dem Frühstück ansehen und eine hübsche Farbe für dein Zimmer aussuchen.»

Sara trank ihren Kaffee. «Ich ziehe hier nicht wieder ein, Dad.»

Sein ausgestreckter Zeigefinger schnellte auf ihre Tasse zu. «Das da hemmt dein Wachstum.»

«Wenn das kein Glück wäre», murrte Sara. Seit der neunten Klasse war sie das größte Mitglied ihrer engeren Familie und hatte sogar ihren Vater um Haaresbreite übertroffen.

Sara rutschte auf den Hocker, von dem ihre Mutter aufgestanden war. Sie beobachtete ihre Eltern, die ihren morgendlichen Gepflogenheiten nachgingen. Ihr Vater ging in der Küche umher und war ihrer Mutter im Weg, bis Cathy ihn schließlich mit sanfter Gewalt auf einen Stuhl bugsierte. Ihr Vater strich sich die Haare nach hinten und beugte sich über die Morgenzeitung. Seine grau melierten Haaren standen in drei verschiedene Richtungen ab, ähnlich auch seine Augenbrauen. Das T-Shirt, das er trug, war so alt und zerschlissen, dass sich über den Schulterblättern Löcher gebildet hatten. Das Muster seiner Pyjamahosen war schon vor fünf Jahren verblichen, und seine Pantoffeln lösten sich an den Fersen auf. Dass sie von ihrer Mutter den Zynismus und von ihrem Vater das modische Feingefühl geerbt hatte, würde Sara ihren Eltern nie verzeihen.

Eddie sagte: «Ich muss sagen, der *Observer* kann anscheinend gar nicht genug kriegen von dieser Sache.»

Sara warf einen Blick auf die Schlagzeile der Lokalzeitung von Grant. Sie lautete: «College-Professorin fällt grausigem Mord zum Opfer.»

«Was steht denn da?», fragte Sara, weil sie sich doch nicht beherrschen konnte.

Er fuhr mit dem Finger an den Zeilen entlang, während er las. «‹Sibyl Adams, eine Professorin am GIT, wurde gestern im Grant Filling Station barbarisch erschlagen. Die örtliche Polizei steht vor einem Rätsel. Polizeichef Jeffrey Tolliver›» – Eddie verstummte und murmelte dann im Flüsterton «dieser Hundesohn» – «‹berichtet, dass man allen erdenklichen Hinweisen nachgeht, um den Mörder der jungen Professorin seiner gerechten Strafe zuzuführen.›»

«Sie wurde nicht erschlagen», sagte Sara. Der Schlag in Sibyl Adams' Gesicht hatte sie nicht getötet. Sara dachte daran, was die Autopsie ergeben hatte, und musste sich unwillkürlich schütteln.

Eddie schien ihre Reaktion zu bemerken. «Wurde ihr sonst noch etwas angetan?»

Sara war verblüfft, dass ihr Vater diese Frage stellte. Normalerweise gab man sich in ihrer Familie alle erdenkliche Mühe, keine Fragen zu stellen, die diese Seite von Saras Leben betrafen. Sie hatte von Anfang an geahnt, dass sie alle sich nicht mit ihrem Zweitjob anfreunden konnten.

Sara fragte: «Was zum Beispiel?», bevor sie verstand, was ihr Vater meinte. Cathy, die damit beschäftigt war, den Pfannkuchenteig anzurühren, stand das Entsetzen ins Gesicht geschrieben.

Tessa kam durch die Schwingtür in die Küche gestürmt. Offenbar hatte sie erwartet, Sara allein vorzufinden. Ihre Lippen öffneten sich zu einem perfekten O.

Cathy, die inzwischen am Herd stand und Pfannkuchen buk, warf ihr ein «Guten Morgen, Sonnenschein!» über die Schulter zu.

Tessa hielt den Kopf gesenkt und steuerte geradewegs auf den Kaffee zu.

«Gut geschlafen?», fragte Eddie.

«Wie ein Baby», erwiderte Tessa und drückte ihm einen Kuss oben auf den Kopf.

Cathy schwenkte ihren Wender in Saras Richtung. «Du könntest von deiner Schwester was lernen.»

Tessa war so klug, diese Bemerkung zu ignorieren. Sie öffnete die Tür, die auf die Terrasse führte, und forderte Sara mit einer Kopfbewegung auf, ihr nach draußen zu folgen.

Sara tat wie geheißen und hielt den Atem an, bis die Tür fest hinter ihr geschlossen war. Sie flüsterte: «Devon Lockwood?»

«Noch hab ich ihnen nichts von deiner Verabredung mit Jeb erzählt», konterte Tessa.

Sara presste die Lippen aufeinander. Stumm besiegelte sie damit den Waffenstillstand.

Tessa setzte sich auf die Verandaschaukel und zog dabei ein Bein unter sich. «Was hast du denn so spät noch gemacht?»

«Ich war im Leichenschauhaus», antwortete Sara und setzte sich neben ihre Schwester. Sie rieb sich die Arme, um gegen die morgendliche Kühle anzukämpfen. Sie trug noch immer ihren Operationskittel und darunter ein dünnes weißes T-Shirt, kaum warm genug. «Ich musste ein paar Dinge nachprüfen. Lena –» Sie unterbrach sich, weil sie nicht sicher war, ob sie Tessa erzählen konnte, was gestern Abend im Leichenschauhaus geschehen war. Die Anschuldigungen schmerzten noch immer, obwohl Sara wusste, dass Lena vor lauter Schmerz so gesprochen hatte.

Sie sagte: «Ich wollte es hinter mich bringen.»

Nichts Fröhliches war mehr in Tessas Miene. «Hast du was gefunden?»

«Ich habe Jeffrey einen Bericht gefaxt. Ich glaube, der gibt ihm ein paar Anhaltspunkte, die es sich zu verfolgen lohnt.» Sie machte eine Pause, um sich zu überzeugen, dass Tessa ihr Aufmerksamkeit schenkte. «Hör mir zu, Tessie. Sei bitte vorsichtig, okay? Ich meine, halt die Türen verschlossen. Geh nicht allein aus. Und dergleichen.»

«Yeah.» Tessa drückte ihr die Hand. «Okay. Klar.»

«Ich meine –» Sara hielt wieder inne. Sie wollte ihre Schwester nicht ängstigen, wollte aber auch nicht, dass sie in Gefahr geriet. «Ihr seid beide im selben Alter. Du und Sibyl. Verstehst du, worauf ich hinauswill?»

«Yeah», antwortete Tessa, aber es war deutlich zu merken, dass sie nicht weiter darüber reden mochte. Sara konnte ihrer Schwester keinen Vorwurf machen. Da sie bis in intimste Einzelheiten wusste, was Sibyl Adams geschehen war, empfand es Sara als schwierig, sich dem kommenden Tag zu stellen.

«Die Postkarte, die hab ich –», hob Tessa an, aber Sara winkte gleich ab.

«Ich hab sie in meiner Aktentasche gefunden», sagte sie. «Danke.»

«Yeah», sagte Tessa, irgendwie kleinlaut.

Sara blickte auf den See hinaus. Sie dachte nicht an die Postkarte, sie dachte nicht an Sibyl Adams oder Jeffrey oder sonst etwas. Es lag eine so friedliche Atmosphäre über dem Wasser, dass Sara sich zum ersten Mal seit Wochen entspannt fühlte. Wenn sie die Augen zusammenkniff, konnte sie den Bootssteg hinter ihrem eigenen Haus erkennen. Er besaß wie die meisten der Bootsstege am See ein überdachtes Bootshaus, eine Art kleinen schwimmenden Schuppen.

Sie stellte sich vor, wie sie auf einem der Liegestühle saß, an einer Margarita nippte und einen Schundroman las. Warum sie an so etwas dachte, wusste Sara eigentlich auch nicht. In letzter Zeit fand sie kaum Gelegenheit, sich einmal in Ruhe hinzusetzen, den Geschmack von Alkohol mochte sie ohnehin nicht, und wenn der Tag vorüber war, hatte sie so viele Krankenblätter, pädiatrische Fachzeitschriften und forensische Handbücher gelesen, dass ihre Augen streikten.

Tessa unterbrach ihre Gedanken. «Viel Schlaf hast du wohl letzte Nacht nicht bekommen.»

Kopfschüttelnd lehnte sie sich an die Schulter ihrer Schwester.

«Wie ging es denn gestern mit Jeffrey?»

«Wenn ich doch nur eine Pille nehmen könnte, um ihn ganz und gar zu vergessen.»

Tessa hob den Arm und legte ihn Sara um die Schulter. «Konntest du deswegen nicht schlafen?»

Sara seufzte und schloss die Augen. «Ich weiß nicht. Ich musste immer an Sibyl denken. Und an Jeffrey.»

«Zwei Jahre sind eine zu lange Zeit, um jemandem nachzutrauern», sagte Tessa. «Wenn du wirklich über ihn hinwegkommen willst, musst du unbedingt mit Männern ausgehen.» Sie wehrte Saras Protest ab. «Ich mein richtig ausgehen und den Typen nicht gleich abservieren, wenn er etwas näher an dich heranrückt.»

Sara setzte sich auf und zog die Knie an den Oberkörper. Sie wusste, was ihre Schwester sagen wollte. «Ich bin anders als du. Ich kann nicht so leicht mit jemandem ins Bett gehen.» Tessa sah darin keinen Vorwurf, und das hatte Sara auch keinesfalls erwartet. Dass Tessa Linton sich eines aktiven Geschlechtslebens erfreute, war in der Stadt so ziemlich jedermann außer ihrem Vater bekannt.

«Ich war gerade erst sechzehn, als Steve und ich zusammenkamen», holte Sara aus. Sie bezog sich auf ihren ersten ernst zu nehmenden Freund. «Und dann, na ja, du weißt ja, was in Atlanta passiert ist.» Tessa nickte. «Jeffrey hat dafür gesorgt, dass ich Spaß am Sex fand. Zum ersten Mal in meinem Leben fühlte ich mich als ganzer Mensch.» Sie ballte die Fäuste, als könne sie so an dem Gefühl festhalten. «Du kannst dir nicht vorstellen, was es für mich bedeutet hat, plötzlich aufzuwachen nach all den Jahren, in denen sich alles um Schule und Ausbildung drehte, in denen ich mit niemandem ausging und eigentlich kein Privatleben hatte.»

Tessa blieb stumm und ließ Sara reden.

«Ich erinnere mich an unsere erste Verabredung», fuhr sie fort. «Er fuhr mich im Regen nach Hause, auf einmal hielt er an. Ich dachte schon, er macht einen Scherz, weil wir ein paar Minuten zuvor noch darüber gesprochen hatten, wie gern wir im Regen spazieren gingen. Aber er ließ das Scheinwerferlicht an und stieg aus dem Wagen.» Sara schloss die Augen und sah Jeffrey vor sich, wie er im Regen stand, den Kragen seines Jacketts hochgeschlagen. «Eine Katze lag auf der Straße. Sie war angefahren worden und allem Anschein nach tot.»

Tessa wartete schweigend. Dann sagte sie: «Und?»

«Er hob sie auf und brachte sie von der Fahrbahn, damit sie nicht noch einmal überfahren wurde.»

Tessa konnte ihr Entsetzen nicht verhehlen. «Er hat sie aufgehoben?»

«Yeah.» Bei der Erinnerung an die Szene lächelte Sara verliebt. «Er wollte eben nicht, dass noch jemand drüberfuhr.»

«Er hat eine tote Katze angefasst?»

Sara musste über ihre Reaktion lachen. «Hab ich dir das denn noch nie erzählt?»

«Daran würde ich mich bestimmt erinnern.»

Sara lehnte sich auf der Schaukel zurück und benutzte ihren Fuß, um sie still zu halten. «Die Sache war, beim Essen hat er mir dann erzählt, wie sehr er Katzen hasste. Da hat er also im Dunkeln mitten auf der Straße angehalten, auch noch im Regen, um eine tote Katze beiseite zu schaffen, damit niemand sie überfuhr.»

Tessa konnte ihren Ekel nicht verbergen. «Und dann ist er mit den Tote-Katze-Händen wieder ins Auto gestiegen?»

«Ich bin gefahren, weil er nichts anfassen wollte.»

Tessa rümpfte die Nase. «Ist das jetzt der Moment, wo's romantisch wird? Ich hab nämlich schon ein komisches Gefühl im Magen.»

Sara warf ihr einen Seitenblick zu. «Ich hab ihn zum Haus zurückgefahren, und natürlich musste er mit hereinkommen, um sich die Hände zu waschen.» Sara lachte. «Sein Haar war ganz nass vom Regen, und er hielt die Hände in die Höhe wie ein Chirurg, der sich den Kittel nicht schmutzig machen möchte.» Zur Illustration hielt Sara die Hände in die Luft, die Handflächen nach hinten.

«Und?»

«Und ich hab ihn mit in die Küche genommen, damit er sich die Hände waschen konnte. Da gab es nämlich antibakterielle Seife, und weil er nicht auf den Behälter drücken konnte, ohne ihn zu verunreinigen, hab ich das für ihn getan.» Sie seufzte tief. «Und er beugte sich über das Becken, um sich die Hände zu waschen, und dann hab ich sie ihm eingeseift, und sie fühlten sich so stark und warm an, er ist auch immer so verdammt selbstsicher. Er hat nur aufgeblickt und mich direkt auf die Lippen geküsst, ohne auch nur eine Sekunde zu zögern, als hätte er schon die ganze Zeit gewusst, dass ich bei der Berührung seiner Hände nur an eines hatte denken können: wie es sich wohl anfühlen würde, wenn diese Hände mich berührten.»

Tessa wartete, bis sie fertig war, und sagte dann: «Bis auf das mit der toten Katze war das die romantischste Geschichte, die ich je gehört habe.»

«Na ja.» Sara stand auf und ging hinüber ans Geländer der Veranda. «Er bringt es ganz bestimmt fertig, dass alle seine Freundinnen sich vorkommen, als seien sie etwas Besonderes. Ich denk mal, darauf versteht er sich sehr gut.»

«Sara, du wirst wohl nie verstehen, dass Sex für verschiedene Leute auch verschiedene Bedeutung hat. Manchmal geht es nur ums Ficken.» Sie hielt inne. «Manchmal will jemand nur etwas Aufmerksamkeit erwecken.»

«Meine Aufmerksamkeit hat er nun wirklich geweckt.»

«Er liebt dich noch immer.»

Sara drehte sich um und setzte sich aufs Geländer. «Er will mich nur deswegen wiederhaben, weil er mich verloren hat.»

«Wenn es dir wirklich ernst damit wäre, dass er aus deinem Leben verschwindet», fing Tessa an, «dann würdest du deinen Job im County aufgeben.»

Sara öffnete den Mund, um zu antworten, aber ihr fiel nicht ein, wie sie ihrer Schwester klar machen sollte, dass sie an manchen Tagen eben nur wegen ihrer Arbeit für das County nicht verrückt wurde. Sara ertrug nämlich nur eine begrenzte Anzahl von Halsentzündungen und Ohrenschmerzen, ohne dass irgendwann ihr Verstand aussetzte. Ihren Job als Coroner aufzugeben hieße, auf einen Teil ihres Lebens zu verzichten, an dem sie trotz der makabren Aspekte echten Gefallen fand.

Da sie wusste, dass Tessa das niemals würde verstehen können, sagte Sara: «Ich weiß noch nicht, was ich tun werde.»

Es folgte keine Reaktion. Tessa wandte sich um. Sara folgte ihrem Blick durch das Küchenfenster. Jeffrey Tolliver stand am Herd und sprach mit ihrer Mutter.

Das Haus der Lintons besaß zwei Ebenen und war im Laufe seiner vierzigjährigen Existenz immer wieder umgebaut worden. Als Cathy bei sich Interesse an der Malerei entdeckte, wurde ein Studio mit Toilette hinten an das Haus angebaut. Als Sara sich geradezu mit Besessenheit auf ihre Schularbeiten stürzte, wurde ein Arbeitszimmer mit Toilette und Waschbecken auf dem Boden eingerichtet. Als Tessa an Jungen Interesse zu finden begann, wurde das Kellergeschoss dergestalt umgebaut, dass Eddie aus jedem beliebigen Teil des Hauses in allerhöchstens drei Sekunden unten bei ihr sein konnte. Zu beiden Seiten des Zimmers gab es Treppen, und die nächstgelegene Toilette befand sich ein Stockwerk höher.

Im Kellergeschoss hatte sich seit Tessas Auszug ins College nicht viel verändert. Der Teppich war avocadogrün, und das Anbausofa besaß eine dunkle Rostfarbe. Ein kombinierter Tischtennis-/Billardtisch war Mittelpunkt des Zimmers. Sara hatte sich einmal die Hand gebrochen, als sie hinter einem Pingpongball hergehechtet und gegen den Fernsehapparat geprallt war.

Billy und Bob, Saras Hunde, lagen auf der Couch, als Sara und Jeffrey die Treppe hinunterkamen. Sie klatschte in die Hände, um sie zu veranlassen, sich zu trollen. Die Greyhounds regten sich jedoch nicht, bis Jeffrey leise pfiff. Sie wedelten sofort mit den Schwänzen, als er hinging, um sie zu streicheln.

Jeffrey redete nicht lange um den heißen Brei herum, während er Bob am Bauch kraulte: «Ich hab dich den ganzen Abend telefonisch zu erreichen versucht. Wo warst du denn nur?»

Sara fand, dass ihn das überhaupt nichts anging. Sie fragte: «Hast du schon etwas über Sibyl herausfinden können?»

Er schüttelte den Kopf. «Nach Lenas Aussagen hat sie niemanden regelmäßig getroffen. Damit wäre wohl ein erzürnter Freund ausgeschlossen.»

«Jemand aus ihrer Vergangenheit?»

«Niemand», antwortete er. «Ich werde ihrer Mitbewohnerin heute wohl einige Fragen stellen. Sie hat mit Nan Thomas zusammengewohnt. Du weißt schon, die Bibliothekarin?»

«Ja», sagte Sara. Ihr war, als könne sie sich einen Reim darauf machen. «Hast du meinen Bericht schon bekommen?»

Er schüttelte verständnislos den Kopf. «Was?»

«Damit war ich nämlich gestern Abend beschäftigt – mit der Autopsie.»

«Was?», wiederholte er. «Du kannst doch keine Autopsie machen, ohne dass noch jemand dabei ist.»

«Das weiß ich auch, Jeffrey», blaffte Sara zurück und schlug die Arme übereinander. *Eine* Person, die ihre Kompetenz anzweifelte, reichte ihr für zwölf Stunden voll und ganz. Sie sagte: «Deswegen habe ich ja Brad Stephens angerufen.»

«Brad Stephens?» Er drehte ihr den Rücken zu und murmelte leise einen Kommentar, während er Billy unter dem Kinn kraulte.

«Was hast du gesagt?»

«Dass du dich in letzter Zeit seltsam benimmst, habe ich gesagt.» Er drehte sich wieder um und sah sie an. «Du hast die Autopsie mitten in der Nacht vorgenommen?»

«Tut mir Leid, wenn du das eigenartig findest, aber ich habe nun mal zwei Jobs, um die ich mich kümmern muss, nicht nur den für dich.» Er wollte sie unterbrechen, aber sie ließ sich nicht beirren. «Für den Fall, dass du es vergessen hast: Zusätzlich zu dem, was ich im Leichenschauhaus tue, habe ich noch eine Klinik voller Patienten. Patienten, die ich, nebenbei gesagt» – sie sah auf ihre Uhr, ohne wirklich zu registrieren, wie spät es war –, «in ein paar Minuten aufsuchen muss.» Sie stemmte die Hände in die Hüften. «Gab es einen bestimmten Grund, weswegen du vorbeigekommen bist?»

«Ich wollte nach dir sehen», sagte er. «Offenbar ist alles in Ordnung. Das sollte mich auch nicht überraschen. Bei dir ist ja immer alles in Ordnung.»

«Stimmt.»

«Sara Linton, die Frau aus Stahl.»

Sie warf ihm einen herablassenden Blick zu. Sie hatten diese Szene zur Zeit ihrer Scheidung so oft durchgespielt, dass sie die Argumente beider Seiten auswendig hätte hersagen können. Sara war zu eigenmächtig. Jeffrey war zu fordernd.

Sie sagte: «Ich muss gehen.»

«Moment mal», sagte er. «Der Bericht?»

«Hab ich dir bereits gefaxt.»

Jetzt war es an ihm, die Hände in die Hüften zu stemmen. «Ja, hab ich kapiert. Meinst du, du hast was gefunden?»

«Ja», antwortete sie und fügte dann hinzu: «Nein.» Abwehrend kreuzte sie die Arme. Es war ihr zuwider, wenn er mitten aus einem Streit heraus auf etwas kam, das mit der Arbeit zu tun hatte. Es war ein billiger Trick, aber dennoch erwischte er sie stets kalt damit. Sie fing sich und sagte: «Ich muss noch die Ergebnisse der Blutuntersuchung heute Morgen abwarten. Nick Shelton will mich um neun anrufen, dann kann ich dir mehr sagen.» Sie fügte hinzu: «Ich hab das auf der Seite 1 meines Berichts notiert.»

«Warum hast du aus der Blutuntersuchung einen Eilauftrag gemacht?», fragte er.

«Instinkt», antwortete Sara. Mehr wollte sie ihm im Moment nicht verraten. Sara widerstrebte es, Teilinformationen weiterzugeben. Sie war schließlich Ärztin und keine Wahrsagerin. Jeffrey wusste das sehr wohl.

«Geh es mit mir durch», sagte er. Sara stützte wieder die Hände in die Hüfte. Nein, das wollte sie nicht. Trotzdem sah sie zur Treppe und vergewisserte sich, dass niemand zuhörte.

«Lies den Bericht», sagte sie.

«Bitte», sagte er trotzdem. «Ich will es von dir hören.»

Sara lehnte sich an die Wand. Für einen Sekundenbruchteil schloss sie die Augen. Nicht, weil sie sich der Tatsachen entsinnen wollte, sondern um ein wenig Distanz zu dem zu gewinnen, was sie wusste.

Sie fing an: «Sie wurde auf der Toilette überfallen. Wahrscheinlich war sie wegen ihrer Blindheit und des Überraschungsmoments leicht zu überwältigen. Ich glaube, er hat gleich zu Anfang auf sie eingestochen, hat ihr T-Shirt hochgehoben und mit seinem Messer das Kreuz geritzt. Der Schnitt in ihren Bauch kam zuerst. Er ist für ein vollständiges Eindringen nicht tief genug. Ich vermute, er hat seinen Penis hauptsächlich eingeführt, um sie zu beschmutzen. Dann hat er sie vaginal vergewaltigt, wodurch sich die Kotspuren erklären ließen, die ich dort gefunden habe. Ich bin nicht sicher, ob er ejakuliert hat. Und ich denke auch nicht, dass es ihm darum gegangen ist.»

«Du meinst also, es ging ihm viel eher um die Schändung?»

Sie zuckte die Achseln. Viele Vergewaltiger litten unter irgendeiner Form sexueller Funktionsstörung. Sie wusste nicht, warum es bei diesem anders sein sollte. Besonders das Eindringen in die Bauchhöhle wies doch deutlich darauf hin.

Sie sagte: «Vielleicht geht es um den Kick, es an einem halb öffentlichen Ort zu tun. Auch wenn die Mittagsgäste fast alle gegangen waren, hätte doch jemand hereinkommen und ihn überraschen können.»

Er kratzte sich am Kinn. Allem Anschein nach wollte er diesen Gedanken verarbeiten.

«Sonst noch etwas?»

«Kannst du etwas Zeit erübrigen und vorbeikommen?», fragte er. «Ich könnte für neun Uhr dreißig eine Lagebesprechung ansetzen.»

«Eine ausgiebige Lagebesprechung?»

Er schüttelte den Kopf. «Ich will nicht, dass jemand von den Einzelheiten erfährt», sagte er mit Nachdruck, und zum ersten Mal seit langem war sie völlig einverstanden mit ihm.

Sie sagte: «Sehr richtig.»

«Kannst du also gegen neun Uhr dreißig vorbeikommen?», wiederholte er.

Sara ging ihre Vormittagstermine durch. Jimmy Powells Eltern würden um acht bei ihr im Büro erscheinen. Gleich zwei unangenehme und traurige Pflichten nacheinander würden ihr wahrscheinlich den Tag erträglicher machen. Aber mehr noch, sie wusste, je schneller sie die Detectives über die Ergebnisse der Autopsie von Sibyl Adams informierte, desto eher konnten sie sich auf den Weg machen, den Mann zu finden, der sie umgebracht hatte.

«Yeah», sagte sie und ging zur Treppe. «Ich werde da sein.»

«Moment noch», sagte er. «Lena wird auch dabei sein.»

Sara drehte sich um und schüttelte den Kopf. «Kommt gar nicht in Frage. Niemals werde ich vor Sibyls Schwester alle Einzelheiten ihres Todes eine nach der anderen beschreiben.»

«Sie muss aber dabei sein, Sara. Vertrau bitte auf mich.» Er musste wohl aus ihrem Blick ersehen haben, was in ihrem Kopf vorging. Er sagte: «Sie will diese Einzelheiten wissen. So geht sie eben mit derlei Dingen um, sie ist ein Cop.»

«Es wird ihr aber nicht gut tun.»

«Sie hat sich so entschieden», wiederholte er. «Sie erfährt die Tatsachen so oder so, Sara. Und es ist besser, sie erfährt von uns die Wahrheit, als dass sie irgendwelche Lügen in den Zeitungen liest.» Er verstummte, er merkte, dass er sie immer noch nicht hatte überzeugen können. «Wenn es um Tessa ginge, würdest du auch wissen wollen, was geschehen ist.»

«Jeffrey», sagte Sara. Sie spürte, dass sie wider besseren Wissens nachzugeben bereit war. «Sie darf doch ihre Schwester nicht so im Gedächtnis behalten.»

Er zuckte die Achseln. «Vielleicht ja doch.»

Um Viertel vor acht Uhr morgens wachte Grant County gerade auf. Ein unerwarteter Nachtregen hatte alle Pollen weggespült, und obwohl es noch kühl war, fuhr Sara ihren BMW Z3 offen. Den Wagen hatte Sara in der Krisenstimmung nach der Scheidung erworben, als sie etwas brauchte, um sich die Laune zu verbessern. Das hatte auch gute zwei Wochen gewirkt, aber danach kam sie sich ein wenig albern vor, weil das auffällige Auto ständig angestarrt und kommentiert worden war. Einen solchen Wagen fuhr man einfach nicht in einer Kleinstadt, zumal Sara auch noch Ärztin war und nicht nur das, sondern sogar Kinderärztin. Wäre sie nicht in Grant geboren und aufgewachsen, Sara wäre gezwungen gewesen, den Wagen zu verkaufen, oder sie hätte die Hälfte ihrer Patienten verloren. So aber musste sie sich ständig von ihrer Mutter anhören, wie lächerlich es war, wenn eine Person, der es kaum gelang, die einzelnen Kleidungsstücke ihrer Garderobe aufeinander abzustimmen, einen so auffälligen Sportwagen fuhr.

Auf dem Weg zur Klinik winkte Sara Steve Mann zu, dem Inhaber des Haushaltswarenladens. Er winkte zurück, ein überraschtes Lächeln auf den Lippen. Steve war inzwischen verheiratet und hatte drei Kinder, aber Sara wusste, dass er noch immer in sie verschossen war, weil die erste Liebe eben andauert. Da er ihr erster echter Freund gewesen war, spürte Sara noch immer Zuneigung, aber mehr auch nicht. Sie entsann sich jener peinlichen Momente, in denen sie als Teenager auf dem Rücksitz von Steves Wagen betatscht worden war. Daran, dass sie am Tag nachdem sie zum ersten Mal Sex miteinander gehabt hatten, zu verlegen gewesen war, ihm ins Gesicht zu sehen.

Steve war einer von jenen Männern, die glücklich und zufrieden damit waren, in Grant ihre Wurzeln zu schlagen. Fröhlich verabschiedete er sich von seiner Zeit als Quarterback-Star an der Robert E. Lee High School, um bei seinem Vater im Laden zu arbeiten. In jenem Alter hatte sich Sara nichts sehnlicher gewünscht, als Grant zu verlassen, nach Atlanta zu gehen und ein Leben zu führen, das aufregender und anspruchsvoller war als alles, was ihre Heimatstadt zu bieten hatte. Wie es hatte geschehen können, dass sie wieder hier landete, war Sara ebenso ein Rätsel wie allen anderen.

Sie sah angestrengt geradeaus, als sie an der Grant Filling Station vorbeifuhr, denn sie wollte nicht zu sehr an den gestrigen Nachmittag erinnert werden. Sie war so sehr darauf bedacht, die Seite der Straße zu meiden, dass sie beinahe Jeb McGuire überfahren hätte, der vor der Apotheke auf die Straße kam.

Sara hielt neben ihm an und entschuldigte sich: «Tut mir Leid.»

Jeb lachte gut gelaunt, als er zu ihrem Wagen gelaufen kam. «Versuchst wohl, dich um unsere Verabredung für morgen zu drücken?»

«Aber natürlich nicht», bekam Sara heraus und zwang sich zu einem Lächeln. Bei allem, was am Tag zuvor geschehen war, hatte sie völlig ihre Zusage vergessen, mit ihm auszugehen. Sie hatte sich ab und zu mit Jeb getroffen, als er vor elf Jahren nach Grant gezogen war und die Apotheke der Stadt gekauft hatte. Zwischen ihnen hatte sich nichts Ernstes entwickelt, und ihre Beziehung hatte sich bereits ziemlich abgekühlt, als Jeffrey auf der Bildfläche erschienen war. Warum sie sich einverstanden erklärt hatte, nach all der Zeit wieder mit ihm auszugehen, konnte Sara nicht sagen.

Jeb strich sich die Haare aus der Stirn. Er war ein schlaksiger Mann mit der Figur eines Langstreckenläufers. Tessa hatte seinen Körper einmal mit Saras Greyhounds verglichen. Er sah jedoch gut aus und musste ganz sicher nicht allzu lange suchen, wenn er eine Frau finden wollte, die mit ihm ausging.

Er beugte sich über Saras Wagen und fragte: «Hast du dir überlegt, was du zu Abend essen möchtest?»

Sara zuckte die Achseln. «Ich kann mich nicht entscheiden», log sie. «Also überrasch mich.»

Jeb zog eine Augenbraue in die Höhe. Cathy Linton hatte Recht. Sie war eine furchtbar schlechte Lügnerin.

«Ich weiß, in was du gestern hineingeraten bist», begann er und deutete in Richtung des Diner. «Ich könnte gut verstehen, wenn du mir absagen möchtest.»

Sara spürte, wie ihr Herz bei dem Angebot schneller zu schlagen begann. Jeb McGuire war ein netter Mann. Als Apotheker der Stadt erfreute er sich eines gewissen Maßes an Vertrauen und Respekt bei den Leuten, die er bediente. Zudem sah er recht gut aus. Das einzige Problem bestand darin, dass er eben zu nett war, zu gefällig. Sie hatten sich noch nie gestritten, weil er sich für nichts wirklich engagieren konnte. Und deswegen sah Sara in ihm auch viel eher eine Art Bruder als einen potenziellen Liebhaber.

«Ich will aber nicht absagen», erwiderte sie, und seltsamerweise wollte sie auch nicht. Vielleicht würde es ihr gut tun, öfter auszugehen. Vielleicht hatte Tessa ja Recht. Vielleicht war es an der Zeit.

Jeb strahlte. «Wenn es nicht zu kalt ist, könnte ich mein Boot klarmachen und dich mit auf den See nehmen.»

Sie sah ihn neckisch an. «Ich dachte, vorm nächsten Jahr wolltest du dir keins kaufen?»

«Geduld war nie meine Stärke», erwiderte er, obwohl die Tatsache, dass er sich mit Sara unterhielt, das Gegenteil bewies. Er zeigte mit einer ruckartigen Bewegung des Daumens in Richtung Apotheke, um anzudeuten, dass er gehen musste. «Ich seh dich dann gegen sechs, okay?»

«Sechs», bestätigte Sara. Sie hatte das Gefühl, dass etwas von seiner Vorfreude auf sie abfärbte. Sie fuhr an, während er zu seiner Apotheke trabte. Marty Ringo, die bei ihm als Kassiererin arbeitete, stand am Eingang, und er legte ihr den Arm um die Schulter, als er die Tür aufschloss.

Sara rollte auf den Parkplatz der Klinik. Die Heartsdale Children's Clinic war ein rechteckiges Gebäude, an dessen Front sich ein achteckiger Raum aus Glasbausteinen wölbte, der den Patienten als Wartebereich diente. Man konnte von Glück sagen, dass Dr. Barney, der das Gebäude persönlich entworfen hatte, als Arzt mehr Qualitäten besaß denn als Architekt. Der Raum an der Vorderfront lag nach Süden, und die Glasbausteine machten ihn im Sommer zu einem Backofen und im Winter zu einem Gefrierschrank. Man wusste von Patienten, deren Fieber extrem anstieg, und anderen, bei denen es steil abfiel, je nachdem zu welcher Jahreszeit sie auf ihren Arzt warten mussten.

Das Wartezimmer war kühl und leer, als Sara die Tür öffnete. Sie sah sich in dem düsteren Raum um und dachte nicht zum ersten Mal, dass sie ihn eigentlich mal renovieren müsste. Stühle, die man kaum anders als rein zweckdienlich bezeichnen konnte, waren für die kleinen Patienten und ihre Eltern aufgestellt. Sara und Tessa hatten, begleitet von Cathy, so manchen Tag auf diesen Stühlen verbracht und darauf gewartet, dass ihre Namen aufgerufen wurden. Eine Spielecke mit drei Tischen war abgeteilt, wo die Kinder, denen danach war, malen oder lesen konnten, während sie warteten. Ausgaben von *Highlights* lagen neben den Magazinen *People* und *House & Garden*. Buntstifte waren sorgfältig in ihre Kästchen sortiert, Zeichenpapier lag daneben.

Zurückblickend fragte sich Sara, ob sie wohl in diesem Raum beschlossen hatte, Ärztin zu werden. Anders als Tessa hatte Sara nie Angst vor einem Besuch bei Doktor Barney gehabt. Wahrscheinlich lag es daran, dass Sara als Kind kaum einmal krank gewesen war. Ihr hatte immer besonders der Teil des Arztbesuchs gefallen, bei dem man hineingerufen wurde und Räume betreten durfte, die eigentlich nur den Ärzten vorbehalten waren. In der siebenten Klasse, als Sara Interesse an Naturwissenschaften bekundet hatte, war es Eddie gelungen, im College einen Biologieprofessor aufzutun, der dringend jemand für die Reparatur seiner Hauptwasserleitung brauchte. Als Entlohnung für die Klempnerarbeiten bekam Sara vom Professor Förderunterricht. Zwei Jahre später brauchte ein Chemieprofessor neue Leitungen für sein gesamtes Haus, und schon durfte Sara zusammen mit College-Studenten Experimente durchführen.

Das Licht ging an, und Sara blinzelte. Nelly öffnete die Tür, welche die Untersuchungszimmer vom Warteraum trennte.

«Guten Morgen, Doktor Linton», sagte Nelly, händigte Sara einen Stapel rosafarbener Mitteilungszettel aus und nahm ihr die Aktentasche ab. «Ich habe heute Morgen Ihre Nachricht über das Treffen im Polizeirevier bekommen. Ich habe Ihre Termine dementsprechend umgestellt. Es macht Ihnen doch nichts aus, ein wenig länger zu arbeiten?»

Sara schüttelte den Kopf und blätterte die Mitteilungen durch.

«Die Powells werden in ungefähr fünf Minuten hier sein, und auf Ihrem Schreibtisch liegt ein Fax.»

Sara hob den Blick, um sich zu bedanken, aber sie war schon weg, wahrscheinlich um mit Elliot Felteau Termine abzusprechen. Sara hatte Elliot direkt vom Augusta Hospital weggeholt, wo er Assistenzarzt gewesen war. Er war erpicht darauf, so viel zu lernen, wie es ging, und sich irgendwann einmal als Teilhaber in die Praxis einzukaufen. Zwar war sich Sara nicht sicher, was sie davon halten sollte, einen Partner zu haben, aber andererseits wusste sie auch, dass er frühestens in zehn Jahren so weit sein könnte, ihr ein Angebot zu machen.

Molly Stoddard, Saras Krankenschwester, kam ihr im Flur entgegen: «Fünfundneunzig Prozent Lymphoblasten bei dem Powell-Jungen», zitierte sie die Laborergebnisse.

Sara nickte. «Sie müssen jeden Moment hier sein.»

Molly schenkte Sara ein Lächeln, mit dem sie andeuten wollte, dass sie Sara nicht um die Aufgabe beneidete, die sie vor sich hatte. Die Powells waren sehr nette Leute. Sie hatten sich vor zwei Jahren scheiden lassen, bewiesen aber überraschenden Zusammenhalt, wenn es um ihre Kinder ging.

Sara sagte: «Könnten Sie mir eine Telefonnummer heraussuchen? Ich möchte sie zu einem Mann schicken, den ich am Emory kenne. Er hat einige sehr interessante Therapieversuche bei AML im ersten Stadium unternommen.»

Sara nannte den Namen, als sie ihre Bürotür aufschob. Nelly hatte Saras Tasche an deren Stuhl gelehnt und eine Tasse Kaffee auf den Schreibtisch gestellt. Daneben lag das Fax, von dem sie gesprochen hatte. Es handelte sich um die Ergebnisse von Sibyl Adams' Blutbild, die vom Georgia Bureau of Investigation gekommen waren. Nick hatte ganz oben ein paar entschuldigende Worte gekritzelt: Er sei fast den ganzen Tag über bei irgendwelchen Besprechungen, wisse aber, dass Sara die Ergebnisse so schnell wie möglich haben wolle. Sara las den Bericht zweimal und bekam dabei Magenkrämpfe.

Sie lehnte sich auf ihrem Stuhl zurück und sah sich im Sprechzimmer um. Ihr erster Monat hier war hektisch gewesen, aber nichts im Vergleich zu Grady. Ungefähr drei Monate vergingen, bis Sara sich an das langsamere Tempo gewöhnte. Ohrenschmerzen und Halsentzündungen gab es zuhauf, aber nur wenige Kinder kamen mit lebensbedrohlichen Krankheiten. Die wurden in das Krankenhaus drüben in Augusta gebracht.

Darryl Harps Mutter war die Erste gewesen, die Sara ein Foto ihres Kindes gegeben hatte. Weitere Eltern waren diesem Beispiel gefolgt, und schon bald hatte sie damit begonnen, die Bilder an den Wänden ihres Sprechzimmers zu befestigen. Zwölf Jahre waren seit jenem ersten Foto vergangen, und die Galerie der Kinderfotos reichte jetzt schon bis zur Toilette. Sie brauchte nur einen Blick auf irgendeines dieser Bilder zu werfen, und sie konnte sich an den Namen des Kindes erinnern sowie meistens auch an seine oder ihre Krankengeschichte. Sie stellte dann irgendwann fest, dass sie inzwischen als junge Erwachsene in die Klinik kamen, und sie sagte ihnen, dass sie mit neunzehn besser einen Allgemeinmediziner aufsuchen sollten. Einige von ihnen reagierten darauf tatsächlich mit Tränen. Auch Sara musste einige Male schlucken. Da sie keine eigenen Kinder haben konnte, entwickelte sie oft starke emotionale Bindungen zu ihren Patienten.

Sara öffnete ihre Tasche, um ein Krankenblatt zu suchen. Sie stutzte, als sie die Ansichtskarte erblickte, die sie mit der Post bekommen hatte. Sie starrte auf das Foto des Eingangstors der Emory University. Sara erinnerte sich an den Tag, als die Aufnahmebestätigung von Emory gekommen war. Man hatte ihr zwar Stipendien an renommierteren Universitäten weiter oben im Norden angeboten, aber von Emory hatte sie schon immer geträumt. Dort wurde wahre Medizin gelehrt, und Sara konnte sich auch nicht vorstellen, woanders als in den Südstaaten zu leben.

Sie drehte die Karte um und fuhr mit dem Finger an der

sorgfältig getippten Adresse entlang. Seit Sara Atlanta verlassen hatte, bekam sie jedes Jahr so gegen Mitte April eine Postkarte wie diese. Letztes Jahr war sie aus der «World of Coke» gekommen, und die Nachricht hatte gelautet: «ER trägt die ganze Welt in SEINEN Händen.»

Sie schrak auf, als Nellys Stimme durch den Telefonlautsprecher erklang.

«Doktor Linton?», sagte Nelly. «Die Powells sind da.»

Sara ließ den Finger auf dem roten Antwortknopf. Sie ließ die Karte wieder in die Aktentasche fallen und sagte: «Ich komme gleich und hole sie ab.»

ACHT

Als Sibyl und Lena in der siebten Klasse waren, fand ein älterer Junge namens Boyd Little Vergnügen daran, sich an Sibyl heranzuschleichen und an ihrem Ohr mit den Fingern zu schnippen. Eines Tages folgte ihm Lena, nachdem er aus dem Schulbus ausgestiegen war, und sprang ihn von hinten an. Lena war klein und flink, aber Boyd war ein Jahr älter und gut fünfundzwanzig Kilo schwerer. Er hatte sie fast zu Brei geschlagen, bevor es dem Busfahrer gelang, die beiden zu trennen.

Diese Episode hatte sie nie vergessen, aber Lena Adams konnte mit Fug und Recht sagen, dass sie sich noch nie physisch so kaputt gefühlt hatte wie an dem Morgen nach dem Tod ihrer Schwester. Zum ersten Mal meinte sie zu verstehen, warum man diesen Zustand als «hang over» bezeichnete, denn ihr gesamter Körper fühlte sich an, als hätte man ihn über das Knochenskelett gehängt, und es brauchte eine gute halbe Stunde unter der heißen Dusche, bis sie wieder einigermaßen aufrecht stehen konnte. Ihr Kopf schien zerspringen zu wollen. Keine noch so große Menge Zahnpasta reichte, den fürchterlichen Geschmack in ihrem Mund zu vertreiben, und ihr Magen fühlte sich an, als sei er zu einem kleinen Ball zusammengedrückt und dann mit Zahnseide straff umwickelt worden.

Sie saß hinten im Besprechungsraum des Reviers und versuchte mit aller Willenskraft, sich nicht schon wieder zu übergeben. Nicht dass noch viel da gewesen wäre, das sie hätte erbrechen können. Sie fühlte sich innerlich so leer, dass ihre Bauchdecke tatsächlich konkav aussah.

Jeffrey trat zu ihr und bot ihr eine Tasse Kaffee an. «Trink mal was davon», forderte er sie auf.

Sie widersprach nicht. An diesem Morgen hatte Hank ihr zu Hause dasselbe geraten. Es war ihr zu peinlich gewesen, etwas von ihm anzunehmen, am allerwenigsten noch einen Rat, und daher hatte sie einen anderen Ort vorgeschlagen, an den er sich mit seinem Kaffee scheren sollte.

Kaum hatte sie die Tasse abgestellt, sagte Jeffrey: «Es ist noch nicht zu spät, Lena.»

«Ich will aber hier bleiben», entgegnete sie. «Ich muss alles wissen.»

Scheinbar eine Ewigkeit lang wandte er nicht den Blick von ihr. Obwohl jeder Lichtstrahl ihre Augen wie eine Nadel zu treffen schien, brach sie nicht als Erste den Blickkontakt ab. Lena wartete, bis er den Raum verlassen hatte, bevor sie sich auf ihrem Stuhl zurücklehnte. Sie stützte die Unterseite der Kaffeetasse auf ihr Knie und schloss die Augen.

Lena konnte sich nicht erinnern, wie sie am Abend zuvor nach Hause gekommen war. Die dreißigminütige Fahrt von Reece war nur noch ein verschwommener Eindruck. Sie wusste, dass Hank den Wagen gefahren hatte, denn als sie heute Morgen einstieg, war der Sitz weit nach hinten geschoben und der Rückspiegel in einem ungewohnten Winkel eingestellt. Als Letztes erinnerte sich Lena an ihr Spiegelbild in der Schaufensterscheibe des Stop 'n' Save. Die nächste Erinnerung war dann das schrille Klingeln des Telefons, als Jeffrey angerufen hatte, um ihr von der Lagebesprechung zu berichten und fast zu betteln, dass sie nicht erschien. Alles andere war wie ausgelöscht.

Am schwersten war es gewesen, sich an diesem Morgen anzuziehen. Nach dem ausgiebigen Duschbad hätte Lena nichts lieber getan, als ins Bett zurückzukriechen und sich zusammenzurollen. Es hätte ihr bestens gefallen, den ganzen Tag im Bett zu bleiben, aber dieser Schwäche durfte sie nicht nachgeben. Der vergangene Abend war ein Fehler gewesen, aber auch ein notwendiger Fehler. Zweifellos hatte sie es gebraucht, sich gehen zu lassen, so stark zu trauern, wie es ging, ohne zu zerbrechen.

An diesem Morgen war es jedoch anders. Lena hatte sich gezwungen, Freizeithosen und ein hübsches Jackett anzuziehen, die Garderobe, die sie jeden Tag bei der Arbeit trug. Als sie ihr Holster umschnallte und die Waffe prüfte, hatte Lena den Eindruck gehabt, wieder in die Rolle eines Cop zu schlüpfen und sich nicht mehr nur als die Schwester eines Mordopfers zu fühlen. Dennoch, ihr Kopf schmerzte weiterhin, und ihre Gedanken schienen sich wie Kleister in ihrem Gehirn festgesetzt zu haben. Mit einem bisher nie gekannten Mitgefühl konnte sie nachvollziehen, wie Menschen zu Alkoholikern wurden. Irgendwo im Hinterkopf kam ihr immer wieder der Gedanke, dass ein starker Drink bestimmt eine Menge Dinge wieder ins Lot brächte.

Die Tür zum Besprechungsraum ging knarrend auf, und Lena erkannte beim kurzen Aufblicken Sara Linton, die mit dem Rücken zu ihr auf dem Flur stand. Sara sagte etwas zu Jeffrey, was nicht gerade höflich wirkte. Lena durchzuckte ein leichtes Schuldgefühl wegen der Art, wie sie Sara am Abend zuvor behandelt hatte. Trotz allem, was Lena gesagt hatte, wusste sie doch, dass Sara eine gute Ärztin war. Wie man hörte, hatte Dr. Linton eine viel versprechende Karriere in Atlanta aufgegeben, um nach Grant zurückzukehren. Lena sah ein, dass sie sich bei ihr entschuldigen musste, aber im Augenblick mochte sie nicht einmal daran denken. Wenn in solchen Angelegenheiten Buch geführt würde, dürfte bei Lena das Verhältnis Gefühlsausbruch zu Entschuldigung wohl deutlich zugunsten der Ausbrüche ausfallen.

«Lena», sagte Sara, «komm mit mir nach hinten.»

Lena blinzelte, fragte sich, wann Sara den Raum durchquert haben mochte. Sie stand neben der Tür zur Ausrüstungskammer.

Lena schoss von ihrem Stuhl hoch und vergaß dabei den Kaffee. Etwas davon spitzte auf ihre Hosen, aber sie machte sich nichts daraus. Sie stellte die Tasse auf den Fußboden und folgte Saras Aufforderung. Die Ausrüstungskammer war groß genug, um als Raum bezeichnet zu werden, aber durch ein Schild an der Tür war sie vor Jahren als Kammer ausgewiesen worden, und niemand hatte sich die Mühe einer Richtigstellung gemacht. Neben anderen Dingen wurden hier Beweismaterial, Notfallausrüstungen und Puppen für Wiederbelebungsübungen aufbewahrt, die die Polizei im Herbst abhielt.

«Hier», sagte Sara, «setzen Sie sich.»

Wieder tat Lena wie geheißen. Sie sah zu, wie Sara eine Sauerstoffflasche hinausrollte.

Sara schloss eine Sauerstoffmaske an der Flasche an und sagte: «Ihnen tut der Kopf weh, weil der Alkohol den Sauerstoffgehalt Ihres Blutes reduziert.» Sie spannte das Gummiband der Maske und hielt diese Lena entgegen. «Atmen Sie langsam und tief. Dann dürften Sie sich schon bald besser fühlen.»

Lena nahm die Maske. Sie traute Sara nicht so ganz, aber in diesem Moment hätte sie einem Stinktier den Hintern geküsst, wenn ihr jemand gesagt hätte, dass dann ihre Kopfschmerzen aufhörten.

Nach ein paar tiefen Atemzügen fragte Sara: «Schon besser?»

Lena nickte, denn es ging ihr wirklich besser. Sie war zwar noch nicht wieder die Alte, aber zumindest kriegte sie jetzt die Augen ganz auf.

«Lena», sagte Sara und nahm ihr die Maske wieder ab. «Ich wollte Ihnen zu etwas, das ich entdeckt habe, eine Frage stellen.»

«Yeah?», sagte Lena, beschlichen von dem Gefühl, auf der Hut sein zu müssen. Sie rechnete damit, dass Sara versuchen würde, ihr auszureden, an der Lagebesprechung teilzunehmen, aber was die andere Frau dann sagte, überraschte Lena.

«Als ich Sibyl untersucht habe», begann Sara und stellte die Sauerstoffflasche zurück an die Wand, «stieß ich auf eine physische Eigentümlichkeit, die ich eigentlich nicht erwartet hätte.»

«Und die wäre?», fragte Lena, deren Verstand langsam wieder zu funktionieren begann.

«Ich glaube nicht, dass es von Bedeutung für den Fall ist, aber ich werde Jeffrey sagen müssen, was ich herausgefunden habe. Ich bin nicht befugt, eine eigenmächtige Entscheidung zu treffen.»

Obwohl Sara sie von den Kopfschmerzen befreit hatte, konnte Lena keine Geduld für ihre Spielchen aufbringen. «Wovon reden Sie eigentlich?»

«Ich rede von der Tatsache, dass das Hymen Ihrer Schwester bis zur Vergewaltigung noch intakt gewesen ist.»

Lena stockte das Herz. Daran hätte sie denken sollen, aber in den vergangenen vierundzwanzig Stunden war so viel geschehen, dass Lena keine logischen Schlüsse mehr hatte ziehen können. Jetzt würde die ganze Welt erfahren, dass ihre Schwester lesbisch gewesen war.

«Mir ist es egal, Lena», sagte Sara. «Wirklich. Sie hat leben können, wie sie wollte, ich hätte daran nichts auszusetzen.»

«Was zum Teufel hat das zu bedeuten?»

«Es bedeutet, was es bedeutet», antwortete Sara, die offenbar meinte, damit sei es genug. Als Lena jedoch nichts erwiderte, fügte sie hinzu: «Lena, ich weiß über Nan Thomas Bescheid. Und ich kann zwei und zwei zusammenzählen.»

Lena lehnte den Kopf nach hinten an die Wand und schloss die Augen. «Ich nehme an, Sie wollen mir einen Vorsprung geben, hm? Damit ich allen zuerst sagen kann, dass meine Schwester lesbisch war?»

Sara schwieg und sagte dann: «Ich hatte nicht vor, das bei der Lagebesprechung zu erwähnen.»

«Ich werde es ihm selbst sagen», entschloss sich Lena. Sie öffnete die Augen. «Geben Sie mir eine Minute?»

«Sicher.»

Lena wartete, bis Sara den Raum verlassen hatte, und legte dann den Kopf in die Hände. Sie wollte weinen, aber die Tränen mochten nicht kommen. Ihr Körper war so ausgetrocknet, dass sie es erstaunlich fand, noch immer Speichel im Mund zu haben. Sie atmete tief durch, um sich zu rüsten, und stand auf.

Frank Wallace und Matt Hogan befanden sich im Konferenzzimmer, als sie aus der Ausrüstungskammer kam. Frank bedachte sie mit einem Kopfnicken, aber Matt tat so, als sei er beschäftigt, Sahne in seinen Kaffee zu rühren. Beide Detectives waren schon weit über fünfzig und stammten aus einer ganz anderen Zeit als der, in der Lena groß geworden war. Wie auch alle anderen Detectives der Senior Squad handelten sie nach den alten Regeln der polizeilichen Bruderschaft: Gerechtigkeit um jeden Preis. Die Truppe war ihre Familie, und was einem ihrer Beamten zustieß, betraf auch sie, als ob es einen Bruder betroffen hätte. Wenn Grant schon eine eng verbundene Gemeinde war, dann fühlten sich die Detectives noch enger miteinander verbunden.

Ja, Lena wusste sehr wohl, dass ihre Detective-Kollegen allesamt Mitglieder der örtlichen Loge waren. Wäre da nicht die simple Tatsache gewesen, dass sie keinen Penis besaß, hätte man sie vermutlich schon vor langer Zeit zum Beitritt eingeladen, wenn nicht aus Respekt, so doch, weil es eben obligatorisch war.

Sie fragte sich, was diese beiden alten Männer wohl denken würden, wenn sie erfuhren, dass sie die Vergewaltigung einer Lesbierin bearbeiten sollten. Vor langer Zeit hatte Lena tatsächlich gehört, dass Matt einen Satz mit den Worten begonnen hatte: «Damals, als der Klan noch nützliche Arbeit leistete …» Würden sie sich noch so engagiert einsetzen, wenn sie über Sibyl Bescheid wussten, oder würde sich ihr Zorn verflüchtigen? Lena wollte eigentlich kein Risiko eingehen.

Jeffrey las einen Bericht, als sie an seine offene Bürotür klopfte.

«Hat Sara Sie glatt gebügelt?», fragte er. Die Formulierung gefiel ihr gar nicht, aber Lena sagte trotzdem «ja» und schloss die Tür hinter sich. Jeffrey wunderte sich darüber und legte den Bericht beiseite. Er wartete, bis sie Platz genommen hatte, bevor er fragte: «Was gibt's?»

Lena nahm an, es sei am besten, gleich damit herauszukommen: «Meine Schwester war lesbisch.»

Die Worte hingen über ihrer beider Köpfe wie Sprechblasen. Lena kämpfte gegen das Bedürfnis, nervös zu lachen. Sie hatte es noch nie zuvor laut ausgesprochen. Lena war sehr unwohl dabei, über Sibyls Sexualität zu reden, auch mit ihrer Schwester. Als Sibyl ein knappes Jahr nach ihrem Umzug nach Grant bei Nan Thomas eingezogen war, hatte Lena nicht darauf gedrungen, nähere Einzelheiten zu erfahren. Ehrlich gesagt, hatte sie die auch nicht wissen wollen.

«Na ja», sagte Jeffrey, und in seiner Stimme schwang Überraschung mit. «Danke, dass Sie es mir sagen.»

«Glauben Sie, es wird die Untersuchung beeinträchtigen?», fragte Lena und überlegte, ob all das hier vielleicht umsonst war.

«Ich weiß nicht», antwortete er. Sie spürte, dass er die Wahrheit sagte. «Hat sie von jemandem Drohbriefe bekommen? Hat jemand herabsetzende Bemerkungen gemacht?»

Das fragte sich Lena ebenfalls. Nan hatte gesagt, es sei in den letzten paar Wochen nichts Neues passiert, aber sie wusste sehr wohl, dass Lena nicht gerade darauf erpicht war, etwas zu diskutieren, wodurch die Tatsache zur Sprache gebracht werden könnte, dass Nan ihre Schwester fickte. «Sie sollten mit Nan sprechen.»

«Nan Thomas?»

«Ja», sagte Lena. «Die beiden haben zusammengelebt. Eine Wohnung an der Cooper. Vielleicht könnten wir nach der Lagebesprechung hinfahren?»

«Lieber noch später», sagte er. «Gegen vier?»

Lena nickte zustimmend. Aber eine Frage konnte sie sich nicht verkneifen. «Werden Sie es den Jungs erzählen?»

Er wirkte überrascht von ihrer Frage. Nachdem er sie lange angesehen hatte, sagte er: «Das halte ich zurzeit nicht für notwendig. Wir reden heute Nachmittag mit Nan, und dann sehen wir weiter.»

Lena empfand unangemessen große Erleichterung.

Jeffrey blickte auf seine Armbanduhr. «Wir sollten jetzt zur Besprechung gehen.»

NEUN

Jeffrey stand an der Stirnseite des Konferenzraums und wartete darauf, dass Lena von der Toilette kam. Nach ihrer Unterhaltung hatte sie noch um ein paar Minuten Zeit gebeten. Er hoffte, dass sie die auch nutzte, um sich wieder in den Griff zu bekommen. Trotz ihres aufbrausenden Temperaments war Lena Adams eine kluge Frau und eine gute Polizistin. Ihm war höchst unwohl bei dem Gedanken, dass sie die Situation allein durchstehen musste. Aber Jeffrey wusste auch, dass sie es niemals würde anders haben wollen.

Sara saß in der ersten Reihe, die Beine übereinander geschlagen. Sie trug ein olivgrünes Leinenkleid, das fast bis an die Knöchel fiel. Links und rechts war es bis kurz unters Knie geschlitzt. Ihr rotes Haar hatte sie im Nacken zu einem Pferdeschwanz gebunden, so wie sie es auch Sonntag zur Kirche getragen hatte. Jeffrey erinnerte sich an ihren Gesichtsausdruck, als sie bemerkt hatte, dass er auf der Bank hinter ihr saß. Er fragte sich, ob er es wohl jemals wieder erleben würde, dass Sara sich freute, wenn sie ihn sah. Er hatte während des gesamten Gottesdienstes auf seine Hände gestarrt und nur auf den richtigen Zeitpunkt gewartet, sich davonzuschleichen, ohne zu viel Aufsehen zu erregen.

Eine wie Sara Linton hatte Jeffreys Vater gern «einen kräftigen Schluck aus der Pulle» genannt. Jeffrey hatte sich von Sara wegen ihres starken Willens angezogen gefühlt, wegen ihres unbezähmbaren Freiheitsdrangs. Ihm gefielen ihre Reserviertheit und die Art, wie sie seine Football-Kumpel zurechtstutzte. Ihm gefiel die Art, wie ihr Verstand funktionierte, und die Tatsache, dass er mit ihr über alle Aspekte seiner Arbeit sprechen konnte und wusste, dass sie ihn verstehen würde. Ihm gefiel, dass sie nicht kochen konnte und dass sie so fest schlief, dass nicht einmal ein Orkan sie geweckt hätte. Ihm gefiel, dass sie als Reinemachfrau nicht das Geringste taugte und so große Füße hatte, dass sie seine Schuhe tragen konnte. Und erst recht gefiel ihm, dass sie all dies von sich wusste und auch noch stolz darauf war.

Natürlich hatte ihre Unabhängigkeit auch eine Schattenseite. Noch nach sechs Jahren Ehe war er sich nicht sicher, ob er überhaupt das Geringste von ihr wusste. Sara gelang es so gut, eine Fassade der Stärke zu zeigen, dass er sich nach einer Weile fragte, ob sie ihn überhaupt brauchte. Neben ihrer Familie, der Klinik und dem Leichenschauhaus schien für Jeffrey nicht mehr viel Zeit zu bleiben.

Obgleich er ahnte, dass es bestimmt nicht der beste Weg, etwas zu ändern, war, wenn er Sara betrog, wusste er doch zu dem Zeitpunkt, dass in ihrer Ehe etwas passieren musste. Er wollte sie verletzen. Er wollte sehen, dass sie um ihn und um ihre Beziehung kämpfte. Dass Ersteres auch eintrat, Letzteres aber nicht, wollte ihm immer noch nicht in den Kopf. Manchmal war Jeffrey sogar fast zornig auf Sara, dass etwas so Bedeutungsloses, etwas so Dummes wie ein alberner Fehltritt ihre Ehe zerbrochen hatte.

Jeffrey lehnte sich gegen das Pult, die Hände vor sich verschränkt. Er verdrängte die Gedanken an Sara und konzentrierte sich auf die aktuelle Aufgabe. Auf dem Beistelltisch neben ihm lag eine sechzehnseitige Liste mit Namen und Adressen. Von allen verurteilten Sexualtätern, die im Bundesstaat Georgia lebten oder dorthin zogen, wurde verlangt, dass sie Namen und Adresse beim Crime Information Center des Georgia Bureau of Investigation registrieren ließen. Jeffrey hatte den gestrigen Abend und den größten Teil des heutigen Morgens damit verbracht, diese Informationen über die siebenundsechzig Einwohner von Grant zusammenzustellen, die sich hatten registrieren lassen, seit das Gesetz 1996 verabschiedet worden war. Sich mit ihren Verbrechen zu beschäftigen war nicht zuletzt deswegen eine beängstigende Aufgabe, weil er wusste, dass Triebverbrecher wie Kakerlaken waren. Für jeden, den man wahrnahm, verkrochen sich zwanzig in den Mauerritzen.

Er gestattete sich aber nicht, diesen Gedanken weiter nachzuhängen, da er darauf wartete, mit der Besprechung beginnen zu können. Den Raum konnte man kaum als gefüllt bezeichnen. Frank Wallace, Matt Hogan und fünf weitere Detectives gehörten zur Senior Squad. Jeffrey und Lena erhöhten die Anzahl auf neun. Von diesen neun hatten nur Jeffrey und Frank in Städten gearbeitet, die größer als Grant waren. Sibyl Adams' Mörder schien tatsächlich die besseren Chancen zu haben.

Brad Stephens, ein junger Streifenpolizist, der trotz seiner

Jugend und seines niedrigen Dienstgrades den Mund zu halten verstand, hatte für den Fall, dass jemand hereinkommen wollte, neben der Tür Aufstellung genommen. Brad war bei der Truppe eine Art Maskottchen, und da er noch eine ganze Menge Babyspeck hatte, wirkte er wie eine rundliche Zeichentrickfigur. Sein dünnes blondes Haar sah immer aus, als sei es statisch aufgeladen und stünde daher in alle Richtungen ab. Seine Mutter brachte ihm oft das Mittagessen. Er war jedoch ein brauchbarer Bursche. Brad hatte noch die High School besucht, als er mit Jeffrey wegen eines möglichen Jobs bei der Polizei Kontakt aufgenommen hatte. Wie die meisten der jüngeren Cops kam er aus Grant, und seine Angehörigen wohnten hier. Er hatte ein begründetes Interesse daran, dass die Straßen sicher blieben.

Mit einem Räuspern bat Jeffrey um Aufmerksamkeit, als Brad Lena die Tür öffnete. Wenn jemand überrascht war, sie zu sehen, äußerte er es nicht. Sie setzte sich auf einen Stuhl im Hintergrund und verschränkte die Arme über der Brust. Ihre Augen waren noch immer rot, entweder von ihrem Alkoholexzess oder vom Weinen oder von beidem.

«Danke, dass Sie alle so kurzfristig erschienen sind», begann Jeffrey. Er nickte Brad zu, dass er damit beginnen sollte, die fünf Päckchen herumzureichen, die Jeffrey zuvor zusammengestellt hatte.

«Lassen Sie mich vorausschicken, dass alles, was in diesem Raum gesagt wird, als höchst vertrauliche Information behandelt werden muss. Was Sie heute hören, ist nicht für die Allgemeinheit bestimmt, und jede Indiskretion könnte die Lösung unseres Falls behindern oder gar verhindern.» Er wartete darauf, dass Brad seine Runde beendete.

«Ich bin sicher, alle wissen inzwischen, dass Sibyl Adams gestern im Filling Station getötet wurde.» Die Männer, die nicht in den Kopien blätterten, nickten. Was er als Nächstes sagte, ließ sie jedoch alle aufblicken. «Sie wurde vor ihrer Ermordung vergewaltigt.»

Es hatte den Anschein, als stiege die Temperatur im Raum; er wartete darauf, dass man sich die Information bewusst machte. Diese Männer stammten aus einer anderen Zeit. Frauen waren ihnen ebenso rätselhaft wie die Entstehung der Erde. Die Vergewaltigung Sibyls würde sie zu ungeahnter Aktivität anspornen.

Jeffrey hielt seine Kopie der Liste in die Höhe, während Brad entsprechend den Namen verteilte, die Jeffrey auf der ersten Seite notiert hatte. Jeffrey sagte: «Ich habe diese Liste mit Straffälligen heute Morgen vom Computer erstellen lassen. Ich habe die Namen auf die gewohnten Teams verteilt, Frank und Lena ausgenommen.» Er sah, dass sie einen Einwand formulieren wollte, fuhr aber fort: «Brad wird mit Ihnen arbeiten, Lena, Frank mit mir.»

Lena lehnte sich trotzig zurück. Brad, das war nicht ihr Niveau. Ihre Miene verriet, dass sie durchschaut hatte, was Jeffrey tat. Sie würde zudem merken, dass er sie an die kurze Leine legen wollte, wenn sie den dritten oder vierten Mann auf ihrer Liste verhört hatte. Vergewaltiger neigten dazu, gleichaltrige Frauen aus ihrer eigenen ethnischen Gruppe anzugreifen. Lena und Brad mussten also vermutlich Leute aus allen vorstellbaren Minderheiten verhören, die über fünfzig Jahre alt waren und sich sexuelle Übergriffe hatten zuschulden kommen lassen.

«Doktor Linton wird Ihnen einen ausführlichen Bericht über die wesentlichen Besonderheiten geben.» Er machte eine kurze Pause, dann sagte er: «Als Erstes käme mir in den Sinn, dass der Täter vielleicht eine religiöse Neigung haben könnte, eventuell ein Fanatiker ist. Ich möchte zwar nicht, dass Sie Ihre Fragen in erster Linie darauf abstellen, aber behalten Sie im Hinterkopf, was ich gesagt habe.» Er ordnete die Papiere auf dem Pult zu einem Stapel. «Wenn Sie auf jemanden stoßen, den wir uns näher ansehen sollten, möchte ich über Funk informiert werden. Ich möchte nicht, dass ein Verdächtiger im Gewahrsam unglücklich zu Fall kommt oder dass einem von ihnen ganz aus Versehen der Kopf weggepustet wird.»

Jeffrey war bei diesen letzten Worten sorgfältig darauf bedacht, Saras Blick auszuweichen. Jeffrey war Cop und wusste, wie es auf der Straße zuging. Er wusste, dass jeder in diesem Raum, was Sibyl Adams betraf, etwas beweisen wollte. Er wusste auch, wie schnell die Grenzlinie zwischen Gesetz und menschlich allzu menschlichem Gerechtigkeitssinn überschritten war, wenn man sozusagen an der Front war und einer Bestie in die Augen sehen musste, die es fertig gebracht hatte, eine blinde Frau zu vergewaltigen und ihr ein Kreuz in den Bauch zu schlitzen.

«Ist das klar?», fragte er. Eine Antwort erwartete er nicht, und er bekam auch keine. «Dann übergebe ich jetzt das Wort an Doktor Linton.»

Er ging nach hinten und stellte sich rechts hinter Lena. Sara trat aufs Podium, ging zur Wandtafel, griff nach oben und zog die weiße Projektionsleinwand herunter. Die meisten Männer im Raum hatten sie bereits in Windeln gekannt, und die Tatsache, dass alle ihre Notizbücher aufgeschlagen hatten, sprach Bände über Saras Anerkennung als Profi.

Sie nickte Brad Stephens zu, und es wurde dunkel im Raum.

Der stumpfgrüne Projektor sprang surrend an und schickte einen grellen Lichtblitz auf die Leinwand. Sara legte ein Foto auf die Unterlage und schob es unter das Glas.

«Sibyl Adams wurde gestern gegen vierzehn Uhr dreißig auf der Damentoilette des Filling Station von mir gefunden», sagte sie und stellte die Schärfe am Objektiv ein.

Unruhe entstand im Raum, als das Polaroid der teilweise unbekleideten Sibyl Adams auf dem Fußboden der Toilette sichtbar wurde. Jeffrey merkte, dass er auf das Loch in ihrer Brust starrte und sich fragte, was das nur für ein Mann gewesen sein mochte, der zu dem fähig war, was der armen jungen Frau angetan worden war. Er wollte nicht an die blinde Sibyl Adams denken, die auf der Toilette gesessen hatte, als der Angreifer sie aufgeschlitzt hatte, angetrieben von seiner kranken Lust. Er wollte nicht darüber nachdenken, was ihr durch den Kopf gegangen sein musste, als ihr Unterleib geschändet wurde.

Sara fuhr fort: «Sie saß auf der Toilette, als ich die Tür öffnete. Ihre Arme und Beine waren gespreizt, und die Schnittwunde, die Sie hier sehen» – sie deutete auf die Leinwand –, «blutete extrem stark.»

Jeffrey beugte sich ein wenig vor, um zu sehen, wie Lena reagierte. Sie stand regungslos und kerzengerade da. Er verstand, warum sie das hier tun musste, aber konnte sich nicht erklären, wie sie es schaffte. Wenn einem seiner Familienmitglieder so etwas geschehen wäre, wenn man Sara so fürchterlich zugerichtet hätte, dann hätte er es nicht so genau wissen wollen. Er hätte es nicht erfahren wollen, das wusste Jeffrey ganz tief in seinem Inneren. Er hätte es nicht erfahren dürfen.

Sara stand an der Stirnseite des Raums, die Arme über der Brust gekreuzt. «Kurz nachdem ich festgestellt hatte, dass sie noch einen Puls hatte, begann sie zu krampfen. Wir stürzten zu Boden. Ich versuchte, die Krampfanfälle unter Kontrolle zu bringen, aber einige Sekunden später starb sie.»

Mit einem Ruck zog Sara den Schuber heraus, um ein anderes Foto einzulegen. Das Gerät war aus grauer Vorzeit und ausgeborgt von der High School. Die Fotos vom Schauplatz des Verbrechens konnte Sara schließlich nicht zum Fotoladen an der Ecke bringen und vergrößern lassen.

Das nächste Bild war eine Nahaufnahme von Sibyl Adams' Gesicht und Hals. «Die Quetschung unter dem Auge wurde ihr von oben zugefügt, wahrscheinlich schon zu Beginn des tätlichen Angriffs, um die Abwehr zu beeinträchtigen. Ein Messer wurde ihr an die Kehle gehalten, sehr scharf, ungefähr fünfzehn Zentimeter lang. Ich würde sagen, es handelte sich um ein Ausbeinmesser, wie man es in so gut wie jeder Küche findet. Sie können hier einen leichten Schnitt erkennen.» Sie fuhr mit dem Finger über die Leinwand, über die Mitte von Sibyls Hals. «Das führte zwar nicht zu einer Blutung, aber der Druck reichte, um die Haut zu ritzen.» Sie blickte zu Jeffrey auf, und ihre Blicke trafen sich. «Ich vermute, dass er das Messer benutzt hat, damit sie nicht schrie, während er sie vergewaltigte.»

Sie fuhr fort. «Auf ihrer linken Schulter ist die Spur eines leichten Bisses.» Das dazugehörige Bild erschien auf der Leinwand. «Bisswunden sind bei Vergewaltigungen häufig zu finden. Diese hier zeigt nur den Abdruck der oberen Zähne. Ich habe nichts Besonderes an der Zahnstellung gefunden, habe aber …» Sara unterbrach sich, weil ihr wahrscheinlich einfiel, dass Lena im Raum war. «Der Abdruck wurde ins FBI-Labor geschickt, um Vergleiche anzustellen. Wenn ein bekannter Straffälliger in den Akten Übereinstimmungen mit dem Abdruck aufweist, könnten wir davon ausgehen, dass er sich auch dieses Verbrechens schuldig gemacht hat.» Dann dämpfte sie die Erwartungen: «Wie wir alle wissen, wird das FBI diesem Fall jedoch keine hohe Priorität zuerkennen, und daher denke ich, wir sollten keine allzu großen Erwartungen an dieses Beweismittel knüpfen. Viel näher liegend wäre es, den Abdruck abschließend als Beweis heranzuziehen. Das heißt: Finden wir einen hinreichend Tatverdächtigen und nageln wir ihn dann mit dem Zahnabdruck fest.»

Als Nächstes war auf der Leinwand ein Foto der Innenseiten von Sibyls Beinen zu sehen. «Man kann hier am Knie Abschürfungen erkennen, wo sie während der Attacke mit den Beinen das Toilettenbecken umklammerte.» Ein weiteres Bild folgte. Es zeigte Sibyls Gesäß. «Es finden sich ungleichmäßige Quetschungen und Abschürfungen auf dem Gesäß, hervorgerufen ebenfalls von der Reibung auf dem Toilettensitz.»

«Ihre Handgelenke», sagte Sara und legte ein weiteres Foto ein, «weisen Verletzungen von den Haltestangen für Behinderte auf, die sich in der Kabine befinden. Bei dem Versuch, sich an den Stangen festzuhalten, brach sie sich zwei Fingernägel ab.

Wahrscheinlich wollte sie sich hochziehen und so ihrem Peiniger entkommen.»

Sara schob das nächste Foto ein. «Das hier ist eine Nahaufnahme der Schnittwunden auf ihrem Bauch. Der erste Schnitt wurde von einer Stelle gleich unterhalb des Schlüsselbeins bis ganz hinunter zum Hüftknochen geführt. Der zweite verläuft von rechts nach links.» Sie machte eine Pause. «Aus der unregelmäßigen Tiefe der zweiten Schnittwunde würde ich schließen, dass es sich um die Rückhandbewegung eines Linkshänders handelt. Die Wunde wird nach rechts hin immer tiefer.»

Das nächste Polaroid war eine Großaufnahme von Sibyls Brust. Einige Herzschläge lang schwieg Sara und dachte dabei wahrscheinlich dasselbe wie Jeffrey. Man konnte genau erkennen, wo die Stichwunde erweitert worden war. Nicht zum ersten Mal spürte er seinen Magen revoltieren bei der Vorstellung, was man dieser armen Frau angetan hatte. Er konnte nur inständig hoffen, dass sie es nicht bei Bewusstsein miterlebt hatte.

Sara sagte: «Dies war die letztlich tödliche Verletzung. Es handelt sich um eine Stichwunde durch das Brustbein. Ich möchte annehmen, dass sie den größten Blutverlust hervorgerufen hat.» Sara wandte sich zu Brad. «Licht bitte.»

Sie ging zu ihrer Aktentasche und sagte dabei: «Das Symbol auf ihrer Brust scheint ein Kreuz zu sein. Der Täter benutzte bei der Vergewaltigung ein Kondom, was seit der Einführung der DNS-Tests recht verbreitet ist, wie wir wissen. Unter Schwarzlicht wurden weder Sperma noch Körperflüssigkeiten sichtbar. Das Blut am Tatort stammt allem Anschein nach ausschließlich vom Opfer.» Sie zog einen Bogen Papier aus ihrer Aktentasche. «Unsere Freunde im Georgia Bureau of Investigation waren so freundlich, letzte Nacht noch ihre Beziehungen spielen zu lassen. Sie haben für mich eine Blutanalyse gemacht.» Sie setzte ihre Brille mit dem Kupfergestell auf und las vor. «Eine hohe Konzentration von Hyoscyamin und Atropin wurde im Blut und im Urin festgestellt, dazu Spuren von Scopolamin.» Sie hob den Kopf. «Daraus ließe sich schließen, dass Sibyl Adams eine tödliche Dosis Belladonna aus der Familie der Nachtschattengewächse zu sich genommen hat.»

Jeffrey warf einen Blick auf Lena. Sie blieb weiterhin regungslos stehen, den Blick auf Sara gerichtet.

«Eine Überdosis Belladonna kann einen vollständigen Zusammenbruch des Parasympathikus bewirken. Sibyl Adams war blind, aber ihre Pupillen waren durch die Droge geweitet. Die Bronchiolen in der Lunge waren geschwollen. Die Kerntemperatur ihres Körpers war noch immer hoch, deswegen habe ich mir ja überhaupt erst Gedanken über ihr Blut gemacht.» Sie wandte sich an Jeffrey und beantwortete die Frage, die er am Morgen gestellt hatte. «Während der Autopsie fühlte sich die Haut immer noch warm an. Es gab keine Umgebungsfaktoren, die das hätten hervorgerufen haben können. Ich wusste, dass da etwas in ihrem Blut sein musste.»

Sie fuhr fort. «Belladonna kann verdünnt zu medizinischen Zwecken eingesetzt werden, wird aber auch als Entspannungs- und Beruhigungsmittel benutzt.»

«Du meinst, der Täter hat es ihr gegeben?», fragte Jeffrey. «Oder hatte sie das etwa aus freien Stücken eingenommen?»

Sara schien zu überlegen. «Sibyl Adams war Chemikerin. Sie würde ganz sicher nicht eine unkontrollierbare Droge nehmen und dann zum Mittagessen losrennen. Es handelt sich um ein sehr starkes Halluzinogen. Es wirkt aufs Herz, die Atmung und den Blutkreislauf.»

«Die Tollkirsche wächst überall in der Stadt», gab Frank zu bedenken.

«Sie ist recht verbreitet», stimmte Sara zu und blickte wieder auf ihre Notizen. «Mit der Pflanze ist nicht leicht umgehen. Wie das Gift eingenommen wurde, dürfte hier die Schlüsselfrage sein. Nach Aussagen von Nick nimmt man Belladonna am einfachsten, indem man die Samen in heißem Wasser einweicht. Heute Morgen noch habe ich im Internet drei Rezepte gefunden, wie man aus Belladonna einen Tee bereiten kann.»

Lena warf ein: «Sie trank gerne heißen Tee.»

«Da hätten wir's», sagte Sara. «Die Samen lösen sich sehr leicht auf. Ich kann mir vorstellen, dass sie schon ein paar Minuten nach dem Trinken unter erhöhtem Blutdruck litt, unter Herzklopfen, einem trockenen Mund und übergroßer Nervosität. Ich würde überdies annehmen, das brachte sie auf die Toilette, wo ihr Vergewaltiger schon wartete.»

Frank wandte sich an Jeffrey. «Wir sollten uns mal mit Pete Wayne unterhalten. Er hat ihr das Mittagessen serviert. Und auch den Tee.»

«Niemals», widersprach Matt. «Pete wohnt schon sein Leben lang in dieser Stadt. Der würde so was nie tun.» Und als sei nichts Wichtigeres zu dessen Entlastung zu sagen, fügte Matt hinzu: «Außerdem ist er Logenbruder.»

Die anderen Männer begannen zu tuscheln. Jeffrey wusste nicht, wer es war, aber jemand sagte: «Was ist mit dem Neger von Frank?»

Jeffrey spürte, dass ihm ein Schweißtropfen den Rücken hinunterrann. Er konnte bereits sehen, worauf es hinauslief. Er hob die Hände, um die Anwesenden zur Ruhe zu ermahnen. «Frank und ich werden mit Pete reden. Jeder von euch hat seine Aufgabe. Ich möchte heute Abend Berichte vorliegen haben.»

Matt schien etwas sagen zu wollen, aber Jeffrey gebot ihm Einhalt. «Sibyl Adams ist nicht im Geringsten damit geholfen, dass wir hier sitzen und uns irgendwelche Theorien abkneifen.» Er unterbrach sich und wies auf die Seiten, die Brad ausgeteilt hatte. «Klopft an jede verdammte Tür in dieser Stadt, wenn es sein muss, denn ich will genaue Berichte über sämtliche Männer auf diesen Listen.»

Als Jeffrey und Frank zum Diner gingen, wollten Jeffrey die Worte «Franks Neger» nicht aus dem Kopf gehen. Dieser Jargon war ihm zwar aus seiner Kindheit vertraut, aber während der letzten dreißig Jahre hatte er das Wort «Neger» nicht mehr gehört. Es verblüffte Jeffrey, dass solch offener Rassismus immer noch existierte. Und es machte ihm außerdem Angst, dass er einen solchen Spruch von seinen Leuten auf dem Revier gehört hatte. Jeffrey arbeitete schon seit zehn Jahren in Grant, aber er galt noch immer als Außenseiter. Nicht einmal seine Herkunft aus den Südstaaten reichte als Aufnahmegebühr für den Club der «good old boys». Aus Alabama zu stammen war auch nicht gerade ein Plus. Ein typisches Gebet in den Südstaaten lautete: «Dank dir, Gott, für Alabama», und das sollte heißen: Vielen Dank, lieber Gott, dass es uns nicht so mies geht wie denen. Das war einer der Gründe, warum er Frank Wallace immer in seiner Nähe haben wollte. Frank zählte zu jenen Männern. Er war Clubmitglied.

Frank schälte sich aus seinem Jackett und legte es zusammengefaltet über den Arm, ohne dabei stehen zu bleiben. Er war groß und dünn wie eine Bohnenstange. Jahrelanger Polizeidienst hatte sein Gesicht absolut unergründlich gemacht.

Frank sagte: «Dieser Schwarze, Will Harris. Vor ein paar Jahren bin ich mal wegen häuslicher Streitigkeiten gerufen worden. Hatte seiner Frau eine geballert.»

Jeffrey blieb stehen. «Yeah?»

Frank blieb auch stehen. «Ja», sagte er. «Hatte ganz schön zugeschlagen. Die Lippe war geplatzt. Als ich hinkam, lag sie auf dem Fußboden. Hatte 'n Kleid an, das aussah wie ein Baumwollsack.» Er zuckte die Achseln. «War ganz zerrissen.»

«Hatte er sie vergewaltigt?»

Frank zuckte wieder die Achseln. «Sie wollte keine Anzeige machen.»

Jeffrey ging weiter. «Weiß sonst noch jemand davon?»

«Matt», sagte Frank. «Er war damals mein Partner.»

Ihm war beklommen zumute, als er die Tür zum Diner öffnete.

«Wir haben geschlossen», rief Pete von hinten.

Jeffrey sagte: «Ich bin's – Jeffrey.»

Er kam aus dem Vorratsraum und wischte sich die Hände an der Schürze ab. «He, Jeffrey», sagte er, ihnen zunickend. Dann: «Frank.»

«Heute Nachmittag müssten wir eigentlich hier fertig sein, Pete», sagte Jeffrey. «Morgen können Sie dann wieder öffnen.»

«Ich mach für den Rest der Woche zu», sagte Pete und band einen neuen Knoten in seine Schürzenbänder. «Kommt mir irgendwie nicht richtig vor aufzuhaben, wegen dem mit Sibyl und so.» Er deutete auf die Reihe Hocker vor der Theke. «Kann ich Ihnen Kaffee bringen?»

«Das wär nett», sagte Jeffrey und nahm den ersten Hocker. Frank setzte sich daneben.

Jeffrey sah zu, wie Pete um die Theke herumging und drei dicke Keramikbecher hervorholte. Der Kaffee dampfte, als Pete einschenkte.

«Haben Sie schon was?», fragte er.

Jeffrey hob einen der Becher. «Könnten Sie mal schildern, was gestern passiert ist? Ich mein, von dem Augenblick an, als Sibyl Adams ins Restaurant kam.»

Pete verschränkte die Arme und lehnte sich gegen den Grill. «Ich glaube, sie kam so gegen halb zwei», sagte er. «Sie kam immer erst, wenn der größte Mittagsandrang vorüber war. Ich denk mal, sie mochte nicht vor all den Leuten mit ihrem Stock herumtapsen. Ich mein, klar, wir wussten alle, dass sie blind war, aber sie wollte nicht, dass viel Aufhebens davon gemacht wurde. Das merkte man gleich. Unter vielen Menschen war sie irgendwie nervös.»

Jeffrey zog sein Notizbuch hervor, obwohl er sich eigentlich gar nichts aufzuschreiben brauchte. Er wusste, dass Pete viel über Sibyl zu wissen schien. «Kam sie oft her?»

«Pünktlich jeden Montag.» Er kniff die Augen zusammen, schien nachzudenken. «Ich denke, so ungefähr die letzten fünf

Jahre. Manchmal ist sie auch spätabends noch gekommen mit Lehrerkollegen oder Nan aus der Bibliothek. Ich glaube, die beiden haben ein Haus drüben an der Cooper gemietet.»

Jeffrey nickte.

«Aber das geschah nur gelegentlich. Meistens also montags und dann immer allein. Sie kam zu Fuß hierher, bestellte sich ihr Mittagessen und war gewöhnlich gegen zwei wieder weg.» Er rieb sich das Kinn und sah plötzlich traurig aus. «Sie hat immer ein schönes Trinkgeld dagelassen. Ich hab mir gar nichts dabei gedacht, als ich sah, dass ihr Tisch leer war. Ich hab einfach gedacht, sie ist gegangen, als ich mal nicht hingesehen hab.»

Jeffrey fragte: «Was hatte sie bestellt?»

«Dasselbe wie immer», sagte Pete. «Die Nummer drei.»

Jeffrey wusste, was es war – der Waffel-Teller mit Eiern, Speck und Maisgrütze als Beilage.

«Nur dass sie kein Fleisch aß», erläuterte Pete, «deswegen ließ ich immer den Speck weg. Außerdem trank sie keinen Kaffee, deswegen brachte ich ihr heißen Tee.»

Das notierte sich Jeffrey. «Was für Tee?»

Er kramte hinter dem Tresen und holte eine Schachtel mit Teebeuteln hervor. «Die hab ich für sie im Lebensmittelladen besorgt. Koffein wollte sie nicht.» Er lachte kurz. «Ich hab es ihr gern so angenehm wie möglich gemacht, verstehen Sie? Sie kam ja nicht viel raus. Sie hat mir immer wieder gesagt, dass sie gerne herkommt, weil sie sich hier wohl fühlt.» Er hantierte mit der Schachtel Teebeutel.

«Was ist mit der Tasse, die sie benutzt hat?», fragte Jeffrey.

«Das wüsste ich nicht. Die sehen doch alle gleich aus.» Er ging ans Ende des Tresens und zog eine große Metallschublade heraus. Jeffrey beugte sich vor, um einen Blick hineinzuwerfen. Die Schublade war der große Korb einer Geschirrspülmaschine und mit Tassen und Tellern gefüllt.

Jeffrey fragte: «Sind die von gestern?»

Pete nickte. «Ich könnte im Leben nicht sagen, welche ihre

Tasse war. Ich hab die Maschine angestellt, bevor sie –» Er brach ab und sah auf seine Hände. «Mein Dad hat immer gesagt, wer gut für seine Gäste sorgt, für den sorgen auch die Gäste.» Er blickte auf, Tränen in den Augen. «Sie war doch ein nettes Mädchen. Warum sollte ihr jemand etwas antun wollen?»

«Das weiß ich auch nicht, Pete», sagte Jeffrey. «Haben Sie was dagegen, wenn wir das hier mitnehmen?» Er deutete auf die Schachtel mit den Teebeuteln.

Pete zuckte mit den Achseln. «Ganz und gar nicht. Trinkt ja sonst keiner.» Dann wieder das Lachen. «Ich hab's einmal probiert. Schmeckte wie braunes Wasser.»

Frank nahm einen Teebeutel aus der Schachtel. Jeder Beutel steckte in einer Papierhülle, die zugeklebt war. Dann fragte Frank: «Hat der alte Will gestern hier gearbeitet?»

Pete verblüffte diese Frage. «Sicher doch. Seit fünfzig Jahren hat er jeden Tag zur Lunchzeit hier gearbeitet. Kommt gegen elf, geht gegen zwei oder so.» Er sah Jeffrey fragend an. «Anschließend macht er Gelegenheitsarbeiten für Leute in der Stadt. Größtenteils Gartenarbeit, aber auch leichte Tischlersachen.»

«Er arbeitet hier als Aushilfskellner?», fragte Jeffrey, obwohl er doch oft genug in diesem Lokal gegessen hatte, um zu wissen, was Will Harris tat.

«Klar doch», sagte Pete. «Räumt die Tische ab, wischt den Fußboden, bringt den Leuten ihr Essen.» Er sah Jeffrey neugierig an. «Wieso?»

«Kein besonderer Grund», antwortete Jeffrey. Er beugte sich vor, schüttelte dem Mann die Hand und sagte: «Vielen Dank auch, Pete. Wir lassen Sie es wissen, wenn wir noch etwas brauchen.»

ZEHN

Lena hielt einen Stadtplan auf dem Schoß und folgte mit dem Finger dem Verlauf einer Straße. «Hier links», forderte sie Brad auf.

Er tat wie geheißen und lenkte den Streifenwagen in die Baker Street. Brad war okay, aber auch ein wenig zu leichtgläubig. Als Lena zum Beispiel auf dem Revier gesagt hatte, sie müsse mal auf die Toilette, aber dann genau die entgegengesetzte Richtung eingeschlagen hatte, war von ihm kein Ton zu hören gewesen. Auf der Wache machte man sich immer wieder einen Spaß daraus, Brads Dienstmütze zu verstecken. Zu Weihnachten hatten sie die Mütze einem der Rentiere aufgesetzt, die vor dem Rathaus aufgestellt waren. Und vor einem Monat hatte Lena die Mütze auf dem Kopf der Statue von Robert E. Lee vor der High School entdeckt.

Indem Jeffrey sie mit Brad Stevens zusammen einteilte, bezweckte er, sie aus dem Brennpunkt der Ermittlungen herauszuhalten. So wie sie es einschätzte, waren sämtliche Kerle auf ihrer Liste entweder schon tot oder zu alt, um ohne Hilfe aus dem Lehnstuhl hochzukommen.

«Jetzt die Nächste rechts», sagte sie und faltete den Plan zusammen. Während des angeblichen Gangs zur Toilette hatte sie sich in Marlas Büro gestohlen und dort die Adresse von Will Harris im Telefonbuch herausgesucht. Jeffrey würde zuerst Pete befragen. Lena wollte sich Will Harris vorknöpfen, bevor der Chief bei ihm aufkreuzte.

«Genau hier», sagte Lena und bedeutete ihm, rechts ranzufahren. «Du kannst hier warten.»

Brad bremste den Wagen ab und hob die Finger an den Mund. «Wie lautet die Adresse?»

«Vier einunddreißig», sagte sie nach einem Blick auf den Briefkasten. Sie streifte den Sicherheitsgurt ab und öffnete die

Tür, noch bevor der Wagen ganz zum Stehen gekommen war. Sie marschierte bereits die Auffahrt entlang, als Brad sie einholte.

«Was hast du vor?», fragte er und trottete wie ein Hündchen neben ihr her. «Lena?»

Sie blieb stehen, schob eine Hand in die Tasche. «Hör mal, Brad, geh bitte zurück zum Wagen.» Sie war zwei Dienstgrade über ihm. Formell hatte Brad ihren Anweisungen Folge zu leisten. Dieser Gedanke schien ihm auch zu kommen, aber er schüttelte den Kopf. Nein.

Er sagte: «Hier wohnt doch Will Harris, oder?»

Lena wandte ihm den Rücken zu und ging weiter die Auffahrt hinauf.

Das Haus von Will Harris war klein, bestand wahrscheinlich aus wenig mehr als zwei Zimmern und einem Bad. Die Holzverschalung war leuchtend weiß gestrichen, und der Rasen war sorgsam gepflegt. Alles machte einen derart gepflegten Eindruck, dass Lena mit einem Mal nervös wurde. Sie konnte sich einfach nicht vorstellen, dass ein Mensch, der in diesem Haus wohnte, ihrer Schwester so etwas hätte antun können.

Lena klopfte gegen die Fliegentür. Sie konnte drinnen den Fernsehapparat hören, und irgendwo bewegte sich auch etwas. Durch das feinmaschige Drahtnetz konnte sie einen Mann erkennen, der sich unter Schwierigkeiten aus seinem Sessel aufrappelte. Er trug ein weißes Unterhemd und weiße Schlafanzughosen, und er schaute recht verstört drein.

Anders als die meisten Leute, die in der Stadt arbeiteten, war Lena kein Stammgast im Grant Filling Station. Irgendwie hatte sie das dumpfe Gefühl gehabt, dass es Sibyls Territorium war, und da wollte sie nicht eindringen. Lena war Will Harris nie begegnet. Sie hatte jemanden erwartet, der jünger war, bedrohlicher. Will Harris war ein alter Mann.

Als er schließlich an der Tür war und Lena sah, öffneten sich seine Lippen vor Überraschung. Einen Augenblick lang sprach keiner von beiden, dann sagte Willy schließlich: «Sie müssen ihre Schwester sein.»

Lena starrte den alten Mann an. Sie wusste instinktiv, dass Will Harris ihre Schwester nicht ermordet hatte, aber es bestand doch immer noch die Möglichkeit, dass er wusste, wer es gewesen war.

Sie sagte: «Ja, Sir. Würden Sie mich vielleicht reinlassen?»

Die Angel der Fliegentür quietschte. Er trat zur Seite und hielt Lena die Tür auf.

«Sie müssen meinen Aufzug entschuldigen», sagte er und deutete auf seine Pyjamahose. «Mit Besuch hab ich nicht gerechnet.»

«Das geht schon in Ordnung», besänftigte Lena und sah sich in dem kleinen Zimmer um. Das Wohnzimmer besaß eine Kochnische, die durch ein Sofa abgeteilt wurde. Links war ein quadratischer Flur, durch den Lena ein Bad sehen konnte. Sie nahm an, dass sich das Schlafzimmer auf der anderen Seite der Wand befand. Wie das Äußere des Hauses war alles sauber und gepflegt, alt, aber gut erhalten. Ein Fernsehapparat beherrschte das Wohnzimmer. Um ihn herum standen Bücherregale, die randvoll mit Videos waren.

«Ich seh mir gern alte Filme an», sagte Will.

Lena lächelte. «Man sieht's.»

«Hauptsächlich mag ich die alten Schwarzweißfilme», begann der alte Mann, drehte sich dann aber zum großen Aussichtsfenster an der Vorderfront des Zimmers um. «Gütiger Gott», nuschelte er. «Heute schein ich aber viele Fans zu haben.»

Lena unterdrückte ein Stöhnen, als Jeffrey Tolliver die Auffahrt entlangkam. Entweder hatte Brad sie verraten, oder Pete Wayne hatte Will angeschwärzt.

«Morgen, Sir», sagte Will, als er Jeffrey die Fliegentür öffnete.

Jeffrey nickte ihm zu und warf Lena die Art Blick zu, die ihr feuchte Hände bescherte.

Will schien die Spannung zwischen ihnen zu spüren. «Ich kann nach hinten gehen, wenn Sie möchten.»

Jeffrey wandte sich dem alten Mann zu und schüttelte ihm die Hand. «Nicht nötig, Will», sagte er. «Ich muss Ihnen nur ein paar Fragen stellen.»

Mit einer Handbewegung wies Will auf das Sofa. «Haben Sie was dagegen, wenn ich mir einen Kaffee hole?»

«Nein, Sir», antwortete Jeffrey und ging an Lena vorbei zum Sofa. Er sah sie noch immer streng an, aber sie setzte sich trotzdem neben ihn.

Will schlurfte wieder zu seinem Sessel und setzte sich mit einem Stoßseufzer. Seine Knie knackten, und er lächelte entschuldigend und erklärte dazu: «Hab die meisten meiner Tage auf den Knien verbracht, bei der Gartenarbeit.»

Jeffrey holte sein Notizbuch hervor. Lena hatte das Gefühl, seine zornige Ungehaltenheit beinahe mit Händen greifen zu können. «Will, ich muss Ihnen ein paar Fragen stellen.»

«Ja, Sir?»

«Sie wissen, was gestern im Diner geschehen ist?»

Will stellte seine Kaffeetasse auf einem kleinen Beistelltisch ab. «Das Mädchen hat nie jemandem etwas zuleide getan», sagte er. «Was man ihm angetan hat –» Er unterbrach sich und sah Lena an. «Ich bin mit ganzem Herzen bei Ihnen und Ihrer Familie, meine Liebe. Das dürfen Sie mir glauben.»

Lena räusperte sich. «Vielen Dank.»

Jeffrey hatte allem Anschein nach eine andere Reaktion von ihr erwartet. Sein Gesichtsausdruck änderte sich, aber sie konnte aus ihm nicht ablesen, was er dachte. Er wandte sich wieder an Will. «Bis wann waren Sie gestern in dem Lokal?»

«Oh, so bis halb zwei oder kurz vor zwei, glaub ich. Ich hab Ihre Schwester» – sagte er zu Lena – «noch gesehen, als ich ging.»

Jeffrey wartete einen Augenblick, bevor er fragte: «Und da sind Sie sicher?»

«Aber ja, Sir», erwiderte Will. «Ich musste nämlich mein Tantchen in der Kirche abholen. Die hören dort um Punkt Viertel nach zwei mit ihrer Chorprobe auf. Und sie wartet nicht gerne.»

Lena fragte: «Und wo singt sie?»

«Bei den afrikanischen episkopalen Methodisten drüben in Madison», antwortete er. «Sind Sie mal da gewesen?»

Sie schüttelte den Kopf und rechnete in Gedanken nach. Auch wenn Will Harris tatsächlich in Verdacht geraten wäre, hätte er doch niemals Sibyl umbringen und danach pünktlich in Madison sein können, um seine Tante abzuholen. Ein Anruf, und Will Harris hätte ein wasserdichtes Alibi.

«Will», begann jetzt Jeffrey, «ich frage Sie das höchst ungern, aber einer meiner Leute, Frank, sagt, es gab vor einer Weile mal ein Problem?»

Will machte ein langes Gesicht. Bis jetzt hatte er Lena angesehen, aber nun starrte er auf den Teppich. «Ja, Sir, das stimmt.» Er sah Jeffrey nicht an, als er weitersprach. «Meine Frau Eileen. Hab sie öfter mal zu hart angefasst. Ich nehm an, es war vor Ihrer Zeit, damals, als wir uns geprügelt haben. Vielleicht so vor achtzehn, neunzehn Jahren.» Er zuckte die Achseln. «Danach ist sie mir davongelaufen. Der Alkohol hat mich vom rechten Weg abgebracht, aber inzwischen bin ich wieder ein rechtschaffener Christenmensch. So was passiert mir nicht mehr. Meinen Sohn sehe ich nicht oft, aber meine Tochter sooft ich nur kann. Sie wohnt jetzt in Savannah.» Sein Lächeln kehrte zurück. «Hab zwei Enkelchen.»

Jeffrey tippte mit dem Bleistift auf sein Notizbuch. Lena konnte mit einem Blick über seine Schulter erkennen, dass er nichts aufgeschrieben hatte. Er fragte: «Haben Sie Sibyl jemals ihr Essen gebracht? Im Diner, mein ich.»

Wenn ihn die Frage überrascht hatte, ließ Will es sich nicht anmerken. «Denke schon. Meistens helf ich Pete bei so was aus. Sein Daddy hatte ja eine Frau angestellt, die kellnerte, als er noch das Lokal führte, aber Pete», sagte er kichernd, «der alte Pete, der sitzt doch auf seinem Geld.» Mit einer Handbewegung tat er das aber ab. «Macht mir doch nichts aus, mal jemandem Ketchup zu bringen oder dafür zu sorgen, dass ein Gast seinen Kaffee kriegt.»

Jeffrey fragte: «Haben Sie Sibyl auch mal Tee serviert?»

«Manchmal. Gibt's da ein Problem?»

Jeffrey schloss sein Notizbuch. «Ganz und gar nicht», sagte er. «Haben Sie gestern jemand im Diner oder in der Nähe herumhängen sehen, der Ihnen verdächtig vorgekommen ist?»

«Guter Gott, das hätte ich Ihnen doch schon längst erzählt. Nur Pete und ich waren da, und die Stammgäste, die zum Mittagessen kommen.»

«Vielen Dank, dass Sie Zeit für uns hatten.» Jeffrey stand auf, und Lena tat es ihm nach. Will schüttelte zuerst Jeffrey und danach Lena die Hand.

Ihre Hand hielt er etwas länger in der seinen. Dann sagte er: «Gott segne Sie, mein Kind. Passen Sie auf sich auf.»

«Verdammt nochmal, Lena», fluchte Jeffrey und knallte das Notizbuch gegen das Armaturenbrett. Seiten flatterten heraus, und Lena streckte die Hände aus, um keine davon ins Gesicht zu bekommen. «Was haben Sie sich dabei gedacht, zum Teufel?»

Lena hob das Notizbuch vom Boden auf. «Gedacht habe ich gar nicht», antwortete sie.

«Das ist gar nicht witzig», schnauzte er und griff nach dem Notizbuch.

Zornig biss er die Zähne zusammen, als er aus Will Harris' Ausfahrt zurücksetzte. Frank war zusammen mit Brad zur Wache gefahren, während man Lena praktisch mit Gewalt in Jeffreys Wagen befördert hatte. Unsanft bewegte er den Ganghebel an der Lenksäule, und der Wagen setzte sich in Bewegung.

«Warum kann ich Ihnen nicht vertrauen?», verlangte er zu

wissen. «Warum kann ich mich nicht darauf verlassen, dass Sie tun, was ich Ihnen auftrage?» Ihre Antwort wartete er nicht ab. «Ich habe Sie mit Brad losgeschickt, damit Sie etwas erledigen, Lena. Ich habe Ihnen bei dieser Untersuchung eine Aufgabe zugeteilt, weil Sie mich darum gebeten haben, nicht weil ich der Meinung war, dass Sie dafür geeignet wären. Und was ist mein Dank dafür? Vor Frank und Brad hintergehen Sie mich und schleichen wie ein Teenager aus dem Haus. Sind Sie ein verdammter Cop oder ein verdammtes Kind?» Er trat mit voller Wucht auf die Bremse, und Lena spürte, wie der Sicherheitsgurt ihr in die Brust schnitt. Sie hielten mitten auf der Straße, aber das schien Jeffrey gar nicht aufzufallen.

«Sehen Sie mich an», sagte er. Lena tat, was er verlangte, bemüht, keine Furcht zu zeigen. Jeffrey war schon oft genug wütend auf sie gewesen, aber noch nie so wie jetzt. Wenn sie in Bezug auf Will Harris Recht gehabt hätte, wäre es Lena vielleicht noch möglich gewesen, sich herauszureden; so aber hatte sie absolut Mist gebaut.

«Sie müssen immer einen klaren Kopf behalten. Haben Sie gehört?»

Sie nickte abrupt.

«Ich kann es nicht dulden, dass Sie hinter meinem Rücken handeln. Wenn er Ihnen nun etwas angetan hätte?» Er wartete auf die Wirkung seiner Worte. «Und wenn Will Harris nun der Mann wäre, der Ihre Schwester umgebracht hat? Wenn er die Tür aufgemacht, Sie gesehen und dann die Beherrschung verloren hätte?» Jeffrey ließ die Faust aufs Lenkrad krachen und zischte noch einen Fluch. «Sie müssen tun, was ich sage, Lena! Ist das klar? Von jetzt an.» Er zielte mit dem Finger auf ihr Gesicht. «Wenn ich Ihnen befehle, alle Ameisen auf dem Spielplatz zu verhören, dann bringen Sie mir die unterschriebene Aussage von jeder einzelnen. Ist das klar?»

Sie schaffte es, abermals zu nicken. «Yeah.»

Noch war Jeffrey nicht zufrieden. «Ist das klar, Detective?»

«Ja, Sir», antwortete Lena gehorsam.

Jeffrey legte wieder einen Gang ein. Die Räder drehten durch, als er Gas gab, und hinterließen eine schwarze Gummispur auf der Straße. Mit beiden Händen hielt er das Lenkrad so fest, dass seine Knöchel weiß wurden. Lena blieb ganz still und hoffte nur, dass sich seine Wut legte. Er hatte ja jedes Recht, stinksauer zu sein, aber sie wusste nicht, was sie sagen sollte. Eine Entschuldigung war bestimmt so nutzlos wie die Behandlung von Zahnschmerzen mit Honig.

Jeffrey drehte die Scheibe herunter und lockerte die Krawatte. Plötzlich sagte er: «Ich glaube nicht, dass Will es getan hat.»

Lena nickte nur, sie fürchtete sich, den Mund aufzumachen.

«Auch wenn es in der Vergangenheit zu diesem Zwischenfall gekommen ist», fing Jeffrey an, und schon war auch wieder Zorn in seiner Stimme. «Frank hätte ruhig erwähnen können, dass die Episode mit seiner Frau schon zwanzig Jahre zurückliegt.»

Lena blieb stumm.

«Na jedenfalls» – Jeffrey ließ das auf sich beruhen –, «auch wenn er vielleicht dazu in der Lage gewesen wäre, inzwischen ist er sechzig, wenn nicht siebzig. Er konnte sich ja kaum in seinen Sessel setzen, geschweige denn eine gesunde dreiunddreißig Jahre alte Frau überwältigen.»

Jeffrey fuhr fort: «Also bleibt uns nur noch Pete im Diner, stimmt's?» Er wartete nicht auf eine Antwort, offenbar dachte er nur laut. «Nur dass ich auf dem Weg hierher mit Tessa gesprochen habe. Sie kam kurz vor zwei dort an. Will war schon weg, und Pete war als Einziger da. Sie sagte, Pete sei hinter der Kasse geblieben, bis sie ihre Bestellung aufgegeben hatte, und habe danach ihren Burger gegrillt.» Jeffrey schüttelte den Kopf. «Er hätte sich vielleicht nach hinten schleichen können, aber wann? Wann hatte er die Zeit dazu? Gebraucht hätte er doch, wie lange? Zehn, fünfzehn Minuten? Plus die Planung. Wie hätte er wissen sollen, dass es klappen würde?» Auch diese Fragen schienen nur rhetorisch zu sein. «Und wir alle kennen doch Pete. Ich mein, Herr im Himmel, so ein Ding zieht doch kein Anfänger ab.»

Er verstummte und dachte offenbar nach. Lena ließ ihn zufrieden. Sie starrte aus dem Fenster und ließ sich durch den Kopf gehen, was Jeffrey über Pete Wayne und Will Harris zu ihr gesagt hatte. Noch vor einer Stunde war es ihr ganz plausibel erschienen, die beiden Männer zu verdächtigen. Jetzt keinen von beiden mehr. Jeffrey hatte ganz Recht, sich über sie zu ärgern. Sie hätte mit Brad unterwegs sein können, um die Männer auf ihrer Liste zu überprüfen, vielleicht hätte sie Sibyls Mörder bereits gefunden.

Lena betrachtete die Häuser, an denen sie vorbeifuhren, genauer. An der Kurve achtete sie auf das Straßenschild und stellte fest, dass sie auf der Cooper waren.

Jeffrey fragte: «Meinen Sie, dass Nan zu Hause ist?»

Lena zuckte die Achseln.

Sein Lächeln bewies, dass er sich Mühe gab. «Sie dürfen jetzt gerne wieder sprechen.»

Ihre Lippe wölbten sich, aber das Lächeln zu erwidern schaffte sie noch nicht. «Danke.» Und dann: «Es tut mir Leid wegen –»

Er hob die Hand, um sie zu bremsen. «Sie sind ein guter Cop, Lena. Sie sind ein verdammt guter Cop.» Vor Nans und Sibyls Haus lenkte er den Wagen an den Bordstein. «Sie müssen sich nur angewöhnen, auf eine Anweisung zu hören.»

«Ich weiß.»

«Nein, das tun Sie nicht», sagte er, schien jetzt aber nicht mehr erzürnt zu sein. «Ihr ganzes Leben ist auf den Kopf gestellt, und Sie haben es noch nicht einmal gemerkt.»

Sie wollte etwas sagen, hielt aber inne.

Jeffrey sagte: «Ich verstehe ja, dass Sie unbedingt an diesem Fall mitarbeiten möchten, dass Sie eine Aufgabe brauchen, auch um sich abzulenken, aber Sie dürfen mir glauben, Lena, wenn

Sie noch einmal meinen Anweisungen zuwiderhandeln, dann sorge ich dafür, dass Sie demnächst Brad Stephens den Kaffee holen. Ist das klar?»

Sie schaffte ein Kopfnicken.

«Okay», sagte er und öffnete die Wagentür. «Gehen wir.»

Lena ließ sich Zeit damit, ihren Sicherheitsgurt zu lösen. Sie stieg aus dem Wagen, rückte Waffe und Holster zurecht, als sie aufs Haus zuging. Als sie die Eingangstür erreicht hatte, war Jeffrey bereits von Nan eingelassen worden.

«Hallo», grüßte Lena.

«Hallo», erwiderte Nan. Wie am Abend zuvor hielt sie wieder ein zusammengeknülltes Papiertaschentuch in der Hand. Ihre Augen waren geschwollen, ihre Nase war hellrot.

«Heda», sagte Hank.

Lena blieb stehen. «Was machst du denn hier?»

Hank zuckte die Achseln und rieb sich die Hände. Er trug ein ärmelloses T-Shirt, und die Einstichnarben an seinen Armen waren deutlich zu sehen. Lena war peinlich berührt. Sie hatte Hank bisher nur in Reece gesehen, wo man seine Vergangenheit kannte. Sie hatte die Narben so oft gesehen, dass sie es schon fast ganz verdrängt hatte. Jetzt sah sie sie zum ersten Mal mit Jeffreys Augen, und am liebsten wäre sie aus dem Zimmer gerannt.

Hank schien darauf zu warten, dass Lena etwas sagte. Stotternd gelang es ihr, ihn vorzustellen. «Das hier ist Hank Norton, mein Onkel», sagte sie. «Jeffrey Tolliver, Polizeichef.»

Hank streckte die Hand aus, und Lena wäre beim Anblick der geschwollenen Narben auf seinen Unterarmen am liebsten im Boden versunken. Manche von ihnen waren zentimeterlang, wo er die Nadel auf der Suche nach einer geeigneten Vene einfach unter die Haut gestoßen hatte.

Hank sagte: «Wie geht es Ihnen, Sir?»

Jeffrey ergriff die angebotene Hand und drückte sie fest. «Tut mir Leid, dass wir uns unter solchen Umständen kennen lernen.»

Hank verschränkte die Hände. «Ich danke Ihnen.»

Alle schwiegen. Dann sagte Jeffrey: «Ich vermute, Sie können sich denken, warum wir hier sind.»

«Wegen Sibyl», antwortete Nan. Ihre Stimme klang ein paar Oktaven tiefer, wahrscheinlich weil sie die ganze Nacht geweint hatte.

«Genau», sagte Jeffrey und deutete auf das Sofa. Er wartete, bis Nan sich gesetzt hatte, und ließ sich neben ihr nieder. Lena war überrascht, als er Nans Hand nahm und sagte: «Mir tut Ihr Verlust ganz schrecklich Leid, Nan.»

Tränen stiegen Nan in die Augen. Doch sie lächelte. «Ich danke Ihnen.»

«Wir tun alles, was in unserer Macht steht, um denjenigen zu finden, der das getan hat», fuhr er fort. «Und ich möchte, dass Sie wissen: Sollten Sie irgendetwas brauchen, sind wir für Sie da.»

Sie flüsterte noch ein Dankeschön, senkte den Blick und zupfte an einer Kordel ihrer Trainingshose.

Jeffrey fragte: «War jemand über Sie oder Sibyl wütend, was meinen Sie?»

«Nein», antwortete Nan. «Ich hab es gestern Abend schon zu Lena gesagt. In letzter Zeit war alles wie immer.»

«Ich weiß, dass Sibyl und Sie absichtlich ein zurückgezogenes Leben führten», sagte Jeffrey. Lena verstand, was er meinte. Er benahm sich weitaus feinfühliger, als sie am Abend zuvor gewesen war.

«Ja», stimmte Nan zu. «Uns gefällt es hier. Wir sind beide Kleinstadtmenschen.»

Jeffrey fragte: «Fällt Ihnen jemand ein, der sich vielleicht etwas zusammengereimt haben könnte?»

Nan schüttelte den Kopf. Sie blickte zu Boden. Ihre Lippen bebten. Es gab nichts sonst, was sie ihm zu erzählen hatte.

«Also schön», sagte er und erhob sich. Er legte Nan die Hand auf die Schulter, um ihr zu bedeuten, dass sie sitzen bleiben sollte. «Wir finden schon allein raus.» Er griff in seine Jackentasche und holte eine Visitenkarte hervor. Lena sah zu, wie er sie in einer Hand hielt und etwas auf die Rückseite schrieb. «Das hier ist meine Privatnummer», sagte er. «Rufen Sie mich an, wenn Ihnen irgendetwas einfällt.»

«Haben Sie vielen Dank», sagte Nan und nahm die Karte.

Jeffrey wandte sich an Hank. «Würde es Ihnen etwas ausmachen, Lena nachher nach Hause zu fahren?»

Lena war wie vor den Kopf gestoßen. Sie konnte nicht hier bleiben.

Hank war allem Anschein nach ebenso verdutzt. «Nein», brachte er heraus. «Kein Problem.»

«Gut denn.» Er tätschelte Nans Schulter und sagte dann zu Lena: «Sie und Nan können den Abend nutzen, um eine Liste all der Leute aufzustellen, mit denen Sibyl zusammengearbeitet hat.» Jeffrey bedachte Lena mit einem wissenden Lächeln. «Seien Sie um sieben Uhr morgen früh auf dem Revier. Wir fahren dann rüber zum College, bevor dort der Unterricht beginnt.»

Lena verstand nicht. «Bin ich denn nicht wieder mit Brad eingeteilt?»

Er schüttelte den Kopf. «Sie sind bei mir.»

MITTWOCH

ELF

Ben Walker, der vor Jeffrey Polizeichef gewesen war, hatte sein Büro im hinteren Bereich des Reviers gehabt, gleich neben dem Besprechungsraum. Ein Schreibtisch von der Größe eines umgekippten Kühlschranks befand sich inmitten des Raums, und davor stand eine Reihe unbequemer Stühle. Jeden Morgen wurden die ranghöchsten Männer in Bens Büro gerufen, um ihre Einsatzbefehle für den Tag entgegenzunehmen. Nachdem sie gegangen waren, schloss der Chief hinter ihnen die Tür. Was Ben von diesem Moment an bis siebzehn Uhr tat, wenn man ihn zum Diner hasten sah, wo er zu Abend essen wollte, blieb allen ein Rätsel.

Als er Bens Job übernahm, bestand Jeffreys erste Amtshandlung darin, sein Büro nach vorn zu verlegen. Mit einer Stichsäge schnitt er ein Loch in die Rigipswand und baute eine Glasscheibe ein, damit er vom Schreibtisch aus seine Männer sehen konnte und, wichtiger noch, damit sie ihn sehen konnten. Es gab eine Jalousie an dem Fenster, aber die ließ er nie herunter, und zudem stand seine Bürotür fast immer offen.

Zwei Tage nachdem Sibyls Leiche gefunden worden war, saß Jeffrey in seinem Büro und las den Bericht, den Marla ihm gerade gebracht hatte. Nick Shelton vom GBI war so freundlich gewesen, die Analyse der Schachtel mit den Teebeuteln vorrangig durchzuführen. Ergebnis: Es handelte sich um Tee.

Jeffrey kratzte sich am Kinn und ließ den Blick durchs Büro schweifen. Es war nur ein kleiner Raum, aber an einer der Wände hatte er ein Bücherregal gebaut, damit er besser Ordnung halten konnte. Dienstanweisungen sowie Statistiken lagen gestapelt neben Trophäen für Scharfschützen, die er bei den Wettbewerben in Birmingham gewonnen hatte, und einem von der gesamten Mannschaft signierten Football aus der Zeit, als er in Auburn gespielt hatte. Nicht dass er tatsächlich gespielt hätte, Jeffrey hatte die meiste Zeit auf der Bank gesessen und zugeschaut, wie die anderen Spieler an ihrer Karriere bastelten.

In den entferntesten Winkel des Bücherbords hatte er ein Foto seiner Mutter gestellt. Sie trug eine rosa Bluse und hielt einen kleinen Blumenkranz in der Hand. Die Aufnahme war bei Jeffreys High-School-Abschluss gemacht worden. Ihm war es gelungen, seine Mutter mit einem Lächeln einzufangen, zu dem sie sich vor der Kamera selten hinreißen ließ. Ihre Augen leuchteten, und das lag wahrscheinlich an den Aussichten, die sie sich für ihren Sohn ausmalte. Dass er jedoch Auburn ein Jahr vorm Abschluss geschmissen und einen Job bei der Polizei von Birmingham angenommen hatte, war etwas, das sie ihrem einzigen Kind immer noch nicht verziehen hatte.

Marla klopfte leise an seine Bürotür. In der einen Hand hielt sie eine Tasse Kaffee und in der anderen einen Doughnut. An Jeffreys erstem Tag hatte sie ihm eröffnet, dass sie für Ben Walker nicht Kaffee geholt hatte und dass sie es genauso wenig für ihn tun würde. Jeffrey hatte gelacht: Auf den Gedanken sei er auch niemals gekommen. Seither hatte Marla ihm seinen Kaffee gebracht.

«Der Doughnut ist für mich», sagte sie und reichte ihm den Plastikbecher. «Nick Shelton ist auf Leitung drei.»

«Danke Ihnen», sagte er. Er wartete, dass sie ging. Dann griff Jeffrey zum Hörer. «Nick?»

Nicks Südstaatensprechweise klang aus dem Apparat. «Wie steht's?»

«Nicht so toll», antwortete Jeffrey.

«Verstehe», erwiderte Nick. «Meinen Bericht gekriegt?»

«Über den Tee?» Jeffrey nahm ein Blatt Papier zur Hand, überflog die Analyse. Für ein so einfaches Getränk waren es doch verblüffend viele Chemikalien, die sich darin nachweisen ließen. «Es handelt sich nur um einen billigen Tee, den man in jedem Laden kaufen kann?»

«Du sagst es», entgegnete Nick. «Hör mal, ich hab heute Morgen versucht, Sara anzurufen, aber sie war nirgends aufzutreiben.»

«Tatsächlich?»

Nick lachte in sich hinein. «Du wirst mir wohl nie verzeihen, dass ich sie damals gebeten habe, mit mir auszugehen, oder, Kumpel?»

Jeffrey grinste. «Niemals.»

«Einer von meinen Drogenjungs hier im Labor ist ganz heiß auf Belladonna. Solche Fälle sind selten, und er hat sich freiwillig bereit erklärt, persönlich bei euch aufzutauchen und euch zu informieren.»

«Das wäre eine Riesenhilfe», sagte Jeffrey. Durch das Fenster sah er Lena und winkte sie herein.

«Sprichst du diese Woche noch mit Sara?» Nick wartete die Antwort nicht ab. «Mein Typ hier will sich mit ihr darüber unterhalten, wie sich das Opfer darstellte.»

Jeffrey verbiss sich einen boshaften Kommentar und gab sich betont gut gelaunt, als er sagte: «Sagen wir gegen zehn?»

Jeffrey notierte das Treffen in seinem Terminkalender, als Lena eintrat. Sobald er aufsah, redete sie los.

«Er nimmt aber keine Drogen mehr.»

«Was?»

«Zumindest glaube ich es nicht.»

Jeffrey verstand nicht und schüttelte den Kopf. «Wovon reden Sie eigentlich?»

Mit gesenkter Stimme antwortete sie: «Von meinem Onkel Hank.» Sie streckte ihm die Unterarme entgegen.

«Oh.» Jetzt verstand Jeffrey endlich. Er war sich nicht sicher gewesen, ob Hank Norton ein ehemaliger Drogensüchtiger war oder die Narben an den Armen eventuell alte Brandwunden. «Ich hab gesehen, dass sie alt sind.»

Sie sagte: «Er war ein Speed Freak, okay?»

Ihr Ton war feindselig. Jeffrey nahm an, dass sie darüber gebrütet hatte, seit sie in Nan Thomas' Haus zurückgeblieben war. Das waren also schon zwei Dinge, derentwegen sie sich schämte: die Homosexualität ihrer Schwester und die ehemaligen Drogenprobleme ihres Onkels. Jeffrey fragte sich, ob es außer ihrem Job überhaupt etwas in Lenas Leben gab, das ihr Freude machte.

«Was?», hakte Lena nach.

«Nichts», sagte Jeffrey und stand auf. Er nahm seine Jacke vom Haken hinter der Tür und schob Lena aus dem Büro hinaus. «Haben Sie die Liste?»

Sie wirkte irritiert davon, dass er sie offenbar wegen der ehemaligen Drogensucht ihres Onkels nicht tadeln wollte.

Sie reichte ihm ein Blatt aus einem Notizblock. «Das hier haben Nan und ich gestern Abend zustande gebracht. Eine Liste von Leuten, die mit Sibyl zusammengearbeitet haben, die vielleicht noch mit ihr geredet haben könnten, bevor sie…» Lena beendete den Satz nicht.

Jeffrey schaute auf das Blatt. Sechs Namen standen dort. Ein Name war mit einem Sternchen versehen. Lena schien mit der Frage gerechnet zu haben.

Sie sagte: «Richard Carter ist ihr GTA. Graduate Teaching Assistant. Sie hatte eine Vorlesung um neun Uhr. Mal abgesehen von Pete ist er wahrscheinlich der Letzte, der sie noch lebend gesehen hat.»

«Irgendwie kommt mir der Name bekannt vor», sagte Jeffrey und schlüpfte in sein Jackett. «Er ist der einzige Student auf der Liste?»

«Ja», antwortete Lena. «Und außerdem ist er irgendwie unheimlich.»

«Das heißt?»

«Ich weiß auch nicht.» Sie zuckte die Achseln. «Ich mochte ihn jedenfalls noch nie.»

Jeffrey hütete seine Zunge, weil er daran dachte, dass Lena kaum einen Menschen mochte und ihre Antipathie keinen Mordverdacht rechtfertigte.

Dann sagte er: «Fangen wir mit Carter an und reden danach mit dem Dekan.» Am Eingang hielt er ihr die Tür auf. «Der Bürgermeister kriegt ein Herzanfall, wenn wir im Umgang mit den Professoren nicht das Protokoll wahren. Studenten sind eher Freiwild.»

Der Campus des Grant Institute of Technology bestand aus einem Studienzentrum, vier Gebäuden mit Unterrichtsräumen, dem Verwaltungskomplex und einem Flügel für das Landwirtschaftsstudium, das von einem dankbaren Saatguthersteller gestiftet worden war. Üppige Grünanlagen grenzten auf der einen Seite an die Universität, an die andere reichte der See heran. Die Studentenunterkünfte waren von allen Gebäuden unschwer zu Fuß zu erreichen, und das Fahrrad war das meistverbreitete Transportmittel auf dem Campus.

Jeffrey folgte Lena in den dritten Stock des Unterrichtsgebäudes der Naturwissenschaften. Sie hatte den Assistenten ihrer Schwester offenbar bereits früher schon getroffen, denn Richard Carters Gesicht verdüsterte sich, als er Lena an der Tür erkannte. Er war ein kleiner Mann, dem allmählich die Haare ausfielen. Er trug eine schwere dunkle Brille und einen zu engen Laborkittel über einem grellgelben Oberhemd. Er wirkte so typisch verklemmt wie die meisten Collegetypen. Das Grant Institute of Technology war schlicht und einfach ein Lehrinstitut für Hohlköpfe. Englischkurse waren Pflicht, aber nicht gerade schwierig. Die Uni war mehr darauf ausgerichtet, Patente zu produzieren, als darauf, sozial verantwortungsvolle und kultivierte Frauen und Männer heranzubilden. Das war das größte Problem, das

Jeffrey mit dem Institut hatte. Die meisten Professoren und alle Studenten hatten die Nase so tief im eigenen Arsch stecken, dass sie die Welt vor ihren Augen nicht mehr sahen.

«Sibyl war eine brillante Wissenschaftlerin», sagte Richard. Er beugte sich über ein Mikroskop, murmelte etwas vor sich hin und hob wieder den Kopf. Zu Lena sagte er: «Sie besaß ein erstaunliches Gedächtnis.»

«Das brauchte sie auch», sagte Lena und zog ihr Notizbuch hervor. Jeffrey fragte sich nicht zum ersten Mal, ob er gut daran tat, Lena mitzunehmen. In der Hauptsache ging es ihm darum, sie unter Kontrolle zu haben. Nach gestern wusste er nicht, ob er darauf vertrauen konnte, dass sie auch tat, was er ihr auftrug. Es war bestimmt besser, sie in sicherer Nähe zu haben, als ihr zu gestatten, auf eigene Faust loszuziehen.

«Ihre Arbeit», legte Richard los. «Ich kann kaum beschreiben, wie penibel genau sie war, wie akribisch. Heutzutage erlebt man nur noch sehr selten in diesem Fachbereich ein Engagement von diesem Standard. Sie war meine Mentorin.»

«Genau», sagte Lena.

Richard sah sie sauertöpfisch und missbilligend an. Dann fragte er: «Wann ist die Beerdigung?»

Lena schien bei dieser Frage einen Moment die Fassung zu verlieren. «Sie wird eingeäschert», sagte sie. «Das war ihr Wunsch.»

Richard verschränkte die Hände vor dem Bauch. Er schaute immer noch missbilligend drein. Es wirkte beinahe schon herablassend. Für einen ganz kurzen Augenblick meinte Jeffrey etwas anderes hinter diesem Ausdruck wahrgenommen zu haben. Richard drehte sich jedoch um, und Jeffrey fragte sich, ob er nicht zu viel in die Situation hineininterpretiert hatte.

Lena begann: «Heute Nachmittag gibt es – ich glaube, so nennt man es – eine Totenwache.» Sie kritzelte etwas auf ihren Block und riss dann das Blatt heraus. «Und zwar um fünf Uhr im Beerdigungsunternehmen Brock in der King Street.»

Richard warf von oben herab einen Blick auf das Stück Papier, faltete es zweimal säuberlich zusammen und steckte es dann in die Tasche seines Laborkittels. Er schniefte und wischte sich mit dem Handrücken die Nase ab. Jeffrey wusste nicht zu sagen, ob er erkältet war oder versuchte, nicht in Tränen auszubrechen.

Lena fragte: «Also, ist jemand Fremdes hier im Labor oder in Sibyls Büro aufgetaucht?»

Richard schüttelte den Kopf. «Nur die ganz normalen Gestörten.» Er lachte los, hielt aber urplötzlich wieder inne. «Das war wohl ziemlich unpassend.»

«Ja», sagte Lena, «war es.»

Jeffrey räusperte sich, um die Aufmerksamkeit des jungen Mannes zu wecken. «Wann haben Sie sie zum letzten Mal gesehen, Richard?»

«Nach ihrer Morgenvorlesung», sagte er. «Sie fühlte sich nicht wohl. Ich glaube, ich hab mir die Erkältung bei ihr eingefangen.» Er holte zur Bekräftigung ein Papiertaschentuch hervor. «Sie war ein so wundervoller Mensch. Ich kann Ihnen gar nicht sagen, ein wie großes Glück es für mich war, dass sie mich unter ihre Fittiche nahm.»

«Was haben Sie gemacht, nachdem sie das Institut verließ?», fragte Jeffrey.

Er zuckte die Achseln. «Bin wahrscheinlich in die Bibliothek gegangen.»

«Wahrscheinlich?», fragte Jeffrey, dem der saloppe Ton gar nicht gefiel.

Richard schien sofort zu merken, dass Jeffrey ungehalten war. «Ich war in der Bibliothek», lenkte er ein. «Sibyl hatte mich gebeten, einige Verweise nachzuschlagen.»

Und schon übernahm Lena wieder. «Gab es jemanden, der sich in ihrer Gegenwart seltsam verhalten hat? Vielleicht öfter als gewöhnlich aufgetaucht ist?»

Richard schürzte die Lippen und schüttelte wieder den Kopf. «Eigentlich nicht. Wir haben schon mehr als die Hälfte des Semesters hinter uns. Sibyl hat die fortgeschrittenen Studenten, und die meisten von denen sind schon mindestens zwei Jahre hier.»

«Neue Gesichter?», fragte Jeffrey.

Wieder schüttelte Richard den Kopf. Irgendwie erinnerte er Jeffrey an einen von diesen Hunden mit Wackelkopf, die manche Leute auf ihr Armaturenbrett stellen.

Richard sagte: «Wir sind hier eine kleine Gemeinschaft. Jemand, der sich seltsam verhält, würde auffallen.»

Jeffrey wollte noch eine weitere Frage stellen, als Kevin Blake, der Dekan des College, den Raum betrat. Er sah nicht gerade glücklich aus.

«Chief Tolliver», sagte Blake, «ich nehme an, Sie sind wegen der vermissten Studentin hier.»

Julia Matthews war dreiundzwanzig Jahre alt, studierte im Hauptfach Physik und war im vorletzten Jahr vor ihrem Abschluss. Nach Aussagen ihrer Zimmergenossin war sie schon seit zwei Tagen verschwunden.

Jeffrey ging im Wohnheimzimmer der jungen Frau umher. An den Wänden hingen Plakate mit aufbauenden Sinnsprüchen zu Erfolg und Sieg. Auf einem Tisch am Bett stand ein Foto des vermissten Mädchens, auf dem es neben einem Mann und einer Frau zu sehen war, bei denen es sich offenbar um ihre Eltern handelte. Julia Matthews war auf ungekünstelte Weise attraktiv. Auf dem Foto trug sie ihr Haar in kleinen Zöpfchen links und rechts am Kopf. Sie hatte einen vorstehenden Schneidezahn, aber davon abgesehen sah sie aus wie das perfekte Mädchen von nebenan. Sie sah Sibyl Adams tatsächlich sehr ähnlich.

«Sie sind nicht in der Stadt», informierte Jenny Price, die Zimmergenossin des verschwundenen Mädchens. Sie stand händeringend in der Tür und sah zu, wie Jeffrey und Lena das Zimmer durchsuchten.

Sie fuhr fort: «Sie haben zwanzigsten Hochzeitstag und sind auf einer Kreuzfahrt auf die Bahamas.»

«Sie ist sehr hübsch», sagte Lena, hauptsächlich wohl, um das Mädchen zu beruhigen. Jeffrey fragte sich, ob Lena die Ähnlichkeit zwischen Julia Matthews und ihrer Schwester bemerkt hatte. Sie hatten beide einen olivfarbenen Teint und dunkles Haar. Sie sahen beide fast gleich alt aus, obwohl Sibyl zehn Jahre älter war. Jeffrey fühlte sich unwohl und stellte das Bild zurück, als ihm bewusst wurde, dass die beiden Frauen ja auch Lena ähnelten.

Lena wandte ihre Aufmerksamkeit Jenny zu und fragte: «Wann ist Ihnen zum ersten Mal aufgefallen, dass sie verschwunden war?»

«Als ich gestern aus den Vorlesungen kam, glaub ich», antwortete Jenny. Eine leichte Röte trat auf ihre Wangen. «Sie war vorher auch schon mal eine Nacht weg, okay?»

«Klar», stimmte Lena zu.

«Ich dachte, sie wäre vielleicht mit Ryan unterwegs. Das ist ihr ehemaliger Freund.» Sie unterbrach sich. «Sie hatten sich vor ungefähr einem Monat getrennt. Ich hab sie vor zwei Tagen zusammen in der Bibliothek getroffen, so um neun Uhr abends. Danach hab ich sie nicht mehr gesehen.»

Lena ging auf den Freund ein: «Es ist doch wohl ein ziemlicher Stress, wenn man versucht, eine Beziehung zu führen, aber gleichzeitig auch zu den Vorlesungen gehen und arbeiten muss.»

Jenny reagierte mit einem angedeuteten Lächeln. «Ja. Ryan studiert Landwirtschaft. Sein Arbeitspensum ist bei weitem nicht so groß wie das von Julia.» Sie verdrehte die Augen. «Solange seine Pflanzen nicht eingehen, kriegt er die Bestnote. Und wir lernen nächtelang und müssen darum kämpfen, Laborzeit zugeteilt zu bekommen.»

«Ich kann mich erinnern, wie es war», sagte Lena, obwohl sie nie das College besucht hatte. Die Unbefangenheit, mit der sie log, erschreckte und beeindruckte Jeffrey gleichermaßen. Er hatte nur wenige erlebt, die ein Verhör so perfekt zu führen verstanden.

Jenny lächelte und ließ die Schultern entspannt sinken. Lenas Lüge hatte das Kunststück fertig gebracht. «Dann wissen Sie ja, wie es ist. Man hat kaum Zeit, um Luft zu holen, geschweige denn für einen Freund.»

Lena fragte: «Sie haben sich getrennt, weil sie nicht genug Zeit für ihn hatte?»

Jenny nickte. «Er war ihr allererster Freund. Und es hat Julia echt mitgenommen.» Sie warf Jeffrey einen nervösen Blick zu. «Sie hatte sich schwer in ihn verknallt, müssen Sie wissen. Und sie war echt krank vor Kummer, als sie sich trennten. Sie wollte überhaupt nicht mehr aus dem Bett aufstehen.»

Lena senkte die Stimme, als wolle sie Jeffrey außen vor lassen. «Als Sie die beiden in der Bibliothek sahen, waren sie nicht gerade am Studieren.»

Jenny sah zu Jeffrey hinüber. «Nein.» Sie lachte nervös.

Lena machte ein paar Schritte, bis sie ihm den Blick auf das Mädchen versperrte. Jeffrey verstand. Er wandte den beiden Frauen den Rücken zu und gab vor, sich für den Inhalt von Julias Schreibtischschubladen zu interessieren.

Lena wählte jetzt einen ganz normalen Umgangston. «Was halten Sie denn von Ryan?»

«Sie meinen, ob ich ihn mag?»

«Ja», antwortete Lena. «Ich meine mögen nicht in dem Sinn. Ich meine, ob Sie ihn für einen netten Kerl halten.»

Das Mädchen schwieg eine Weile. Jeffrey nahm ein Lehrbuch zur Hand und blätterte darin.

Schließlich sagte Jenny. «Na ja, er war irgendwie egoistisch. Und es gefiel ihm gar nicht, wenn sie ihn mal nicht treffen konnte.»

«Wollte er sie irgendwie kontrollieren?»

«Ja, glaub ich schon», entgegnete das Mädchen. «Sie ist doch ein Landei, okay? Und Ryan nutzt das irgendwie aus. Julia weiß nicht viel von der Welt. Sie glaubt aber, dass er es tut.»

«Und, tut er's?»

«Mein Gott, nein.» Jenny lachte. «Ich mein, er ist kein schlechter Kerl –»

«Natürlich nicht.»

«Er ist eben …» Sie hielt inne. «Er hat es nicht gern, wenn sie mit anderen Leuten spricht, okay? Er, also er hat wahrscheinlich Angst, sie könnte herausfinden, dass es bessere Jungs als ihn gibt. Das vermute ich zumindest. Julia ist ihr ganzes Leben lang irgendwie behütet worden. Sie weiß nicht, wie man sich vor solchen Kerlen in Acht nimmt.» Wieder hielt sie inne. «Er ist kein schlechter Kerl, aber er klammert, wissen Sie? Er muss immer wissen, wohin sie geht, mit wem sie unterwegs ist, wann sie wiederkommt. Er mag es überhaupt nicht, dass sie sich Zeit für sich nimmt.»

Lena sprach noch immer leise. «Er hat sie aber nie geschlagen, oder doch?»

«Nein, so nicht.» Wieder schwieg das Mädchen. Dann sagte sie: «Er hat sie nur oft angeschrien. Manchmal, wenn ich von einem Seminar zurückkam, dann horchte ich erst an der Tür, verstehen Sie?»

«Ja», sagte Lena, «um sicherzugehen.»

«Genau», stimmte Jenny zu und gestattete sich ein nervöses Kichern. «Also, einmal hab ich ihn hier drinnen gehört, und er war richtig fies zu ihr. Hat die gemeinsten Sachen gesagt.»

«Wie gemein?»

«Zum Beispiel, dass sie schlecht ist», sagte Jenny. «Dass sie in die Hölle kommen würde, so schlecht sei sie.»

Lena nahm sich Zeit, bis sie die nächste Frage stellte. «Ist er religiös?»

Jenny gab einen abfälligen Ton von sich. «Wenn es ihm in den Kram passt. Er weiß, dass Julia religiös ist. Sie steht echt auf Kirche und alles. Ich mein, als sie noch zu Hause war. Hier geht sie nicht oft hin, aber sie redet immer davon, dass sie im Chor ist und eine gute Christin und solche Sachen.»

«Aber Ryan ist nicht religiös?»

«Nur wenn er meint, damit bei ihr was erreichen zu können. Zum Beispiel sagt er, er ist echt religiös, aber er hat alle möglichen Piercings und trägt ständig Schwarz, und er –» Sie hörte zu reden auf.

Lena senkte wieder die Stimme. «Was?», fragte sie, und dann sagte sie noch leiser: «Ich werd's niemandem weitersagen.»

Jenny flüsterte etwas, aber Jeffrey konnte nicht verstehen, was sie sagte.

«Oh», sagte Lena, als höre sie nichts Neues. «Die Kerle sind doch allesamt dämlich.»

Jenny lachte. «Sie hat ihm geglaubt.»

Lena fiel in ihr Lachen ein und fragte dann: «Was hat Julia denn getan, das so schlimm gewesen sein soll? Was meinen Sie? Dass Ryan sich so darüber aufgeregt hat?»

«Nichts», antwortete Jenny mit Nachdruck. «Das hab ich sie ja später gefragt. Sie wollte es mir aber nicht sagen. Sie blieb einfach den ganzen Tag im Bett liegen und hat keinen Ton gesagt.»

«Das war ungefähr zu der Zeit, als sie sich getrennt haben?»

«Ja», bestätigte Jenny. «Letzten Monat, wie ich schon sagte.» Besorgnis schwang in ihrer Stimme mit, als sie fragte: «Sie glauben doch nicht, dass er etwas mit ihrem Verschwinden zu tun hat, oder?»

«Nein», sagte Lena. «Da würde ich mir keine Sorgen machen.»

Jeffrey drehte sich um und fragte: «Wie lautet Ryans Nachname?»

«Gordon», informierte ihn das Mädchen. «Glauben Sie, Julia steckt in Schwierigkeiten?»

Jeffrey erwog ihre Frage. Er hätte ihr sagen können, sie brauche sich keine Gedanken zu machen, aber dann würde sich das Mädchen vielleicht in falscher Sicherheit wiegen. Er entschied sich für: «Das weiß ich nicht, Jenny. Wir werden jedenfalls alles tun, um sie zu finden.»

Ein kurzer Besuch im Geschäftszimmer klärte sie darüber auf, dass Ryan Gordon um diese Zeit Aufsichtsdienst im Lesesaal hatte. Das Gebäude der landwirtschaftlichen Fakultät befand sich am Rande des Campus, und Jeffrey merkte, dass seine Beklemmung mit jedem Schritt stärker wurde, der sie näher dorthin brachte. Er spürte auch die Spannung, die Lena erfasst hatte. Zwei Tage waren ohne brauchbare Spur vergangen. Jetzt konnte es tatsächlich sein, dass sie dem Mann gegenübertraten, der Sibyl Adams ermordet hatte.

Jeffrey hatte ganz und gar nicht damit gerechnet, auf Anhieb Ryan Gordons bester Freund zu werden, aber der junge Mann hatte etwas an sich, was Jeffrey von der ersten Minute an gegen ihn einnahm. Seine beiden Augenbrauen waren ebenso durchstochen wie beide Ohren, und auch seine Nasenscheidewand war von einem Ring durchbohrt. Dieser Ring sah schwarz und verkrustet aus, eher für einen Ochsen geeignet als für eine menschliche Nase. Jennys Beschreibung war nicht gerade freundlich gewesen, aber jetzt fand Jeffrey, dass sie höchst großherzig gewesen war, als sie ihn unreinlich genannt hatte. Ryan sah geradezu ekelhaft aus. Seine fettige Gesichtshaut war von Pickeln und verschorften Aknenarben übersät. Seine Haare wirkten, als seien sie lange nicht gewaschen worden. Seine schwarzen Jeans und sein Hemd waren völlig zerknittert. Zudem ging ein höchst eigenartiger Geruch von ihm aus.

Julia Matthews war eine sehr attraktive junge Frau, das ließ sich nicht bestreiten. Umso mehr war es für Jeffrey ein Rätsel, dass jemand wie Ryan Gordon sie sich hatte angeln können. Wenn es ihm hatte gelingen können, ein junges Mädchen unter seinen Einfluss zu bringen, das fraglos Besseres hätte haben können, sagte das eine Menge darüber aus, was für ein Kerl dieser Gordon sein musste.

Jeffrey bemerkte, dass die freundliche Seite Lenas, die zuvor bei Jenny Price gewirkt hatte, längst verschwunden war, als sie den Lesesaal erreichten. Sie betrat zielstrebig den Raum und ließ sich auch nicht von den neugierigen Blicken der anderen, vorwiegend männlichen Studenten beirren, als sie geradewegs auf den jungen Mann zusteuerte, der hinter einem Schreibtisch an der Stirnseite des Arbeitsraumes saß.

«Ryan Gordon?», fragte sie, als sie sich über den Schreibtisch beugte. Ihre Jacke verschob sich dabei nach hinten, und Jeffrey sah, dass der Bursche einen wachsamen Blick auf ihre Waffe warf. Seine Lippen blieben jedoch verdrießlich zu einer schmalen Linie zusammengepresst, und als er antwortete, hätte Jeffrey ihm am liebsten eine runtergehauen.

Gordon sagte: «Was geht dich das an, Schlampe?»

Jeffrey schnappte sich den Jungen am Schlafittchen und schleifte ihn aus dem Raum. Dass ihn deswegen bestimmt schon eine Nachricht des erzürnten Bürgermeisters in seinem Büro erwarten würde, war ihm klar.

Vor dem Lesesaal stieß er Gordon gegen eine Wand. Jeffrey zog ein Taschentuch heraus und säuberte sich die Hand. «Gibt es eigentlich keine Duschen in eurem Wohnheim?»

Gordons Stimme klang so weinerlich, wie Jeffrey es erwartet hatte. «Das ist ein brutaler Polizeiübergriff.»

Zu Jeffreys Überraschung versetzte Lena Gordon eine Ohrfeige.

Gordon rieb sich die Wange und zog die Mundwinkel nach unten. Er schien sie zu taxieren. Jeffrey fand seinen Gesichtsausdruck schon beinahe komisch. Ryan Gordon war nur ein Strich in der Landschaft, ungefähr so groß wie Lena, besaß aber nicht ihr Gewicht. An Aggressivität war sie ihm jedoch haushoch überlegen. Lena würde Gordon mit bloßen Händen den Kopf abreißen, wenn er ihr zu nahe kam.

Das schien Gordon zu ahnen. Er hielt sich zurück und quengelte in einem nasalen Tonfall, den er vielleicht seinem Nasenring verdankte, der sich beim Sprechen auf und nieder bewegte. «Mensch, was wollt ihr denn eigentlich von mir?»

Er hielt die Arme abwehrend in die Höhe, als Lena nach seiner Brust griff.

Sie sagte: «Runter mit den Flossen, du Feigling.» Sie fasste in sein Hemd und zog das Kreuz heraus, das an einer Kette um seinen Hals hing.

«Nette Halskette», sagte sie.

Jeffrey fragte: «Wo warst du Montagnachmittag?»

Gordon blickte von Lena zu Jeffrey. «Was?»

«Wo warst du Montagnachmittag?», wiederholte Jeffrey.

«Weiß ich doch nicht, Mann», greinte er. «Hab wahrscheinlich gepennt.» Er schniefte und rieb sich die Nase. Als der Ring in seiner Nase sich bewegte, konnte Jeffrey nur mit großer Mühe an sich halten.

«An die Wand mit dir», befahl Lena und stieß ihn vor sich her. Gordon wollte protestieren, aber ein Blick von Lena hielt ihn davon ab. Er spreizte Arme und Beine und nahm die gewünschte Haltung ein.

Lena tastete ihn ab und fragte: «Ich werde doch keine Nadeln finden, oder? Nichts, woran ich mich verletzen könnte?»

Gordon stöhnte auf. «Nein», sagte er, als sie in seine Hosentasche griff.

Lena lächelte, als sie den Beutel mit weißem Pulver herauszog. «Zucker ist das doch wohl nicht, Jeffrey, oder?», fragte sie den Chief.

Überrascht, dass sie ihn entdeckt hatte, nahm er den Beutel. Damit war auch Gordons Aussehen erklärt. Drogensüchtige waren nicht gerade für gewissenhafte Körperpflege bekannt. Zum ersten Mal an diesem Morgen war Jeffrey froh, Lena bei sich zu haben. Ihm selbst wäre niemals in den Sinn gekommen, den Jungen zu filzen.

Gordon warf einen Blick auf den Beutel. «Das ist aber nicht meine Hose.»

«Genau», fauchte Lena ihn an. Sie drehte Gordon mit einem Ruck herum. «Wann hast du Julia Matthews das letzte Mal gesehen?», fragte sie.

Gordons Miene waren seine Gedanken abzulesen. Ganz offensichtlich wusste er, worauf dies alles hinauslief. Das Pulver war sein geringstes Problem. «Wir haben uns vor einem Monat getrennt.»

«Das beantwortet meine Frage nicht», sagte Lena. Dann wiederholte sie: «Wann hast du Julia Matthews das letzte Mal gesehen?»

Gordon kreuzte die Arme über der Brust. Jeffrey wurde im selben Moment klar, dass er die ganze Sache falsch angefasst hatte. Nervosität und Erregung hatten ihn übermannt. In Gedanken sprach Jeffrey die Worte aus, die er jetzt von Gordon hörte.

«Ich will mit einem Anwalt sprechen.»

Jeffrey legte die Füße auf den Tisch, der vor seinem Stuhl stand. Sie befanden sich im Verhörzimmer und warteten darauf, dass Ryan Gordon die erkennungsdienstliche Prozedur hinter sich brachte. Leider waren Gordons Lippen von dem Moment an, da Lena ihm seine Rechte vorgelesen hatte, wie versiegelt. Glücklicherweise war jedoch Gordons Mitbewohner im Wohnheim liebend gern damit einverstanden, dass das gemeinsame Zimmer durchsucht wurde. Dabei war jedoch nichts Verdächtigeres zutage gekommen als ein Päckchen Zigarettenpapier und ein Spiegel, auf dem eine Rasierklinge lag. Jeffrey war sich nicht sicher, aber nach dem Eindruck, den der Zimmergenosse machte, hätte das Drogenzubehör sowohl dem einen wie dem andern gehören können. Eine Durchsuchung des Labors, in dem Gordon arbeitete, brachte auch keine weiteren Hinweise. Am meisten leuchtete noch die These ein, dass es Julia Matthews gedämmert hatte, was für ein Arschloch ihr Freund war, und sie deswegen mit ihm Schluss gemacht hatte.

«Wir haben es vermasselt», sagte Jeffrey. Seine Hand ruhte auf einem Exemplar des *Grant County Observer*.

Lena nickte. «Yeah.»

Er atmete tief durch. «Ich nehme an, ein Bürschchen wie das wäre uns sowieso mit einem Anwalt gekommen.»

«Ich weiß nicht», antwortete Lena. «Vielleicht sieht er auch zu viel fern.»

Damit hätte Jeffrey eigentlich auch rechnen müssen. Jeder Idiot mit einem Fernseher wusste doch inzwischen, dass er am besten nach einem Anwalt verlangte, sobald die Cops bei ihm vor der Tür standen.

«Ich hätte auch ein bisschen sanfter mit ihm umgehen können», räumte sie ein. «Wenn er wirklich unser Mann ist, lässt er sich bestimmt nicht gern von einer Frau herumschubsen.» Sie lachte, ohne dass ihr danach zumute war. «Besonders nicht von mir, die ich genauso aussehe wie sie.»

«Vielleicht könnte das für uns von Vorteil sein», meinte er. «Wie wäre es, wenn ich Sie beide hier allein lasse, während wir auf Buddy Conford warten?»

«Er hat Buddy bekommen?», fragte Lena, und ihrer Stimme konnte man entnehmen, wie sehr ihr das missfiel. Es gab eine Hand voll Anwälte in Grant, die als Pflichtverteidiger zu einem niedrigeren Honorar arbeiteten. Von ihnen war Buddy Conford der verbissenste.

«Er ist diesen Monat an der Reihe», sagte Jeffrey. «Meinen Sie, Gordon ist blöd genug, zu reden?»

«Er ist noch nie in Gewahrsam genommen worden. Und er kommt mir nicht besonders schlau vor.»

Jeffrey schwieg, wartete darauf, dass sie weiterredete.

«Er ist wahrscheinlich ziemlich sauer darüber, dass ich ihm eine geknallt habe», sagte sie, und er konnte ihr ansehen, dass sie sich überlegte, wie man am besten vorging. «Warum helfen Sie mir nicht? Befehlen Sie mir, nicht mit ihm zu reden.»

Jeffrey nickte. «Das könnte wirken.»

«Kann auf jeden Fall nicht schaden.»

Jeffrey schwieg. Er starrte auf den Tisch, und schließlich tippte er mit dem Finger auf die Titelseite der Zeitung. Fast die gesamte obere Hälfte wurde von Sibyl Adams' Bild eingenommen. «Ich nehme an, Sie haben das hier gesehen?»

Sie nickte, schaute aber nicht auf das Foto.

Jeffrey blätterte um. «Es steht nicht drin, dass sie vergewaltigt wurde, aber man macht Andeutungen. Ich habe ihnen gesagt, dass sie geschlagen wurde, auch wenn das nicht stimmt.»

«Ich weiß», flüsterte sie. «Ich hab's gelesen.»

«Frank und die Jungs», hob Jeffrey darauf an. «Sie sind mit der Liste der bekannten Straffälligen auf nichts Fundiertes gestoßen. Zwei waren unter ihnen, die sich Frank noch genauer ansehen wollte, aber dabei ist nichts rausgekommen, denn die beiden hatten Alibis.»

Lena musterte ihre Hände.

Jeffrey sagte: «Hiernach können Sie dann auch gehen. Ich vermute, Sie brauchen noch etwas Zeit für sich vor heute Abend.»

Ihre Nachgiebigkeit überraschte ihn. «Vielen Dank.»

Es klopfte an der Tür, und dann schaute Brad Stephens um die Ecke. «Ich hab hier wen für euch.»

Jeffrey stand auf und sagte: «Bringen Sie ihn herein.»

Bryan Gordon sah in dem orangefarbenen Gefängnisoverall noch kümmerlicher aus als in seinen schwarzen Jeans und seinem Hemd. Er schlurfte in den passend orangefarbenen Slippers, und sein Haar war noch immer nass von der Dusche mit dem Wasserschlauch, die Jeffrey angeordnet hatte. Gordon waren die Hände hinter dem Rücken gefesselt, und bevor er den Raum verließ, gab Brad Jeffrey den Schlüssel.

«Wo ist mein Anwalt?», wollte Gordon wissen.

«Der müsste in ungefähr einer Viertelstunde hier sein», antwortete Jeffrey und stieß den Studenten auf einen Stuhl. Er schloss die Handschellen auf, aber bevor Gordon seine Arme bewegen konnte, hatte er sie ihm auch schon wieder durch die Stuhllehne gefesselt.

«Die sind zu eng», jammerte Gordon und streckte die Brust vor, um darauf hinzuweisen, wie unbequem er saß. Er riss am Stuhl, aber seine Hände blieben eng an seinem Rücken.

«Damit musst du leben», murmelte Jeffrey und sagte dann zu Lena: «Ich lasse Sie hier mit ihm allein. Sorgen Sie dafür, dass er keine inoffizielle Aussage macht. Haben Sie mich verstanden?»

Lena schlug die Augen nieder. «Ja, Sir.»

«Ich meine, was ich sage, Detective.» Er hoffte, dass der Blick, den er ihr zuwarf, streng genug wirkte, und verließ das Zimmer. Auf dem Flur nahm er dann gleich die nächste Tür und betrat den Beobachtungsraum. Mit verschränkten Armen stand er da und beobachtete Gordon und Lena durch die nur von einer Seite durchsichtige Scheibe.

Das Verhörzimmer war relativ klein, und seine Wände bestanden aus gestrichenen Zementsteinen. In der Mitte war ein Tisch im Boden verankert, und um ihn herum standen drei Stühle: zwei auf der einen Seite, einer auf der anderen. Jeffrey sah, wie Lena die Zeitung zur Hand nahm. Sie stützte die Füße gegen die Tischkante und kippte den Stuhl ein wenig nach hinten. Sie schlug den *Grant County Observer* auf. Jeffrey hörte den Lautsprecher neben sich leise knistern, als sie die Zeitung am Mittelfalz glatt strich.

Gordon sagte: «Ich will Wasser.»

«Nicht reden», befahl Lena mit so leiser Stimme, dass Jeffrey den Lautsprecher an der Wand aufdrehen musste, um sie zu verstehen.

«Wieso? Kriegen Sie sonst Ärger?»

Lena blickte nicht aus der Zeitung auf.

«Den Ärger haben Sie verdient», sagte Gordon und beugte sich so weit auf seinem Stuhl vor, wie die Handfesseln es erlaubten. «Ich werd dem Anwalt sagen, dass Sie mich geschlagen haben.»

Lena lachte herablassend. «Wie viel wiegst du? Fünfundsiebzig Kilo? Und du bist ungefähr eins siebzig groß.» Sie legte die Zeitung zur Seite und betrachtete ihn mit Unschuldsmiene. Ihre hohe Stimme klang wie die eines kleinen Mädchens. «Euer Ehren, ich würde doch niemals einen Verdächtigen schlagen, der sich in meinem Gewahrsam befindet. Und außerdem ist er so groß und stark, da hätte ich doch Angst um mein Leben gehabt.»

Gordons Augen wurden zu Schlitzen. «Sie halten sich wohl für besonders witzig.»

«Yeah», sagte Lena gedehnt und wandte sich wieder ihrer Zeitung zu. «Tu ich wirklich.»

Gordon brauchte ein, zwei Minuten, bis er sich eine neue Taktik ausgedacht hatte. Er wies auf die Zeitung. «Sie sind die Schwester von der Lesbe da.»

Lenas Stimme klang noch immer entspannt, wenngleich Jeffrey wusste, dass sie am liebsten über den Tisch geklettert wäre und Gordon umgebracht hätte. Sie sagte: «Bin ich.»

«Sie ist umgebracht worden», sagte er. «Jeder auf dem Campus wusste, dass sie eine Lesbe war.»

«Das war sie zweifellos.»

Gordon leckte sich die Lippen. «Verschissene Lesbe.»

«Genau.» Lena blätterte um und gab sich den Anschein, gelangweilt zu sein.

«Lesbe», wiederholte er. «Verschissene Fotzenleckerin.» Er hielt inne und wartete auf eine Reaktion, sichtbar verstört, dass keine kam. Er sagte: «Spaltentaucherin.»

Lena seufzte gelangweilt. «Bärenkraulerin, bedient sich am liebsten im Bermudadreieck, wählt die Null auf dem kleinen rosa Telefon ihrer Freundin.» Sie unterbrach sich, sah ihn über die Zeitung hinweg an und fragte dann: «Hab ich was vergessen?»

Jeffrey lernte Lenas Verhörtechnik immer mehr schätzen, dankte aber stillschweigend dem Himmel, dass sie sich nicht für eine Verbrecherlaufbahn entschieden hatte.

Gordon sagte: «Deswegen habt ihr mich hierher gebracht, stimmt's? Ihr glaubt, dass ich sie vergewaltigt habe?»

Lena ließ die Zeitung nicht sinken, aber Jeffrey vermutete, dass ihr Herzschlag sich wahrscheinlich ebenso beschleunigt hatte wie der seine. Vielleicht hatte Gordon ja nur geraten, aber vielleicht suchte er auch die Möglichkeit zu einem Geständnis.

Lena fragte: «Hast du sie vergewaltigt?»

«Vielleicht», sagte Gordon. Er schaukelte mit dem Stuhl vor und zurück, wie ein kleiner Junge, der Aufmerksamkeit erregen möchte. «Vielleicht hab ich sie auch gefickt. Wollen Sie wissen, wie?»

«Klar doch», sagte Lena. Sie legte die Zeitung beiseite und schlug die Arme übereinander. «Warum erzählst du es mir nicht?»

Gordon beugte sich zu ihr. «Sie war auf der Toilette, stimmt's?»

«Das musst du mir schon sagen.»

«Sie wusch sich die Hände. Da bin ich reingegangen und hab sie in den Arsch gefickt. Das hat ihr so gut gefallen, dass sie auf der Stelle tot umgefallen ist.»

Lena stieß einen tiefen Seufzer aus. «Was Besseres fällt dir nicht ein?»

Er wirkte beleidigt. «Nein.»

«Warum erzählst du mir nicht auch, was du Julia Matthews angetan hast?»

Er lehnte sich nach hinten gegen seine Hände. «Nichts hab ich ihr angetan.»

«Und wo ist sie?»

Er zuckte die Achseln. «Wahrscheinlich tot.»

«Warum sagst du das?»

Er lehnte sich vor und drückte den Brustkorb gegen die

Tischkante. «Sie hat schon früher mal versucht, sich umzubringen.»

Lena zögerte keinen Moment. «Weiß ich. Sie hat sich die Pulsadern aufgeschlitzt.»

«Stimmt.» Gordon nickte, aber Jeffrey konnte auch die Überraschung in seinem Gesicht erkennen. Jeffrey war ebenfalls überrascht, obwohl es durchaus einleuchtete. Frauen, die sich das Leben nehmen wollen, neigen eher dazu, sich die Pulsadern aufzuschneiden, als eine andere Methode zu wählen. Lena hatte nur eine begründete Vermutung ausgesprochen.

Sie blieb am Ball: «Sie hat sich letzten Monat die Pulsadern aufgeschnitten.»

Er schien die Ohren zu spitzen und sah sie seltsam an. «Woher wissen Sie das?»

Lena seufzte abermals und nahm die Zeitung wieder zur Hand. Sie öffnete sie mit Schwung und begann zu lesen.

Gordon schaukelte wieder auf seinem Stuhl hin und her.

Lena blickte nicht von ihrer Zeitung auf. «Wo ist sie, Ryan?»

«Weiß ich nicht.»

«Hast du sie vergewaltigt?»

«Ich brauchte sie gar nicht zu vergewaltigen. Die war doch ein verdammtes Schoßhündchen mit Schlabberzunge.»

«Du hast dir von ihr einen blasen lassen?»

«Sie sagen es.»

«Anders kriegst du wohl keinen hoch, was, Ryan?»

«Scheiße!» Er ließ die Stuhlbeine auf den Boden krachen. «Sie sollten eigentlich doch gar nicht mit mir reden.»

«Wieso?»

«Weil das hier inoffiziell ist. Ich kann sagen, was ich will, und es hat keine Konsequenzen.»

«Was willst du denn sagen?»

Seine Lippen zuckten. Er beugte sich noch weiter vor, und aus Jeffreys Blickwinkel sah es fast so aus, als sei Gordon an allen vieren zusammengebunden.

Gordon flüsterte: «Vielleicht möchte ich ja noch ein bisschen über Ihre Schwester reden.»

Lena ignorierte ihn.

«Vielleicht möchte ich darüber reden, wie ich sie zu Tode geprügelt habe.»

«Du siehst nicht wie einer aus, der mit einem Hammer umgehen kann.»

Das schien ihn erbost zu machen. «Kann ich aber», versicherte er. «Ich hab ihr den Schädel eingeschlagen, und dann hab ich sie mit dem Hammer gefickt.»

Lena blätterte um. «Und wo hast du den Hammer gelassen?»

Er sah sie selbstgefällig an. «Das möchten Sie wohl gern wissen.»

«Was hat denn Julia so getrieben, Ryan?», fragte Lena beiläufig. «Mit anderen rumgemacht? Vielleicht hat sie ja einen richtigen Mann gefunden.»

«Erzähl keinen Scheiß, blöde Kuh», knurrte Gordon sie an. «Ich bin ein richtiger Mann.»

«Ja doch.»

«Nehmen Sie mir die Handschellen ab, und ich beweis es.»

«Darauf möchte ich wetten», sagte sie, und an ihrem Tonfall war zu erkennen, dass sie sich nicht im Geringsten bedroht fühlte. «Warum hat sie dich denn zum Narren gehalten?»

«Hat sie ja gar nicht», sagte er. «haben Sie das von dieser Schlampe Jenny Price gehört? Die hat doch von nichts 'ne Ahnung.»

«Auch nicht davon, dass Julia dich verlassen wollte? Davon, dass du sie die ganze Zeit verfolgt hast und sie einfach nicht zufrieden lassen wolltest?»

«Geht es hier etwa darum?», fragte Gordon. «Habt ihr mich deswegen hier so verschissen an den Stuhl gefesselt?»

«Gefesselt bist du wegen des Kokains in deiner Hosentasche.»

Er schnaubte verächtlich. «Das gehört mir doch gar nicht.»

«War auch nicht deine Hose, richtig?»

Er rammte seinen Brustkorb gegen die Tischkante, das Gesicht zu einer wütenden Grimasse verzerrt. «Hör mal, Schlampe –»

Lena stand auf einmal direkt vor ihm, über den Tisch gebeugt. «Wo ist sie?»

«Fick dich ins Knie!» Speichel sprühte aus seinem Mund.

Mit einer einzigen schnellen Bewegung packte Lena den Ring, der an seiner Nase hing.

«Aua, Scheiße», kreischte Gordon, als er weiter vornübergezogen wurde, mit der Brust auf dem Tisch aufschlug und die Arme hinter dem Rücken in die Luft streckte. «Hilfe!», schrie er. Die Scheibe vor Jeffrey vibrierte von dem Lärm.

Lena flüsterte: «Wo ist sie?»

«Vor ein paar Tagen hab ich sie noch gesehen», kriegte er mühsam zwischen zusammengebissenen Zähne hervor. «Um Gottes willen, lassen Sie doch bitte los.»

«Wo ist sie?»

«Das weiß ich nicht», brüllte er. «Bitte, ich weiß es nicht! Sie reißen den Ring noch raus.»

Lena ließ den Ring los und wischte sich die Hände an der Hose ab. «Du mieser kleiner Loser!»

Ryan wackelte mit der Nase. Wahrscheinlich wollte er prüfen, ob sie noch da war. «Sie haben mir wehgetan», wimmerte er. «Das tat weh.»

«Möchtest du, dass ich dir noch mehr wehtue?», erbot sich Lena und legte die Hand auf ihre Waffe.

Gordon zog den Kopf ein. Er murmelte: «Die hat versucht sich umzubringen, weil ich sie verlassen habe. So sehr hat sie mich geliebt.»

«Ich glaube, sie hatte überhaupt keinen Durchblick», entgegnete Lena. «Ich glaube, sie war absolut blauäugig, und du hast das ausgenutzt.» Sie beugte sich über den Tisch. «Und außerdem glaube ich, dass du nicht genug Mumm hast, auch nur einer Fliege was zuleide zu tun, geschweige denn einem Menschen, und sollte ich dich je» – Lena schlug mit beiden Händen auf die Tischplatte, und ihre Wut explodierte wie eine Granate –, «sollte ich dich je nochmal etwas über meine Schwester sagen hören, Ryan, auch nur einen Ton, dann bring ich dich um. Glaub mir, das würde mir nichts ausmachen. Nicht eine Sekunde würde ich nachdenken.»

Gordons Lippen bewegten sich tonlos.

Jeffrey war so vertieft in die Vernehmung, dass er das Klopfen an der Tür nicht hörte.

«Jeffrey?», sagte Marla und streckte ihren Kopf durch die Tür. «Wir haben da einen Vorfall im Haus von Will Harris.»

«Will Harris?», fragte Jeffrey. Das war eigentlich ein Name, den er an diesem Tag nicht mehr zu hören erwartet hatte. «Was ist denn passiert?»

Marla trat ein und sagte mit gesenkter Stimme: «Jemand hat einen Stein durchs Vorderfenster seines Hauses geworfen.»

Frank Wallace und Matt Hogan standen auf dem Rasen vor dem Haus von Will Harris, als Jeffrey vorfuhr. Er fragte sich, wie lange sie wohl schon dort standen. Fragte sich auch, ob sie wohl wussten, wer das getan hatte. Matt Hogan gab sich keine große Mühe, mit seinen Vorurteilen hinterm Berg zu halten. Bei Frank andererseits war sich Jeffrey nicht so sicher. Er wusste, dass Frank gestern bei dem Gespräch mit Pete Wayne dabei gewesen war. Jeffrey spürte, wie seine Anspannung stärker wurde, als er den Wagen parkte. Es gefiel ihm überhaupt nicht, dass er nicht einmal seinen eigenen Leuten vertrauen konnte.

«Was ist denn hier passiert, verdammt?», fragte Jeffrey, als er aus dem Auto stieg. «Wer war denn das?»

Frank sagte: «Er ist vor ungefähr einer halben Stunde nach Hause gekommen. Sagte, er hätte bei der alten Miss Betty gearbeitet und ihren Garten vertikutiert. Kam dann nach Hause und sah das hier.»

«Es war ein Stein?»

«Eigentlich ein Ziegel», sagte Frank. «Von der Sorte, wie man sie überall sieht. War eine Nachricht rumgewickelt.»

«Und wie lautete die?»

Frank blickte zu Boden und hob dann wieder die Augen. «Will hat sie.»

Jeffrey betrachtete das Aussichtsfenster, in dem sich ein großes Loch befand. Die beiden Fenster links und rechts waren unbeschädigt, aber die Glasscheibe in der Mitte zu ersetzen würde ein kleines Vermögen kosten. «Wo steckt er denn?», fragte Jeffrey.

Matt nickte in Richtung der Eingangstür. Er hatte denselben selbstgefälligen Gesichtsausdruck, den Jeffrey noch vor ein paar Minuten auch bei Ryan Gordon gesehen hatte.

Matt sagte: «Im Haus.»

Jeffrey ging auf die Tür zu, blieb dann aber stehen. Er griff in seine Brieftasche und zog einen Zwanziger heraus. «Besorg ein bisschen Sperrholz», sagte er. «Und bring es so schnell wie möglich her.»

Matt wollte protestieren, aber mit einem strengen Blick gebot ihm Jeffrey Einhalt. «Hast du mir etwas zu sagen, Matt?»

Frank mischte sich ein: «Wir werden versuchen, ob wir eine Glasscheibe bestellen können, solange wir hier sind.»

«Yeah», knurrte Matt und ging zum Wagen.

Frank wollte ihm folgen, aber Jeffrey hielt ihn zurück. Er fragte: «Haben Sie eine Ahnung, wer das getan haben könnte?»

Einige Sekunden lang betrachtete Frank seine Füße. «Matt war den ganzen Morgen mit mir zusammen, wenn Sie darauf hinauswollen.»

«Wollte ich.»

Frank sah wieder auf. «Ich will Ihnen was sagen, Chief, wenn ich rausfinde, wer das war, kümmere ich mich drum.»

Er wartete nicht darauf, was Jeffrey dazu zu sagen hatte. Er drehte sich um und ging zu Matts Wagen. Jeffrey wartete, bis sie abgefahren waren, bevor er den Weg zum Haus von Will Harris hinaufging.

Er klopfte sanft an die Fliegentür, bevor er hineinging. Will Harris saß wieder in seinem Sessel, ein Glas Eistee neben sich. Er stand auf, als Jeffrey das Zimmer betrat.

«Ich wollte gar nicht, dass Sie extra herkommen», sagte Will. «Ich hab's einfach gemeldet. Meine Nachbarin hat mir irgendwie Angst gemacht.»

«Welche?», fragte Jeffrey.

«Mrs. Barr auf der anderen Seite.» Er zeigte aus dem Fenster. «Sie ist eine ältere Frau und mächtig ängstlich. Sie hat aber gesagt, sie hat nichts gesehen. Ihre Leute haben sie schon befragt.» Er ging zu seinem Stuhl zurück und hob ein Stück weißes Papier auf. «Ich hab es aber auch mit der Angst gekriegt, als ich das hier sah.»

Jeffrey nahm den Zettel, und es stieß ihm sauer auf, als er die drohenden Worte las, die mit der Maschine auf den weißen Bogen Papier getippt waren. Die Botschaft lautete: «Pass schön auf dich auf, Nigger.»

Jeffrey faltete den Zettel zusammen und stopfte ihn in die Tasche. Er stemmte die Hände in die Hüften und sah sich im Zimmer um. «Hübsch haben Sie es hier.»

«Vielen Dank», entgegnete Will.

Jeffrey drehte sich zu den vorderen Fenstern um. Er hatte kein gutes Gefühl bei dieser Sache. Das Leben von Will Harris war nur deswegen in Gefahr, weil Jeffrey am Tag zuvor mit ihm gesprochen hatte. Er fragte: «Hätten Sie etwas dagegen, wenn ich heute Nacht hier bei Ihnen auf dem Sofa schlafen würde?»

Will wirkte verblüfft. «Glauben Sie, das ist notwendig?»

Jeffrey zuckte die Achseln. «Vorsicht ist die Mutter der Porzellankiste.»

ZWÖLF

Lena saß bei sich zu Hause am Küchentisch und starrte auf die Salz- und Pfefferstreuer. Sie gab sich alle Mühe, im Kopf zu ordnen, was heute geschehen war. Sie war überzeugt, dass Ryan Gordons einziges Verbrechen darin bestand, ein Arschloch zu sein. Wenn Julia Matthews klug war, war sie nach Hause zurückgekehrt oder machte sich eine Weile rar, um ihren Freund loszuwerden. Der Besuch von Jeffrey und Lena im College hatte nicht den geringsten Hinweis erbracht. Noch immer gab es für den Mord an ihrer Schwester keinen Verdächtigen.

Mit jeder Minute, die verstrich, mit jeder Stunde, die keine handfesten Hinweise auf den Mann brachte, der ihre Schwester ermordet hatte, merkte Lena, dass ihre Wut immer größer wurde. Sibyl hatte Lena stets gewarnt, dass Wut gefährlich sei, dass sie auch anderen Gefühlen gestatten müsse, sich durchzusetzen. Momentan konnte Lena sich jedoch nicht vorstellen, je wieder glücklich zu sein oder auch nur traurig. Sie war betäubt von dem Verlust, und Wut war die einzige Emotion, die ihr das Gefühl vermittelte, noch am Leben zu sein. So schloss sie ihre Wut geradezu in die Arme, gestattete ihr, wie ein Krebsgeschwür in ihr zu wachsen, damit sie nur nicht zusammenbrach und zu einem ohnmächtigen Kind wurde. Sie brauchte ihre Wut, um die Situation durchzustehen. Wenn Sibyls Mörder erst einmal erwischt worden war und man auch Julia Matthews gefunden hatte, würde Lena sich Trauer zugestehen.

«Sibby.» Lena schluchzte und schlug die Hände vor die Augen. Selbst während der Vernehmung von Gordon waren Lena immer wieder Bilder von Sibyl in den Sinn gekommen. Und je mehr sie sie abzuwehren versuchte, desto eindringlicher waren sie geworden.

Es waren unerwartete Rückblenden, diese Erinnerungen. Eben noch saß sie Gordon gegenüber und musste mit ansehen, wie kläglich er sich aufspielte, und im nächsten Moment war sie zwölf Jahre alt, war am Strand und führte Sibyl hinunter ans Wasser, damit sie dort gemeinsam spielen konnten. Schon bald nach dem Unfall, der Sibyl hatte erblinden lassen, war Lena gleichsam zum Augenlicht ihrer Schwester geworden: Durch Lena konnte Sibyl wieder sehen. Bis zum heutigen Tag war Lena davon überzeugt, dass sie deshalb zu einem guten Detective geworden war. Sie achtete auf Einzelheiten. Sie traute ihrem Instinkt und handelte aus dem Bauch heraus. Und jetzt sagte ihr Instinkt, dass sie nur Zeit verschwendete, wenn sie sich weiter auf Gordon konzentrierte.

«Hallo da», sagte Hank, der sich eine Coke aus dem Kühlschrank holte. Er hielt auch Lena eine entgegen, aber sie schüttelte den Kopf.

Lena fragte: «Wo kommen die denn eigentlich her?»

«Ich war im Laden», sagte er. «Wie ging's denn heute?»

Lena beantwortete seine Frage nicht. «Warum warst du denn im Laden?»

«Weil hier absolut nichts zu essen war», erwiderte er. «Ich kann nur staunen, dass du dich noch nicht Luft aufgelöst hast.»

«Für mich brauchst du nicht einkaufen zu gehen», entgegnete Lena. «Wann fährst du zurück nach Reece?»

Die Frage schien ihm zuzusetzen. «In ein, zwei Tagen, denke ich. Ich kann bei Nan unterkommen, wenn du mich nicht hier haben willst.»

«Du kannst hier bleiben.»

«Ist doch kein Problem, Lee. Sie hat mir schon ihr Sofa angeboten.»

«Du brauchst aber nicht zu ihr zu ziehen», fauchte Lena. «Okay. Vergiss es einfach. Wenn's nur ein paar Tage sind, ist alles prima.»

«Ich könnte ja auch ins Hotel ziehen.»

«Hank», sagte Lena. Sie merkte, dass sie unnötig laut wurde. «Vergiss es einfach, okay? Ich habe einen harten Tag hinter mir.»

Hank hantierte mit seiner Coke-Flasche. «Möchtest du darüber reden?»

Lena verbiss sich das «Aber bestimmt nicht mit dir», das ihr auf der Zunge lag. «Nein», sagte sie.

Er trank einen Schluck Coke und sah mit starrem Blick über ihre Schulter hinweg.

«Es gibt keine Anhaltspunkte», sagte Lena. «Bis auf die Liste.» Hank schien verwirrt, und sie erklärte: «Wir haben eine Liste von allen Sexualstraftätern, die in den vergangenen sechs Jahren nach Grant gezogen sind.»

«So eine Liste wird geführt?»

«Gott sei Dank», sagte Lena, um jedem Streitgespräch über Bürgerrechte vorzubeugen, das er vielleicht anzetteln wollte. Als ehemaliger Drogensüchtiger neigte Hank dazu, das Recht auf unangetastete Privatsphäre über den gesunden Menschenverstand zu stellen. Lena war ganz und gar nicht in der Stimmung, darüber zu diskutieren, inwieweit ehemalige Gefängnisinsassen ihre Schuld gesühnt hatten.

«Und», sagte Hank, «diese Liste hast du?»

«Wir haben alle diese Liste», stellte Lena klar. «Wir gehen von Tür zu Tür und versuchen herauszufinden, ob jemand passt.»

«Wozu?»

Sie sah ihn durchdringend an und überlegte, ob sie weiterreden sollte oder nicht. «Jemand mit einem gewalttätigen sexuellen Übergriff auf seinem Konto. Jemand, der weiß ist und zwischen achtundzwanzig und fünfunddreißig Jahren alt. Jemand, der sich für einen religiösen Menschen hält. Jemand, der Sibyl vielleicht schon beobachtet hatte. Wer immer es war, der über sie herfiel, er kannte ihre Gewohnheiten, und daher muss es jemand sein, der sie von Ansehen kannte oder ihr zumindest schon einige Male über den Weg gelaufen war.»

«Hört sich an, als gäbe es keine große Auswahl.»

«Es sind fast hundert Namen auf der Liste.»

Er pfiff leise. «In Grant?» Dann schüttelte er den Kopf langsam hin und her, weil er es Lena offenbar nicht abkaufen wollte.

«Und zwar nur in den letzten sechs Jahren, Hank. Ich schätze, wenn wir die durchhaben, ohne etwas zu finden, gehen wir noch weiter zurück. Vermutlich zehn oder fünfzehn Jahre.»

Hank strich sich die Haare aus der Stirn und bot Lena dabei freie Sicht auf seine Unterarme. Sie zeigte auf seine bloßen Arme. «Ich möchte, dass du heute Abend dein Jackett anbehältst.»

Hank betrachtete die alten Einstichnarben. «Wenn du möchtest, gern.»

«Cops werden da sein. Freunde von mir. Kollegen. Wenn die solche Narben sehen, wissen sie sofort Bescheid.»

Er sah auf seine Arme. «Ich glaube, man muss gar kein Cop sein, um zu wissen, woher die stammen.»

«Bring mich nicht in Verlegenheit, Hank. Es ist schon schlimm genug, dass ich meinem Boss erzählen musste, dass du ein Junkie bist.»

«Tut mir Leid.»

«Schon gut», sagte Lena, die nicht wusste, was sie sonst noch sagen sollte. Sie war versucht, ihn abfällig zu mustern, ihn so lange zu nerven, bis ihm der Geduldsfaden riss und sie einen richtig schönen Streit vom Zaun gebrochen hatte.

Stattdessen drehte sie sich auf dem Stuhl um und sah in eine andere Richtung. «Ich bin nicht in der Stimmung, mein Herz auszuschütten oder deins ausgeschüttet zu bekommen.»

«Schade», sagte Hank, stand aber nicht auf. «Wir müssen uns aber darüber unterhalten, was wir mit der Asche deiner Schwester machen.»

Lena hob die Hand, um ihm Einhalt zu gebieten. «Das kann ich im Moment nicht.»

«Ich hab schon mit Nan gesprochen –»

Sie unterbrach ihn: «Es kümmert mich nicht im Geringsten, was Nan dazu zu sagen hat.»

«Sie war ihre Liebhaberin, Lee. Sie haben zusammengelebt.»

«Das hatten wir auch», blaffte Lena. «Sie war meine Schwester, Hank. Um Himmels willen, ich werde doch nicht zulassen, dass Nan sie bekommt.»

«Nan scheint eine sehr nette Frau zu sein.»

«Bestimmt ist sie das.»

Hank spielte mit der Flasche. «Wir können sie doch nicht aus allem ausklammern, weil es dir nicht behagt, Lee.» Nach einer kurzen Pause fuhr er fort: «Sie haben einander geliebt. Ich weiß gar nicht, wieso du ein Problem damit hast, das zu akzeptieren.»

«Es zu akzeptieren?» Lena lachte. «Wie hätte ich es nicht akzeptieren können? Sie haben zusammengelebt. Sie haben zusammen Urlaub gemacht.» Ihr fiel Gordons Bemerkung ein. «Anscheinend wusste das ganze verdammte College Bescheid», sagte sie. «Da blieb mir doch wohl kaum etwas anderes übrig.»

Hank lehnte sich seufzend zurück. «Ich weiß nicht, Baby. Warst du auf sie eifersüchtig?»

Lena reckte ihm das Kinn entgegen. «Auf wen?»

«Nan.»

Sie lachte. «Was Dämlicheres hab ich von dir noch nie gehört.» Und sie fügte hinzu: «Und wir beide wissen, dass du mir schon viel dämliche Scheiße erzählt hast.»

Hank reagierte mit einem Achselzucken. «Du hast Sibby lange ganz allein für dich gehabt. Ich kann verstehen, dass es ihr sehr schwer gefallen sein muss, noch für dich da zu sein, nachdem sie jemanden kennen gelernt und sich mit der Frau eingelassen hatte.»

Lena merkte, dass sie schockiert den Mund öffnete. Der Streit, auf den sie noch vor Sekunden gehofft hatte, brach jetzt los. «Du meinst, ich bin eifersüchtig auf Nan Thomas, weil sie meine Schwester gefickt hat?»

Er zuckte unter ihrer verbalen Attacke zusammen. «Du meinst, mehr verband die beiden nicht?»

«Ich weiß nicht, was sie verband, Hank», sagte Lena. «Über die Seite ihres Lebens haben wir nie gesprochen, okay?»

«Das weiß ich.»

«Warum hast du es dann angesprochen?»

Er antwortete nicht sofort. «Nicht nur du hast sie verloren.»

«Wann hab ich das denn gesagt?», blaffte Lena und stand auf.

«Es kam mir nur so vor», sagte Hank. «Hör mal, Lee, vielleicht solltest du mit jemandem über all dies sprechen.»

«Ich spreche doch gerade mit dir.»

«Nicht mit mir.» Hank machte ein nachdenkliches Gesicht. «Was ist mit dem Mann, mit dem du dich getroffen hast? Gibt's den noch?»

Sie lachte. «Greg und ich haben uns schon vor einem Jahr getrennt, und auch wenn es nicht so gewesen wäre, an seiner Schulter hätte ich mich kaum ausgeweint.»

«Hab ich ja auch nicht gesagt.»

«Gut.»

«Da kenne ich dich nämlich besser.»

«Einen Scheißdreck weißt du von mir», fuhr sie ihn an. Lena rannte aus dem Zimmer und ballte die Fäuste, als sie die Treppe hinaufhastete und dabei zwei Stufen auf einmal nahm. Die Schlafzimmertür schlug sie mit einem lauten Knall hinter sich zu.

Ihr Wandschrank war hauptsächlich mit Hosenanzügen und einzelnen Hosen gefüllt, aber Lena fand ganz hinten in der Ecke ein schwarzes Kleid. Sie zog das Bügelbrett heraus und trat einen Schritt zurück, war aber nicht schnell genug, um dem Bügeleisen auszuweichen, das vom Brett rutschte und ihr auf die große Zehe fiel.

«Mist», zischte Lena und griff nach ihrem Fuß. Sie setzte sich aufs Bett und massierte sich die Zehen. Das war alles nur Hanks Schuld, weil er sie so aufgeregt hatte. Solche Sachen machte er ständig, zwang Lena immer wieder seine dämliche

AA-Philosophie über eine furchtlose Inventur, über Demut und das Teilen auf. Wenn er sein Leben so führen wollte, wenn er sein Leben so führen musste, damit er sich keine Überdosis verpasste oder sich zu Tode soff, dann war das prima, aber er hatte nicht das Recht, Lena damit zu behelligen.

Was seine Amateuranalyse betraf, dass Lena auf Nan eifersüchtig sei, darüber konnte sie nur lachen. Ihr ganzes Leben lang hatte Lena darauf hingearbeitet, dass Sibyl selbständig wurde. Es war Lena gewesen, die Referate vorgelesen hatte, damit Sibyl nicht erst auf die Braille-Übersetzungen warten musste. Es war Lena, die Sibyl bei der Vorbereitung auf ihre mündlichen Examina abgehört hatte, und Lena, die Sibyl bei Experimenten geholfen hatte. Und all das war Sibyl zuliebe nur geschehen, damit sie sich allein der Welt stellen, einen Job bekommen und sich ihr Leben einrichten konnte.

Lena klappte das Bügelbrett auf und breitete das Kleid darauf aus. Sie strich den Stoff glatt und erinnerte sich an das letzte Mal, als sie dieses Kleid getragen hatte.

Sibyl hatte Lena gebeten, sie zu einer Fakultätsparty am College zu begleiten. Sie hatte auch eingewilligt, obwohl die Bitte sie sehr überrascht hatte. Es bestand eine deutliche Kluft zwischen den Leuten vom College und denen aus der Stadt, und sie hatte sich dort unbehaglich gefühlt, umgeben von Leuten, die nicht nur ihr College abgeschlossen, sondern noch weiterstudiert und höhere akademische Grade erworben hatten. Lena war zwar keine tumbe Landpomeranze, aber sie wusste noch ganz genau, dass sie das Gefühl gehabt hatte, völlig fehl am Platz zu sein.

Sibyl hingegen war ganz in ihrem Element gewesen. Lena konnte sich entsinnen, sie mitten unter den Anwesenden gesehen zu haben, wo sie mit einer Gruppe von Professoren sprach, die ganz offensichtlich an dem, was sie zu sagen hatte, wirklich interessiert waren. Niemand starrte sie an, wie es oft gewesen war, als die Mädchen heranwuchsen. Niemand machte sich lustig über sie oder kommentierte abfällig die Tatsache, dass sie nicht sehen konnte. Und so war Lena zum ersten Mal in ihrem Leben bewusst geworden, dass Sibyl sie nicht brauchte.

Nan Thomas hatte mit dieser Erkenntnis nichts zu tun. Da irrte Hank. Sibyl war vom ersten Tag an unabhängig gewesen. Sie wusste für sich zu sorgen. Sie war beweglich und kam herum. Sie mochte blind gewesen sein, aber in mancherlei Hinsicht war sie sogar hellsichtig. In mancherlei Hinsicht vermochte Sibyl andere Menschen besser einzuschätzen als jemand, der sehen konnte, weil sie wirklich hörte, was die Menschen sagten. Sie bemerkte den Wechsel im Tonfall, wenn sie logen, oder das Beben in ihrer Stimme, wenn sie die Fassung verloren. Sie hatte Lena besser verstanden als jeder sonst.

Hank klopfte an die Tür. «Lee?»

Lena schnäuzte sich die Nase und merkte erst dabei, dass sie geweint hatte. Die Tür öffnete sie nicht. «Was denn?»

Seine Stimme war gedämpft, aber sie konnte ihn klar und deutlich verstehen. Er sagte: «Tut mir Leid, was ich gesagt hab, Liebes.»

Lena atmete tief durch. «Schon okay.»

«Ich mach mir nur Sorgen um dich.»

«Mir geht es gut», sagte Lena und schaltete das Bügeleisen ein. «In zehn Minuten können wir gehen.»

Sie betrachtete die Tür, sah, wie sich der Knauf leicht bewegte und dann in die Ausgangsstellung zurückrutschte, als er losgelassen wurde. Danach hörte sie seine Schritte, als er den Flur hinunterging.

Das Brock Funeral Home war randvoll mit Sibyls Freunden und Kollegen. Nach zehn Minuten, in denen sie Hände geschüttelt und Beileidsbekundungen von Menschen entgegengenommen hatte, die ihr noch nie im Leben begegnet waren, spürte Lena, dass sich ihr der Magen immer mehr zusammenkrampfte. Sie hatte das Gefühl, explodieren zu müssen, weil sie zu lange stillgestanden hatte. Sie wollte nicht an diesem Ort sein und ihren Kummer mit fremden Menschen teilen müssen. Der Raum schien um sie zu schrumpfen, und Lena schwitzte, obwohl die Klimaanlage so weit heruntergeregelt war, dass manche Leute ihre Mäntel anbehielten.

«He», sagte Frank und stützte ihren Ellbogen in der hohlen Hand.

Lena war überrascht von dieser Geste, aber entzog sich nicht. Sie war erleichtert, mit jemandem zu sprechen, der ihr vertraut war.

«Gehört, was passiert ist?», fragte Frank mit einem Seitenblick auf Hank. Lena spürte, dass sie vor Verlegenheit rot anlief, weil sie wusste, dass Frank ihren Onkel bereits als Halunken abgestempelt hatte. Cops rochen so etwas eben meilenweit.

«Nein», sagte Lena. Sie begleitete Frank an den Rand der Versammlung.

«Will Harris», begann er mit leiser Stimme. «Jemand hat einen Stein durch das Vorderfenster seines Hauses geworfen.»

«Warum?», fragte Lena, obwohl sie die Antwort schon ahnte.

Frank zuckte die Achseln. «Keine Ahnung.» Er sah sich über die Schulter um. «Ich mein – Matt.» Wieder das Achselzucken. «Er war den ganzen Tag mit mir zusammen. Ich weiß nicht.»

Lena zog ihn in den Flur, damit sie nicht mehr flüstern mussten. «Sie meinen, Matt hat was getan?»

«Matt oder Pete Wayne», sagte er. «Die sind die beiden Einzigen, die mir einfallen.»

«Vielleicht jemand aus der Loge?»

Frank wäre fast aus der Haut gefahren, aber das hatte sie auch erwartet. Sie hätte ebenso gut den Papst beschuldigen können, an einem Zehnjährigen herumgespielt zu haben.

Lena fragte: «Und was ist mit Brad?»

Frank sah sie nur an.

«Yeah», sagte Lena, «ich weiß ja, was Sie meinen.» Ohne einen Anflug von Zweifel hätte sie nicht sagen können, ob Brad

Harris Will Harris mochte oder nicht, aber sie wusste, dass Brad sich eher den Arm abhacken würde, als das Gesetz zu brechen. Einmal war Brad mehr als drei Meilen zurückgefahren, um ein bisschen Papier wieder einzusammeln, das ihm versehentlich aus dem Autofenster davongeflogen war.

«Ich hab daran gedacht, mich noch mit Pete zu unterhalten», sagte Frank.

Spontan sah Lena nach, wie spät es war. Kurz nach halb sechs. Pete würde wahrscheinlich zu Hause sein.

«Können wir Ihren Wagen nehmen?», fragte sie. Sie konnte dann Hank ihren für den Heimweg dalassen.

Frank blickte zurück in den Trauerraum. «Sie wollen von der Totenwache Ihrer Schwester weggehen?», fragte er, und er konnte seine Bestürzung nicht verhehlen.

Lena schaute zu Boden, denn sie wusste, dass sie zumindest ein schlechtes Gewissen haben müsste. Tatsache aber war, dass sie aus diesem Raum mit all den fremden Leuten verschwinden musste, bevor der Kummer sie überwältigte und so lähmte, dass sie nur noch in ihrem Zimmer sitzen und heulen konnte.

Frank sagte: «Treffen wir uns draußen an der Seite in zehn Minuten.»

Lena ging zurück in den Trauerraum, um nach Hank Ausschau zu halten. Er stand bei Nan Thomas und hatte ihr den Arm um die Schulter gelegt. Sie spürte, wie sich ihre Nackenhaare sträubten, als sie die beiden so sah. Er hatte offenbar nicht das geringste Problem, einen völlig fremden Menschen zu trösten, obwohl doch sein eigen Fleisch und Blut völlig allein keine drei Meter von ihm entfernt stand.

Lena ging hinaus auf den Flur, um ihre Jacke zu holen. Sie wollte hineinschlüpfen, als sie spürte, dass ihr jemand half. Zu ihrer Überraschung stand Richard Carter hinter ihr.

«Ich wollte Ihnen nur sagen», wandte er sich fast flüsternd an sie, «dass mir das mit Ihrer Schwester fürchterlich Leid tut.»

«Danke», konnte sie mit Mühe antworten. «Das weiß ich zu schätzen.»

«Haben Sie schon etwas über das andere Mädchen herausgefunden?»

«Matthews?», fragte sie, bevor sie sich zurückhalten konnte. Lena war in einer Kleinstadt aufgewachsen, musste aber immer noch staunen, wie schnell sich Gerüchte verbreiteten.

«Dieser Gordon», sagte Richard und schüttelte sich ostentativ. «Der ist kein besonders netter Bursche.»

«Ja», sagte Lena leise. Sie wollte ihn zum Weitergehen bewegen. «Vielen Dank, dass Sie heute Abend gekommen sind.»

Sein Lächeln war eher nur angedeutet. Er merkte, dass sie ihn loswerden wollte, aber anscheinend wollte er es ihr nicht so leicht machen. Er sagte: «Ich habe wirklich sehr gern mit Ihrer Schwester zusammengearbeitet. Sie war immer sehr gut zu mir.»

Lena trat von einem Fuß auf den anderen. Sie wollte nicht den Eindruck vermitteln, dass ihr nach einer längeren Unterhaltung zumute war. Sie kannte Frank und wusste, dass er nicht sehr lange warten würde.

«Sie hat auch gerne mit Ihnen zusammengearbeitet, Richard», äußerte Lena.

«Hat sie das gesagt?», fragte er geschmeichelt, wie nicht zu übersehen war. «Ich meine, ich wusste, dass sie meine Arbeit respektiert, aber hat sie das wirklich gesagt?»

«Ja», erwiderte Lena. «Immerzu.» Sie erkannte Hank in der Menge. Er hielt Nan immer noch im Arm. Sie machte Richard auf die beiden aufmerksam. «Fragen Sie meinen Onkel. Er hat gerade neulich noch davon gesprochen.»

«Tatsächlich?» Richard legte die Hände an die Lippen.

«Ja», antwortete Lena. Sie holte die Autoschlüssel aus der Jackentasche. «Hören Sie, könnten Sie die vielleicht meinem Onkel geben?»

Er starrte die Schlüssel an, ohne sie zu nehmen. Das war einer der Gründe, warum Sibyl so gut mit Richard ausgekommen war: Sie konnte ja nicht sehen, was für eine herablassende Miene er manchmal aufsetzte. Sibyl schien geradezu Engelsgeduld aufgebracht zu haben, was Richard Carter betraf. Lena wusste ganz sicher, dass Sibyl ihm bei mehr als einer Gelegenheit aus der Patsche geholfen hatte, als er seine akademische Qualifikation hatte nachweisen müssen.

«Richard?», machte sie sich bemerkbar und ließ die Schlüssel baumeln.

«Sicher doch», sagte er schließlich und streckte die Hand aus.

Lena ließ das Schlüsselbund in seine Hand fallen. Sie wartete, bis er ein paar Schritte entfernt war, und eilte dann zur Seitentür hinaus. Frank wartete in seinem Wagen, ohne Licht.

«Die Verspätung tut mir Leid», sagte Lena beim Einsteigen. Sie rümpfte die Nase, als sie Rauch roch. Genau genommen durfte Frank in ihrer Gegenwart nicht rauchen, wenn sie im Einsatz waren, aber sie hielt den Mund, denn er erwies ihr ja den Gefallen, sie mitfahren zu lassen.

«Diese College-Typen», sagte Frank, nahm einen Zug von seiner Zigarette und schnippte sie aus dem Fenster. «'tschuldigung», bekundete er.

«Schon in Ordnung», sagte Lena. Es kam ihr komisch vor, in dieser Kleidung in Franks Wagen zu sitzen. Irgendwie fühlte sie sich an ihr erstes Rendezvous erinnert. Lena war eine reine Jeans-und-T-Shirt-Frau, und deswegen war es für sie eine Zumutung, ein Kleid zu tragen. Sie fühlte sich unwohl in hochhackigen Schuhen und mit Strumpfhosen. Sie wusste nie, wie sie sitzen oder wo sie die Hände lassen sollte. Sie vermisste ihr Holster.

«Wegen Ihrer Schwester», begann Frank.

Lena ließ ihn nicht mehr zappeln. «Ja, danke», sagte sie.

Die Dunkelheit war angebrochen, während Lena im Beerdigungsinstitut gewesen war, und je weiter sie sich von der Stadt entfernten, von der Straßenbeleuchtung und von den Menschen, desto dunkler wurde es auch im Wagen.

«Diese Sache im Haus vom alten Will», setzte Frank nochmals an und brach damit ihr Schweigen. «Da weiß ich nicht so recht, Lena.»

«Sie meinen, Pete hatte da seine Hand im Spiel?»

«Kann ich nicht sagen», wiederholte sich Frank. «Will hat für seinen Daddy gearbeitet, vielleicht schon zwanzig Jahre bevor Pete auftauchte. Das sollte man nicht vergessen.» Er griff nach einer Zigarette, hielt sich dann aber doch zurück. «Ich weiß einfach nicht.»

Lena wartete, aber es kam nichts mehr. Sie hielt die Hände auf dem Schoß und starrte nach vorne, während Frank aus der Stadt fuhr. Sie überquerten die Stadtgrenze und befanden sich schon recht weit in Madison, als Frank abbremste und scharf nach rechts in eine Sackgasse einbog.

Das gemauerte Ranch-Haus von Pete Wayne war so bescheiden wie sein Besitzer. Sein Wagen, ein Dodge von 1996 mit rotem Klebeband, wo sich vorher die Rücklichter befunden hatten, parkte schräg in der Einfahrt.

Frank fuhr an den Straßenrand und löschte die Scheinwerfer. Er lachte nervös. «So wie Sie angezogen sind, hab ich das Gefühl, ich sollte Ihnen die Wagentür öffnen.»

«Wagen Sie das ja nicht», entgegnete Lena und hielt für den Fall, dass er es ernst meinte, den Türgriff fest.

«Halt», sagte Frank und legte die Hand auf Lenas Arm. Etwas in seinem Tonfall ließ sie aufblicken. Pete kam aus dem Haus, einen Baseballschläger in der Hand.

Frank sagte: «Bleiben Sie hier.»

«Einen Teufel werd ich tun», sagte sie und öffnete die Tür, bevor er sie daran hindern konnte. Die Innenbeleuchtung im Wagen ging an, und Pete Wayne blickte auf.

Frank sagte: «Prima gemacht, Kleine.»

Lena verbiss sich die Wut über diese Anrede. Sie ging hinter Frank die Auffahrt hinauf und kam sich in ihrem Kleid und den Stöckelschuhen ziemlich blöd vor.

Pete betrachtete sie, den Schläger in der Hand. «Frank?», fragte er. «Was ist denn los?»

«Was dagegen, wenn wir einen Augenblick reinkommen?», fragte Frank und fügte hinzu: «Bruder.»

Pete warf Lena einen nervösen Seitenblick zu. Sie wusste, dass diese Logenbrüder ihre eigene Sprache hatten. Was Frank genau damit meinte, dass er Pete Bruder nannte, wusste sie jedoch nicht. Ihres Wissens nach hätte Frank Pete auch gerade befohlen haben können, sie mit dem Baseballschläger niederzuschlagen.

Pete sagte: «Ich wollte gerade weg.»

«Das sehe ich», sagte Frank und blickte auf den Schläger: «Bisschen spät zum Üben, oder?»

Pete hantierte nervös mit dem Schläger. «Den wollte ich gerade in meinen Wagen legen. Hat mich doch ein bisschen nervös gemacht, was im Diner passiert ist», sagte er. «Dachte, ich deponiere ihn hinter der Bar.»

«Gehen wir rein», sagte Frank. Er gab Pete keine Chance zu widersprechen. Er ging die Vordertreppe hinauf, blieb an der Eingangstür stehen und wartete darauf, dass Pete nachkam. Er rückte dem Mann dicht auf den Pelz, als dieser sich mit dem Schlüssel im Schloss abquälte.

Lena folgte ihnen. Als sie die Küche erreicht hatten, sah sie deutlich, dass Pete auf der Hut war. Er hielt den Schläger so fest umklammert, dass seine Knöchel weiß geworden waren.

«Was gibt's denn eigentlich für 'n Problem?» Pete richtete seine Frage an Frank.

«Will Harris hatte heute Nachmittag ein Problem», sagte Frank. «Jemand hat ihm einen Stein durchs Fenster geworfen.»

«Schlecht für ihn», kommentierte Pete mit tonloser Stimme.

«Ich muss dir sagen, Pete, ich glaube, das warst du», sagte Frank.

Pete lachte unbehaglich. «Du meinst, ich hab die Zeit, runterzufahren und dem da einen Ziegelstein durchs Fenster zu werfen? Ich hab ein Geschäft. Die meisten Tage hab ich nicht mal Zeit, scheißen zu gehen, geschweige denn einen Ausflug zu machen.»

Lena sagte: «Wie kommen Sie darauf, dass es ein Ziegelstein war?»

Pete musste schwer schlucken. «Nur geraten.»

Frank nahm ihm den Schläger aus der Hand. «Will hat fast fünfzig Jahre für deine Familie gearbeitet.»

«Das weiß ich», sagte Pete und ging einen Schritt zurück.

«Es gab Zeiten, da musste dein Daddy ihn mit Mahlzeiten bezahlen statt mit Geld, sonst hätte er sich keine Hilfe leisten können.» Frank wog den Schläger in der Hand. «Erinnerst du dich noch, Pete? Erinnerst du dich noch, wie die Kaserne dichtgemacht wurde und ihr alle beinahe am Ende wart?»

Pete lief rot an. «Natürlich weiß ich das noch.»

«Dann lass mich dir eins erklären, Junge», sagte Frank und drückte das Ende des Schlägers mitten auf Petes Brust. «Und hör mir gut zu, wenn ich es dir sage. Will Harris hat das Mädchen nicht angerührt.»

«Das weißt du genau?», entgegnete Pete.

Lena legte die Hand auf den Schläger und drückte ihn nach unten. Sie trat direkt vor Pete hin, sah ihm in die Augen und sagte: «Ich weiß es.»

Pete brach als Erster den Blickkontakt ab. Er sah zu Boden, und seine Körperhaltung wurde leicht unsicher. Er schüttelte den Kopf und atmete betont schwer aus. Als er wieder aufsah, sprach er Frank an: «Wir müssen reden.»

DREIZEHN

Eddie Linton hatte Land am See gekauft, als sein Klempnerbetrieb Geld abzuwerfen begann. Ihm gehörten zudem sechs Häuser in College-Nähe, die er an Studenten vermietete, sowie ein Apartment-Komplex in Madison, den er ständig zu verkaufen drohte. Als Sara aus Atlanta nach Grant zurückgezogen war, hatte sie sich geweigert, im Haus ihrer Eltern zu wohnen. Der Gedanke, wieder nach Hause zu ziehen und in ihrem alten Zimmer zu wohnen, hatte für Sara etwas von Niederlage, damals fühlte sie sich bereits niedergeschlagen genug, auch ohne ständig daran erinnert zu werden, dass sie noch nicht einmal eine eigene Wohnung besaß.

Im ersten Jahr nach ihrer Rückkehr hatte sie in einem der Häuser ihres Vaters gewohnt und dann angefangen, immer öfter auch an Wochenenden im Krankenhaus in Augusta zu arbeiten, um Geld für die Anzahlung eines eigenen Hauses zusammenzusparen. Sie hatte sich gleich beim ersten Mal, als ihr Makler sie darin herumgeführt hatte, in ihr Haus verliebt. Es war eins von diesen Häusern, bei denen Vorder- und Hintertür in einer Fluchtlinie lagen. Seitlich vom langen Flur befanden sich rechts zwei Schlafzimmer, ein Bad mit Toilette und ein kleiner Arbeitsraum sowie links Wohnzimmer, Esszimmer, eine weitere Toilette und die Küche. Aber sie hatte das Haus auch gekauft, wenn es nur ein Schuppen gewesen wäre, denn von der hinteren Terrasse hatte man eine geradezu phänomenale Aussicht auf den See. Von ihrem Schlafzimmer aus kam sie in den vollen Genuss dieser Aussicht, denn das Panoramafenster war zusätzlich flankiert von insgesamt drei weiteren Fenstern links und rechts. An Tagen wie diesem konnte sie fast bis hinüber zur Universität sehen, und wenn das Wetter mitspielte, schipperte Sara in ihrem Boot bis hinüber zum Anlegeplatz der Uni und ging dann zu Fuß zur Arbeit.

Sara öffnete ein Schlafzimmerfenster, damit sie Jebs Boot hörte, wenn er an den Steg kam. Letzte Nacht hatte es wieder leichten Regen gegeben, und vom See her wehte eine kühle Brise. Sie überprüfte ihr Aussehen im Spiegel auf der Rückseite der Tür. Sie hatte einen Wickelrock mit kleinem Blumenmuster gewählt und dazu ein enges schwarzes Lycra-Shirt, das bis knapp unter ihren Nabel reichte. Ihr Haar hatte sie hochgesteckt, aber dann wieder gelöst. Sie war gerade dabei, es von neuem hochzustecken, als sie ein Boot am Anleger hörte. Sie schlüpfte in ihre Sandalen und schnappte sich zwei Gläser und eine Flasche Wein, bevor sie zur Hintertür hinauseilte.

«Ahoi», sagte Jeb und warf ihr ein Tauende zu. Er schob die Hände in seine orangefarbene Schwimmweste, weil er ihr, wie Sara annahm, in der Pose des kecken Matrosen imponieren wollte.

«Selber ahoi», antwortete Sara, die neben dem Poller kniete. Sie stellte Wein und Gläser auf den Steg, um das Boot zu vertäuen. «Hast wohl immer noch nicht schwimmen gelernt, oder?»

«Meine beiden Eltern waren furchtbar wasserscheu», erläuterte er. «Haben es deswegen nie gelernt. Und ich bin ja schließlich auch nicht am Wasser aufgewachsen.»

«Klingt plausibel», sagte sie. Da sie selbst an einem See groß geworden war, hatte Sara das Schwimmen immer als Selbstverständlichkeit angesehen. Sie konnte sich gar nicht vorstellen, Nichtschwimmerin zu sein. «Du solltest es lernen», sagte sie. «Besonders als Segler.»

«Ich brauch es nicht zu können», sagte Jeb und tätschelte sein Boot wie einen Hund. «Mit dem Baby hier kann ich auf dem Wasser wandeln.»

Sie stand auf und bewunderte das Boot. «Hübsch.»

«Wirkt auf Mädels wie ein Magnet», scherzte er und löste die Haken an seiner Weste. Sie wusste, dass er sich über sie lustig machte, aber das Boot, metallisch schwarz lackiert, sah schnittig und sexy aus. Im Gegensatz zu Jeb McGuire in seiner sperrigen orangen Schwimmweste.

Jeb sagte: «Ich muss dir etwas gestehen, Sara: Wenn du mich je so ansehen würdest, wie du im Moment mein Boot ansiehst, müsste ich dich vom Fleck weg heiraten.»

Sie schmunzelte und sagte: «Es ist ein sehr hübsches Boot.»

Er holte einen Picknickkorb hervor und sagte: «Ich würde dich ja zu einer kleinen Tour einladen, aber es ist ein bisschen frisch draußen auf dem Wasser.»

«Wir können hier sitzen», sagte sie und deutete auf die Stühle und den Tisch am Rand des Stegs. «Muss ich Bestecke holen oder so was?»

Jeb lächelte. «Dazu kenne ich dich zu gut, Sara Linton.» Er öffnete den Picknickkorb und holte Bestecke und Servietten hervor. In weiser Voraussicht hatte er sogar Teller und Gläser mitgebracht. Sara hatte alle Mühe, sich nicht die Lippen zu lecken, als er Brathuhn, Kartoffelbrei, Erbsen, Mais und weiche Brötchen auspackte.

«Hast du es darauf abgesehen, mich zu verführen?», fragte sie.

Jeb hielt inne, in der Hand ein großes Gefäß mit Bratensoße. «Wirkt es schon?»

Die Hunde bellten, und Sara konnte nur denken: Das hat der liebe Gott gemacht. Sie wandte sich zum Haus zurück und sagte: «Sie bellen sonst nie. Ich geh nur mal kurz nachsehen.»

«Soll ich mitkommen?»

Sara wollte sein Angebot schon ablehnen, besann sich dann aber eines anderen. Das mit den Hunden stimmte nämlich. Billy und Bob hatten genau zweimal gebellt, seit sie sie vor der Rennbahn von Ebro gerettet hatte: einmal, als Sara aus Versehen auf Bobs Schwanz getreten war, und das andere Mal, als ein Vogel durch den Schornstein ins Wohnzimmer geflattert war.

Sie spürte Jebs Hand auf dem Rücken, als sie durch den Garten zum Haus hinaufgingen. Die Sonne tauchte gerade hinter dem Dachfirst ab, und Sara musste mit der Hand die Augen abschirmen. Sie erkannte Brad Stephens am Rand der Auffahrt.

«He, Brad», sagte Jeb.

Der Streifenpolizist bedachte Jeb mit einem knappen Kopfnicken, aber sein Blick ruhte auf Sara.

«Brad?», fragte sie.

«Ma'am.» Brad nahm seine Mütze ab. «Der Chief ist angeschossen worden.»

Sara hatte den Z3 Roadster eigentlich noch nie richtig ausgefahren. Auch wenn sie von Atlanta zurückkam, blieb der Tacho stetig auf 120 km/h. Aber jetzt auf dem Weg zum Grant Medical Center fuhr sie 150 km/h. Doch die zehnminütige Fahrt schien Stunden zu dauern, und als Sara vor dem Krankenhaus einbog, waren ihre Hände am Lenkrad schweißnass.

Sie lenkte den Wagen auf den Behindertenparkplatz an der Seite des Gebäudes, damit sie nicht die Türen der Ambulanz blockierte. Im Laufschritt erreichte Sara die Notaufnahme.

«Was ist passiert?», fragte sie Lena Adams, die am Aufnahmeschalter stand. Lena öffnete den Mund, um ihr zu antworten, aber Sara war schon an ihr vorbei auf den Flur gerannt. Sie schaute im Vorüberlaufen in jedes Zimmer, bis sie schließlich Jeffrey im dritten Untersuchungszimmer fand.

Ellen Bray schien nicht erstaunt, Sara zu sehen. Sie legte Jeffrey gerade die Manschette an, um seinen Blutdruck zu messen, als sie hereinkam.

Sara legte Jeffrey die Hand auf die Stirn. Ein wenig öffnete er die Augen, aber zu registrieren schien er ihre Anwesenheit nicht.

«Was ist geschehen?», fragte sie.

Ellen reichte Sara das Krankenblatt und sagte: «Mit grobem Schrot ins Bein geschossen. Nichts Ernstes, denn sonst hätten sie ihn nach Augusta gebracht.»

Sara warf einen Blick auf das Blatt. Ihre Augen versagten

den Dienst. Sie konnte nicht einmal die einzelnen Rubriken erkennen.

«Sara?», fragte Ellen mit viel Mitgefühl in der Stimme. Den größten Teil ihrer beruflichen Laufbahn hatte sie in Augusta in der Notaufnahme gearbeitet. Sie befand sich bereits im Frühruhestand und verdiente sich zu ihrer Rente etwas hinzu, indem sie im Grant Medical Center Nachtschichten machte. Sara hatte vor Jahren mit ihr zusammengearbeitet, und die beiden Frauen verband eine solide berufliche Beziehung, die auf gegenseitigem Respekt gründete.

Ellen sagte: «Er ist okay, wirklich. Das Demerol wird ihn bald umhauen. Die meisten Schmerzen hat er davon, dass Hare in seinem Bein rumgestochert hat.»

«Hare?», fragte Sara und verspürte zum ersten Mal seit zwanzig Minuten ein wenig Erleichterung. Ihr Cousin Hare war ein Allgemeinmediziner, der manchmal im Krankenhaus einsprang. «Ist er hier?»

Ellen nickte und pumpte die Manschette auf. Sie bat mit erhobenem Finger um Ruhe.

Jeffrey regte sich und öffnete langsam die Augen. Als er Sara erkannte, spielte ein leichtes Lächeln um seine Lippen.

Ellen lockerte die Manschette. Sie sagte: «Hundertfünfundvierzig zu zweiundneunzig.»

Sara runzelte die Stirn und studierte Jeffreys Krankenblatt. Jetzt erkannte sie, was darauf stand.

«Ich geh Doktor Earnshaw holen», sagte Ellen.

«Danke», entgegnete Sara und schlug das Blatt ganz auf. «Seit wann nimmst du Betablocker?», fragte sie. «Wie lange hast du schon so hohen Blutdruck?»

Jeffrey lächelte verschmitzt. «Seit du im Zimmer bist.»

Sara überflog das Blatt. «Fünfzig Milligramm am Tag. Gerade von Captropil umgestellt? Warum hast du damit aufgehört?» Sie fand die Antwort auf dem Blatt. «‹Umstellung veranlasst durch unproduktiven Husten›», las sie laut vor.

Hare kam ins Zimmer und sagte: «Das ist bei ACE-Hemmern verbreitet.»

Obwohl er ihr den Arm um die Schultern legte, ging Sara nicht auf ihren Cousin ein.

Sie fragte Jeffrey: «Bei wem bist du deswegen in Behandlung?»

«Lindley», antwortete Jeffrey.

«Hast du ihm von deinem Vater erzählt?» Sara klappte das Krankenblatt zu. «Ich fass es nicht, dass er dir keinen Inhalator verschrieben hat. Wie ist denn dein Cholesterinwert?»

«Sara.» Hare nahm ihr das Krankenblatt aus der Hand. «Ruhig jetzt.»

Jeffrey lachte. «Danke.»

Sara schlug die Arme übereinander und merkte Wut in sich aufsteigen. Sie hatte sich auf dem Weg ins Krankenhaus große Sorgen gemacht und schon mit dem Schlimmsten gerechnet. Aber jetzt, als sie hier war, stellte sie fest, dass es Jeffrey ganz gut ging. Sie war über die Maßen erleichtert, aber irgendwie fühlte sie sich von ihren Gefühlen hereingelegt.

«Guck mal», sagte Hare und schob ein Röntgenbild in die Klemmschiene des Lichtkastens an der Wand. Er schnappte hörbar nach Luft und sagte: «O mein Gott, so was Schlimmes hab ich ja noch nie gesehen!»

Sara stoppte ihn mit einem Blick und drehte die Röntgenaufnahme richtig herum.

«Na, Gott sei Dank!» Hare seufzte dramatisch. Als er jedoch sah, dass sie an seiner Vorstellung kein Gefallen fand, runzelte er die Stirn. Dass er die Dinge nur höchst selten ernst nahm, ließ Sara ihren Cousin ebenso lieben wie hassen.

Hare sagte: «Hat die Arterie verfehlt, ebenso wie den Knochen. Ist hier innen glatt durchgegangen.» Er lächelte beruhigend. «Absolut nicht schlimm.»

Sara ignorierte die Diagnose und beugte sich vor, um Hares Ergebnis nochmals zu überprüfen. Nicht nur war das Verhältnis zu ihrem Cousin schon immer von heftigstem Konkurrenzdenken getrübt worden – sie wollte sich auch persönlich davon überzeugen, dass nichts übersehen worden war.

«Drehen wir dich mal auf die linke Seite», forderte Hare Jeffrey auf und wartete, dass Sara ihm half. Sara hielt Jeffreys verletztes rechtes Bein stabil, während sie ihn umdrehten: «Dadurch sollte jetzt dein Blutdruck ein wenig sinken», sagte Sara. «Sollst du heute Abend noch dein Medikament nehmen?»

«Die eine oder andere Dosis hab ich wohl zu spät genommen», gestand Jeffrey.

«Zu spät?» Sara spürte den eigenen Blutdruck in die Höhe schnellen. «Was bist du denn für ein Idiot?»

«Die Pillen sind mir ausgegangen», murmelte Jeffrey kleinlaut.

«Ausgegangen? Du wohnst doch fast direkt neben der Apotheke.» Sie sah ihn ebenso fassungslos wie wütend an. «Was hast du dir nur gedacht?»

«Sara», unterbrach Jeffrey. «Bist du den weiten Weg hergekommen, nur um mit mir zu meckern?»

Darauf wusste sie keine Antwort.

Hare mischte sich ein. «Vielleicht kann sie ja eine zweite Meinung dazu äußern, ob du heute Abend nach Hause entlassen werden kannst oder nicht.»

«Ah.» Um Jeffreys Augen kräuselten sich die Lachfältchen. «Also, wo Sie schon eine zweite Meinung abgeben, Frau Doktor Linton, muss ich Ihnen gestehen, dass ich in der Leistengegend etwas empfindlich reagiere. Wenn Sie sich das vielleicht mal ansehen möchten?»

Sara grinste gequält. «Ich könnte auch eine Rektaluntersuchung vornehmen.»

«Wird auch langsam Zeit, dass du mal wieder rangehst.»

«Mein Gott auch», stöhnte Hare. «Ich werd euch Turteltäubchen jetzt wohl besser allein lassen.»

«Danke, Hare», rief Jeffrey ihm nach. Hare schickte ein Abschiedswinken über die Schulter, als er das Zimmer verließ.

«Also», fing Sara an und verschränkte die Arme.

Jeffrey zog eine Augenbraue in die Höhe. «Also?»

«Was ist passiert? Ist ihr Mann plötzlich nach Hause gekommen?»

Jeffrey lachte, aber so ganz entspannt sah er dabei nicht aus. «Mach doch bitte die Tür zu.»

Sara tat wie geheißen. «Was ist passiert?», wiederholte sie.

Jeffrey legte die Hand an die Augen. «Ich weiß nicht. Es ging so schnell.»

Sara trat einen Schritt näher und nahm wider besseres Wissen seine Hand.

«Es gab heute einen Angriff auf das Haus von Will Harris.»

«Der Will vom Diner?», fragte Sara. «Wieso das denn, um Himmels willen?»

Er tat es mit einem Achselzucken ab. «Ein paar Leute haben sich offenbar eingebildet, dass er etwas damit zu tun hatte, was Sibyl Adams zugestoßen ist.»

«Er war ja nicht einmal dort, als es geschah», widersprach Sara verständnislos. «Warum sollte jemand auf eine solche Idee kommen?»

«Das weiß ich auch nicht, Sara.» Er seufzte und ließ die Hand sinken. «Ich wusste, dass was Schlimmes passieren würde. Zu viele Leute ziehen voreilige Schlüsse. Zu viele Leute treiben es so weit, dass die Sache außer Kontrolle gerät.»

«Und wer tut das?»

«Ich weiß auch nicht», gab er kleinlaut zu. «Ich war bei Will im Haus, um dafür zu sorgen, dass ihm nichts geschah. Wir sahen uns einen Film an, als ich draußen Geräusche hörte.» Er schüttelte den Kopf, als könne er immer noch nicht glauben, was geschehen war. «Ich stand vom Sofa auf, um nachzusehen, was da los war, da explodierte auch schon eines der Seitenfenster. Dann liege ich auf dem Boden und mein Bein brennt wie Feuer. Gott sei Dank saß Will auf seinem Stuhl, sonst wäre er auch noch getroffen worden.»

«Wer hat denn geschossen?»

«Das weiß ich nicht», antwortete er, aber sie konnte an seiner Miene erkennen, dass er einen starken Verdacht hegte.

Sie wollte ihm noch weitere Fragen stellen, aber er hob den Arm und legte eine Hand auf ihre Hüfte. «Du siehst sehr schön aus.»

Sara verspürte einen schwachen elektrischen Schlag, als sein Daumen unter ihr Shirt glitt und ihre Seite streichelte. Dann wanderten seine Finger weiter zu ihrem Rücken, sie fühlten sich warm an auf ihrer Haut.

«Ich hatte Besuch von einem Mann», sagte sie und spürte einen Anflug von schlechtem Gewissen, dass sie Jeb bei sich zu Hause zurückgelassen hatte, auch wenn er wie gewöhnlich sehr verständnisvoll gewesen war.

Jeffrey betrachtete sie mit halb geschlossenen Augen. Entweder glaubte er ihr nicht, dass sie eine Verabredung gehabt hatte, oder er weigerte sich zu akzeptieren, dass es sich um etwas Ernstes handelte. «Ich liebe es, wenn du dein Haare offen trägst», sagte er. «Wusstest du das eigentlich?»

«Ja», sagte sie, fasste nach seiner Hand, hielt ihn zurück, und der Bann war gebrochen. «Warum hast du mir nie von deinem hohen Blutdruck erzählt?»

Jeffrey ließ den Arm sinken. «Ich wollte dir nicht noch einen Makel für deine Negativliste liefern.» Sein Lächeln wirkte ein wenig gezwungen und wollte so gar nicht zu seinem glasigen Blick passen. Wie Sara nahm er höchst selten ein stärkeres Medikament als Aspirin, und das Demerol schien schnell zu wirken.

«Gib mir deine Hand», sagte Jeffrey. Sie schüttelte den Kopf, aber er blieb beharrlich und streckte ihr die Hand entgegen. «Halt meine Hand.»

«Warum?»

«Weil du mich heute auch im Leichenschauhaus statt im Krankenhaus hättest vorfinden können.»

Sara biss sich auf die Lippe und kämpfte gegen Tränen an. «Ist ja jetzt alles okay», sagte sie und legte die Hand auf seine Wange. «Und nun schlaf.»

Er schloss die Augen. Sie merkte deutlich, dass er um ihretwillen wach bleiben wollte.

«Ich will aber nicht einschlafen», sagte er und schlief ein.

Sara schaute ihn an, sah, wie sich sein Brustkorb bei jedem Atemzug hob und wieder senkte. Sie streckte den Arm aus, strich ihm die Haare aus der Stirn und ließ die Hand ein paar Sekunden dort liegen. Dann berührte sie seine Wange. Seine Bartstoppeln machten sich bemerkbar, schwarz meliert am Gesicht und am Hals. Sie strich behutsam mit den Fingern darüber und lächelte bei den Erinnerungen, die sich einstellten. Im Schlaf war er wie der Jeffrey, in den sie sich verliebt hatte: der Mann, der ihr zugehört hatte, wenn sie von ihrem Tag erzählte, der Mann, der ihr die Tür aufhielt und Spinnen umbrachte und die Batterien im Rauchmelder wechselte. Schließlich nahm Sara seine Hand und küsste sie, bevor sie das Krankenzimmer verließ.

Sie ließ sich Zeit für den Weg über den Flur zur Schwesternstation und hatte dabei das Gefühl, von Erschöpfung überwältigt zu werden. Die Uhr an der Wand zeigte, dass sie eine Stunde hier gewesen war, und Sara wurde abrupt bewusst, dass sie wieder nach Krankenhauszeit funktionierte, in der acht Stunden so schnell vergingen wie acht Sekunden.

«Schläft er?», fragte Ellen.

Sara stützte sich mit den Ellbogen auf den Tresen der Aufnahme. «Ja», antwortete sie. «Er wird schon wieder.»

Ellen lächelte. «Aber sicher doch.»

«Da bist du ja», sagte Hare und massierte Saras Schultern. «Wie fühlst du dich denn so in einem echten Krankenhaus unter erwachsenen Ärzten?»

Sara wechselte einen Blick mit Ellen. «Sie müssen meinen

Cousin schon entschuldigen, Ellen. Was ihm an Haar und Körpergröße fehlt, macht er dadurch wett, dass er sich aufführt wie ein Arschloch.»

«Autsch.» Hare schnitt eine Grimasse und presste die Daumen in Saras Schultern. «Könntest du vielleicht für mich einspringen, während ich mal einen Happen essen gehe?»

«Wen haben wir denn?», fragte Sara. Es würde ihr wahrscheinlich nicht gut tun, jetzt gleich nach Hause zu fahren.

Ellen deutete ein Lächeln an. «In zwei haben wir einen Vielflieger, der Neonlicht-Therapie bekommt.»

Sara musste laut lachen. Im Krankenhausjargon hatte Ellen sie gerade informiert, dass der Patient in Zimmer zwei ein Hypochonder war, den man einfach in die Deckenbeleuchtung starren ließ, bis er sich besser fühlte.

«Miniblatt», fasste Hare zusammen. Der Patient spielte nicht mit einem kompletten Kartenspiel.

«Und was sonst?»

«Ein Bürschchen vom College, das seinen Rausch ausschläft», sagte Ellen.

Sara wandte sich an Hare. «Ich weiß nicht, ob ich mit so komplizierten Fällen fertig werde.»

Er griff ihr liebevoll neckend unters Kinn. «So ist's recht, Mädchen.»

«Ich muss vorher meinen Wagen umparken», sagte Sara, der einfiel, dass sie auf einem Behindertenplatz stand. Da jeder Cop in der Stadt ihren Wagen kannte, bezweifelte Sara, dass sie einen Strafzettel bekäme. Aber sie wollte nach draußen, um etwas frische Luft zu schnappen und ihre Gedanken zu sammeln, bevor sie wieder hineinging, um nach Jeffrey zu sehen.

«Wie geht es ihm?», fragte Lena, kaum dass Sara das Wartezimmer betreten hatte. Sara sah sich um und stellte verblüfft fest, dass außer Lena niemand da war.

«Wir haben es aus dem Funkverkehr rausgehalten», informierte Lena sie. «Solche Dinge...» Ihre Stimme verlor sich.

«Solche Dinge – was?», reagierte Sara sofort. «Entgeht mir hier etwas, Lena?»

Lena blickte nervös zur Seite.

«Sie wissen, wer es getan hat, hm?», fragte Sara.

Lena schüttelte den Kopf. «Ich bin mir nicht sicher.»

«Und jetzt ist Frank da und vertritt ihn?»

Sie zuckte die Achseln. «Ich hab keine Ahnung. Er hat mich hier abgesetzt.»

«Ziemlich leicht, keine Ahnung zu haben, wenn man sich nicht die Mühe macht nachzufragen», schimpfte Sara. «Dass Jeffrey heute Abend hätte tot sein können, ist Ihnen wohl auch entgangen.»

«Das weiß ich durchaus.»

«Ja?», hakte Sara nach. «Und wer hat ihm Rückendeckung gegeben, Lena?»

Lena schickte sich an, ihr zu antworten, aber sie wandte sich ab, bevor Lena etwas sagen konnte.

Sara stieß die Türen der Notaufnahme mit den Händen auf. Sie merkte, wie Wut in ihr aufstieg. Sie durchschaute, was hier vorging. Frank wusste, wer auf Jeffrey geschossen hatte, aber aus irgendeinem Gefühl für Loyalität, wahrscheinlich gegenüber Matt Hogan, rückte er nicht mit der Sprache heraus. Was in Lenas Kopf vorging, konnte sich Sara absolut nicht vorstellen. Bei allem, was Jeffrey für sie getan hatte, war es unentschuldbar, dass Lena ihn im Stich gelassen hatte.

Sara holte tief Luft und versuchte sich zu beruhigen, als sie ums Krankenhaus herumging. Jeffrey hätte ums Leben kommen können. Das Glas hätte seine Oberschenkelarterie durchtrennen können. Dann wäre er verblutet. Der Schuss hätte ihn auch in die Brust treffen können. Sara fragte sich, was Frank und Lena jetzt wohl täten, wenn Jeffrey zu Tode gekommen wäre. Wahrscheinlich würden sie auslosen, wer seinen Schreibtisch bekäme.

«O Gott.» Sara blieb beim Anblick ihres Wagens abrupt stehen. Auf der Motorhaube lag mit ausgebreiteten Armen eine nackte junge Frau. Sie lag auf dem Rücken und hatte die Füße in einer schon beinahe saloppen Pose gekreuzt. Saras erster Impuls war, nach oben zu blicken, um festzustellen, ob die Frau vielleicht aus einem der Fenster gesprungen war. Aber an der Seitenfront des zweistöckigen Gebäudes befanden sich keine Fenster, und außerdem war auch die Motorhaube des Wagens nicht im Geringsten eingebeult.

Mit drei schnellen Schritten war Sara am Wagen und prüfte den Puls der Frau. Unter ihren Fingerspitzen spürte sie einen schnellen, starken Schlag, und sie sprach ein Stoßgebet, bevor sie zum Krankenhaus zurücklief.

«Lena!»

Lena sprang auf und ballte die Fäuste, als erwartete sie, dass Sara eine Schlägerei anfangen wollte.

«Besorgen Sie eine Trage», befahl Sara. Als Lena sich nicht rührte, bellte Sara: «Auf der Stelle!»

Sara eilte im Laufschritt zurück zu der Frau, rechnete schon fast damit, dass sie fort sein würde. Alles lief wie in Zeitlupe ab.

«Ma'am?», rief Sara der Frau so laut zu, dass man es auf der anderen Seite der Stadt hätte hören können. Die Frau reagierte nicht. «Ma'am?», versuchte es Sara nochmal. Wieder nichts.

Sara musterte prüfend den Körper der Frau und erkannte keine augenfälligen Verletzungen. Die Haut war von gesunder Farbe und fühlte sich trotz der nächtlichen Kälte sehr heiß an. So wie sie dalag, die Arme ausgebreitet und die Füße über Kreuz, hatte es den Anschein, als ob die Frau schliefe. Im hellen Licht erkannte Sara verkrustetes Blut an den Handflächen. Sie hob eine der Hände, um sie näher zu untersuchen, und der Arm fiel irgendwie ungelenk zur Seite. Offensichtlich war er an der Schulter ausgerenkt.

Sara wandte den Blick dem Gesicht der Frau zu und bemerkte zu ihrer Verblüffung, dass ein Stück silbriges Klebeband den Mund bedeckte. Sara konnte sich nicht daran erinnern, ob das

Band schon da geklebt hatte, bevor sie zurück ins Krankenhaus gelaufen war. Sicherlich hätte sie es bemerkt. Ein zugeklebter Mund war doch nicht leicht zu übersehen, besonders dann nicht, wenn das Klebeband mindestens fünf Zentimeter breit, fast zehn Zentimeter lang und silbern war. Für einen ganz kurzen Moment fühlte sich Sara wie gelähmt, aber Lena Adams' Stimme holte sie in die Realität zurück.

«Das ist Julia Matthews», sagte Lena, für Saras Wahrnehmung wie aus weiter Ferne.

«Sara?», fragte Hare und kam schnell zum Wagen herüber. Beim Anblick der nackten Frau klappte ihm die Kinnlade herunter.

«Okay, okay», flüsterte Sara und gab sich Mühe, Ruhe zu bewahren. Auf ihren von Panik erfüllten Blick reagierte Hare ebenso verstört. Hare war ab und zu mal eine Überdosis oder an Herzanfälle gewöhnt, aber nicht an so etwas wie das hier.

Als wolle er sie beide daran erinnern, wo sie sich befanden, begann der Körper der Frau zu krampfen.

«Sie muss sich übergeben», sagte Sara und zupfte an einer Ecke des Klebebands. Ohne einmal innezuhalten, riss sie das Band ab. Mit einer schnellen Bewegung rollte sie die Frau auf die Seite und drehte deren Kopf nach unten, sodass sie sich übergeben konnte, was sie auch stoßweise tat. Ein saurer Geruch machte sich bemerkbar, fast wie von schlechtem Apfelwein oder von Bier, und Sara musste sich abwenden, um durchzuatmen.

«Ist ja alles gut», sagte sie eindringlich und leise. Sie strich der Frau das schmutzige braune Haar hinters Ohr und erinnerte sich daran, dass sie gerade erst vor zwei Tagen dasselbe für Sibyl getan hatte. Ganz abrupt hörte die Frau auf, sich zu übergeben, und sanft drehte Sara sie wieder auf den Rücken. Dabei stützte sie ihren Kopf.

Hare klang aufgeregt: «Sie atmet nicht.»

Sara wollte den Mund der Frau mit dem Finger säubern, stieß

aber dabei zu ihrer Verblüffung auf Widerstand. Nach einem Augenblick des Nachfassens holte sie einen zusammengefalteten Führerschein hervor, den sie der verdutzten Lena Adams reichte.

«Sie atmet wieder», sagte Hare voller Erleichterung.

Sara wischt sich die Finger am Rock ab und wünschte sich, sie hätte Handschuhe angezogen, bevor sie der Frau die Finger in den Mund steckte.

Ellen kam im Laufschritt zum Wagen. Sie schob eine Krankentrage vor sich her. Ohne ein Wort zu sagen, trat sie an die Füße der Frau und wartete auf Saras Zeichen.

Sara zählte bis drei, und sie beide hoben die Frau hinüber auf die Trage. Sara hatte einen schlechten Geschmack im Mund, denn ein paar Sekunden lang sah sie anstelle der Frau sich selbst dort liegen. Benommenheit ergriff sie.

«Fertig», sagte Hare und schnallte die Frau auf die Liege.

Sara trabte neben der Trage her und hielt dabei die Hand der jungen Frau. Es dauerte endlos, bis sie wieder im Krankenhaus waren. Die Trage schien durch Klebstoff zu rollen, als sie in den ersten Notaufnahmeraum kamen. Bei jedem Ruck der Trage gab die Frau leise Schmerzenslaute von sich. Ganz kurz versetzte sich Sara in die Frau und konnte ihre Angst nachempfinden.

Zwölf Jahre war es her, dass Sara zum letzten Mal Notfallmedizin praktiziert hatte, und sie musste sich sehr auf das konzentrieren, was nun zu tun war. In Gedanken ging sie durch, was sie an ihrem ersten Tag in der Notaufnahme gelernt hatte. Als wolle sie Sara auf die Sprünge helfen, begann die Frau pfeifend zu atmen, zu keuchen und nach Luft zu schnappen. Als Erstes galt es jetzt, einen Weg für die Beatmung herzustellen.

«Gott», raunte Sara, als sie der Frau den Mund öffnete. Im hellen Licht des Untersuchungsraums konnte sie erkennen, dass man ihr die oberen Schneidezähne ausgeschlagen hatte. Das war allem Anschein nach höchstens ein paar Tage her. Wieder hatte Sara das Gefühl, innerlich zu erstarren. Sie versuchte, das Gefühl abzuschütteln. Sara musste diese Frau als Patientin betrachten, oder sie würden beide große Probleme bekommen.

Sekunden später hatte Sara die Frau intubiert. Sie war sehr vorsichtig mit dem Klebeband, um die Haut um den Mund nicht noch mehr zu verletzen. Als die Beatmungsmaschine ansprang, musste Sara gegen den Impuls ankämpfen, sich abzuwenden. Allein das Geräusch verursachte ihr fast schon Übelkeit.

«Hört sich gut an», berichtete Hare und reichte Sara das Stethoskop.

«Sara?», sagte Ellen. «Peripher find ich nichts.»

«Sie ist dehydriert», sagte Sara an, als sie versuchte, am anderen Arm der Frau eine Vene zu finden. «Wir sollten sowieso einen zentralen Zugang legen.» Sara streckte die Hand nach einer Kanüle aus.

«Ich hol ein Besteck», sagte Ellen und verließ den Raum.

Sara wandte sich wieder der jungen Frau auf der Trage zu. Bis auf die Stellen an ihren Händen und Füßen waren nirgends Quetschungen oder Schnittwunden zu erkennen. Ihre Haut war warm, was eine ganze Anzahl von Ursachen haben konnte. Sara wollte keine voreiligen Schlüsse ziehen. Schon jetzt drängten sich ihr jedoch die Ähnlichkeiten zwischen Sibyl Adams und dieser Frau auf. Sie waren beide zierlich. Sie hatten beide dunkelbraunes Haar.

Sara sah sich die Pupillen der Frau an. «Erweitert», sagte sie, denn beim letzten Mal, als sie eine ähnliche Untersuchung vorgenommen hatte, war angeordnet gewesen, alle Befunde laut anzusagen. Sie atmete langsam aus und bemerkte zum ersten Mal, dass Hare und Lena ebenfalls im Raum waren.

«Wie heißt sie denn?», fragte Sara.

«Julia Matthews», wusste Lena. «Wir haben sie schon am College gesucht. Sie wird seit zwei Tagen vermisst.»

Hare warf einen Blick auf den Monitor. «Arterieller Sauerstoff fällt.»

Sara überprüfte die Beatmungsanlage. «Sättigung auf dreißig Prozent. Ein bisschen höher damit.»

«Was ist das für ein Geruch?», unterbrach Lena.

Sara roch am Körper der Frau. «Clorox?», fragte sie.

Lena roch nochmal. «Bleichmittel», bestätigte sie.

Hare nickte ebenfalls.

Sorgfältig untersuchte Sara die Haut der Frau. Überall am Körper waren oberflächliche Kratzspuren zu erkennen. Und Sara bemerkte zum ersten Mal, dass die Schamhaare der Frau rasiert waren. Sie waren zudem so wenig nachgewachsen, dass Sara vermutete, es sei erst vor einem Tag oder so geschehen.

Sara sagte: «Man hat sie sauber geschrubbt.»

Sie roch am Mund der Frau, konnte aber nicht den strengen Geruch feststellen, der normalerweise entsteht, wenn man ein Bleichmittel geschluckt hat. Sara hatte zwar wunde Stellen in ihrem Rachen entdeckt, als sie die Frau intubierte, aber nichts wirklich Außergewöhnliches. Offenbar hatte man der Frau eine Belladonna-verwandte Droge verabreicht, wenn es nicht sogar Belladonna gewesen war. Ihre Haut war so heiß, dass Sara es durch die Handschuhe spürte.

Ellen betrat den Raum. Sara beobachtete die Krankenschwester, als sie das Zentralvenenkatheter-Besteck auf einem der Tabletts öffnete. Ellens Hände schienen nicht so ruhig zu sein wie sonst. Das machte Sara mehr Angst als alles andere.

Sara hielt den Atem an, als sie die sieben Zentimeter lange Kanüle in die Jugularvene am Hals der Frau stieß. Diese Kanüle, auch Einführungshilfe genannt, sollte sozusagen als Trichter für drei separate intravenöse Zugänge fungieren. Wenn sie herausgefunden hatten, welche Art Droge man der Frau verabreicht hatte, würde Sara eine der zusätzlichen Öffnungen nutzen, um den Drogensymptomen entgegenzuwirken.

Ellen trat von der Patientin zurück. Sie wartete auf Saras Anweisungen.

Sara ratterte die Anforderungen an das Labor herunter, während sie die Zugänge mit einer Heparin-Lösung spülte, damit sich keine Blutgerinnsel bildeten. «Blutgase, toxisches Screening, Leberfunktionstest, großes Blutbild, CHEM siebenundzwanzig. Checken Sie auch gleich den Gerinnungsstatus, wenn Sie schon dabei sind.» Sara unterbrach sich. «Nicht den Urinstatus vergessen. Ich will wissen, was hier los ist, bevor ich etwas mache. Irgendwas sorgt dafür, dass sie ausgeknockt bleibt. Ich glaube, ich weiß, was es ist, aber ich muss ganz sicher sein, bevor wir mit der Behandlung beginnen.»

«Alles klar», antwortete Ellen.

Sara überprüfte den Blutrücklauf und spülte nochmals die Zugänge. «Einfache Kochsalzlösung, ganz aufdrehen.»

Ellen tat, was ihr aufgetragen wurde, und regulierte die Infusion.

«Haben Sie ein tragbares Röntgengerät? Ich brauch eins, um ganz sicher zu sein, ob der hier richtig liegt», sagte Sara und deutete auf den Jugularvenenzugang. «Außerdem brauche ich noch den Thorax, eine Abdomenübersicht und einmal die Schulter.»

Ellen sagte: «Ich hol es von hinten, sobald ich die Proben abgenommen habe.»

«Suchen Sie auch nach GHB und Rohypnol», sagte Sara, während sie den Verband um die Kanüle befestigte. «Wir müssen auch auf Vergewaltigung prüfen.»

«Vergewaltigung?», fragte Lena und kam näher.

«Ja», antwortete Sara in scharfem Ton. «Warum sonst hätte jemand das hier mit ihr anstellen sollen?»

Lenas Kiefer mahlten, aber noch kam keine Antwort. Sie hatte offenbar bei diesem Fall bis jetzt keinen Zusammenhang mit dem Mord an ihrer Schwester gesehen. Lenas Blick ruhte auf der jungen Frau, und sie stand stocksteif am Fuß der Trage. Sara fühlte sich an die Nacht erinnert, als Lena ins Leichenschauhaus gekommen war, um Sibyl Adams anzuschauen. Dort hatte die junge Polizeibeamtin ein ähnlich grimmiges Gesicht gemacht.

«Sie scheint stabil zu sein», vermutete Ellen. Sie sprach mehr mit sich selbst als zu jemand anderem.

Sara schaute zu, wie die Krankenschwester eine kleine Spritze benutzte, um Blut aus einer radialen Arterie abzunehmen. Sara rieb sich unwillkürlich ihr Handgelenk, denn sie wusste, wie schmerzhaft die Prozedur sein konnte. Sie lehnte sich über das Bett, die Hände auf Julia Matthews' Arm, um ihr zu vermitteln, dass sie jetzt in Sicherheit war.

Hare brachte sie mit einem sanften «Sara?» in die Realität zurück.

«Hm?» Sara schreckte auf. Alle sahen sie an. Sie wandte sich zu Lena. «Könnten Sie Ellen bei dem Röntgengerät helfen?», versuchte sie mit möglichst fester Stimme zu fragen.

«Yeah», erwiderte Lena und sah Sara dabei recht eigentümlich an.

Ellen füllte die letzte Spritze. «Unten am Gang», sagte sie zu Lena.

Sara hörte sie weggehen, wandte aber den Blick nicht von Julia Matthews. Zum zweiten Mal kam es ihr so vor, als läge sie selbst auf der Trage, und sie sah einen Arzt, der sich über sie beugte, ihren Puls fühlte und ihre Reflexe prüfte.

«Sara?» Hare betrachtete die Hände der Frau, und Sara fielen wieder die seltsamen Stellen ein, die sie schon auf dem Parkplatz bemerkt hatte.

Beide Handflächen waren in der Mitte durchstochen. Sara sah hinunter auf die Füße der Frau und bemerkte, dass sie ebenfalls so durchstochen waren. Sie beugte sich hinunter, um die Wunden zu untersuchen, in denen das Blut schnell gerann. Kleine Rostpartikel färbten hier und da das getrocknete schwarze Blut.

«Die Handfläche ist durchbohrt worden», vermutete Sara. Sie sah unter die Fingernägel der Frau und fand dort kleine Holzsplitter. «Holz», sagte sie und fragte sich, warum sich jemand wohl die Zeit nahm, sein Opfer mit Bleichmittel abzuschrubben, um Spuren zu verwischen, aber Holzsplitter unter den Fingernägeln unbeachtet ließ. Das ergab keinen Sinn. Und die Frau auch noch auf diese Weise auf einem Auto drapiert zurückzulassen.

Sara erwog all das hin und her, und ihr Magen reagierte auf den nahe liegenden Schluss mit einem leichten Krampf. Sie schloss die Augen und stellte sich die Frau vor, wie sie dagelegen hatte, als sie sie entdeckt hatte: die Beine an den Knöcheln überkreuzt, die Arme im rechten Winkel vom Körper weggestreckt.

Die Frau war gekreuzigt worden.

«Das sind Stichwunden, stimmt's?», sagte Hare.

Sara nickte, ohne den Blick von der Frau zu wenden. Ihr Körper war wohlgenährt und ihre Haut gepflegt. Es gab keine Einstichnarben, die auf anhaltenden Drogenkonsum gedeutet hätten. Abrupt hielt Sara inne, weil ihr bewusst wurde, dass sie die Frau betrachtet und beurteilt hatte, als befände sie sich im Leichenschauhaus und nicht in einem Krankenhaus. Als spürte er das, zeigte der Monitor Herzversagen an, und das schrille Warngeräusch der Maschine versetzte Sara in höchste Aufmerksamkeit.

«Nein», zischte sie, beugte sich über die Frau und begann mit der Herzmassage. «Hare, Atembeutel.»

Er kramte in den Schubladen nach dem Atembeutel. Es dauerte nur Sekunden, und schon presste er Luft in die Lungen der Frau.

«Kammer-Tachykardie», warnte er.

«Langsam», sagte Sara und zuckte zusammen, als sie spürte, dass unter dem Druck ihrer Hände eine Rippe der Patientin brach. Sie ließ den Blick nicht von Hare. «Eins, zwei, drücken. Schnell und fest. Ganz ruhig bleiben.»

«Okay, okay», murmelte Hare und konzentrierte sich darauf, den Beutel zu drücken.

Trotz der hervorragenden Presse, den die kardiopulmonale Reanimation bekommen hat, ist sie doch nicht mehr als ein Notbehelf. Dabei wird das Herz von außen dazu gezwungen, Blut ins Gehirn zu pumpen, aber nur sehr selten kann dies manuell so wirksam ausgeführt werden, wie wenn ein gesundes Herz diese Aufgabe ganz von selbst erledigt. Wenn Sara aufhörte, würde auch das Herz zu schlagen aufhören. Diese Prozedur diente nur dem Zeitgewinn, bis etwas anderes getan werden konnte.

Lena, offenbar vom schrillen Monitorgeräusch alarmiert, kam in das Zimmer zurückgerannt.

«Was ist los?»

«Herzstillstand», sagte Sara und verspürte eine gewisse Erleichterung, als sie Ellen sah. «Ampulle Epi», befahl sie.

Sara sah voller Ungeduld zu, als Ellen eine Schachtel Epi aufriss und die Spritze zusammensetzte.

«Uhuuah.» Lena zuckte zusammen, als Sara das Adrenalin direkt ins Herz der Frau injizierte.

Hares Stimme wurde ein paar Oktaven höher. «Kammerflimmern!»

Mit einer Hand schnappte Ellen die Plattenelektroden vom Wagen hinter sich, mit der anderen lud sie den Defibrillator.

«Zweihundert», ordnete sie an. Der Körper der Frau zuckte in die Höhe, als Sara ihr den Stromschlag versetzte. Sara beobachtete den Monitor und machte ein besorgtes Gesicht, als keine entsprechende Reaktion auszumachen war. Sara schockte sie noch zweimal, aber es kam zu keiner anderen Reaktion. «Lidocain», ordnete sie an, als Ellen auch schon ein andere Schachtel öffnete.

Sara verabreichte das Medikament und ließ dabei den Monitor nicht aus den Augen.

«Nulllinie», verkündete Hare.

«Und nochmal.» Sara griff nach den Plattenelektroden. «Dreihundert», ordnete sie an.

Wieder schockte sie die Frau. Wieder kam keine Reaktion. Sara brach der kalte Schweiß aus. «Epi.»

Das Geräusch, als die Packung geöffnet wurde, war wie ein

Nadelstich in Saras Ohr. Sie nahm die Spritze und drückte der Frau nochmals das Adrenalin direkt ins Herz. Alle warteten.

«Nulllinie», meldete Hare.

«Gehen wir auf drei sechzig.»

Zum fünften Mal durchfuhr der Stromstoß wirkungslos den Körper der Frau.

«Verdammt, verdammt nochmal», fluchte Sara vor sich hin und begann wieder mit der Massage. «Wie lange?», rief sie.

Hare warf einen Blick auf die Wanduhr. «Zwölf Minuten.»

Sara war es wie zwei Sekunden vorgekommen.

Lena musste Hares Tonfall entnommen haben, wie er die Situation einschätzte. Sie flüsterte lautlos: «Lasst sie nicht sterben. Bitte, lasst sie nicht sterben.»

«Sie befindet sich in anhaltender Asystolie, Sara», sagte Hare. Er wollte ihr damit bedeuten, dass es bereits zu spät war. Es war Zeit aufzuhören, Zeit loszulassen.

Sara sah ihn aus zusammengekniffenen Augen an. Sie wandte sich Ellen zu. «Ich werde sie aufmachen.»

Hare schüttelte den Kopf. Er sagte: «Sara, dafür sind wir hier nicht ausgerüstet.»

Sara schenkte ihm keine Beachtung. Sie tastete die Rippen der Frau ab und zuckte zusammen, als sie die Rippe berührte, die sie gebrochen hatte. Als Saras Finger die Unterseite des Zwerchfells erreicht hatten, nahm sie ein Skalpell zur Hand und schnitt eine fünfzehn Zentimeter lange Öffnung in das obere Abdomen. Sie schob die Hand in den Einschnitt und griff unter die Rippen in den Brustkorb der Frau.

Sie hielt die Augen geschlossen und verdrängte das Krankenhaus aus ihrem Bewusstsein, während sie das Herz der Frau massierte. Der Monitor weckte kurzzeitig falsche Hoffnungen, als Sara drückte und presste, um das Blut der Frau manuell zum Zirkulieren zu bringen. Sie spürte ein Kribbeln in den Fingern, und in ihren Ohren registrierte sie einen leisen, aber durchdringenden Ton. Nichts sonst war von Bedeutung, als sie darauf wartete, dass das Herz reagierte. Es war, als presste sie einen kleinen Ballon, der mit warmem Wasser gefüllt war. Nur war dieser Ballon das Leben.

Sara hielt inne. Sie zählte fünf Sekunden ab, acht und dann hinauf bis zwölf, bevor sie mit urplötzlichen Pieptönen des Monitors belohnt wurde.

Hare fragte: «Ist sie das, oder bist du es?»

«Sie», erwiderte Sara und ließ ihre Hand herausgleiten. «Hängt sie an einen Lidocain-Tropf.»

«Gütiger Himmel», murmelte Lena, die sich an die Brust fasste. «Ich kann es einfach nicht glauben, dass Sie das fertig gebracht haben.»

Es gab ein schmatzendes Geräusch, als Sara sich die Latexhandschuhe von den Fingern zog. Sie antwortete nicht.

Bis auf die Piepstöne des Herzmonitors und das Auf und Ab des Beatmungsgeräts war es ganz still im Raum.

«Also», sagte Sara. «Wir machen dann noch ein Dunkelfeld auf Syphilis und eine Gram-Färbung wegen Gonorrhöe.» Sara spürte, dass ihr Gesicht dabei rot wurde. «Ich bin sicher, dass ein Kondom benutzt wurde, aber trotzdem sollte in ein paar Tagen ein Schwangerschaftstest gemacht werden.» Sara war sich durchaus des Bebens in ihrer Stimme bewusst, hoffte aber, dass Ellen und Lena nichts davon merkten. Mit Hare war es anders. Ohne ihn ansehen zu müssen, konnte sie seine Gedanken geradezu hören.

Er schien ihre Nervosität zu ahnen und wollte die Atmosphäre entspannen. «Meine Güte, Sara. Das war der schlampigste Schnitt, den ich je gesehen habe.»

Sara feuchtete sich die Lippen an und zwang ihr Herz dazu, ganz ruhig zu schlagen. «Ich wollte dir ja nicht die Schau stehlen.»

«Primadonna», kommentierte Hare und wischte sich mit einem Mulltupfer den Schweiß von der Stirn. «Mein Gott.» Sein Lachen klang unbehaglich.

«So was sehen wir hier nicht allzu oft», sagte Ellen, als sie Kompressen in den Schnitt legte, um die Blutung unter Kontrolle zu halten, bis sich die Wunde schloss. «Ich kann Larry Headley drüben in Augusta anrufen. Er wohnt nur fünfzehn Minuten von hier.»

«Das wäre mir sehr lieb», sagte Sara und nahm sich noch ein Paar Handschuhe aus einer Schachtel an der Wand.

«Alles in Ordnung mit dir?», fragte Hare. Sein Ton war locker, aber seine Augen verrieten Besorgnis.

«Alles bestens», antwortete Sara und überprüfte den Katheter. Sie wandte sich an Lena: «Ich nehme an, Sie können Frank auftreiben?»

Lena besaß den Anstand, etwas verlegen auszusehen. «Ich werd ihn suchen.» Mit gesenktem Kopf verließ sie den Raum.

Sara wartete, bis sie fort war, und fragte dann Hare: «Könntest du dir mal ihre Hände ansehen?»

Hare schwieg, während er die Handflächen der Frau untersuchte und die Knochen abtastete. Nach einigen Minuten sagte er: «Interessant.»

Sara fragte: «Was denn?»

«Hat keinen einzigen Knochen verletzt», antwortete Hare und drehte das Handgelenk. Als er zur Schulter kam, hielt er inne. «Ausgerenkt», sagte er.

Sara schlug die Arme übereinander, weil ihr plötzlich kalt war. «Weil sie sich loszureißen versucht hat?»

Hare runzelte die Stirn. «Ist dir klar, wie viel Kraft nötig ist, dein Schulterblatt auszurenken?» Er schüttelte den Kopf, weil er es nicht glauben wollte. «Du würdest vor Schmerzen ohnmächtig werden, bevor du noch –»

«Ist dir denn klar, wie groß die Angst vor einer Vergewaltigung sein kann?» Sara sah ihn durchbohrend an.

Der Schmerz war seiner Miene anzusehen. «Tut mir Leid, Liebes. Alles okay mit dir?»

Tränen brannten ihr in den Augen, und Sara musste sich alle

Mühe geben, mit fester Stimme zu sprechen: «Untersuche bitte ihre Hüften. Und ich möchte, dass du einen vollständigen Bericht anfertigst.»

Er tat, worum er gebeten worden war, und nickte Sara nach der Untersuchung knapp zu. «Ich glaube, da gibt es einen leichten Bänderschaden hier in der Hüfte. Ich kann das erst machen, wenn sie wach ist. Es ist nur eine Annahme.»

Sara fragte: «Kannst du sonst noch etwas sagen?»

«Keiner der Knochen in ihren Händen oder Füßen ist getroffen worden. Ihre Füße wurden zwischen den zweiten und dritten Dreiecksbeinen und dem Kahnbein durchstoßen. Das ist sehr präzise. Wer immer das gemacht hat, wusste genau, was er tat.» Er machte eine Pause und sah zu Boden, um seine Fassung wiederzugewinnen. «Ich kann mir nicht erklären, warum jemand das hätte tun sollen.»

«Sieh dir das hier an», sagte Sara und deutete auf die Haut an den Knöcheln der Frau. Beide Knöchel wiesen rundherum böse schwarzblaue Quetschungen auf. «Offensichtlich wurden ihre Füße durch noch etwas festgehalten.» Sara hob die Hand der Frau hoch und bemerkte eine frische Narbe am Gelenk. Das andere Handgelenk wies dieselbe Narbe auf. Irgendwann im vergangenen Monat hatte Julia Matthews einen Selbstmordversuch unternommen. Die Narbe war eine weiße Linie, die vertikal über ihr schmales Handgelenk verlief. Eine dunkle Quetschung ließ die vernarbte alte Wunde ganz besonders deutlich hervortreten.

Sara machte Hare nicht darauf aufmerksam. Stattdessen äußerte sie ihre Vermutung: «Es sieht so aus, als sei ein Band benutzt worden, wahrscheinlich aus Leder.»

«Ich kann dir nicht folgen.»

«Die Stichwunden sind symbolisch.»

«Für was?»

«Für die Kreuzigung, könnte ich mir vorstellen.» Sara legte die Hand der Frau neben deren Körper zurück.

Dann rieb sie sich die Arme. Es war kalt im Raum. Sie öffnete verschiedene Schubladen, weil sie ein Tuch suchte, um die junge Frau zuzudecken. «Wenn ich raten müsste, würde ich sagen, dass Hände und Füße irgendwo angenagelt wurden.»

«Eine Kreuzigung?» Das wies Hare zurück. «So wurde Jesus nicht gekreuzigt. Die Füße müssten beieinander sein.»

Sara reagierte harsch. «Jesus sollte auch nicht vergewaltigt werden, Hare. Natürlich waren ihre Beine gespreizt.»

Hare schluckte. Sein Adamsapfel tanzte auf und nieder. «So was macht ihr da also im Leichenschauhaus?»

Sie nickte. Sie hatte ein Tuch gefunden und schlug es auseinander.

«Teufel auch, du hast mehr Mumm als ich», sagte Hare schwer atmend.

Sara packte die junge Frau in das Tuch und gab sich alle Mühe, es ihr bequem zu machen. «Da bin ich mir nicht so sicher», sagte sie.

Hare fragte: «Und was ist mit ihrem Mund?»

«Ihr wurden die Schneidezähne ausgeschlagen, vermutlich um Fellatio zu erleichtern.»

Vor Schreck wurde seine Stimme laut. «Was?»

«Das kommt häufiger vor, als du glaubst», informierte ihn Sara. «Das Clorox beseitigt Spuren. Ich vermute, er hat sie rasiert, damit wir keins von seinen Schamhaaren herauskämmen können. Auch bei einem ganz normalen Geschlechtsakt werden Haare ausgerissen. Er könnte sie jedoch auch rasiert haben, weil ihn das sexuell erregt. Viele Sexualverbrecher sehen in ihren Opfern gerne noch Kinder. Wenn sie ihnen das Schamhaar rasieren, schüren sie dadurch diese Phantasievorstellung.»

Überwältigt davon, wie widerlich dies Verbrechen war, schüttelte Hare nur den Kopf. «Was muss das für eine Bestie sein, die so etwas tut?»

Sara strich der Frau das Haar aus der Stirn. «Eine, die methodisch vorgeht.»

«Meinst du, sie hat ihn gekannt?»

«Nein», antwortete Sara, die sich einer Sache noch nie so sicher gewesen war. Sie ging hinüber zu dem Tresen, auf dem Lena den Plastikbeutel mit den Beweisstücken zurückgelassen hatte. «Warum hat er uns ihren Führerschein gegeben? Ihm ist es egal, ob wir wissen, wer sie ist.»

Hare klang ungläubig. «Wie kannst du so sicher sein?»

«Er hat sie –» Sara musste Luft holen. «Er hat sie vor dem Krankenhaus einfach abgeladen, und jeder hätte ihn dabei beobachten können.» Einen Moment lang legte sie die Hand über die Augen und wünschte, sie könnte sich verstecken. Sie musste aus diesem Raum hinaus. Dessen war sie absolut sicher.

Hare schien in ihrer Miene lesen zu wollen. Sein Gesicht, das eigentlich immer offen und freundlich war, verfinsterte sich. «Sie wurde in einem Krankenhaus vergewaltigt.»

«Draußen vor einem Krankenhaus.»

«Ihr Mund war zugeklebt.»

«Das weiß ich.»

«Von jemandem, der offenbar unter einer Art religiöser Fixierung leidet.»

«Richtig.»

«Sara –»

Sie hob die Hand, um ihn zum Schweigen zu bringen, als Lena wieder hereinkam.

Lena sagte: «Frank ist auf dem Weg.»

DONNERSTAG

VIERZEHN

Jeffrey blinzelte mehrere Male und zwang sich dazu, nicht wieder einzuschlafen. Ein paar Sekunden lang wusste er nicht, wo er war, aber als er sich umschaute, erinnerte er sich daran, was letzten Abend geschehen war. Er sah hinüber zum Fenster. Seine Augen brauchten einige Zeit, bis sie nicht mehr alles verschwommen sahen. Er nahm Sara wahr.

Er lehnte den Kopf ins Kissen zurück und seufzte lange und tief. «Kannst du dich noch entsinnen, wie ich dir das Haar gebürstet hab?»

«Sir?»

Jeffrey öffnete die Augen. «Lena?»

Sie wirkte peinlich berührt, als sie zum Bett kam. «Yeah.»

«Ich dachte, Sie wären ...» Er winkte ab. «Nichts für ungut.»

Jeffrey setzte sich unter Mühen im Bett auf. Ein stechender Schmerz schoss durch sein rechtes Bein. Er fühlte sich steif und benommen, aber er wusste genau, wenn er nicht auf die Beine kam, würde der ganze Tag verloren sein.

«Reichen Sie mir meine Hose», sagte er.

«Die musste weggeworfen werden», erinnerte sie ihn. «Wissen Sie nicht mehr, was geschehen ist?»

Jeffrey grummelte eine Antwort vor sich hin, als er die Füße auf den Boden stellte. Sobald er stand, kam es ihm vor, als würde ein glühendes Messer in seinem Bein stecken, aber mit dem Schmerz konnte er leben. «Können Sie nicht ein Paar Hosen für mich auftreiben?», fragte er.

Lena verließ das Zimmer. Jeffrey lehnte sich gegen die Wand, damit er sich nicht wieder hinsetzen musste. Er versuchte sich zu erinnern, was in der Nacht zuvor geschehen war. Ein Teil von ihm wollte sich gar nicht damit auseinander setzen. Ihm reichte es schon, dass er herauszufinden versuchte, wer Sibyl Adams ermordet hatte.

«Wie wär's mit diesen hier?», fragte Lena und warf ihm ein Paar Arzthosen zu.

«Toll», sagte Jeffrey. Er wartete darauf, dass sie sich umdrehte. Dann zog er die Hose an und unterdrückte ein Stöhnen, als er sein Bein anhob. «Wir haben einen randvollen Arbeitstag vor uns», sagte er. «Nick Shelton kommt um zehn mit einem von diesen Drogentypen. Man wird uns über Belladonna informieren. Und wir haben diesen Mistkerl, wie heißt er noch, Gordon?» Er knotete die Kordel, mit der die Leinenhose gehalten wurde. «Den will ich mir nochmal vornehmen. Wollen doch mal sehen, ob er sich nicht doch erinnern kann, wann er Julia Matthews das letzte Mal gesehen hat.» Er stützte sich an einem Tisch ab. «Ich glaube nicht, dass er weiß, wo sie ist, aber vielleicht hat er ja was gesehen.»

Lena drehte sich um, ohne dazu aufgefordert worden zu sein. «Wir haben Julia Matthews gefunden.»

«Was?», fragte er. «Wann?»

«Sie ist gestern Abend am Krankenhaus aufgetaucht», antwortete Lena. In ihrer Stimme schwang etwas mit, das ihm das Blut in den Adern gefrieren ließ.

Er setzte sich unwillkürlich aufs Bett zurück.

Lena schloss die Tür und berichtete ihm von den Ereignissen des vergangenen Abends. Jeffrey ging im Zimmer auf und ab, obwohl es ihm Schmerzen zu bereiten schien.

«Sie lag einfach so auf Saras Wagen?», fragte er.

Lena nickte.

«Und wo ist er jetzt?», fragte er. «Der Wagen, meine ich.»

«Frank hat ihn konfiszieren lassen», sagte Lena. Es klang so, als müsse sie sich verteidigen.

«Und wo ist Frank?», fragte Jeffrey. Er stützte sich mit der Hand am Bettgeländer ab.

Lena schwieg. Schließlich sagte sie: «Das weiß ich nicht.»

Er warf ihr einen tadelnden Blick zu, denn er dachte, dass sie genau wusste, wo Frank war, es aber nicht sagen wollte.

Sie informierte ihn: «Er hat Brad oben als Wache postiert.»

«Gordon sitzt immer noch hinter Gittern, stimmt's?»

«Ja, das hab ich als Erstes überprüft. Er war die ganze Nacht in Haft. Keine Chance, dass er sie auf Saras Wagen hätte legen können.»

Jeffrey schlug mit der Faust aufs Bett. Er hatte gestern Abend schon gewusst, dass er das Demerol nicht hätte nehmen dürfen. Sie steckten mitten in einem Fall und waren nicht etwa auf Urlaub.

«Reichen Sie mir meine Jacke.» Jeffrey streckte die Hand aus und nahm die Jacke von Lena entgegen. Er humpelte aus dem Zimmer. Lena blieb ihm auf den Fersen. Der Fahrstuhl kam ganz gemächlich, aber sie sprachen trotzdem kein Wort miteinander.

«Sie hat die ganze Nacht geschlafen», sagte Lena.

«Okay.» Jeffrey hämmerte auf den Knopf. Ein paar Sekunden später läutete die Fahrstuhlglocke, und zusammen fuhren sie hinauf, noch immer schweigsam.

Lena ergriff das Wort: «Wegen gestern Abend. Die Schießerei.»

Jeffrey winkte ab und stieg aus dem Fahrstuhl. «Damit befassen wir uns später, Lena.»

«Es ist aber doch –»

Er hob abwehrend die Hand. «Sie ahnen gar nicht, wie wenig mich das im Moment interessiert», sagte er und bediente sich des Geländers an der Flurwand, um sich zu Brad zu hangeln.

«Hallo, Chief», sagte Brad. Er stand von seinem Stuhl auf.

«Keiner da gewesen?», fragte Jeffrey und bedeutete ihm, sich wieder zu setzen.

«Nicht, seit Doktor Linton um ungefähr zwei Uhr heute Morgen», antwortete er.

Jeffrey sagte: «Gut.» Er stützte sich auf Brads Schulter, als er die Tür öffnete.

Julia Matthews war wach. Sie starrte mit leerem Blick aus dem Fenster und rührte sich nicht, als sie eintraten.

«Miss Matthews?», sagte er. Er stützte sich auf das Geländer am Bett.

Sie antwortete nicht, sondern starrte weiter ins Leere.

Lena sagte: «Sie hat nicht gesprochen, seit Sara den Tubus herausgenommen hat.»

Er sah aus dem Fenster, er fragte sich, was wohl ihre Aufmerksamkeit gefangen hielt. Vor ungefähr dreißig Minuten war es Tag geworden, aber außer den Wolken war da draußen nichts Bemerkenswertes zu sehen.

Jeffrey wiederholte: «Miss Matthews?»

Tränen liefen ihr übers Gesicht, aber sie sagte noch immer nichts. Er verließ das Zimmer und stützte sich dabei auf Lenas Arm.

Kaum standen sie vor der Tür, berichtete Lena: «Sie hat die ganze Nacht noch nichts gesagt.»

«Nicht ein Wort?»

Sie schüttelte den Kopf. «Vom College haben wir eine Nummer für Notfälle bekommen und eine Tante gefunden. Sie hat die Eltern aufgespürt. Sie kommen mit dem ersten verfügbaren Flug nach Atlanta.»

«Und das ist wann?», fragte Jeffrey. Er schaute auf seine Uhr.

«Heute gegen drei.»

«Frank und ich werden sie abholen», sagte er und wandte sich an Brad Stephens. «Brad, Sie haben die ganze Nacht Dienst gemacht?»

«Ja, Sir.»

«Lena wird Sie in zwei Stunden ablösen.» Er sah Lena an, als warte er darauf, dass sie protestierte. Als das nicht geschah, sagte er: «Bringen Sie mich nach Hause und danach auf die Wache. Von dort aus können Sie zu Fuß ins Krankenhaus gehen.»

Jeffrey blickte stur geradeaus, als Lena zu seinem Haus fuhr. Er versuchte sich zusammenzureimen, was in der vergangenen Nacht passiert war. Den Druck in seinem Kopf und die Anspannung im Nacken hätte nicht einmal eine Hand voll Aspirin kurieren können. Er vermochte immer noch nicht die Lethargie abzuschütteln, die von der Betäubung letzte Nacht übrig geblieben war, seine Gedanken wurden ständig abgelenkt. Selbst dann noch, als er sich eingestehen musste, dass all dies gerade drei Türen von dem Ort entfernt stattgefunden hatte, wo er selig wie ein Baby geschlafen hatte. Gott sei Dank war Sara da gewesen, sonst hätte er sich jetzt um zwei Opfer zu kümmern und nicht nur um eines.

Julia Matthews war Beweis dafür, dass der Mörder abgefeimter und selbstsicherer wurde. Nach einem schnellen Überfall und anschließendem Mord auf der Toilette hatte er jetzt ein junges Mädchen ein paar Tage festgehalten, um sich in aller Ruhe an ihm zu vergehen. Jeffrey war dieses Verhaltensmuster immer wieder begegnet. Serienvergewaltiger lernten aus ihren Fehlern. Sie verbrachten ihr Leben damit, sich zu überlegen, wie sie am besten ihr Ziel erreichen konnten, und dieser Vergewaltiger, dieser Mörder suchte ganz gewiss auch in diesem Moment, in dem Lena und Jeffrey darüber sprachen, wie sie ihn fassen konnten, nach Möglichkeiten, seine Vorgehensweise zu verfeinern.

Er ließ Lena den Bericht über Julia Matthews wiederholen, um eventuell Unterschiede feststellen und zusätzliche Hinweise ableiten zu können. Aber es gab keine. Lena verstand sich sehr gut darauf, die Dinge so zu schildern, wie sie sie erlebt und vorgefunden hatte, und aus diesem zweiten Bericht ergab sich nichts Neues.

Jeffrey fragte: «Was ist danach geschehen?»

«Nachdem Sara gegangen war?»

Er nickte.

«Doktor Headley kam aus Augusta rüber. Er hat sie zugemacht.»

Jeffrey fiel auf, dass Lena bei ihrem Bericht über die Ereignisse der Nacht immer von «ihr» gesprochen und nie den Namen der Frau genannt hatte. Bei der Verbrechensbekämpfung war es oft so, dass man eher auf den Täter sah als auf das Opfer. Jeffrey fand schon immer, dass dies der schnellste Weg war, aus dem Auge zu verlieren, weswegen sie eigentlich ihre Arbeit machten. Er wollte nicht, dass Lena das tat, besonders nicht in Anbetracht dessen, was ihrer Schwester zugestoßen war.

Irgendetwas war heute an Lena anders. Ob es sich um ein höheres Maß Anspannung oder Wut handelte, vermochte er nicht zu sagen; ihr ganzer Körper schien davon zu vibrieren. In erster Linie ging es ihm jetzt darum, dass sie zurück ins Krankenhaus kam, wo sie sich hinsetzen und langsam den Druck loswerden konnte. Er wusste, dass Lena niemals ihren Wachdienst an Julia Matthews' Bett abbrechen würde. Das Krankenhaus war der einzige Ort, an dem sie ausharren würde. Darauf konnte man sich verlassen. Und natürlich kam noch hinzu, dass sie sich am richtigen Ort befand, sollte sie doch noch eine Art Nervenzusammenbruch bekommen. Im Moment musste er sich jedoch noch ihrer bedienen. Sie musste für ihn Augen und Ohren sein und beschreiben, was in der letzten Nacht geschehen war.

Er sagte: «Erzählen Sie mir, wie Julia ausgesehen hat.»

Lena drückte auf die Hupe, um ein Eichhörnchen von der Straße zu scheuchen. «Na ja, normal eben.» Sie schwieg. «Ich meine, so wie sie aussah, dachte ich, es sei eine Überdosis oder so. Ich hätte bei ihr niemals auf Vergewaltigung getippt.»

«Und was hat Sie eines Besseren belehrt?»

Lenas Kiefer mahlten wieder. «Es war vermutlich Doktor Linton. Sie machte auf die Löcher in ihren Füßen und Händen aufmerksam. Ich muss blind gewesen sein, ich weiß auch nicht. Der Geruch nach Bleichmittel und all das deuteten doch darauf hin.»

«All das?»

«Na ja, wissen Sie, konkrete Anzeichen dafür, dass etwas nicht stimmte.» Lena unterbrach sich wieder. Sie hörte sich an, als wolle sie sich verteidigen. «Man hatte ihr den Mund zugeklebt und ihr den eigenen Führerschein in den Hals gesteckt. Ich nehme an, sie sah wohl vergewaltigt aus, aber ich hab das nicht gleich gemerkt. Keine Ahnung, warum nicht. Ich hätte es schon noch herausgefunden, ich bin ja nicht blöd. Sie sah eben so normal aus, verstehen Sie? Nicht wie das Opfer einer Vergewaltigung.»

Diese letzte Aussage machte ihn stutzig. «Wie sieht denn das Opfer einer Vergewaltigung aus?»

Lena zuckte die Achseln. «Wahrscheinlich wie meine Schwester», sagte sie mit gedämpfter Stimme. «Wie jemand, der nicht allein auf sich aufpassen kann.»

Jeffrey hatte eine konkrete Beschreibung erwartet, etwas über den Zustand von Julia Matthews' Körper. Er sagte: «Ich kann Ihnen nicht folgen.»

«Ist auch egal.»

«Nein», sagte Jeffrey. «Sagen Sie es mir.»

Lena schien zu überlegen, wie sie sich ausdrücken sollte. «Das mit Sibyl kann ich verstehen, denn sie war ja schließlich blind.» Sie schwieg einen Augenblick. «Ich mein, man sagt doch immer, dass die Frauen es herausfordern. Ich glaube nicht, dass Sibyl so war. Aber ich kenne Vergewaltiger. Ich hab mit ihnen geredet, ich hab sie eingebuchtet. Ich weiß, was in ihrem Kopf vorgeht. Sie suchen sich niemanden aus, von dem sie Gegenwehr erwarten.»

«Meinen Sie?»

Lena zuckte die Achseln. «Man kann sich auf all den feministischen Scheiß einlassen, dass Frauen die Möglichkeit haben sollten zu machen, was sie wollen, und die Männer müssten sich eben daran gewöhnen, aber ...» Wieder hielt Lena inne. «Es ist doch so», sagte sie, «wenn ich mein Auto mitten in Atlanta stehen lasse, die Fenster runtergedreht und den Schlüssel im Zündschloss, wessen Schuld ist es dann, wenn jemand es klaut?»

Jeffrey konnte ihrer Logik nicht so ganz folgen.

«Es gibt da draußen Bestien», fuhr Lena fort. «Jeder weiß doch, dass es krankhafte Menschen gibt, meistens Männer, die es auf Frauen abgesehen haben. Und die suchen sich nicht diejenigen aus, die den Anschein erwecken, als könnten sie auf sich Acht geben. Sie suchen sich die aus, die keine Gegenwehr leisten werden oder können. Sie suchen sich die Stillen aus wie Julia Matthews. Oder die Behinderten.» Lena fügte hinzu: «Wie meine Schwester.»

Jeffrey sah sie verwundert an. Er wusste nicht, ob er sich ihrer Logik anschließen konnte. Lena überraschte ihn durchaus manchmal, aber was sie jetzt gesagt hatte, raubte ihm beinahe die Fassung. Er hätte solche Reden vielleicht von jemandem wie Matt Hogan erwartet, aber niemals von einer Frau. Nicht einmal von Lena.

Er lehnte den Kopf gegen die Nackenstütze und schwieg eine Weile. Dann forderte er: «Schildern Sie mir den Fall in allen Einzelheiten. Julia Matthews. Wie sah sie aus?»

Lena nahm sich Zeit mit ihrer Antwort. «Ihre Schneidezähne waren ausgeschlagen, Hand- und Fußknöchel zeigten Fesselspuren. Man hatte ihr die Schamhaare rasiert.» Lena hielt inne. «Dann hat er sie innerlich sauber geätzt, verstehen Sie?»

«Bleichmittel?»

Lena nickte. «Den Mund ebenfalls.»

Jeffrey sah sie eindringlich an. «Und was noch?»

«Es waren keine Quetschungen festzustellen.» Lena deutete auf ihren Schoß. «Keine Abwehrwunden oder Male an ihren Händen, außer den Löchern in ihren Handflächen und den Striemen von den Gurten.»

Jeffrey dachte darüber nach. Julia Matthews hatte wahrscheinlich die gesamte Zeit unter Drogen gestanden, obwohl auch das ihm eigentlich nicht einleuchten wollte. Notzucht war ein Gewaltverbrechen, und die meisten Vergewaltiger fanden ihre Befriedigung eher darin, den Frauen Schmerz zuzufügen, sie unter Kontrolle zu bringen, als wirklich Sex mit ihnen zu haben.

Jeffrey sagte: «Erzählen Sie weiter. Wie sah Julia aus, als Sie sie gefunden haben?»

«Sie sah ganz normal aus», antwortete Lena. «Das sagte ich doch schon.»

«War sie nackt?»

«Ja, nackt. Sie war völlig nackt, und man hatte sie mit ausgebreiteten Armen hingelegt. Die Füße waren an den Knöcheln gekreuzt. Direkt auf der Kühlerhaube des Wagens.»

«Glauben Sie, dass sie aus einem bestimmten Grund so hingelegt worden war?»

Lena antwortete: «Keine Ahnung. Aber jeder kennt doch Doktor Linton. Jeder weiß, welchen Wagen sie fährt. Es ist doch der einzige in der Stadt.»

Jeffrey spürte, dass sich ihm der Magen umdrehte. Auf diese Antwort hatte er nicht hinausgewollt. Lena hatte genau die Lage des Körpers beschrieben, und sie hätte zu demselben Schluss kommen sollen wie er, nämlich dass die Frau wie bei einer Kreuzigung hingelegt worden war. Er hatte angenommen, dass Saras Wagen nur deswegen ausgewählt worden war, weil er so dicht am Krankenhaus geparkt stand, dass ihn bestimmt jemand sehen würde. Die Möglichkeit, dass diese Handlung gegen Sara gerichtet sein könnte, war beängstigend.

Jeffrey drängte den Gedanken zurück und stellte Lena eine neue Frage. «Was wissen wir über unseren Vergewaltiger?»

Lena bedachte ihre Antwort und sagte dann: «Okay, er ist weiß, denn Vergewaltiger neigen dazu, sich Opfer ihrer eigenen ethnischen Gruppe zu suchen. Er ist extrem penibel, denn sie wurde gründlich mit Bleichmittel abgeschrubbt. Bleichmittel bedeutet auch, dass er gerichtsmedizinisch bewandert ist, denn Bleiche ist das beste Mittel, um materielle Spuren zu beseitigen. Er ist aller Wahrscheinlichkeit nach ein älterer Mann und besitzt sein eigenes Haus, denn offenbar hat er sie an den Fußboden oder eine Wand oder sonst etwas genagelt, und das kann man ja wohl kaum in einer Mietwohnung machen. Deswegen ist er wohl ein etablierter Bürger dieser Stadt. Er ist wahrscheinlich nicht verheiratet, denn er hätte eine ganze Menge zu erklären, wenn seine Frau nach Hause käme und im Souterrain eine angenagelte Frau fände.»

«Warum sprechen Sie von Souterrain?»

Lena zuckte wieder die Achseln. «Ich kann mir nicht vorstellen, dass er sie irgendwo hielt, wo jeder reinkann.»

«Auch nicht, wenn er allein lebt?»

«Nur, wenn er sicher ist, dass niemand zu Besuch kommt.»

«Also ist er ein Einzelgänger?»

«Kann schon angehen. Aber wie hat er sie dann kennen gelernt?»

«Gutes Argument», sagte Jeffrey. «Hat Sara Blut für das toxische Screening weggeschickt?»

«Hat sie», sagte Lena. «Sie hat die Probe selbst rüber nach Augusta gefahren. Zumindest hat sie gesagt, dass sie hinfährt. Sie hat auch gesagt, dass sie wüsste, wonach sie sucht.»

Jeffrey zeigte auf eine Seitenstraße.

Lena bog scharf ab. «Lassen wir Gordon heute noch frei?», fragte sie.

«Finde ich nicht», sagte Jeffrey. «Wir können die Drogensache benutzen, um ihn dazu zu bringen, uns zu erzählen, mit wem Julia sich so getroffen hat. Nach Auskunft von Jenny Price hat er sie an der kurzen Leine gehalten. Wenn jemand bemerkt haben müsste, wer in ihrem Leben neu aufgetaucht ist, dann doch wohl er.»

«So ist es», stimmte Lena zu.

«Hier oben rechts», instruierte er sie und setzte sich auf. «Wollen Sie mit hineinkommen?»

Lena blieb am Steuer sitzen. «Ich bleibe hier, danke.»

Jeffrey lehnte sich zurück. «Da ist noch etwas, das Sie mir nicht erzählen, stimmt's?»

Sie atmete tief durch. «Ich hab das Gefühl, Sie im Stich gelassen zu haben.»

«Wegen gestern Abend?», fragte er und fügte hinzu: «Weil ich angeschossen wurde?»

Sie sagte: «Es gibt Dinge, die Sie nicht wissen.»

Jeffrey fasste nach dem Türgriff. «Kümmert sich Frank darum?»

Sie nickte.

«Hätten Sie verhindern können, was geschehen ist?»

Sie zuckte die Achseln. Ihre Schultern hoben sich fast bis an die Ohren. «Ich weiß nicht, ob ich überhaupt noch etwas verhindern kann.»

«Nur gut, dass das auch nicht Ihr Job ist», sagte er. Er wollte ihr noch mehr sagen, aber wusste aus Erfahrung, dass Lena allein damit fertig werden musste. Sie hatte die vergangenen dreiunddreißig Jahre damit verbracht, Schutzmauern um sich zu errichten. Und die würde er nicht in drei Tagen abtragen können.

Stattdessen sagte er: «Lena, ich möchte mich im Moment hauptsächlich darauf konzentrieren herauszufinden, wer Ihre Schwester ermordet und wer Julia Matthews vergewaltigt hat. Mit dem hier» – er deutete auf sein Bein – «kann ich mich beschäftigen, wenn das geschehen ist. Ich glaube, wir wissen beide, wo wir zu suchen anfangen müssen. Die werden doch nicht gleich alle die Stadt verlassen.»

Er stieß die Tür auf und hob das verletzte Bein mit der Hand nach draußen. «Meine Güte», stöhnte er, als er spürte, dass sein Knie heftig protestierte. Vom langen Sitzen im Auto war sein Bein steif geworden. Als er es endlich geschafft hatte auszusteigen, perlten Schweißtropfen auf seiner Oberlippe.

Schmerzen schossen durch sein Bein, als er zum Haus ging. Seine Hausschlüssel befanden sich am selben Ring wie die Autoschlüssel, und darum musste er ums Haus herum zur Küchentür gehen. Während der vergangenen beiden Jahre hatte Jeffrey eigenhändig renoviert. Als letztes Projekt hatte er sich die Küche aufgehoben und an einem verlängerten Wochenende die Rückwand eingerissen und vorgehabt, sie neu zu ziehen, bevor er wieder zum Dienst musste. Eine Schießerei hatte seinen Plan durchkreuzt, und schließlich hatte er in Birmingham Plastikbahnen gekauft und sie auf die nackten Balken genagelt. Das Plastik hielt zwar Regen und Wind ab, aber letztlich hatte er doch ein großes Loch in der Rückfront seines Hauses.

Im Wohnzimmer nahm Jeffrey das Telefon zur Hand und wählte Saras Nummer. Er hoffte, sie noch zu erreichen, bevor sie zur Arbeit fuhr. Ihr Anrufbeantworter sprang an, deshalb rief er im Haus der Lintons an.

Eddie Linton meldete sich beim dritten Läuten. «Linton und Töchter.»

Jeffrey gab sich Mühe, freundlich zu bleiben. «He, Eddie, Jeffrey hier.»

Im Hörer krachte es, als sei er runtergefallen. Jeffrey konnte im Hintergrund das Klappern von Geschirr und Töpfen hören. Gedämpfte Unterhaltung, und ein paar Sekunden später meldete sich Sara.

«Jeff?»

«Ja», antwortete er. Er hörte, wie sie die Tür zur Terrasse öffnete. Von allen Leuten, die er kannte, waren die Lintons die Einzigen, die noch kein schnurloses Telefon hatten. Es gab einen Apparat im Schlafzimmer und einen in der Küche. Ohne die drei Meter lange Schnur, welche die Mädchen hatten anbringen lassen, als sie zur High School gingen, wäre kein vertrauliches Gespräch möglich gewesen.

Er hörte, wie die Tür geschlossen wurde, und dann sagte Sara: «Entschuldigung.»

«Wie geht's dir denn?»

Sie sparte sich eine Antwort und sagte stattdessen: «Auf mich hat man gestern Abend nicht geschossen.»

Jeffrey stutzte und wunderte sich über ihren scharfen Tonfall. «Ich hab gehört, was mit Julia Matthews war.»

«Ja», sagte Sara. «Ich hab ihr Blut in Augusta untersuchen lassen. Belladonna besitzt zwei spezifische Kennzeichen.»

Er würgte eine Lektion in Chemie ab. «Und du hast beide feststellen können?»

«Ja», antwortete sie.

«Also, suchen wir in beiden Fällen nach demselben Kerl.»

Fast barsch entgegnete sie: «Sieht wohl so aus.»

Nach ein paar Sekunden sagte Jeffrey: «Nick kennt diesen Typen, der so eine Art von Spezialist ist, was Vergiftung mit Belladonna betrifft. Er bringt ihn um zehn vorbei. Könntest du es auch schaffen?»

«Ich könnte zwischen zwei Patienten mal vorbeischauen, aber nicht lange bleiben», bot Sara an. Dann änderte sich ihr Tonfall, und sie klang schon sanfter, als sie sagte: «Ich muss jetzt Schluss machen, okay?»

«Ich möchte mit dir durchgehen, was gestern Nacht geschehen ist.»

«Später, okay?» Sie ließ ihm keine Zeit zu antworten. Es klickte, als sie den Hörer auflegte.

Jeffrey seufzte, als er ins Bad hinkte. Unterwegs blickte er zum Fenster hinaus, um nach Lena zu sehen. Sie saß noch immer im Wagen und hatte das Lenkrad mit beiden Händen umklammert. Es schien so, als hätten heute alle Frauen in seinem Leben etwas vor ihm zu verbergen.

Nach einer heißen Dusche und einer Rasur fühlte sich Jeffrey schon beträchtlich besser. Sein Bein fühlte sich noch immer steif an, aber je mehr er sich bewegte, desto weniger schmerzte es. Immer in Bewegung zu bleiben hatte schon etwas für sich. Die Fahrt zur Wache war voller Anspannung, und es wurde nicht gesprochen. Das einzige Geräusch im Wagen war Lenas Zähneknirschen. Jeffrey war froh, sie von hinten zu sehen, als sie zu Fuß zum Krankenhaus ging.

Marla kam ihm an der Vordertür entgegen. Sie rang die Hände vor der Brust. «Ich bin ja so froh, dass es Ihnen gut geht», sagte sie, nahm seinen Arm und führte ihn nach hinten in sein Büro. Als sie die Tür für ihn öffnete, gebot er ihrer übertriebenen Fürsorge Einhalt.

«Es geht schon», sagte er. «Wo ist Frank?»

Marla machte ein langes Gesicht. Wenn Grant ein kleiner Ort war, so war die Polizeitruppe noch kleiner, und Gerüchte verbreiteten sich blitzschnell.

Marla sagte: «Ich glaube, er ist hinten.»

«Würden Sie ihn mir bitte herholen?», fragte Jeffrey und steuerte auf sein Büro zu.

Stöhnend nahm er auf seinem Stuhl Platz. Er wusste, dass er das Schicksal herausforderte, so wie er mit seinem Bein umging, aber es blieb ihm keine Wahl. Seine Männer mussten sehen, dass er wieder auf dem Posten war und bereit, die Arbeit anzupacken.

Frank klopfte mit der Faust an die Tür, und Jeffrey bedeutete ihm mit einem Kopfnicken, dass er eintreten sollte.

Frank fragte: «Wie geht es Ihnen?»

Jeffrey überzeugte sich, dass der andere Mann ihn ansah. «Man wird nicht noch einmal auf mich schießen, oder?»

Frank war so höflich, auf seine Schuhe zu blicken. «Nein, Sir.»

«Was ist mit Will Harris?»

Frank rieb sich das Kinn. «Hab gehört, er fährt nach Savannah.»

«Tatsächlich?»

«Yeah», antwortete Frank. «Pete hat ihm eine Gratifikation gegeben. Und Will hat sich einen Busfahrschein gekauft.» Frank zuckte die Achseln. «Hat gesagt, er will ein paar Wochen bei seiner Tochter verbringen.»

«Und was ist mit seinem Haus?»

«Ein paar Jungs von der Loge haben sich bereit erklärt, das Fenster zu reparieren.»

«Gut», sagte Jeffrey. «Sara wird ihren Wagen zurückhaben wollen. Habt ihr was gefunden?»

Frank zog einen Plastikbeutel für Beweismittel aus der Tasche und legte ihn auf den Schreibtisch.

«Was ist das?», fragte Jeffrey, aber es war eine dumme Frage. In dem Beutel befand sich eine Ruger .375 Magnum.

«Die lag unter dem Sitz», sagte Frank.

«Saras Sitz?», fragte er und verstand immer noch nicht. Die Waffe war die reinste Kanone, denn mit dem Kaliber konnte man jemandem ein Riesenloch in die Brust schießen. «In ihrem Wagen? Die gehört ihr?»

Frank zog die Schultern hoch. «Einen Waffenschein hat sie dafür jedenfalls nicht.»

Jeffrey starrte die Waffe an, als könne sie zu ihm sprechen. Sara hatte ganz sicher nichts gegen Waffen in Privatbesitz, aber er wusste genau, dass sie sich nicht gerade wohl fühlte, wenn Waffen in der Nähe waren, besonders nicht solche, mit denen man Schlösser von Scheunentoren wegpusten konnte. Er ließ die Magnum aus dem Beutel rutschen und untersuchte sie näher.

«Seriennummer wurde weggefeilt», sagte Frank.

«Ja», antwortete Jeffrey. Das konnte er sehen. «War sie geladen?»

«Ja.» Es war nicht zu übersehen, dass Frank von der Waffe beeindruckt war. «Ruger Security Six, rostfreier Stahl. Der Griff ist eine Spezialanfertigung.»

Jeffrey ließ die Waffe in seine Schreibtischschublade fallen und sah dann wieder Frank an. «Irgendwas mit der Liste der Sextäter erreicht?»

Frank wirkte enttäuscht, dass nicht mehr über Saras Waffe gesprochen wurde. Er antwortete: «Eigentlich nicht. Die meisten haben irgendein Alibi. Und diejenigen, die keins haben, passen kaum zu dem, was wir suchen.»

«Um zehn treffen wir uns mit Nick Shelton. Er hat einen Spezialisten für Belladonna aufgetan. Vielleicht können wir danach den Jungs ein paar mehr Hinweise geben, wonach sie suchen sollen.»

Frank setzte sich. «Ich hab auch Tollkirsche im Garten.»

«Ich auch», sagte Jeffrey. Und fügte hinzu: «Ich will nach dem Treffen rüber ins Krankenhaus, um zu sehen, ob Julia Matthews nach Reden zumute ist.» Er unterbrach, dachte an die junge Frau. «Ihre Eltern kommen so gegen drei. Ich will sie am Flughafen abholen. Sie geben mir heute Schützenhilfe.»

Wenn Frank Jeffreys Wortwahl witzig fand, sagte er es nicht.

FÜNFZEHN

Sara verließ die Klinik um Viertel vor zehn, damit sie noch in der Apotheke vorbeischauen konnte, bevor sie Jeffrey traf. Es war kühl, und die Wolken versprachen noch mehr Regen. Sie steckte die Hände in die Taschen, als sie die Straße hinunterging, richtete den Blick auf den Gehsteig vor sich und hoffte nur, dass ihre Haltung und ihr Schritttempo sie unnahbar wirken ließen. Sie hätte sich deswegen jedoch keine Gedanken machen müssen. Seit Sibyls Tod herrschte in der Innenstadt eine Art Friedhofsruhe. Es war, als sei die ganze Stadt mit ihr gestorben. Sara wusste, wie man sich fühlte.

Die ganze Nacht hatte Sara wach gelegen und jeden Schritt, den sie mit Julia Matthews unternommen hatte, noch einmal überdacht. Aber sie hatte das Bild nicht loswerden können, wie die junge Frau auf dem Auto gelegen hatte, die Hände und Füße durchbohrt, und mit glasigen Augen in den Nachthimmel gestarrt hatte. Sara wollte so etwas nie im Leben wieder durchmachen müssen.

Die Glocke über der Apothekentür läutete, als Sara eintrat, und erlöste sie aus ihrer Abkapselung.

«Hallo, Doktor Linton», rief Marty Ringo, die an der Drugstore-Kasse stand. Sie hatte den Kopf gesenkt, weil sie in einer Zeitschrift las. Marty war eine mollige Person, der unglücklicherweise ein Leberfleck direkt über der rechten Augenbraue gewachsen war. Wie Borsten einer Bürste waren schwarze Haare daraus hervorgeschossen. Da sie in der Apotheke arbeitete, kannte sie den neuesten Klatsch über alle und jeden in der Stadt. Marty würde es sich nicht nehmen lassen, jedem, der die Apotheke betrat, zu stecken, dass Sara Linton heute speziell deswegen vorbeigeschaut hatte, um Jeb zu besuchen.

Marty lächelte durchtrieben. «Sie suchen Jeb?»

«Ja», antwortete Sara.

«Hab von gestern Abend gehört», sagte Marty, die offenbar begierig auf weitere Informationen war. «Eine Studentin vom College, hä?»

Sara nickte, denn so viel würde man auch der Zeitung entnehmen können.

Marty senkte die Stimme: «Hab gehört, man hat ihr was angetan.»

«Mmm», antwortete Sara, die sich im Laden umsah. «Ist er da?», fragte sie.

«Die beiden sahen sich auch sehr ähnlich.»

«Was war das?», fragte Sara, plötzlich aufmerksam geworden.

«Die beiden Mädchen», sagte Marty. «Meinen Sie, da gibt es eine Verbindung?»

Sara brach die Unterhaltung ab. «Ich muss Jeb dringend sprechen.»

«Er ist hinten.» Marty zeigte leicht beleidigt hinüber zum Apothekenbereich.

Sara bedankte sich mit einem gequälten Lächeln bei Marty und steuerte dann auf den hinteren Bereich des Geschäfts zu. Sara war von jeher gerne in der Apotheke. Hier hatte sie ihre erste Wimperntusche erstanden. An Wochenenden pflegte ihr Vater sie im Auto herzufahren, um Süßigkeiten zu kaufen. Seit Jeb das Geschäft übernommen hatte, war nicht viel geändert worden. Der Limo-Tresen, der eher zur Angabe diente als zum Ausschank von Getränken, war wie immer auf Hochglanz poliert. Präservative wurden immer noch unter dem Ladentisch aufbewahrt. An den schmalen Gängen zwischen den Regalen, die den Laden in ganzer Länge teilten, hingen noch immer Schilder aus selbst beschrifteter Pappe.

Auch hinter dem Apothekentresen konnte Sara Jeb nicht sehen. Sie bemerkte, dass die Hintertür offen stand, und mit einem Blick über die Schulter ging sie hinter den Ladentisch.

«Jeb?», rief sie. Es kam keine Antwort, und Sara ging weiter zur offenen Tür. Jeb stand an der Seite, Sara den Rücken zugekehrt. Sie tippte ihm auf die Schulter, und er fuhr vor Schreck zusammen.

«Gott», rief er und wirbelte herum. Der Schreck auf seinem Gesicht wich der Freude, als er Sara vor sich sah.

Er lachte. «Du hast mich zu Tode erschreckt.»

«Es tut mir Leid», entschuldigte sich Sara, aber in Wahrheit war sie nur froh, dass er tatsächlich zu einer starken Regung fähig war. «Was machst du denn hier?»

Er zeigte auf eine Reihe von Büschen, die den lang gestreckten Parkplatz hinter den Gebäuden säumten. «Siehst du in dem Busch da?»

Sara schüttelte den Kopf, denn sie sah nichts als Büsche. Und dann «Oh», als sie ein kleines Vogelnest erkannte.

«Finken», sagte Jeb. «Letztes Jahr hab ich dort ein Futterhäuschen hingestellt, aber irgendwelche Schulkinder haben es auseinander genommen.»

Sara wandte sich ihm zu. «Wegen gestern Abend», begann sie.

Er winkte ab. «Bitte, Sara, glaub mir, ich verstehe es. Du warst eine lange Zeit mit Jeffrey zusammen.»

«Ich danke dir», sagte sie und meinte es sehr ernst.

Jeb blickte in die Apotheke und senkte die Stimme. «Tut mir auch Leid, was passiert ist. Du weißt schon, mit dem jungen Mädchen.» Er schüttelte langsam den Kopf. «Man kann kaum fassen, dass solche Sachen in der eigenen Stadt passieren.»

«Ich weiß», antwortete Sara, die nicht weiter auf das Thema eingehen wollte.

«Ich verzeihe dir, dass du von unserer Verabredung weggelaufen bist, um jemandem das Leben zu retten.» Er legte die Hand auf die rechte Seite der Brust. «Hast du wirklich ihr Herz in der Hand gehabt?»

Sara schob seine Hand nach links. «Ja.»

«Gütiger Himmel», hauchte Jeb. «Was war denn das für ein Gefühl?»

Sara sagte ihm die Wahrheit. «Schaurig», gestand sie. «Ganz schaurig.»

In seiner Stimme war große Anerkennung, als er sagte: «Du bist eine bemerkenswerte Frau, Sara. Ist dir das eigentlich klar?»

Bei diesem Lob kam Sara sich albern vor. «Ich geb dir einen Ersatztermin, wenn du möchtest», sagte sie. Sie wollte ihn vom Thema Julia Matthews abbringen. «Für unsere Verabredung, mein ich.»

Ehrlich erfreut lächelte er. «Das wäre toll.»

Wind kam auf, und Sara rieb sich die Arme. «Es wird wieder kalt.»

«Komm.» Er führte sie wieder nach drinnen und schloss die Tür hinter ihnen. «Hast du dieses Wochenende schon etwas vor?»

«Ich weiß noch nicht», sagte Sara und fügte hinzu: «Ich bin vorbeigekommen, um zu fragen, ob Jeffrey sein Medikament abgeholt hat.»

«Na ja.» Jeb verschränkte die Hände. «Das bedeutet wohl, dass du dies Wochenende beschäftigt bist.»

«Nein, tut es nicht.» Sara hielt inne. Dann sagte sie: «Es ist nur ein bisschen kompliziert.»

«Ja.» Er zwang sich zu einem Lächeln. «Kein Problem. Ich seh mal nach, was ihm verschrieben worden ist.»

Sie konnte sein enttäuschtes Gesicht nicht ertragen. Deshalb wandte sie sich einem Aufsteller des Notdienstes Medical Alert zu, um sich abzulenken. Da wurden Lesezeichen mit Bibelsprüchen neben Armbändern für Diabetiker offeriert.

Jeb öffnete eine große Schublade unter dem Tresen und holte eine orangefarbene Pillenflasche hervor. Er prüfte zur Sicherheit noch einmal das Etikett und sagte dann: «Er hat es bestellt, aber noch nicht abgeholt.»

«Danke», brachte Sara heraus und nahm das Fläschchen. Sie hielt es in der Hand und sah Jeb unverwandt an. Und dann redete sie los, bevor sie einen Rückzieher machen konnte. «Warum rufst du mich nicht an?», fragte sie. «Wegen dieses Wochenendes.»

«Ja, mach ich.»

Mit ihrer freien Hand griff sie nach dem Revers seines Laborkittels und strich es glatt. «Es ist mein Ernst, Jeb. Ruf mich an.»

Ein paar Sekunden lang schwieg er, dann beugte er sich plötzlich nach vorn und gab ihr einen leichten Kuss auf die Lippen. «Ich ruf dich morgen an.»

«Prima», sagte Sara. Sie drückte die Pillenflasche so fest, dass sich der Deckel bereits löste. Sie hatte Jeb schon früher mal geküsst. Also war es eigentlich keine große Sache. Irgendwo im Hinterkopf fürchtete sie jedoch, dass Marty es sehen könnte. Irgendwo im Hinterkopf hatte sie Angst, dass man Jeffrey von diesem Kuss berichten würde.

«Ich kann dir dafür eine Tüte geben», bot Jeb an. Er zeigte auf die Medikamentenflasche.

«Nein», murmelte Sara und steckte sie in die Jackentasche.

Sie murmelte ein Dankeschön und war zur Tür hinaus, bevor Marty von ihrer Zeitschrift aufblicken konnte.

Jeffrey und Nick Shelton standen draußen auf dem Flur, als Sara auf die Wache kam. Nick hatte die Hände in die Gesäßtaschen seiner Jeans geschoben, und das dunkelblaue Oberhemd, das er nach den Vorschriften des Georgia Bureau of Investigation trug, spannte über seinem Brustkorb. Sein unvorschriftsmäßiger Vollbart war sauber gestutzt, und um den Hals trug er eine gleichermaßen verbotene Goldkette. Mit seiner Größe von weniger als einem Meter und fünfundsechzig war er so klein, dass Sara ihm ohne weiteres das Kinn auf den Kopf hätte legen können. Das hatte ihn jedoch nicht daran gehindert, sie des Öfteren einzuladen, mit ihm auszugehen.

«He, Mädchen», sagte Nick und legte ihr den Arm um die Taille.

Konkurrenz hatte Jeffrey von Nick weniger zu fürchten als von einem Rentier, aber er schien dennoch fast aus der Haut zu fahren, als er diese vertraute Geste wahrnahm. Und Sara nahm an, dass Nick sich aus ebendiesem Grund so fürsorglich gab.

«Warum fangen wir nicht mit unserer Sitzung an?», fragte Jeffrey missmutig. «Sara muss wieder zur Arbeit.»

Sara holte zu Jeffrey auf, als sie auf dem Weg nach hinten den Flur entlanggingen. Sie schob ihm das Pillenfläschchen in die Jackentasche.

«Was ist das?», fragte er und zog es wieder heraus. Dann: «Oh.»

«Oh», wiederholte Sara und öffnete die Tür.

Frank Wallace und ein schlaksig aussehender junger Mann in Khakihose und einem Hemd wie dem von Nick saßen im Besprechungszimmer, als sie eintraten. Frank stand auf und schüttelte Nick die Hand. Sara bedachte er mit einem knappen

Nicken, das sie jedoch nicht erwiderte. Irgendetwas sagte Sara, dass Frank bei den Ereignissen des gestrigen Abends die Hand im Spiel gehabt hatte, und das gefiel ihr ganz und gar nicht.

«Das hier ist Mark Webster», sagte Nick und deutete auf den anderen Mann. Er war fast noch ein Jugendlicher, kaum älter als einundzwanzig. Er sah aus, als wäre er noch nicht richtig trocken hinter den Ohren, und am Hinterkopf hatte er eine hochstehende Haarlocke.

«Freut mich, Sie kennen zu lernen», sagte Sara und schüttelte ihm die Hand. Es war, als hätte sie einen Fisch in den Fingern, aber wenn Nick diesen Mark Webster extra von Macon hierher gebracht hatte, konnte er nicht so dämlich sein, wie er aussah.

Frank sagte: «Warum erzählen Sie den beiden nicht, was Sie mir erzählt haben?»

Der Junge räusperte sich und zupfte tatsächlich seinen Hemdkragen zurecht. Er richtete seine Worte an Sara: «Ich hab nur gesagt, es ist interessant, dass Ihr Übeltäter sich Belladonna als Gift der Wahl ausgesucht hat. Das ist sehr ungewöhnlich. Bei meiner Arbeit sind mir nur drei Fälle untergekommen, und eigentlich konnte man sie alle ausklammern, weil es sich um das Werk von dummen Kids handelte, die dachten, sie könnten ein bisschen Spaß haben.»

Sara nickte, denn sie wusste, dass «Ausklammern» bedeutete, bei einem Todesfall ein Gewaltverbrechen oder Mord auszuklammern. Als Leichenbeschauerin wie als Kinderärztin war sie besonders aufmerksam, wenn Kinder mit unbekannter Todesursache im Leichenschauhaus auftauchten.

Mark lehnte sich an den Tisch und sprach jetzt den Rest der Gruppe an: «Belladonna gehört zur Familie der tödlichen Nachtschattengewächse. Im Mittelalter kauten Frauen kleine Mengen der Samen, um ihre Pupillen zu erweitern. Eine Frau mit erweiterten Pupillen galt als attraktiver, und daher stammt auch der Name ‹bella donna›. Der bedeutet ‹schöne Frau›.»

«Beide Opfer hatten extrem erweiterte Pupillen», äußerte sich Sara dazu.

«Schon eine ganz geringe Dosis hat diese Wirkung», antwortete Mark. Er nahm einen weißen Umschlag zur Hand und zog einige Fotos heraus, die er Jeffrey zum Verteilen aushändigte.

Mark sagte: «Belladonna hat glockenförmige, gewöhnlich dunkelpurpurne Blüten und riecht irgendwie seltsam. Wenn Sie Kinder oder kleine Haustiere haben, möchten Sie die Pflanze, die auch Tollkirsche genannt wird, eigentlich nicht im Garten haben. Wer sie jedoch hat, wird wahrscheinlich einen mindestens einen Meter hohen Zaun um sie herumgezogen haben, damit nicht jedes Lebewesen in ihrer Nähe vergiftet wird.»

«Braucht die Pflanze einen bestimmten Boden oder speziellen Dünger?», fragte Jeffrey und reichte ein Foto an Frank weiter.

«Sie ist ein Unkraut und kann praktisch überall wachsen. Deswegen ist sie ja so beliebt. Nur leider enthält sie eine schlimme Droge, nämlich Atropin.» Mark machte eine Pause. «Das High ist ausgedehnt und kann drei bis vier Stunden dauern, je nach Größe der Dosis. User berichten von äußerst echten Halluzinationen. Sehr oft meinen sie, dass das, woran sie sich erinnern können, auch tatsächlich geschehen ist.»

Sara fragte: «Verursacht sie auch Amnesie?»

«O ja, Ma'am, selektive Amnesie, was bedeutet, dass man sich nur an Bruchstücke erinnern kann. So könnte sich ein Opfer zum Beispiel daran erinnern, dass es ein Mann war, der sich über sie hergemacht hat. Aber sie würde sich nicht daran erinnern, wie er ausgesehen hat, obwohl sie ihm doch direkt ins Gesicht gesehen hat. Oder die Frau würde sagen, er habe ein lila Gesicht und grüne Augen gehabt.» Er machte eine kurze Pause. «Es handelt sich um ein Halluzinogen, aber nicht mit so typischen Wirkungen wie bei PCP oder LSD. User berichten, dass man nicht zwischen der Halluzination und der Wirklichkeit unterscheiden kann. Zum Beispiel bei Angel Dust, bei Ecstasy und anderen Drogen weiß man, wenn man halluziniert. Belladonna aber lässt alles real erscheinen. Wenn ich Ihnen eine Tasse Stechapfel – auch ein Kraut aus der Familie der Nachtschattengewächse – einflöße, würden Sie hinterher vielleicht schwören, eine Unterhaltung mit einem Kleiderständer gehabt zu haben. Ich könnte Sie an einen Lügendetektor hängen, und der Test würde ergeben, dass Sie die Wahrheit sagen. Dinge, die real existieren, werden unter dem Einfluss der Droge verzerrt und verdreht.»

«Tee?», fragte Jeffrey und warf Sara einen Blick zu.

«Ja, Sir, Kids brühen damit einen Tee auf, den sie trinken.» Er verschränkte die Hände hinter dem Rücken. «Ich muss Ihnen jedoch sagen, dass es sich um gefährliches Zeug handelt. Die Gefahr einer Überdosierung ist groß.»

Sara fragte: «Auf welche Weise kann man es sonst noch zu sich nehmen?»

«Wenn Sie über genügend Geduld verfügen», antwortete Mark, «können Sie die Blätter ein paar Tage lang in Alkohol einweichen und das Gift dann eindampfen. Aber das ist ein Glücksspiel, denn die Konsistenz ist nicht garantiert, nicht einmal bei Leuten, die die Tollkirsche zu medizinischen Zwecken anbauen.»

«Zu welchen medizinischen Zwecken?», fragte Jeffrey.

«Nun, Sie werden es doch kennen, wenn Sie zum Augenarzt gehen und er Ihnen etwas einträufelt, um die Pupillen zu erweitern? Dabei handelt es sich um eine Belladonna-Verbindung. Sehr verdünnt, aber es ist Belladonna. Sie könnten natürlich mit ein paar Fläschchen dieser Augentropfen niemanden umbringen. Bei dieser niedrigen Konzentration bestünde die schlimmste Wirkung in grausamen Kopfschmerzen und grässlicher Verstopfung. Vorsicht ist jedoch geboten, wenn das Präparat ganz rein ist.»

Frank stieß an ihren Arm und reichte ihr ein Foto. Sara sah das Gewächs vor sich. Es glich so ziemlich jedem anderen Gewächs, das sie je gesehen hatte. Sara war Ärztin, keine Gartenbauexpertin. Sie hätte es nicht einmal geschafft, ein Kressekissen zu wässern.

Ohne Vorwarnung überstürzten sich wieder ihre Gedanken, versetzten sie in den Moment zurück, als sie Julia Matthews auf ihrem Auto vorgefunden hatte. Sie versuchte sich daran zu erinnern, ob das Klebeband da schon da gewesen war. Ganz deutlich sah sie mit einem Mal das Band auf dem Mund der Frau. Und sie sah auch den Körper von Julia Matthews, gekreuzigt auf der Motorhaube des Autos.

«Sara?», machte sich Jeffrey bemerkbar.

«Hm?» Sara blickte auf. Alle starrten sie an, als erwarteten sie eine Reaktion auf etwas. «Tut mir Leid», entschuldigte sie sich. «Was ist gefragt worden?»

Mark antwortete. «Ich hatte gefragt, ob Ihnen an den Opfern etwas Seltsames aufgefallen ist. Konnten sie nicht sprechen? Hatten sie einen leeren Blick?»

Sara gab das Foto zurück. «Sibyl Adams war blind», erklärte sie. «Daher war ihr Blick natürlich leer. Julia Matthews ...» Sie unterbrach sich, versuchte das Bild zu verdrängen. «Ihre Augen waren glasig. Ich vermute, das lag eher daran, dass sie von der Droge weggetreten war, als an sonst etwas.»

Jeffrey sah sie komisch an. «Mark hat erwähnt, dass sich Belladonna auch auf das Sehvermögen auswirkt.»

«Es kommt zu visueller Agnosie, einer Art Blindsichtigkeit», sagte Mark in einem Ton, der darauf zu verweisen schien, dass er sich wiederholte. «Nach User-Berichten kann man zwar sehen, aber mit dem Verstand nicht identifizieren, was man sieht. Ich könnte Ihnen zum Beispiel einen Apfel oder eine Apfelsine zeigen, und es wäre Ihnen bewusst, dass Sie etwas Rundes vor Augen haben, vielleicht von einer bestimmten Struktur, aber Ihr Gehirn würde nicht erkennen, um was es sich handelt.»

«Ich weiß, was Agnosie ist», erwiderte Sara und merkte zu spät, dass ihr Tonfall ziemlich herablassend war. Sie wollte das überspielen, indem sie sagte: «Glauben Sie, dass Sibyl Adams auf Grund der Droge nicht hat schreien können?»

Mark sah die Männer an. Offensichtlich war auch das etwas, über das er sich bereits ausgelassen hatte, während Sara geistesabwesend gewesen war. «Es wird berichtet, dass es durch die Droge zu einem Verlust der Stimme kommen kann. Physisch geschieht dabei im Kehlkopf nichts. Die Droge verursacht keine physische Einschränkung oder Schädigung. Ich glaube, es hat eher damit zu tun, dass im Sprachzentrum des Gehirns etwas geschieht. Es muss dem ähnlich sein, das die Probleme beim Erkennen dessen hervorruft, was man sieht.»

«Klingt einleuchtend», stimmte Sara zu.

Mark fuhr fort: «Einige Anzeichen dafür, dass man die Droge aufgenommen hat: ein trockener Mund, erweiterte Pupillen, hohe Körpertemperatur, erhöhter Herzschlag und Schwierigkeiten beim Atmen.»

«Beide Opfer litten an all diesen Symptomen», erwähnte Sara. «Was für eine Dosis würde sie auslösen?»

«Es handelt sich um recht starkes Zeug. Schon ein Teebeutel könnte eine Person ausflippen lassen, besonders wenn sie nicht regelmäßig weiche Drogen konsumiert. Die Beeren sind nicht so schlimm, aber alles von der Wurzel oder den Blättern dürfte gefährlich sein, es sei denn, man weiß ganz genau, was man tut. Aber auch dann gibt es keine Garantie.»

«Das erste Opfer war Vegetarierin», sagte Sara.

«Sie war auch Chemikerin, oder?», fragte Mark. «Ich wüsste eine Million andere Drogen als Belladonna, mit denen man herumspielen könnte. Ich glaube nicht, dass jemand, der sich die Zeit zum Recherchieren nähme, ein solches Risiko einzugehen bereit wäre. Es wäre russisches Roulette, besonders wenn man es mit der Wurzel zu tun hat. Das ist nämlich der tödlichste Teil der Pflanze. Nur ein ganz klein wenig zu viel von der Wurzel, und man ist hinüber. Ein Gegengift ist nicht bekannt.»

«Ich konnte bei Julia Matthews keine Anzeichen von Drogengebrauch feststellen», sagte Sara zu Jeffrey gewandt: «Ich nehme an, du wirst sie nachher befragen?»

Er nickte und fragte dann Mark: «Sonst noch was?»

Mark fuhr sich mit den Fingern durchs Haar. «Es ist interessant und entbehrt auch nicht einer gewissen Ironie, dass die Droge bei einem Sexualverbrechen angewendet wurde.»

«Wieso?», fragte Jeffrey.

«Im Mittelalter wurde die Droge manchmal mit einem vaginalen Applikator eingeführt, um den Rauschzustand zu beschleunigen. Manche Leute sind sogar der Ansicht, dass der Mythos von den Hexen, die auf Besenstielen durch die Gegend fliegen, zurückzuführen ist auf die Vorstellung von einer Frau, die sich die Droge mit einem hölzernen Applikator zuführt.» Er lächelte. «Aber in diesem Zusammenhang müssten wir eine langwierige Diskussion über Götterverehrung und das Aufkommen des Christentums in den europäischen Kulturen führen.»

Mark schien zu ahnen, dass er sein Publikum verloren hatte. «Leute aus Drogenkreisen, die über Belladonna Bescheid wissen, wollen lieber nichts damit zu tun zu haben.» Er sah Sara an. «Wenn Sie vielleicht meine Wortwahl entschuldigen würden, Ma'am?»

Sara zuckte die Achseln. Bei der Sprache in der Klinik und den Ausdrücken ihres Vaters hatte sie so ziemlich alles gehört.

Mark wurde dennoch rot, als er sagte: «Der Verstand wird total gefickt.» Mit einem Lächeln entschuldigte er sich bei Sara. «Die Erinnerung, die an erster Stelle steht, auch bei Benutzern der Droge, die dann später unter Amnesie leiden, ist das Fliegen. Sie glauben wirklich, dass sie fliegen, und nachdem sie wieder runtergekommen sind, können sie nicht fassen, dass sie gar nicht geflogen sind.»

Jeffrey schlug die Arme übereinander. «Das könnte vielleicht erklären, warum sie unentwegt aus dem Fenster starrt.»

«Hat sie überhaupt schon etwas gesagt?», fragte Sara.

Er schüttelte den Kopf. «Nichts.» Dann fügte er hinzu: «Wir gehen als Nächstes ins Krankenhaus. Wenn du mitkommen möchtest?»

Sara schaute auf ihre Uhr und tat so, als würde sie es sich überlegen. Aber sie würde eher aus dem Fenster springen, als nochmals Julia Matthews gegenüberzutreten. Sie konnte nicht einmal daran denken. «Ich hab Patienten», sagte sie.

Jeffrey deutete auf sein Büro. «Sara, kann ich vielleicht einen Moment mit dir sprechen?»

Sara wäre am liebsten davongerannt, aber sie hielt sich im Zaum. «Geht es um meinen Wagen?»

«Nein.» Jeffrey wartete, bis sie in seinem Büro waren, und schloss die Tür. Sara setzte sich auf die Schreibtischkante und gab sich alle Mühe, entspannt zu wirken. «Ich musste heute Morgen mit meinem Boot zur Arbeit kommen», sagte sie. «Weißt du eigentlich, wie kalt es draußen auf dem See ist?»

Er überging die Frage und kam gleich zur Sache. «Wir haben deine Waffe gefunden.»

«Oh», reagierte Sara und überlegte, was sie wohl sagen konnte. Das hatte sie am allerwenigsten erwartet. Die Ruger hatte schon so lange in ihrem Wagen gelegen, dass sie sie ganz vergessen hatte. «Bin ich jetzt verhaftet?»

«Wo hast du sie her?»

«Sie war ein Geschenk.»

Jeffrey sah sie streng an. «Du willst mir weismachen, dass dir jemand eine .357er mit abgefeilter Seriennummer zum Geburtstag geschenkt hat?»

Sara tat seine Frage mit einem Achselzucken ab. «Ich hab sie schon seit Jahren, Jeffrey.»

«Und wann hast du dies Auto gekauft, Sara? Vor ein paar Jahren?»

«Ich hab sie aus dem alten Auto in das neue umgepackt, als ich es gekauft hatte.»

Ohne einen Ton zu sagen, starrte er sie an. Sara wusste sehr genau, dass er wütend war, aber sie wusste nicht, was sie sagen sollte. Dennoch versuchte sie es: «Ich hab sie nie benutzt.»

«Da bin ich ja beruhigt, Sara», schnauzte er sie an. «Du hast in deinem Auto eine Waffe, mit der du jemandem den Kopf von den Schultern pusten könntest, aber du weißt nicht so genau, wie man sie benutzt?» Er hielt inne, offenbar bemüht, sie zu verstehen. «Was hast du denn vor zu tun, wenn jemand dir nachstellt, hä?»

Sara wusste die Antwort, sagte aber nichts.

Jeffrey fragte: «Warum hast du sie denn überhaupt?»

Sara sah ihren ehemaligen Mann an und überlegte, wie sie am schnellsten aus diesem Büro herauskam, ohne wieder einen Riesenkrach zu bekommen. Sie war müde und durcheinander. Dies war nicht der Zeitpunkt für ein paar Runden mit Jeffrey. Dazu hatte Sara im Moment einfach nicht die Kraft.

«Ich hatte sie eben», antwortete sie.

«Eine solche Waffe hat man nicht so einfach», sagte er.

«Ich muss in die Klinik zurück.» Sie stand auf, aber er stellte sich ihr in den Weg.

«Sara, was zum Teufel geht hier vor?»

«Was meinst du damit?»

Seine Augen verengten sich, aber er antwortete nicht. Er trat zur Seite und öffnete ihr die Tür.

Sara dachte einen Moment lang, es sei nur eine Finte. «War es das?», fragte sie.

Er ging ganz zur Seite. «Ich kann die Antwort ja nicht gut aus dir herausprügeln.»

Sie legte ihm die Hand auf die Brust, fühlte sich schuldig. «Jeffrey.»

Er blickte hinaus in den Mannschaftsraum. «Ich muss rüber ins Krankenhaus», sagte er. Damit war sie unmissverständlich entlassen.

SECHZEHN

Lena stützte den Kopf in die Hand und schloss die Augen, um sich vielleicht einen Moment Ruhe zu gönnen. Länger als eine Stunde hatte sie schon auf dem Stuhl vor dem Krankenzimmer von Julia Matthews gesessen, und die letzten paar Tage machten sich jetzt bemerkbar. Sie war müde, und ihre Periode kündigte sich an. Trotzdem schlackerten ihre Hosen um die Hüften, weil sie nichts aß. Als sie an diesem Morgen ihr Holster über den Gürtel geklemmt hatte, hatte es lose über ihrer Hüfte gehangen. Im Laufe des Tages hatte es dann tatsächlich ihre Haut wund gerieben.

Lena wusste, dass sie dringend etwas essen musste, dass sie anfangen musste, ihr normales Leben zu leben, statt sich nur durch die Tage zu schleppen, als lebte sie in geborgter Zeit. Aber im Moment konnte sie sich noch nicht vorstellen, das zu tun. Sie wollte nicht morgens aufstehen und dann gleich ihren Dauerlauf machen, wie sie es die letzten fünfzehn Jahre lang jeden Morgen getan hatte. Sie wollte nicht ins Krispy Kreme gehen und mit Frank und den anderen Detectives ihren Kaffee trinken. Sie wollte sich kein Lunchpaket packen und auch nicht zum Abendessen gehen. Sobald sie etwas Essbares sah, wurde ihr übel. Sie konnte an nichts anderes denken, als dass Sibyl niemals wieder essen würde. Lena ging umher, aber Sibyl war tot. Lena atmete, Sibyl jedoch nicht. Nichts ergab mehr Sinn. Nichts würde je wieder sein wie früher.

Lena atmete tief durch und blickte den Flur hinauf und hinunter. Julia Matthews war heute die einzige Patientin im Krankenhaus, was Lena die Arbeit leicht machte. Außer der Krankenschwester, die als Aushilfe von Augusta abgestellt war, befanden sich nur Lena und Julia in diesem Stockwerk.

Sie stand auf und versuchte, durch Bewegung irgendwie zur Vernunft zu kommen. Sie fühlte sich angeschlagen und konfus, und um dagegen anzukämpfen, fiel ihr nichts anderes ein, als sich zu bewegen. Ihr gesamter Körper schmerzte, weil sie sich im Bett gewälzt und keinen Schlaf gefunden hatte, und sie konnte immer noch nicht den Anblick auf dem Tisch im Leichenschauhaus loswerden. Irgendwie war Lena jedoch auch froh, dass es noch ein weiteres Opfer gegeben hatte. Irgendwie verspürte sie das Bedürfnis, in Julia Matthews' Zimmer zu gehen und sie zu schütteln, sie anzuflehen zu sprechen, ihr zu sagen, wer ihr das angetan hatte, wer Sibyl ermordet hatte. Aber Lena wusste, dass das zu nichts führen würde.

Die wenigen Male, die Lena in das Zimmer gegangen war, um nach der jungen Frau zu sehen, hatte diese geschwiegen, hatte nicht einmal auf die harmlosesten Fragen Lenas geantwortet. Ob sie noch ein weiteres Kissen wollte? Ob Lena jemanden für sie anrufen sollte?

Weil sie durstig war, hatte die junge Frau auf den Krug auf dem Nachttisch gedeutet, statt um Wasser zu bitten. Sie hatte immer noch einen abwesenden, aber auch gehetzten Blick, was wohl daran lag, dass die Droge weiter in ihrem Organismus wirkte. Ihre Pupillen waren weit geöffnet, und sie machte den Eindruck einer Blinden – blind, wie auch Sibyl gewesen war. Aber Julia Matthews würde sich wieder erholen. Julia Matthews würde wieder sehen. Es würde ihr besser gehen. Sie würde ihr Studium wieder aufnehmen und Freundschaften schließen, irgendwann vielleicht einmal einen Mann kennen lernen, den sie heiratete und mit dem sie Kinder hatte. Erinnerungen an das Geschehene würden sie immer begleiten, irgendwo vergraben, aber wenigstens würde Julia Matthews leben. Wenigstens würde sie eine Zukunft haben. Lena wusste genau, dass sie ebendas der jungen Frau verübelte. Und Lena wusste auch, dass sie, ohne eine Sekunde zu überlegen, das Leben von Julia Matthews für das von Sibyl gegeben hätte.

Die Fahrstuhltür öffnete sich mit einem Läuten, und Lenas Hand zuckte unwillkürlich zu ihrer Waffe. Jeffrey und Nick

Shelton traten auf den Gang, gefolgt von Frank und einem dürren jungen Burschen, der so aussah, als käme er gerade von der Abschlussfeier seiner High School. Sie ließ die Hand wieder sinken und ging ihnen entgegen. Dabei dachte sie, sie würde einen Teufel tun und mit ansehen, wie all diese Männer ein kleines Krankenzimmer betraten, in dem eine Frau lag, die gerade vergewaltigt worden war.

«Wie macht sie sich?», fragte Jeffrey.

Lena überging die Frage. «Sie wollen doch nicht etwa alle da rein, oder?»

Jeffreys Miene bestätigte, dass er das vorgehabt hatte.

«Sie spricht noch immer nicht», sagte Lena, weil sie verhindern wollte, dass er sein Gesicht verlor. «Sie hat bis jetzt nicht das Geringste gesagt.»

«Vielleicht sollten nur Sie und ich hineingehen», entschied er schließlich. «Tut mir Leid, Mark.»

Dem jungen Mann schien es nichts auszumachen. «Ach, ich bin doch schon froh, dass mir das hier alles einen freien Tag beschert hat.»

Lena fand, dass es ziemlich beschissen von ihm war, so etwas in unmittelbarer Nähe einer Frau zu sagen, die durch die Hölle gegangen war, aber Jeffrey ergriff sie beim Arm, bevor sie etwas sagen konnte. Er geleitete sie den Flur hinauf und sprach dabei mit ihr.

«Sie ist stabil?», fragte er. «Medizinisch betrachtet?»

«Ja.»

Jeffrey blieb vor der Tür des Krankenzimmers stehen, griff nach der Klinke, aber öffnete die Tür noch nicht.

«Wie steht es mit Ihnen? Kommen Sie zurecht?»

«Sicher.»

«Ich hab so eine Ahnung, dass ihre Eltern sie nach Augusta verlegen lassen möchten. Was halten Sie davon mitzugehen?»

Lenas erste Regung war Protest, aber dann nickte sie in für sie so gar nicht charakteristischer Nachgiebigkeit. Es täte ihr vielleicht ganz gut, aus der Stadt hinauszukommen. Hank würde in ein, zwei Tagen nach Reece zurückfahren. Vielleicht würde sie sich anders fühlen, wenn sie das Haus wieder für sich hatte.

«Ich lasse Sie beginnen», sagte Jeffrey. «Wenn es so aussieht, als würde sie sich wohler fühlen, wenn sie mit Ihnen allein ist, werde ich gehen.»

«Okay», sagte Lena, die wusste, dass dies vorschriftsmäßiges Vorgehen war. Normalerweise wollte keine Frau, die vergewaltigt worden war, mit einem Mann darüber sprechen. Als einzigem weiblichen Detective in der Truppe war Lena diese Aufgabe schon einige Male zugefallen. Sie war sogar nach Macon gefahren, um bei der Befragung eines jungen Mädchens mitzuhelfen, das von seinem Nachbarn brutal geprügelt und anschließend vergewaltigt worden war. Und dennoch, obwohl Lena den ganzen Tag im Krankenhaus in Julias Nähe gewesen war, schlug ihr die Vorstellung auf den Magen, mit der jungen Frau zu sprechen und sie zu verhören. Es ging ihr einfach zu nahe.

«Sind Sie so weit?», fragte Jeffrey, die Hand auf der Türklinke.

«Yeah.»

Jeffrey öffnete die Tür und ließ Lena den Vortritt. Julia Matthews hatte geschlafen, aber wachte von dem Geräusch sofort auf. Lena konnte sich nicht vorstellen, dass die junge Frau so bald – wenn überhaupt je – wieder ruhigen Schlaf finden würde.

«Möchten Sie einen Schluck Wasser?», fragte Lena, ging ans Kopfende des Betts und hob den Krug. Sie füllte das Glas der jungen Frau und drehte den Strohhalm so, dass sie trinken konnte.

Jeffrey stand mit dem Rücken dicht an der Tür, weil er offenbar die junge Frau nicht zu sehr bedrängen wollte. Er sagte: «Hallo, ich bin Chief Tolliver, Julia. Erinnern Sie sich noch von heute Morgen an mich?»

Sie reagierte mit einem trägen Nicken.

«Sie haben eine Droge im Körper, die man Belladonna nennt. Wissen Sie, worum es sich dabei handelt?»

Sie schüttelte den Kopf.

«Sie hat manchmal zur Folge, dass man seine Stimme verliert. Meinen Sie, dass Sie sprechen können?»

Die junge Frau öffnete den Mund, und es kam ein krächzendes Geräusch heraus. Sie bewegte die Lippen, versuchte allem Anschein nach, Wörter zu bilden.

Jeffrey lächelte ihr ermunternd zu. «Wollen Sie vielleicht versuchen, mir Ihren Namen zu sagen?»

Sie öffnete wieder den Mund und brachte leise und krächzend «Julia» hervor.

«Schön», sagte Jeffrey. «Das hier ist Lena Adams. Sie kennen sie bereits, stimmt's?»

Julia nickte. Ihr Blick suchte und fand Lena.

«Sie wird Ihnen einige Fragen stellen, einverstanden?»

Lena gab sich keine Mühe, ihre Verblüffung zu verhehlen. Sie war sich nicht sicher, ob sie in der Lage wäre, Julia Matthews zu sagen, wie spät es war, geschweige denn, die junge Frau zu verhören. Aber sie besann sich wieder auf ihre Ausbildung und begann mit dem, was sie wusste.

«Julia?» Lena zog sich einen Stuhl an das Bett der jungen Frau. «Wir müssen wissen, ob Sie uns irgendetwas darüber sagen können, was man Ihnen angetan hat.»

Julia schloss die Augen. Ihre Lippen bebten, aber sie antwortete nicht.

«Kannten Sie den Mann?»

Sie schüttelte den Kopf.

«War er jemand aus dem College? Hatten Sie zusammen mit ihm Unterricht?»

Julia schloss die Augen. Ein paar Sekunden später liefen schon die Tränen. Schließlich sagte sie: «Nein.»

Lena legte die Hand auf den Arm der jungen Frau. Er war dünn und zerbrechlich, so wie Sibyls Arm im Leichenschauhaus gewirkt hatte. Sie versuchte, nicht an ihre Schwester zu denken, als sie sagte: «Sprechen wir von seinem Haar. Können Sie mir sagen, welche Farbe es hatte?»

Wieder schüttelte sie den Kopf.

«Irgendwelche Tätowierungen oder besondere Kennzeichen, mit deren Hilfe wir ihn identifizieren könnten?»

«Nein.»

Lena sagte: «Ich weiß, dass es schwer ist, aber wir müssen herausfinden, was geschehen ist. Wir müssen diesen Kerl von der Straße holen, damit er nicht noch mehr Unheil anrichtet.»

Julia hielt die Augen geschlossen. Im Zimmer war es so unerträglich still, dass Lena den Drang verspürte, etwas ganz Lautes zu tun. Irgendwie machte die Stille sie nervös.

Ohne Vorwarnung sprach Julia schließlich. Ihre Stimme war heiser. «Er hat mich überlistet.»

Lena presste die Lippen aufeinander, wollte der jungen Frau Zeit lassen.

«Er hat mich überlistet», wiederholte Julia und kniff die Augen noch fester zusammen. «Ich war in der Bibliothek.»

Lena dachte an Ryan Gordon. Das Herz klopfte ihr bis zum Hals. Hatte sie sich in ihm getäuscht? War er vielleicht doch fähig, etwas wie dies zu tun? Vielleicht war Julia entkommen, weil er sich im Gefängnis befand.

«Ich hatte eine Prüfung», fuhr Julia fort, «und bin länger geblieben, um dafür zu lernen.» Bei der Erinnerung fiel ihr das Atmen immer schwerer.

«Jetzt wollen wir mal ganz tief und ruhig atmen», sagte Lena, und dann atmete sie zusammen mit Julia ein und aus. «So ist es gut. Bleiben Sie ganz ruhig.»

Jetzt fing sie richtig zu weinen an. «Ryan war auch da», sagte sie.

Lena erlaubte sich einen Blick zu Jeffrey. Seine Stirn war zerfurcht, und er hatte sich ganz auf Matthews konzentriert. Sie vermochte fast seine Gedanken zu lesen.

«In der Bibliothek?», fragte Lena. Sie war bemüht, nicht zu aggressiv zu klingen.

Julia nickte und griff dann nach ihrem Wasserglas.

«Moment», sagte Lena und half ihr hoch, damit sie leichter trinken konnte.

Die junge Frau nahm mehrere Schlucke und ließ dann den Kopf wieder nach hinten sinken. Sie starrte von neuem aus dem Fenster, brauchte wohl Zeit, um die Fassung wiederzugewinnen. Lena gab sich alle Mühe, nicht nervös mit dem Fuß zu klopfen. Am liebsten hätte sie über das Bett gegriffen und die junge Frau zum Sprechen gezwungen. Sie konnte einfach nicht begreifen, wie Julia Matthews bei der Befragung so passiv bleiben konnte. Hätte Lena dort im Bett gelegen, hätte sie ganz bestimmt alle Einzelheiten ausgespuckt, an die sie sich erinnern konnte. Lena hätte jeden, der ihr zuhören wollte, dazu gedrängt, den Mann zu finden, der dies Verbrechen verübt hatte. Ihr hätte es in den Fingern gejuckt, diesem Mann das Herz aus der Brust zu reißen. Wie Julia Matthews einfach so daliegen konnte, wollte ihr nicht in den Kopf.

Lena zählte bis zwanzig, weil sie sich zwingen wollte, der Frau noch Zeit zu geben. Sie hatte bei der Vernehmung von Ryan Gordon ebenfalls gezählt. Das war ein alter Trick von ihr, so konnte sie den Anschein erwecken, geduldig zu sein. Als sie bei fünfzig angelangt war, fragte Lena: «Ryan war dort?»

Julia nickte.

«In der Bibliothek?»

Wieder nickte sie.

Lena griff hinüber und legte noch einmal die Hand auf Julias Arm. Sie hätte auch deren Hand gehalten, wenn diese nicht fest von Verbänden umwickelt gewesen wäre. Mit fester Stimme und nur leicht drängend sagte sie: «Sie haben Ryan in der Bibliothek getroffen. Was geschah dann?»

Julia reagierte auf das Drängen. «Wir redeten ein bisschen, und dann musste ich ins Wohnheim zurück.»

«Waren Sie wütend auf ihn?»

Julia suchte Lenas Blick. Eine unausgesprochene Botschaft wurde zwischen ihnen ausgetauscht. Lena erkannte in diesem Augenblick, dass Ryan eine gewisse Kontrolle über Julia ausübte, dass sie sich jedoch davon befreien wollte. Lena wusste auch, dass Ryan Gordon zwar ein großes Ekelpaket war, aber doch nicht der Mann, seiner Freundin etwas Derartiges anzutun.

Lena fragte: «Gab es Streit?»

«Irgendwie haben wir uns aber versöhnt.»

«Irgendwie, aber doch nicht wirklich?», versuchte Lena klarzustellen. Sie ahnte, was an dem Abend in der Bibliothek geschehen war. Sie konnte sich sehr gut vorstellen, dass Ryan Gordon versucht hatte, Julia dazu zu drängen, sich zu ihm zu bekennen. Und sie konnte auch erkennen, dass Julia endgültig die Augen dafür geöffnet worden waren, was für ein Mensch ihr ehemaliger Freund war. Aber jemand, der weitaus schlimmer war, als Ryan Gordon je zu sein hoffen konnte, hatte auf sie gewartet.

Lena fragte: «Sie haben also die Bibliothek verlassen, und was war dann?»

«Da war ein Mann», sagte sie. «Auf dem Weg zum Wohnheim.»

«Welchen Weg sind Sie gegangen?»

«Hinten um das Landwirtschaftsgebäude herum.»

«Am See?»

Sie schüttete den Kopf. «Auf der anderen Seite.»

Lena wartete darauf, dass sie weitersprach.

«Ich bin mit ihm zusammengestoßen, und er hat seine Bücher fallen lassen und ich meine.» Ihre Stimme verlor sich, aber ihre Atemgeräusche wurden sehr laut. Sie begann fast zu keuchen.

«Haben Sie sein Gesicht gesehen?»

«Ich kann mich nicht erinnern. Er hat mich gestochen.»

Lena runzelte die Stirn. «Gestochen mit einer Spritze?»

«Ich hab es nur gespürt. Gesehen hab ich es nicht.»

«Wo haben Sie es gespürt?»

Sie legte eine Hand auf ihre linke Hüfte.

«Er war hinter Ihnen, als Sie den Einstich spürten?», fragte Lena und dachte, dass der Täter somit Linkshänder war wie der, der Sibyl überfallen hatte.

«Ja.»

«Und danach hat er Sie verschleppt?», fragte Lena. «Er hat Sie angerempelt, dann spürten Sie den Einstich, und danach hat er Sie irgendwohin verschleppt?»

«Ja.»

«In seinem Auto?»

«Ich kann mich nicht erinnern», sagte sie. «Als Nächstes fand ich mich in einem Keller wieder.» Sie bedeckte ihr Gesicht mit den Händen und weinte jetzt hemmungslos. Ihr ganzer Körper wurde vom Kummer gebeutelt.

«Ist ja gut», sagte Lena und legte ihre Hand auf die der anderen Frau. «Möchten Sie, dass wir aufhören? Das dürfen Sie bestimmen.»

Wieder war nichts zu hören als Julias Atmen. Als sie sprach, flüsterte sie mit heiserer Stimme so leise, dass sie kaum zu verstehen war: «Er hat mich vergewaltigt.»

Lena spürte einen Kloß im Hals. Sie wusste das natürlich schon, aber die Art, wie Julia es sagte, beraubte Lena aller Abwehrmechanismen, die sie sonst zur Verfügung hatte. Lena fühlte sich verwundet und ausgeliefert. Sie wollte nicht, dass Jeffrey sich im selben Raum befand, und irgendwie schien er das auch zu spüren. Als sie zu ihm hinübersah, nickte er in Richtung Tür. Lena formte die Lippen zu einem «Ja», und er ging ohne einen Ton.

«Wissen Sie noch, was als Nächstes geschehen ist?», fragte Lena.

Julia sah sich um, suchte Jeffrey.

«Er ist fort», sagte Lena. Ihre Stimme klang sicherer, als sie sich fühlte. «Nur wir beide sind hier, Julia. Nur Sie und ich, und wir haben den ganzen Tag Zeit, wenn Sie wollen. Eine ganze Woche, ein ganzes Jahr.» Sie hielt inne aus Furcht, dass die junge Frau darin eine Ermutigung sehen könnte, die Befragung abzubrechen. «Vergessen Sie nur nicht: Je eher wir die Einzelheiten erfahren, desto schneller können wir ihm Einhalt gebieten. Sie wollen doch auch nicht, dass er dies noch einer weiteren jungen Frau antut, oder?»

Diese Frage setzte ihr sehr zu, wie Lena es auch erwartet hatte. Lena wusste nämlich, dass sie ziemlich bestimmt auftreten musste, weil die junge Frau sonst einfach dichtmachen und alle Einzelheiten für sich behalten würde.

Julia schluchzte, und diese Laute klangen Lena in den Ohren und schienen das Zimmer zu erfüllen.

Julia sagte: «Ich will nicht, dass einer anderen dasselbe passiert.»

«Ich auch nicht», bestätigte Lena. «Sie müssen mir erzählen, was er Ihnen getan hat.» Eine Pause, dann fragte sie: «Haben Sie irgendwann einmal sein Gesicht gesehen?»

«Nein», antwortete sie. «Ich mein, das hab ich zwar, aber ich konnte nichts erkennen. Es war die ganze Zeit stockdunkel. Absolut kein Licht.»

«Sind Sie sicher, dass Sie in einem Keller waren?»

«So roch es», sagte sie. «Modrig, und ich konnte hören, wie Wasser tropfte.»

«Wasser?», fragte Lena. «Wie aus einem Hahn oder vielleicht vom See?»

«Ein Wasserhahn», sagte Julia. «Eher wie aus einem Hahn. Es klang...» Sie schloss die Augen und schien sich für ein paar Sekunden wieder an jenen Ort zurückzuversetzen. «Wie ein metallisches Klicken.» Sie ahmte das Geräusch nach: «Klick, klick, klick, wieder und wieder. Es hörte nicht auf.» Sie hielt sich die Ohren zu, als wolle sie das Geräusch stoppen.

«Gehen wir wieder zurück zum College», sagte Lena. «Sie spürten die Spritze in Ihrer Hüfte, und dann? Wissen Sie noch, was für einen Wagen er gefahren hat?»

Übertrieben heftig schüttelte Julia den Kopf. «Ich kann mich nicht erinnern. Ich sammelte meine Bücher zusammen, und als Nächstes weiß ich nur, ich war, ich war, ich war…» Ihre Stimme verlor sich.

«In dem Keller?», legte Lena ihr nahe. «Fällt Ihnen irgendetwas dazu ein, wo Sie sich befanden?»

«Es war dunkel.»

«Sie konnten gar nichts erkennen?»

«Ich bekam meine Augen nicht auf. Es ging einfach nicht.» Sie sprach so leise, dass Lena sich sehr anstrengen musste, sie zu verstehen. «Ich flog durch die Luft.»

«Sie flogen?»

«Ich schwebte immer wieder in die Höhe, und dann kam ich mir vor wie auf dem Wasser. Ich konnte die Wellen vom Ozean her hören.»

Lena atmete tief durch. «Hatte er sie auf den Rücken gelegt?»

Bei dieser Frage schien Julias Gesicht in sich zusammenzufallen, und Schluchzer erschütterten ihren Körper.

«War er weiß? Schwarz? Konnten Sie es erkennen, Kleines?», fragte Lena.

Sie schüttelte wieder den Kopf. «Ich konnte ja die Augen nicht öffnen. Er redete auf mich ein. Seine Stimme.» Ihre Lippen zitterten, und ihr Gesicht war Besorgnis erregend rot geworden. Jetzt strömten die Tränen, liefen ihr übers Gesicht. «Er sagte, er liebt mich.» Sie rang nach Luft, als sie von Panik überwältigt wurde. «Er hat mich immer wieder geküsst. Seine Zunge –» Sie hörte zu reden auf und schluchzte nur noch.

Lena holte tief Luft, um sich zu beruhigen. Sie setzte der jungen Frau zu sehr zu. Sie zählte langsam bis hundert und sagte dann: «Die Löcher in Ihren Händen. Wir wissen, dass er mit irgendetwas Ihre Hände und Füße durchbohrt hat.»

Julia betrachtete die Verbände, als sähe sie sie zum ersten Mal. «Ja», sagte sie, «als ich aufwachte, waren meine Hände festgenagelt. Ich konnte die Nägel sehen, aber es tat nicht weh.»

«Sie lagen auf dem Fußboden?»

«Ich glaube schon. Es kam mir vor, als würde ich» – sie schien nach dem richtigen Wort zu suchen – «in der Luft hängen. Ich flog. Wie hat er es geschafft, dass ich flog? Bin ich wirklich geflogen?»

Lena räusperte sich. «Nein», antwortete sie und begann wieder zu fragen: «Julia, fällt Ihnen irgendjemand ein, der neu in Ihr Leben getreten ist, vielleicht jemand auf dem Campus oder in der Stadt, in dessen Gegenwart Sie sich unbehaglich gefühlt haben? Ist es Ihnen vielleicht auch so vorgekommen, als würden Sie beobachtet?»

«Ich werde noch immer beobachtet», sagte sie und sah zum Fenster hinaus.

«Ich beobachte Sie», sagte Lena und drehte den Kopf der jungen Frau wieder zu sich. «Und ich passe auf Sie auf, Julia. Niemand wird Ihnen wieder etwas zuleide tun. Verstehen Sie? Niemand.»

«Ich fühle mich aber nicht sicher», sagte sie, verlor wieder die Fassung und begann zu weinen. «Er kann mich sehen. Ich weiß, dass er mich sehen kann.»

«Außer Ihnen und mir ist niemand hier», versicherte ihr Lena. Es kam ihr vor, als spräche sie zu Sibyl, als versicherte sie ihrer Schwester, dass sie sich um sie kümmern würde. «Wenn Sie nach Augusta müssen, werde ich Sie begleiten. Ich werde Sie nicht aus den Augen lassen. Verstehen Sie?»

Trotz Lenas Versprechen schien Julia nur noch verängstigter zu sein. Mit krächzender Stimme fragte sie dann: «Warum muss ich nach Augusta?»

«Das weiß ich auch nicht genau», antwortete Lena und griff nach dem Wasserkrug. «Aber machen Sie sich deswegen jetzt keine Sorgen.»

«Wer will mich denn nach Augusta schicken?», fragte Julia. Ihre Lippen bebten.

«Trinken Sie noch einen Schluck Wasser», forderte Lena sie auf und hielt ihr den Becher an die Lippen. «Ihre Eltern werden bald hier sein. Machen Sie sich um nichts Sorgen, sondern achten Sie nur auf sich, damit es Ihnen bald wieder besser geht.»

Die junge Frau würgte, und Wasser lief ihr den Hals hinab und aufs Bett. Panisch riss sie die Augen auf. «Warum verlegen Sie mich?», fragte sie. «Was wird mit mir geschehen?»

«Wir werden Sie nicht verlegen, wenn Sie es nicht wollen», sagte Lena. «Ich spreche mit Ihren Eltern.»

«Mit meinen Eltern?»

«Sie müssten bald hier sein», versicherte Lena. «Alles in Ordnung.»

«Wissen sie Bescheid?», fragte Julia mit lauterer Stimme. «Hat man ihnen erzählt, was mit mir passiert ist?»

«Ich weiß nicht», antwortete Lena. «Ich kann nicht sagen, ob sie irgendwelche Einzelheiten kennen.»

«Meinem Daddy dürfen Sie es nicht sagen», schluchzte die junge Frau. «Niemand darf es meinem Vater sagen, okay? Er darf niemals erfahren, was geschehen ist.»

«Sie haben doch gar nichts getan», sagte Lena. «Julia, Ihr Dad wird Ihnen doch nicht vorwerfen, was geschehen ist.»

Julia war still. Nach einer Weile sah sie wieder zum Fenster hinaus. Tränen kullerten ihr übers Gesicht.

«Ist ja gut», sagte Lena beschwichtigend. Sie zog ein Papiertaschentuch aus der Schachtel, die auf dem Tisch stand. Sie reichte über die junge Frau hinweg und tupfte das Wasser vom Kopfkissen. Was diese junge Frau jetzt am allerwenigsten brauchte, war die Furcht vor der Reaktion ihres Vaters auf das, was ihr geschehen war. Lena hatte schon früher Vergewaltigungsopfer betreut und mit ihnen gearbeitet. Sie wusste, wie es mit der Schuldzuweisung funktionierte. Nur sehr selten gab das Opfer jemand anderem die Schuld als sich selbst.

Lena hörte ein eigenartiges Geräusch, das ihr irgendwie bekannt vorkam. Zu spät merkte sie, dass es von ihrer Waffe verursacht worden war.

«Gehen Sie weg», flüsterte Julia. Sie hielt die Waffe unbeholfen in ihren verbundenen Händen. Die Mündung neigte sich in Lenas Richtung und zeigte dann wieder auf Julia, als diese versuchte, die Waffe besser in den Griff zu bekommen. Lena sah zur Tür und dachte daran, Jeffrey zu rufen, aber Julia warnte sie: «Nicht.»

Lena streckte die Arme seitlich aus, ging aber keinen Schritt zurück. Sie wusste, dass die Waffe gesichert war, aber sie wusste auch, dass die junge Frau sie in Sekundenschnelle entsichern konnte. Lena sagte: «Geben Sie mir die Waffe.»

«Sie verstehen nicht», entgegnete die junge Frau, in deren Augen die Tränen standen. «Sie verstehen nicht, was er mir angetan hat, wie er –» Sie unterbrach sich, weil sie schluchzen musste. Sie hatte die Waffe nicht besonders gut in der Hand, aber der Lauf war auf Lena gerichtet, und den Finger hatte sie am Abzug. Lena spürte, wie ihr kalter Schweiß ausbrach, und auf einmal konnte sie nicht mehr mit Gewissheit sagen, ob die Waffe gesichert war oder nicht. Mit Bestimmtheit konnte sie jedoch sagen, dass bereits eine Patrone in der Kammer war. Wenn sie entsichert war, genügte ein leichter Druck auf den Abzug, und der Schuss ging los.

Lena gab sich große Mühe, besonnen zu klingen. «Was denn, Liebes? Was verstehe ich nicht?»

Julia richtete die Waffe jetzt auf den eigenen Kopf. Sie hantierte sehr ungeschickt damit und hätte sie beinahe fallen gelassen, bevor sie den Lauf gegen ihr Kinn presste.

«Tun Sie das nicht», bat Lena inständig. «Bitte geben Sie mir die Waffe. In der Kammer ist eine Patrone.»

«Ich kenne mich mit Waffen aus.»

«Julia, bitte», sagte Lena, die wusste, dass sie die junge Frau zum Weiterreden bringen musste. «Hören Sie mir zu.»

Ein Lächeln trat auf ihre Lippen. «Mein Daddy hat mich immer mit auf die Jagd genommen. Und ich durfte auch dabei helfen, die Gewehre zu reinigen.»

«Julia –»

«Als ich dort war.» Sie unterdrückte ein Schluchzen. «Als ich mit ihm zusammen war.»

«Mit dem Mann. Mit dem Mann, der Sie gewaltsam entführt hat?»

«Sie wissen ja gar nicht, was er getan hat», sagte sie, und die Wörter blieben ihr beinahe im Hals stecken. «Das, was er mit mir gemacht hat. Ich kann es Ihnen nicht sagen.»

«Es tut mir so Leid», sagte Lena. Sie wollte nach vorn gehen, aber in Julia Matthews' Blick war etwas, das sie wie angewurzelt stehen bleiben ließ. Auf die junge Frau loszugehen kam absolut nicht in Frage.

Lena sagte: «Ich werde es nicht zulassen, dass er Ihnen nochmal wehtut, Julia. Das verspreche ich.»

«Sie verstehen nicht», schluchzte die junge Frau und schob die Waffe langsam bis zur Unterlippe. Sie vermochte die Waffe kaum zu halten, aber Lena wusste, dass dies ohne Bedeutung war.

«Bitte tun Sie das nicht», sagte Lena und ließ den Blick zur Tür wandern.

Jeffrey befand sich auf der anderen Seite im Flur, und vielleicht konnte sie ihn irgendwie alarmieren, ohne dass Julia es merkte.

«Machen Sie das nicht», sagte Julia, als könne sie Lenas Gedanken lesen.

«Sie müssen es nicht tun», sagte Lena. Sie gab sich alle Mühe, mit fester Stimme zu sprechen, aber in Wahrheit hatte sie von dieser Art Situation bisher nur in Handbüchern gelesen. Sie hatte noch nie jemandem ausgeredet, sich selbst umzubringen.

Julia sagte: «Wie er mich angefasst hat. Wie er mich geküsst hat.» Ihre Stimme brach. «Sie wissen es einfach nicht.»

«Was?», fragte Lena. Langsam bewegte sie die Hand auf die Waffe zu. «Was weiß ich nicht?»

«Er –» Sie hielt inne und gab nur einen kehligen Laut von sich. «Er hat Liebe mit mir gemacht.»

«Er –»

«Er hat Liebe mit mir gemacht», wiederholte sie. Die Flüstertöne hallten im Raum wider. «Wissen Sie, was das bedeutet?», fragte sie. «Er hat immer wieder gesagt, dass er mir nicht wehtun wollte. Dass er nur mit mir Liebe machen will. Das tat er dann auch.»

Lena merkte, dass sie die Lippen bewegte, aber sie wusste nichts zu sagen. Sie konnte doch nicht hören, was sie zu hören glaubte. «Was sagen Sie da?», fragte sie und war sich ihres scharfen Tonfalls bewusst. «Was meinen Sie denn damit?»

«Er hat mit mir Liebe gemacht», wiederholte Julia. «Die Art, wie er mich berührte.»

Lena schüttelte den Kopf, als wollte sie diese Worte vertreiben. Sie konnte kaum verhehlen, wie fassungslos sie war, als sie fragte: «Wollen Sie damit sagen, dass Sie Gefallen daran fanden?»

Mit einem Knacken entsicherte Julia die Waffe. Lena war vor Schreck so erstarrt, dass sie sich nicht bewegen konnte, aber sie erreichte Julia doch noch, Sekunden bevor die junge Frau auf den Abzug drückte. Lena blickte hinunter und sah Julia Matthews' Kopf explodieren.

Die Wasserstrahlen der Dusche waren wie Nadelstiche auf Lenas Haut. Sie spürte den brennenden Schmerz, aber er war ihr nicht unangenehm. Sie war völlig empfindungslos, im Inneren wie abgestorben. Ihre Knie gaben nach, und Lena ließ sich in die Wanne rutschen. Sie zog die Knie an die Brust und schloss die Augen. Das Wasser prasselte ihr auf die Brust und das Gesicht. Sie beugte den Kopf vor, fühlte sich wie eine kraftlose Puppe. Das Wasser drosch auf ihren Kopf, brannte auf ihrem

Nacken, aber sie ließ es einfach geschehen. Ihr Körper gehörte nicht mehr zu ihr. Sie war leer. Sie wusste nichts, was in ihrem Leben noch von Bedeutung war, weder ihr Job noch Jeffrey, nicht Hank Norton und ganz gewiss nicht sie selbst.

Julia Matthews war tot, ebenso wie Sibyl. Lena hatte sie beide im Stich gelassen.

Das Wasser wurde langsam kalt, die feinen Spritzer prickelten auf ihrer Haut. Lena machte die Dusche aus und trocknete sich mit einem Handtuch ab. Sie war gar nicht bei der Sache, und sie kam sich noch immer schmutzig vor, obwohl sie in den vergangenen fünf Stunden zweimal geduscht hatte. Außerdem hatte sie einen seltsamen Geschmack im Mund. Lena war sich nicht sicher, ob es nur Einbildung war oder ob ihr tatsächlich etwas in den Mund geflogen war, als Julia abgedrückt hatte.

Bei dem Gedanken daran erschauerte sie.

«Lee?» Hank rief vor der Badezimmertür nach ihr.

«Bin in einer Minute unten», antwortete Lena und drückte Zahnpasta auf die Zahnbürste. Sie betrachtete sich im Spiegel, während sie versuchte, sich den Geschmack aus dem Mund zu bürsten. Die Ähnlichkeit mit Sibyl war heute verschwunden. Von ihrer Schwester war nichts mehr übrig.

Lena ging im Hausmantel und in Pantoffeln hinunter in die Küche. Vor der Küchentür stützte sie sich mit der Hand an der Wand ab, weil ihr schwindlig und übel war. Sie zwang ihren Körper, sich zu bewegen, weil sie sonst einschlafen und nie wieder aufwachen würde. Ihr Körper sehnte sich danach, diesem Bedürfnis nachzukommen, ganz aufzugeben, aber Lena wusste, dass sie Julia Matthews sehen würde, sobald ihr Kopf nur aufs Kissen sank. Julia Matthews, kurz bevor sie sich umgebracht hatte. Die junge Frau hatte Lena angesehen, als sie abdrückte. Ihre Blicke hatten sich getroffen, und Lena hätte die Waffe gar nicht zu sehen brauchen, um zu wissen, dass die jüngere Frau nichts als den Tod im Sinn hatte.

Hank saß am Küchentisch und trank eine Coke. Er stand auf,

als sie eintrat. Lena spürte Scham aufwallen und mochte ihm nicht in die Augen sehen. Als Frank sie nach Hause gefahren hatte, war sie im Auto noch stark geblieben. Sie hatte kein Wort zu ihm gesagt und sich auch nicht dazu geäußert, dass trotz aller Bemühungen, sich im Krankenhaus zu säubern, noch Spuren grauer Hirnmasse und Blutreste wie erkaltetes Wachs an ihr klebten. In ihrer Brusttasche fanden sich Knochensplitter, und sie fühlte Blut an Gesicht und Hals herunterrinnen, obwohl sie es doch im Krankenhaus vollständig abgewischt hatte. Erst als sie die Eingangstür hinter sich geschlossen hatte, war Lena in der Lage gewesen, sich gehen zu lassen. Dass Hank da gewesen war, dass sie zugelassen hatte, in seinen Armen zu schluchzen, war etwas, dessen sie sich noch immer schämte. Sie kannte sich einfach nicht mehr wieder. Sie wusste einfach nicht, wer diese schwache Frau war.

Lena blickte aus dem Fenster und bemerkte: «Es ist dunkel draußen.»

«Du hast auch eine Weile geschlafen», sagte Hank und ging zum Herd. «Möchtest du vielleicht einen Tee?»

«Ja», sagte Lena, obwohl sie gar nicht geschlafen hatte. Wenn sie die Augen schloss, fühlte sie sich nur wieder zurückversetzt zu dem, was geschehen war. Lenas einzige Rettung bestand darin, nie wieder zu schlafen.

«Dein Boss hat angerufen und sich nach dir erkundigt», sagte Hank.

Lena, die sich an den Tisch gesetzt hatte, ein Bein unter dem Körper angewinkelt, reagierte nur mit einem «Oh». Sie fragte sich, was Jeffrey wohl durch den Kopf gehen mochte. Er hatte auf dem Krankenhausflur darauf gewartet, dass Lena ihn hereinrief, als der Schuss losgegangen war. Lena erinnerte sich an seinen schockierten Gesichtsausdruck, als er zur Tür hereingestürmt kam. Lena hatte über Julia gebeugt dagestanden, mit Fleischfetzen und Knochensplittern auf Brust und Gesicht. Jeffrey hatte sie aus dieser Stellung aufgerichtet, hatte sie abgetastet, um sicherzugehen, dass sie nicht angeschossen worden war.

Lena hatte es sich stumm gefallen lassen und nicht vermocht, den Blick von dem zu lösen, was von Julia Matthews' Gesicht übrig war. Die junge Frau hatte die Waffe unter dem Kinn angesetzt und sich den ganzen Hinterkopf weggeschossen. Die Wand hinter dem Bett und die Zimmerdecke darüber waren bespritzt. Knapp einen Meter unterhalb der Zimmerdecke befand sich das Einschussloch. Jeffrey hatte Lena gezwungen, in diesem Zimmer zu bleiben, um noch die nebensächlichste Einzelheit der Informationen in Erfahrung zu bringen, die sie von Julia Matthews bekommen hatte. Immer wieder hatte er bei Lenas Bericht nachgehakt, obwohl diese mit unkontrollierbar zitternden Lippen dastand und kaum in der Lage war, den eigenen Worten zu folgen.

Lena legte den Kopf in die Hände. Sie hörte, wie Hank den Kessel füllte und der Gasherd mit dem Klicken des elektrischen Zünders ansprang.

Hank setzte sich ihr gegenüber und verschränkte die Hände. «Bist du okay?», fragte er.

«Ich weiß nicht», antwortete sie. Es hörte sich an, als käme ihre Stimme aus weiter Ferne. Die Waffe war dicht an ihrem Ohr losgegangen. Das Klingen im Ohr hatte zwar schon vor einer Weile aufgehört, aber alle Geräusche waren noch immer wie ein dumpfer Schmerz.

«Weißt du, was ich glaube?», fragte Hank und lehnte sich auf seinem Stuhl nach hinten. «Erinnerst du dich noch, wie du von der Vorderveranda gefallen bist?»

Lena starrte ihn nur an, denn sie verstand nicht, worauf er hinauswollte. «Ja, und?»

«Na ja.» Er zuckte die Achseln und lächelte aus irgendeinem Grund. «Sibyl hat dich geschubst.»

Lena bezweifelte, dass sie ihn richtig verstanden hatte. «Was?»

«Sie hat dich geschubst. Ich hab's gesehen», versicherte er.

«Sie hat mich von der Veranda gestoßen?» Lena schüttelte den Kopf. «Nein, sie hat versucht, mich vorm Fallen zu bewahren.»

«Sie war blind, Lee. Wie hätte sie wissen sollen, dass du fallen würdest?»

Lenas Unterkiefer mahlte. Er hatte ja gar nicht so Unrecht. «Mein Bein musste mit sechzehn Stichen genäht werden.»

«Ich weiß.»

«Sie hat mich geschubst?», fragte Lena mit einer um zwei Oktaven höheren Stimme. «Und warum sollte sie mich gestoßen haben?»

«Ich weiß nicht. Vielleicht ja nur so zum Spaß.» Hank lachte in sich hinein. «Du hast so laut gebrüllt, dass ich schon dachte, die Nachbarn würden kommen.»

«Ich bezweifle, dass die Nachbarn auf einen Salut von einundzwanzig Schuss reagiert hätten», konnte Lena dazu nur sagen. Hank Nortons Nachbarn hatten sich schon frühzeitig daran gewöhnt, dass in seinem Haus Tag und Nacht allerhand Remmidemmi herrschte.

«Erinnerst du dich noch an damals am Strand?», hob Hank an.

Lena sah ihn durchdringend an. Sie hätte zu gern gewusst, wieso er davon anfing. «Wann denn?»

«Als du dein Schwimmbrett nicht finden konntest?»

«Das rote?», fragte Lena. Und fügte hinzu: «Sag bloß, sie hat es vom Balkon geschubst.»

Er lachte. «Nein. Sie hat es im Pool verloren.»

«Wie kann man ein Schwimmbrett in einem Pool verlieren?»

Er winkte ab. «Irgendein Kind wird es mitgenommen haben. Es geht aber darum, dass es deins war. Du hast sie ermahnt, es nicht zu nehmen, aber sie tat es trotzdem und hat es verloren.»

Lena spürte, dass unwillkürlich ein Teil der Last von ihren

Schultern verschwand. «Warum erzählst du mir das alles?», fragte sie.

Wieder zuckte er nur andeutungsweise die Achseln. «Ich weiß auch nicht. Ich habe nur heute Morgen an sie denken müssen. Erinnerst du dich noch an das Hemd, das sie immer trug? Das mit den grünen Streifen?»

Lena nickte.

«Sie hatte es noch immer.»

«Nein», sagte Lena ungläubig. Sie hatten sich in der High School wegen des Hemds gestritten, bis Hank eine Münze geworfen hatte. «Warum hat sie es behalten?»

«Es war ihrs», sagte Hank.

Lena wusste nicht, was sie sagen sollte, und starrte ihren Onkel nur an.

Er stand auf und nahm einen Becher aus dem Schrank. «Möchtest du eine Zeit lang allein sein, oder soll ich bei dir bleiben?»

Lena überlegte. Sie musste allein sein, um wieder zu sich zu finden. Das konnte sie nicht, wenn ausgerechnet Hank in der Nähe war. «Fährst du nach Reece zurück?»

«Ich dachte, ich bleib über Nacht bei Nan und helfe ihr dabei, ein paar Sachen zu ordnen.»

Lena spürte leichte Panik. «Sie wird doch nichts wegwerfen, oder?»

«Nein, natürlich nicht. Sie geht nur die Sachen durch, räumt ihre Kleidung zusammen.» Hank lehnte sich mit gekreuzten Armen an die Frühstückstheke. «Dabei sollte man sie nicht allein lassen.»

Lena schaute gebannt auf ihre Hände. Da war etwas unter den Fingernägeln. Sie vermochte nicht zu sagen, ob es Blut war oder Schmutz. Sie steckte einen Finger in den Mund, weil sie ihn mit den unteren Zähnen säubern wollte.

Hank sah ihr dabei zu. Er sagte: «Du kannst ja später vorbeikommen, wenn dir danach sein sollte.»

Lena schüttelte den Kopf und biss auf den Fingernagel. Sie würde ihn sich lieber ausreißen, als zu ertragen, dass das Blut dort blieb. «Ich muss morgen sehr früh aufstehen und zur Arbeit», log sie.

«Wenn du es dir anders überlegen solltest …»

«Vielleicht», murmelte sie an ihrem Finger vorbei. Sie schmeckte Blut und war überrascht, als sie sah, dass es ihr eigenes war. Die Nagelhaut hatte sich gelöst, und ein hellroter Fleck breitete sich an der Stelle aus.

Hank stand auf, sah sie an und griff nach seiner Jacke auf der Stuhllehne. Sie hatten eine solche Situation bereits oft erlebt, wenn auch zugegebenermaßen nicht von dieser Intensität. Es war ein altes, ihnen wohlvertrautes Ritual, und beide kannten sie den Ablauf. Hank ging einen Schritt vor, Lena machte zwei Schritte zurück. Jetzt war nicht der Zeitpunkt, das Ritual zu verändern.

Er sagte: «Du kannst mich anrufen, wenn du mich brauchst. Das weißt du doch, oder?»

«Mhm-hm», flüsterte sie zwischen zusammengepressten Lippen. Sie war kurz davor, wieder in Tränen auszubrechen, aber sie wusste auch, dass sie ihre Selbstachtung ganz verlor, wenn sie noch einmal vor Hanks Augen zusammenbrach.

Er schien das zu ahnen, denn er legte ihr die Hand auf die Schulter und küsste sie oben aufs Haar.

Lena hielt den Kopf gesenkt und wartete auf das Geräusch der sich schließenden Eingangstür. Sie seufzte tief und anhaltend, als sie hörte, wie Hanks Wagen in der Auffahrt zurücksetzte.

Der Kessel dampfte, hatte aber noch nicht zu pfeifen begonnen. Lena mochte Tee nicht besonders, aber sie kramte dennoch in den Schränken, um einen Beutel zu finden. Sie stöberte einen ganzen Karton mit Pfefferminztee auf, als an die Hintertür geklopft wurde.

Sie erwartete Hank zu sehen, und deswegen war sie überrascht, als sie die Tür öffnete.

«Oh, hallo», sagte sie und rieb sich das Ohr, als ein schrilles Geräusch ertönte. Ihr wurde klar, dass der Teekessel pfiff, und sie sagte: «Einen Moment …»

Sie stellte die Gasflamme ab, als sie jemanden hinter sich spürte, und dann fühlte sie einen stechenden Schmerz im linken Oberschenkel.

SIEBZEHN

Sara stand an der Leiche von Julia Matthews und hatte die Arme vor der Brust verschränkt. Aufmerksam betrachtete sie die junge Frau, versuchte sie aus klinischer Sicht einzuschätzen und zudem die Frau, deren Leben Sara gerettet hatte, von der toten Frau zu trennen, die vor ihr auf dem Tisch lag. Der Schnitt, den Sara gemacht hatte, um an Julias Herz heranzukommen, war noch nicht verheilt, und der Faden war an der Naht von schwarzem Blut verkrustet. Ein kleines Loch war unter dem Kinn der Frau zu erkennen. Versengte Stellen um die Eintrittswunde verrieten, dass der Lauf der Waffe gegen das Kinn gepresst worden war, als sie abgefeuert wurde. Ein klaffendes Loch am Hinterkopf der jungen Frau verriet die Stelle, wo die Kugel ausgetreten war. Wie makabrer Schmuck an einem blutigen Weihnachtsbaum hingen Knochensplitter aus dem offenen Schädel herab. Der Geruch von Schießpulver hing in der Luft.

Die Leiche von Julia Matthews lag auf dem Autopsietisch aus Keramik fast so, wie Sibyl Adams vor ein paar Tagen dort gelegen hatte. Am Kopf des Tisches befand sich ein Wasserhahn, an dem ein schwarzer Gummischlauch angebracht war. Darüber hing eine Organwaage, die sich nicht sonderlich von jenen

Waagen unterschied, mit denen Händler Obst und Gemüse abwiegen. Neben dem Tisch befand sich das Handwerkszeug für eine Autopsie: ein Skalpell, ein ungefähr fünfunddreißig Zentimeter langes Parenchymmesser mit speziell geschärfter Klinge, eine auf ähnliche Weise geschärfte Schere, eine Pinzette, auch «Schnapper» genannt, eine Knochensäge und eine Rippenschere, eine Art Rosenschere mit langen Griffen, wie man sie normalerweise in der Garage neben dem Rasenmäher findet. Cathy Linton besaß eine ähnliche Schere, und immer wenn Sara ihre Mutter beim Beschneiden der Azaleen sah, musste sie daran denken, wie sie die Schere im Leichenschauhaus benutzte, um den Brustkorb aufzuschneiden.

Fast wie automatisch bereitete sie schrittweise die Leiche von Julia Matthews zur Autopsie vor. Mit den Gedanken war sie woanders, dachte an den Abend zuvor, als Julia Matthews auf Saras Wagen gelegen hatte, als die junge Frau noch am Leben gewesen war und eine Chance gehabt hatte.

Sara hatte bis jetzt nie Schwierigkeiten damit gehabt, eine Autopsie zu machen. Der Tod hatte sie nie aus dem Gleichgewicht gebracht. Eine Leiche zu öffnen war, wie ein Buch aufzuschlagen; aus Gewebe und Organen gab es so viel zu erfahren. Im Tod stand der Körper für eine gründliche Beurteilung zur Verfügung. Zum Teil hatte Sara die Arbeit als Leichenbeschauerin für Grant County auch deswegen angenommen, weil sie sich bei der Arbeit in der Klinik zu langweilen begann. Die Arbeit als Coroner bot eine Herausforderung, die Gelegenheit, neue Fähigkeiten zu erwerben und Menschen zu helfen. Doch der Gedanke, Julia Matthews aufschneiden zu müssen und so ihren Körper noch mehr zu misshandeln, versetzte Sara einen Stich ins Herz.

Wieder betrachtete Sara das, was von Julia Matthews' Kopf geblieben war. Die Wirkung von Kopfschüssen war kaum je vorherzusehen. Meistens versanken die Opfer im Koma und vegetierten dann dank der Wunder moderner Wissenschaft den

Rest ihres Lebens dahin. Julia Matthews hatte ihre Sache besser gemacht als die meisten Selbstmörder, als sie die Waffe unter dem Kinn ansetzte und dann den Abzug drückte. Das Geschoss war auf einer nach oben gerichteten Bahn in ihren Schädel eingetreten, hatte das Keilbein zerbrochen, war an der lateralen zerebralen Spalte entlanggepflügt und dann durch das Hinterhauptbein ausgetreten. Der Hinterkopf war weggesprengt, sodass man direkt in den Hirnkasten sehen konnte. Anders als bei ihrem früheren Selbstmordversuch, von dem die Narben an ihren Handgelenken Zeugnis ablegten, war Julia Matthews diesmal fest entschlossen gewesen, ihr Leben zu beenden. Fraglos hatte die junge Frau sehr genau gewusst, was sie tat.

Sara war flau im Magen. Am liebsten hätte sie die junge Frau ins Leben zurück geschüttelt, von ihr verlangt weiterzuleben, sie gefragt, wie sie all das hatte durchstehen können, was ihr in den vergangenen Tagen geschehen war, nur um sich dann das Leben zu nehmen. Es schien so, als hätten die Gräuel, die Julia Matthews überlebt hatte, sie am Ende auch umgebracht.

«Alles okay mit dir?», fragte Jeffrey. Er sah sie besorgt an.

«Ja», bekam Sara mit Mühe heraus. Sie fragte sich, ob es stimmte. Sie hatte das Gefühl, wie eine offene Wunde zu sein, die nicht verschorfen wollte. Sara wusste, wenn Jeffrey jetzt einen Annäherungsversuch machte, würde sie darauf eingehen. Sie konnte an nichts anderes denken als daran, wie gut es tun würde, sich von ihm in die Arme nehmen zu lassen, seine Lippen auf den ihren zu spüren, seine Zunge in ihrem Mund. Ihr Körper verlangte schmerzlich nach ihm, wie es sie seit Jahren nicht mehr nach ihm verlangt hatte. Es war nicht Sex, was sie sich wünschte, sie brauchte einfach nur die Bestätigung, dass er da war. Sie wollte sich beschützt fühlen. Sie wollte zu ihm gehören. Sara hatte vor langer Zeit erfahren, dass Jeffrey keine andere Möglichkeit kannte, als ihr durch Sex diese Gefühle zu vermitteln.

Von der anderen Seite des Tisches fragte Jeffrey: «Sara?»

Sie öffnete den Mund und wollte ihm schon einen entsprechenden Antrag machen, aber hielt sich dann doch zurück. So viel war in den vergangenen paar Jahren geschehen. So viel hatte sich verändert. Der Mann, den sie wollte, existierte eigentlich gar nicht mehr. Sara war nicht einmal davon überzeugt, dass es ihn je gegeben hatte.

Sie räusperte sich. «Ja?»

«Möchtest du das hier aufschieben?», fragte er.

«Nein», antwortete Sara schroff. Insgeheim schalt sie sich für den Gedanken, Jeffrey zu brauchen. In Wahrheit tat sie es nämlich nicht. Sie war ohne ihn so weit gekommen, und ganz gewiss konnte sie auch noch weiter kommen.

Sie tippte mit dem Fuß auf die Fernbedienung des Diktiergeräts und sagte: «Vor mir liegt die nicht balsamierte Leiche einer dünnen, aber gut gebauten und gut ernährten jungen erwachsenen weißen Frau mit einem Gewicht von» – Sara blickte über Jeffreys Schulter zur Tafel, auf der sie einige Notizen gemacht hatte – «einhundertundzwölf Pfund und einer Größe von einem Meter zweiundsechzig.» Sie stellte das Aufnahmegerät ab und atmete tief durch, um wieder einen klaren Kopf zu bekommen. Sie bekam nur schwer Luft.

«Sara?»

Sie schaltete das Gerät wieder an und wandte sich kopfschüttelnd Jeffrey zu. Dass sie sich noch vor ein paar Minuten Mitgefühl von ihm gewünscht hatte, bereitete ihr jetzt Unbehagen. Es kam ihr vor, als hätte sie sich eine Blöße gegeben.

Sie diktierte: «Das Erscheinungsbild der Verstorbenen entspricht dem angegebenen Alter von zweiundzwanzig. Die Leiche ist für einen Zeitraum von nicht weniger als drei Stunden gekühlt worden und fühlt sich noch immer kalt an.» Sara hielt inne und räusperte sich wieder. «Totenstarre ist in den oberen und unteren Extremitäten eingetreten, und Totenflecke sind auf der hinteren Seite der Leiche an Rumpf und Extremitäten zu sehen, außer an den abhängigen, nicht aufliegenden Körperpartien.»

Und so ging sie weiter, diese klinische Beschreibung einer Frau, die vor ein paar Stunden noch am Leben gewesen war, wenn auch übel zugerichtet, die vor Wochen noch zufrieden, wenn nicht gar glücklich gewesen war. Sara listete die Merkmale von Julia Matthews' äußerer Erscheinung auf und stellte sich dabei vor, was die Frau durchgemacht haben musste. War sie wach, als der Sexualverbrecher ihr die Zähne herausgebrochen hatte, um sie oral zu vergewaltigen? War sie bei Bewusstsein, als ihr das Rektum aufgerissen wurde? Hatten die Drogen ihr Schmerzempfinden gedämpft, als sie auf den Fußboden genagelt worden war? Eine Autopsie konnte nur die physischen Verletzungen aufdecken; die geistige Wahrnehmung der jungen Frau und ihre Bewusstseinsstufe im Augenblick des Verbrechens würden für immer ein Rätsel bleiben. Niemand würde je wissen, was sie gedacht hatte, als sie überfallen wurde. Niemand würde je genau das sehen, was die junge Frau gesehen hatte. Sara vermochte nur zu raten, und die Bilder, die sie damit heraufbeschwor, gefielen ihr ganz und gar nicht. Wieder sah sie sich selbst auf einer Krankentrage. Wieder sah sie sich als Objekt einer Untersuchung.

Sara zwang sich dazu, den Blick von der Leiche zu lösen. Sie fühlte sich zittrig und fehl am Platze. Jeffrey schaute sie durchbohrend an. Sein Gesichtsausdruck war eigenartig. «Was?», fragte sie.

Er schüttelte den Kopf, aber ließ sie nicht aus den Augen.

«Mir wäre es lieb», begann Sara, hielt inne und schluckte den Kloß herunter, den sie im Hals verspürt hatte. «Mir wäre es sehr lieb, wenn du mich nicht so ansehen würdest, okay?» Sie wartete, aber er ging nicht auf ihren Wunsch ein.

Stattdessen fragte er: «Wie sehe ich dich denn an?»

«Beutegierig», antwortete sie, aber das stimmte nicht ganz. Er sah sie so an, wie sie es sich wünschte. Verantwortungsbewusstsein lag in seinem Blick, als wünsche er sich nichts mehr, als die Sache in die Hand zu nehmen und die Lage zu verbessern. Sie hasste sich für diesen Wunsch.

«Es ist unabsichtlich», sagte er.

Sie zog die Gummihandschuhe aus. «Okay.»

«Ich mache mir Sorgen um dich, Sara. Ich möchte, dass du mit mir darüber sprichst, was los ist.»

Sara ging zum Vorratsschrank, weil sie dies Gespräch nicht über der Leiche von Julia Matthews führen wollte. «Darauf hast du keinen Anspruch mehr. Und erinnerst du dich noch, warum nicht?»

Wenn sie ihn geschlagen hätte, wäre seine Miene dieselbe gewesen. «Ich habe nie aufgehört, etwas für dich zu empfinden.»

Sie schluckte schwer, bemüht, diese Worte nicht an sich herankommen zu lassen. «Danke.»

«Manchmal», hob er an, «wenn ich morgens aufwache, habe ich ganz vergessen, dass du ja nicht mehr da bist. Ich habe vergessen, dass ich dich verloren habe.»

«So ähnlich, wie du auch mal vergessen hast, dass du mit mir verheiratet warst?»

Er trat ihr entgegen, aber sie machte einen Schritt rückwärts, bis sie nur noch Zentimeter vom Schrank entfernt war. Er stand vor ihr, die Hände auf ihren Armen. «Ich liebe dich noch immer.»

«Das ist aber nicht genug.»

Er trat näher. «Und was ist genug?»

«Jeffrey», sagte sie. «Bitte.»

Erst jetzt wich er zurück, und mit scharfer Stimme fragte er: «Was meinst du also?» Er bezog sich auf die Leiche. «Meinst du, du findest etwas?»

Sara kreuzte die Arme, denn sie spürte das Bedürfnis, sich zu schützen. «Ich glaube, sie hat ihre Geheimnisse mit ins Grab genommen.»

Jeffrey sah sie erstaunt an. Normalerweise hatte Sara nichts fürs Melodramatische übrig. Sie gab sich Mühe, sich nichts anmerken zu lassen, mit der Situation professioneller umzugehen, aber es war emotional eine harte Probe.

Sara zwang sich, eine ruhige Hand zu bewahren, als sie bei der Leiche den Standard-Y-Schnitt machte. Das Geräusch, das entstand, als sie das Fleisch wegklappte, machte ihren Vorsatz zunichte. Vielleicht half reden. «Wie halten sich ihre Eltern?»

Jeffrey sagte: «Du kannst dir gar nicht vorstellen, wie furchtbar es war, ihnen sagen zu müssen, dass sie vergewaltigt worden war. Und dann dies.» Er deutete auf die Leiche. «Du kannst es dir gar nicht vorstellen.»

Wieder wanderten Saras Gedanken. Sie sah ihren Vater über ein Krankenhausbett gebeugt stehen, ihre Mutter, die ihn von hinten umarmte. Sekundenlang schloss sie die Augen und vertrieb das Bild. Sie würde das hier nicht bewerkstelligen können, wenn sie sich immer wieder an Julia Matthews' Stelle versetzte.

«Sara?», fragte Jeffrey.

Sara blickte auf. Überrascht stellte sie fest, dass sie die Autopsie unterbrochen hatte. Sie stand vor der Leiche, die Arme vor der Brust gekreuzt. Jeffrey wartete geduldig und verzichtete auf die nahe liegende Frage.

Sara nahm das Skalpell zur Hand, machte sich wieder an die Arbeit und diktierte. «Die Leiche wurde mit dem üblichen Y-Schnitt geöffnet. Die Organe im Thoraxraum und im Abdomen befinden sich in der normalen anatomischen Position.»

Jeffrey fing wieder zu reden an, kaum dass sie aufgehört hatte. Erfreulicherweise wählte er diesmal ein anderes Thema. Er sagte: «Ich weiß nicht, was ich mit Lena machen soll.»

«Was meinst du?», fragte Sara, die froh war, seine Stimme zu hören.

«Sie wird nicht besonders gut damit fertig», sagte er. «Ich hab ihr gesagt, sie soll sich ein paar Tage freinehmen.»

«Und meinst du, das tut sie?»

«Könnte durchaus sein.»

Sara nahm die Schere und schnitt mit flinken Bewegungen den Herzbeutel auf. «Und wo liegt dann das Problem?»

«Es steht mit ihr auf der Kippe. Das spüre ich. Ich weiß einfach nicht, was ich tun soll.» Er deutete auf Julia Matthews. «Ich möchte nämlich nicht, dass sie auch so endet.»

Sara betrachtete ihn forschend über den Rand ihrer Brille. Sie wusste nicht, ob er es mit billiger Amateurpsychologie versuchte und seine Besorgnis um Sara hinter vorgegebener Besorgnis um Lena verbarg oder ob er tatsächlich um einen Rat bat, wie er mit Lena umgehen sollte.

Sie gab ihm eine Antwort, die zu beiden Alternativen passte. «Lena Adams?» Sie schüttelte verneinend den Kopf, sich dieser einen Sache ganz sicher. «Sie ist eine Kämpferin. Menschen wie Lena bringen sich nicht um. Sie töten andere, aber niemals sich selbst.»

«Ich weiß», antwortete Jeffrey. Dann schwieg er, als Sara den Magen abklammerte und entfernte.

«Das wird jetzt unangenehm», warnte sie vor und legte den Magen in eine Schale aus rostfreiem Stahl. Jeffrey hatte schon viele Autopsien miterlebt, und nichts verströmte einen so beißenden Geruch wie der Verdauungstrakt.

«He.» Überrascht davon, was sie sah, hielt Sara inne. «Sieh dir das hier an.»

«Was ist das denn?»

Sie rückte etwas zur Seite, damit er den Mageninhalt sehen konnte. Der war schwarz und flüssig. Daher benutzte sie ein Sieb, um den Inhalt herauszufiltern.

«Was ist das?», wiederholte er.

«Ich weiß nicht. Vielleicht irgendwelche Samen», sagte sie zu ihm und nahm einen von ihnen mit der Pinzette heraus. «Ich denke, wir sollten Mark Webster anrufen.»

«Hier», sagte er und hielt ihr einen Beutel für Beweismittel hin. Sie ließ den Samen in den Beutel fallen. «Meinst du, er will erwischt werden?»

«Sie wollen doch alle erwischt werden, oder?», entgegnete er. «Bedenke doch, beide zur Schau gestellt. Beide an halbwegs öffentlichen Orten. Er weidet sich an dem Risiko.»

«Ja», stimmte sie zu und zwang sich, nicht mehr zu sagen. Sie wollte nicht in die grässlichen Details der Fälle gehen. Sie wollte nur ihre Arbeit tun und dann von dort, aus Jeffreys Gegenwart, verschwinden.

Jeffrey hingegen schien das Gegenteil vorzuhaben. Er fragte: «Die Samen haben eine starke Wirkung, stimmt's?»

Sara nickte.

«Glaubst du also, er hat dafür gesorgt, dass sie nicht bei sich war, während er sie vergewaltigte?»

«Ich habe nicht die geringste Ahnung», antwortete sie wahrheitsgemäß.

Er hielt inne, als wüsste er nicht, wie er den nächsten Satz formulieren sollte.

«Was ist?», forderte sie ihn auf.

«Lena», sagte er. «Ich meine, Julia hat Lena gesagt, dass es ihr gefallen hat.»

Sara merkte, dass sie unwillkürlich die Stirn runzelte. «Was?»

«Nicht dass es ihr wirklich gefiel, aber dass er Liebe mit ihr gemacht hat.»

«Er hat ihr die Zähne ausgeschlagen und ihr das Rektum aufgerissen. Wie konnte sie das als Liebemachen bezeichnen?»

Er zuckte die Achseln, als sei er ebenso um eine Antwort verlegen, aber sagte dann: «Vielleicht hat er sie derart unter Drogen gesetzt, dass sie nichts gespürt hat. Vielleicht wusste sie gar nicht, wie ihr geschah, bis danach.»

Sara überlegte. «Wäre möglich», sagte sie. Ihr war unwohl bei dem Gedanken.

«Jedenfalls hat sie das gesagt», antwortete er.

Bis auf das abebbende Geräusch der Kühlanlage war es still im Raum. Sara machte sich wieder an die Autopsie und trennte mit Hilfe von Klemmen Dünndarm von Dickdarm. Die Gedärme lagen schlaff in ihren Händen, wie nasse Nudeln, als sie sie aus der Bauchhöhle hob. Während der letzten paar Tage ihres Lebens hatte Julia Matthews so gut wie keine feste Nahrung zu sich genommen. Ihr Verdauungstrakt war relativ leer.

«Sehen wir uns das mal an», sagte Sara und legte die Eingeweide auf die Organwaage. Ein metallisches Klicken ertönte, als sei ein Penny in eine Blechdose gefallen.

«Was war das?», fragte Jeffrey.

Sara antwortete ihm nicht. Sie nahm die Eingeweide wieder in die Hand und ließ sie nochmals auf die Waage fallen. Dasselbe Geräusch war zu hören, eine blecherne Vibration auf der Waagschale. «Irgendwas ist da drin», murmelte Sara und ging hinüber zum Lichtkasten an der Wand. Mit dem Ellbogen schaltete sie das Licht ein, das die Röntgenaufnahmen von Julia Matthews beleuchtete. Die Bilder vom Hüftbereich befanden sich in der Mitte.

«Erkennst du etwas?», fragte Jeffrey.

«Was immer es ist, es befindet sich im Dickdarm», antwortete Sara und starrte auf etwas in der unteren Hälfte des Rektums, das aussah wie ein Splitter. Sie hatte ihn vorher noch nicht bemerkt oder war davon ausgegangen, dass es ein Fehler im Film war. Der transportable Röntgenapparat im Leichenschauhaus war nämlich alt und nicht gerade für seine Verlässlichkeit bekannt.

Noch ein paar Sekunden lang studierte Sara die Aufnahmen, und dann ging sie zur Waage zurück. Sie trennte das Ileum an der Bauhin-Klappe ab und trug den Dickdarm dann zum Abfluss. Nachdem sie das Blut mit dem Wasserschlauch beseitigt hatte, quetschte sie vom unteren Sigma zum Rektum hin den Darm aus, um den Gegenstand zu finden, der das Geräusch verursacht hatte. Ungefähr zehn Zentimeter innerhalb des Rektums ertastete sie einen harten Klumpen.

«Reich mir das Skalpell», verlangte sie und streckte die Hand aus. Jeffrey tat, was sie wollte, und sah ihr bei der Arbeit zu.

Sara machte einen kleinen Einschnitt, wodurch sich ein übler Geruch im Raum verbreitete. Jeffrey trat zurück, Sara hingegen war diese Wohltat nicht vergönnt. Sie benutzte die Pinzette, um einen Gegenstand von gut einem Zentimeter Länge zu entfernen. Nach der Säuberung unter dem Wasserhahn stellte sich heraus, dass es sich um einen kleinen Schlüssel handelte.

«Ein Handschellenschlüssel?», fragte Jeffrey. Er hatte sich vorgebeugt, um besser sehen zu können.

«Ja», antwortete Sara. Ihr war ein wenig schwindlig. «Durch den Anus wurde er in ihr Rektum gepresst.»

«Warum?»

«Vermutlich, damit wir ihn finden», antwortete Sara. «Könntest du einen Beweismittelbeutel besorgen?»

Jeffrey kam ihrem Wunsch nach und öffnete den Plastikbeutel, damit sie den Schlüssel hineinfallen lassen konnte. «Glaubst du, dass wir darauf etwas finden werden?»

«Bakterien», antwortete sie. «Wenn du an Fingerabdrücke denkst, würde ich das ernsthaft bezweifeln.» Sie presste die Lippen aufeinander und überlegte. «Mach mal einen Moment lang das Licht aus.»

«Was überlegst du?»

Sara ging zum Lichtkasten und schaltete ihn mit dem Ellbogen aus. «Ich denke, dass er den Schlüssel relativ früh dort hineingeschoben hat. Ich glaube, er hat auch eine scharfe Kante. Vielleicht hat er das Kondom aufgerissen.»

Jeffrey ging zum Lichtschalter, während Sara ihre Handschuhe abstreifte. Sie nahm die Speziallampe zur Hand, mit der sie Spermaspuren sichtbar machen konnte.

«Fertig?», fragte er.

«Ja», sagte sie, und das Licht ging aus.

Sara blinzelte ein paar Mal, bis sich ihre Augen an das unnatürliche Licht gewöhnt hatten. Langsam führte sie das Schwarzlicht an dem Einschnitt entlang, den sie ins Rektum gemacht hatte. «Halt das mal», sagte sie und gab Jeffrey die Lampe. Sie zog ein neues Paar Handschuhe über und öffnete den Einschnitt mit ihrem Skalpell noch ein Stück weiter. Ein kleiner lila Fleck zeigte sich in der Öffnung.

Jeffrey seufzte leise, als wenn er lange den Atem angehalten hätte. «Reicht das für einen DNS-Abgleich?»

Sara starrte auf die lila leuchtende Substanz. «Ich denke schon.»

Auf Zehenspitzen schlich Sara durch die Wohnung ihrer Schwester und schaute um die Schlafzimmertür herum, weil sie feststellen wollte, ob Tessa noch allein war.

«Tessie?», flüsterte sie und rüttelte sie behutsam.

«Was?», grummelte Tessa und rollte sich auf die Seite. «Wie spät ist es?»

Sara blickte zur Uhr auf dem Nachttisch. «Ungefähr zwei Uhr in der Früh.»

«Was?», wiederholte Tessa. Sie rieb sich die Augen. «Stimmt was nicht?»

Sara sagte: «Rutsch rüber.»

Tessa gehorchte und hob das Laken für Sara in die Höhe. «Stimmt was nicht?»

Sara antwortete nicht. Sie zog die Steppdecke bis unter ihr Kinn.

«Stimmt was nicht?», wiederholte Tessa.

«Alles in Ordnung.»

«Ist die Frau wirklich tot?»

Sara schloss die Augen. «Ja.»

Tessa setzte sich auf und machte das Licht an. «Wir müssen reden, Sara.»

Sara drehte sich zur Seite, sodass sie ihrer Schwester den Rücken zuwandte. «Ich will aber nicht reden.»

«Mir egal», antwortete Tessa und zog Sara die Decke weg. «Komm hoch.»

«Kommandier mich nicht rum», entgegnete Sara erzürnt. Sie war zu ihrer kleinen Schwester gekommen, um sich sicher zu fühlen und zu schlafen, nicht um von ihr bevormundet zu werden.

«Sara», fing Tessa wieder an. «Du musst Jeffrey erzählen, was geschehen ist.»

Sara fuhr hoch, ärgerlich darüber, dass dies Thema wieder zur Sprache kam. «Nein», antwortete sie. Ihre Lippen waren nur noch ein schmaler Strich.

«Sara», sagte Tessa mit fester Stimme. «Hare hat mir von der jungen Frau erzählt. Er hat mir von dem Klebeband über ihrem Mund erzählt und davon, wie sie auf deinem Wagen lag.»

«Er dürfte mit dir über diese Dinge gar nicht reden.»

«Er hat es auch nicht getan, weil er es so interessant fand», sagte Tessa. Sie stand aus dem Bett auf. Ganz offensichtlich war sie sehr wütend.

«Weswegen bist du denn so sauer auf mich?», wollte Sara wissen, die inzwischen ebenfalls aufgestanden war. Auf entgegengesetzten Seiten des Zimmers standen sie einander gegenüber, das Bett zwischen sich.

Sara stemmte die Hände in die Hüften. «Es ist nicht meine Schuld, okay? Ich habe alles getan, was ich konnte, um ihr zu helfen, und wenn sie damit nicht leben konnte, dann war es ihre eigene Entscheidung.»

«Tolle Entscheidung, hm? Wahrscheinlich ist es besser, sich eine Kugel in den Kopf zu schießen, als es ewig für sich zu behalten.»

«Scheiße, was soll das denn heißen?»

«Du weißt genau, was es heißt», fuhr Tessa sie an. «Du musst es endlich Jeffrey sagen, Sara.»

«Das tu ich nicht.»

Tessa schien sie zu taxieren. Sie kreuzte die Arme vor der Brust und drohte: «Wenn du nicht willst, werde ich es eben tun.»

«Was?» Sara rang entsetzt nach Luft. Hätte Tessa sie geschlagen, wäre Sara weniger entsetzt gewesen. Ungläubig sagte sie: «Das würdest du nicht tun.»

«Würde ich doch», antwortete Tessa, offenbar entschlossen. «Und wenn ich es nicht tue, wird Mom es tun.»

«Du und Mom habt diesen kleinen Plan zusammen ausgeheckt?» Sara lachte bitter. «Ich nehme an, Dad ist auch eingeweiht?» Sie warf die Hände in die Höhe. «Meine ganze Familie hat sich gegen mich verschworen.»

«Wir haben uns nicht gegen dich verschworen», widersprach Tessa. «Wir versuchen nur, dir zu helfen.»

«Was mir geschehen ist», sagte Sara klar und deutlich, «hat nichts damit zu tun, was Sibyl Adams und Julie Matthews zugestoßen ist.» Sie beugte sich übers Bett und sah Tessa warnend an. Sie verstanden sich beide auf dies Spiel.

«Das entscheidest du nicht allein», widersprach Tessa.

Jetzt konnte Sara ihren Zorn nicht mehr beherrschen. «Möchtest du, dass ich dir sage, warum es bei den beiden Frauen etwas anderes war, Tessie? Möchtest du alles erfahren, was ich von diesen Fällen weiß?» Sie gab ihrer Schwester nicht die Gelegenheit zu antworten. «Erstens einmal hat mir niemand ein Kreuz in die Brust geschlitzt und mich dann auf der Toilette verbluten lassen.» Sie hielt inne, weil sie wusste, welche Wirkung ihre Worte haben würden. Wenn Tessa Sara herumschubsen wollte, würde Sara sie zurückschubsen.

Sie fuhr fort: «Hinzu kommt, dass niemand mir die Schneidezähne ausgeschlagen hat, um mich besser in den Mund zu vögeln.»

Tessa schlug die Hand vor den Mund. «Mein Gott!»

«Niemand hat mir Hände und Füße auf den Fußboden genagelt, um mich ficken zu können.»

«Nein», keuchte Tessa, der die Tränen in die Augen schossen.

Sara vermochte sich nicht mehr zu beherrschen, obwohl ihre Worte ganz offensichtlich wie Säure in Tessas Ohren brannten. «Niemand hat mir den Mund mit Clorox ausgeschrubbt. Niemand hat mir das Schamhaar abrasiert, damit keine Spuren bleiben.» Sie hielt inne, um Luft zu holen. «Niemand hat mir ein Loch in den Bauch gestochen, damit er –» Sara zwang sich zum Aufhören, denn sie wusste, dass sie bereits zu weit gegangen war. Dennoch war ein leiser Seufzer von Tessa zu hören, als diese die richtige Schlussfolgerung zog. Sie hatte die ganze Zeit Sara nicht aus den Augen gelassen, und das Entsetzen in ihrem Gesicht ließ Sara vor Schuldgefühl erbeben.

Sie flüsterte: «Es tut mir Leid, Tessie. Es tut mir ja so Leid.»

Tessa ließ langsam die Hand vom Mund sinken und sagte: «Jeffrey ist doch Polizist.»

Sara legte ihr die Hand auf die Brust. «Das weiß ich.»

«Du bist so schön», sagte Tessa. «Und du bist klug und du bist witzig und du bist groß.»

Sara lachte, um nur nicht zu weinen.

«Um diese Zeit vor zwölf Jahren wurdest du vergewaltigt», schloss Tessa.

«Auch das weiß ich.»

«Jedes Jahr schickt er dir Postkarten, Sara. Er weiß, wo du wohnst.»

«Das weiß ich.»

«Sara», ein Flehen lag in Tessas Stimme. «Du musst es Jeffrey sagen.»

«Das kann ich nicht.»

FREITAG

ACHTZEHN

Jeffrey schlüpfte in ein Paar Unterhosen und humpelte in Richtung Küche. Sein Knie war noch immer steif durch die Schrotkugeln, und sein Magen revoltierte, seit er Julia Matthews' Zimmer betreten hatte. Er machte sich Sorgen um Lena. Er machte sich Sorgen um Sara. Er machte sich Sorgen um seine Stadt.

Vor wenigen Stunden hatte Brad Stephens die DNS-Probe nach Macon gebracht. Es würde mindestens eine Woche dauern, bis ein Ergebnis vorlag, und vielleicht eine weitere Woche, bis man Zugang zur DNS-Datenbank des FBI bekam und nach Übereinstimmungen mit den Proben polizeibekannter Sexualstraftäter suchen konnte. Wie fast immer handelte es sich auch hier um eine Geduldsprobe. Was der Täter in der Zwischenzeit vorhatte, war nach solchen Untersuchungen unmöglich zu sagen. Jeffrey wusste nur, dass er in ebendiesem Moment seinem nächsten Opfer auflauern konnte, es vielleicht gerade vergewaltigte und ihm Dinge antat, die jedes menschliche Vorstellungsvermögen übertrafen.

Jeffrey öffnete den Kühlschrank und nahm die Milch heraus. Auf dem Weg, sich ein Glas zu holen, drückte er den Schalter fürs Oberlicht, aber nichts geschah. Er fluchte vor sich hin, als er ein Glas aus dem Schrank nahm. Er hatte das Licht in der Küche vor ein paar Wochen abgestellt, als eine neue Lampe, die er bestellt hatte, per Post geliefert wurde. Man hatte ihn von der Wache aus angerufen, als er die Drähte isolierte. Die Lampe lag noch immer auf dem Karton und wartete darauf, dass Jeffrey die Zeit fand, sie aufzuhängen. Wenn es so weiterging, würde Jeffrey noch die nächsten Jahre beim Licht seines Kühlschranks essen.

Er trank die Milch aus und humpelte zum Waschbecken, um das Glas auszuspülen. Am liebsten hätte er Sara angerufen, um sich nach ihrem Wohlergehen zu erkundigen, aber er unterließ es lieber. Sie hatte ihre eigenen Gründe, sich vor ihm abzukapseln. Und er hatte seit der Scheidung kein Anrecht mehr, sich in ihre Angelegenheiten zu mischen. Vielleicht war sie ja heute Abend mit Jeb zusammen. Er hatte von Marla, die wiederum mit Marty Ringo gesprochen hatte, erfahren, dass Sara und Jeb sich wieder trafen. Undeutlich erinnerte er sich, dass Sara neulich im Krankenhaus etwas von einer Verabredung gesagt hatte, aber den genauen Wortlaut bekam er nicht mehr zusammen. Und da er sich daran erst erinnert hatte, nachdem Marla es für nötig hielt, den Klatsch weiterzutratschen, war kein Verlass auf diese Erinnerung.

Jeffrey stöhnte, als er sich auf den Barhocker vor den Küchentresen setzte. Vor Monaten hatte er den Tresen gebaut. Er hatte ihn sogar zweimal gebaut, denn beim ersten Mal war er nicht damit zufrieden gewesen. Jeffrey war Perfektionist und hasste es, wenn etwas nicht symmetrisch war. Er wohnte in einem alten Haus, und da gab es ständig etwas zu richten. Keine Wand im Haus war gerade.

Eine sanfte Brise bewegte die dicken Plastikbahnen an der Rückseite der Küche. Er schwankte zwischen Terrassentüren und einer Fensterfront über die gesamte Wand und der Überlegung, die Küche ungefähr drei Meter in den rückwärtigen Garten hinaus zu erweitern. Eine Frühstücksecke wäre schön, in der man morgens sitzen und die Vögel hinten im Garten beobachten konnte. Unbedingt wollte er eine große Terrasse mit einem Hot Tub und vielleicht einem modernen Außengrill. Wozu auch immer er sich entschied, wichtig war ihm, dass das Haus offen blieb. Jeffrey gefiel es, wie das Tageslicht durch die halb durchsichtigen Plastikbahnen hereinfiel, und er mochte es, dass man in den Garten hinaussehen konnte, besonders in Augenblicken wie dem jetzigen, als er jemanden dort entlanggehen sah.

Jeffrey stand auf und griff sich ein Schlagholz aus dem Wäscheraum.

Er schlüpfte zwischen zwei Plastikbahnen hindurch und schlich auf Zehenspitzen über den Rasen. Das Gras war nass vom feinen Nebel in der Nachtluft, und Jeffrey zitterte vor Kälte. Er betete nur, nicht wieder angeschossen zu werden, zumal er nur eine Unterhose anhatte. Ihm kam auch der Gedanke, dass ein möglicher Angreifer, der ihm im Garten auflauerte, keine Angst, sondern einen Lachanfall bekommen könnte, wenn er ihn erblickte, nackt bis auf seine grünen Boxershorts und mit einem Baseballschläger über dem Kopf im Anschlag.

Er hörte ein vertrautes Geräusch. Es klang, als würde sich ein Hund das Fell lecken. Er blinzelte ins Mondlicht und erkannte drei Gestalten. Zwei von ihnen waren klein genug, um Hunde zu sein. Eine von ihnen war so groß, dass es sich nur um Sara handeln konnte. Sie sah durchs Fenster in sein Schlafzimmer.

Jeffrey ließ den Schläger sinken und schlich von hinten auf Zehenspitzen an sie heran. Wegen Billy oder Bob machte er sich keine Sorgen, die beiden Greyhounds waren die trägsten Tiere, die er je erlebt hatte. Und entsprechend regten sie sich auch kaum, als er plötzlich hinter ihr stand.

«Sara?»

«Oh, mein Gott.» Sara machte einen Satz und stolperte über den Hund direkt neben ihr. Jeffrey streckte die Arme aus und fing sie auf, bevor sie auf den Hintern fiel.

Jeffrey lachte und tätschelte Bobs Kopf. «Kleiner Spanner?», fragte er.

«Du Arschloch», zischte Sara. Sie stemmte die Hände gegen

seine Brust und sagte: «Du hast mir einen Heidenschrecken eingejagt.»

«Was?» Jeffrey tat unschuldig. «Ich bin doch nicht derjenige, der um dein Haus schleicht.»

«Als wenn du es noch nie getan hättest.»

«Ich ja», räumte Jeffrey ein. «Aber du doch nicht.» Er stützte sich auf den Schläger. Nachdem das Adrenalin sich beruhigt hatte, war in seinem Bein wieder der dumpfe Schmerz zu spüren. «Möchtest du mir erklären, warum du mitten in der Nacht bei mir durchs Fenster spionierst?»

«Ich wollte dich nicht wecken.»

«Ich war in der Küche.»

«Im Dunkeln?» Sara kreuzte die Arme und musterte ihn mit einem herausfordernden Blick. «Allein?»

«Komm doch rein», lud Jeffrey sie ein und wartete nicht auf ihre Antwort. Er ging langsam zurück zur Küche und war froh, dass er Saras Schritte hinter sich hörte. Sie trug ein Paar ausgeblichene Jeans und dazu ein ähnlich altes weißes Hemd.

«Bist du zu Fuß mit den Hunden hergekommen?»

«Ich hab mir Tessas Wagen geliehen», sagte Sara und kraulte Bob am Kopf.

«Klug von dir, deine Kampfhunde mitzubringen.»

«Ich bin nur froh, dass du mich nicht umbringen wolltest.»

«Wer sagt denn, dass ich es nicht wollte?», fragte Jeffrey und benutzte den Schläger, um die Plastikbahn zur Seite zu schieben, damit sie ins Haus konnte.

Sara betrachtete das Plastik und sah dann ihn an. «Ich finde es sehr schön, was du mit dem Haus gemacht hast.»

«Es bräuchte aber die Hand einer Frau», gab Jeffrey zu bedenken.

«Ich bin sicher, da gäbe es jede Menge Bewerber.»

Er unterdrückte ein Stöhnen, als er eintrat. «Hier gibt es keinen Strom», erklärte er und zündete am Herd eine Kerze an.

«Haha», sagte Sara und versuchte einen Lichtschalter in ihrer Nähe. Dann ging sie quer durch den Raum und versuchte es mit dem anderen Schalter, während Jeffrey eine zweite Kerze anzündete. «Was ist denn los?»

«Das Haus ist eben alt.» Er zuckte die Achseln, mochte seine Faulheit nicht eingestehen. «Brad hat die Probe nach Macon gebracht.»

«Zwei Wochen, hm?»

«Ja.» Er nickte. «Glaubst du, er ist ein Cop?»

«Brad?»

«Nein, der Täter. Glaubst du, er ist ein Cop? Vielleicht hat er ja deswegen den Handschellenschlüssel zurückgelassen, in ihrer …, du weißt schon, da.» Er hielt inne. «Findest du nicht, es könnte ein Hinweis sein?»

«Vielleicht benutzt er Handschellen, um leichteres Spiel mit ihnen zu haben», meinte Sara. «Vielleicht steht er auf SM. Vielleicht hat seine Mama ihn auch ans Bett gefesselt, als er ein kleiner Junge war.»

Ihr frivoler Ton verwirrte ihn, aber er verzichtete wohlweislich auf einen Kommentar.

Aus heiterem Himmel sagte Sara dann: «Ich möchte einen Screwdriver.»

Jeffrey runzelte die Stirn.

«Einen Drink.» Sara öffnete die Tür des Tiefkühlfachs und holte den Wodka hervor.

«Ich glaub, ich hab keinen Orangensaft im Haus», sagte er, als sie die Kühlschranktür öffnete.

«Hiermit geht's auch», sagte sie und hielt den Preiselbeersaft in die Höhe. Sie suchte in den Küchenschränken nach einem Glas, und wie es aussah, mischte sie sich dann einen mächtig starken Drink.

Besorgt beobachtete Jeffrey sie dabei. Sara trank nur sehr selten, und nach einem Glas Wein konnte sie schon ziemlich beschwipst sein. Während ihrer gesamten Ehe hatte er sie nichts Stärkeres als eine Margarita trinken sehen.

Sara schüttelte sich, als sie getrunken hatte. «Wie viel hätte ich einschenken sollen?», fragte sie.

«Wahrscheinlich ein Drittel von dem, was du genommen hast», antwortete er und nahm ihr den Drink aus der Hand. Er trank einen kleinen Schluck, bei dem Geschmack musste er nach Luft ringen. «Himmel auch», bekam er hustend heraus. «Willst du dich umbringen?»

«Ich und Julia Matthews», konterte sie. «Hast du vielleicht was Süßes?»

Jeffrey öffnete den Mund, um sie zu fragen, was sie mit ihrem Kommentar gemeint hatte, aber Sara stöberte bereits wieder in den Küchenschränken.

«Da ist Pudding im Kühlschrank. Im untersten Fach ganz hinten.»

«Kalorienarm?», fragte sie.

«Nö.»

«Sehr gut», sagte Sara und beugte sich tief hinunter, um den Pudding herauszunehmen. Jeffrey kreuzte die Arme und beobachtete sie. Er hätte sie gern gefragt, was sie am frühen Morgen in seiner Küche zu suchen hatte. Er hätte sie gern gefragt, warum sie sich in letzter Zeit so seltsam benahm.

«Jeff?», fragte Sara und kramte weiter im Kühlschrank.

«Hm?»

«Starrst du auf meinen Hintern?»

Jeffrey schmunzelte. Er hatte es zwar nicht getan, antwortete aber: «Ja.»

Sara richtete sich auf und hielt einen Puddingbecher wie eine Siegestrophäe in die Höhe. «Der letzte.»

«Ja.»

Sara riss den Deckel vom Puddingbecher und setzte sich mit Schwung auf den Küchentresen. «Das wird eine schlimme Sache.»

«Meinst du?»

«Na ja.» Sie zuckte die Achseln und leckte den Pudding vom

Deckel. «College-Studentinnen, die vergewaltigt werden. Die sich umbringen. Das passt doch eigentlich gar nicht zu uns, oder?»

Wieder war Jeffrey überrascht von ihrer scheinbar unbekümmerten Art. Das entsprach Sara ganz und gar nicht, aber in letzter Zeit wusste er überhaupt nicht mehr, wie sie eigentlich war.

«Finde ich auch», sagte er.

«Hast du es ihren Eltern gesagt?»

Jeffrey antwortete: «Frank hat sie am Flughafen abgeholt.» Er hielt inne und fügte dann hinzu: «Ihren Vater.» Wieder hielt er inne. Den von Schmerz und Trauer gepeinigten Gesichtsausdruck von Jon Matthews würde Jeffrey nicht so schnell wieder vergessen.

«Den Vater hat es sehr mitgenommen, hm?», sagte Sara. «Daddys hören es nicht gern, dass man mit ihren kleinen Mädchen rumgemacht hat.»

«Glaube ich auch», sagte Jeffrey und staunte über ihre Ausdrucksweise.

«Da glaubst du richtig.»

«Ja», sagte Jeffrey. «Ihn hat es sehr mitgenommen.»

Etwas blitzte in Saras Augen auf, aber sie senkte den Blick, bevor er hätte sagen können, was los war. Sie nahm einen großen Schluck aus ihrem Glas und verschüttete dabei etwas auf ihr Hemd. Sie fing tatsächlich zu kichern an.

Obwohl er es besser hätte wissen müssen, fragte Jeffrey: «Was ist nur los mit dir, Sara?»

Sie deutete auf seine Taille. «Wann hast du angefangen, so was zu tragen?», fragte sie.

Jeffrey sah an sich hinunter. Da er nichts anderes am Leib trug als die grünen Boxershorts, nahm er an, dass sie von ihnen sprach. Er sah sie wieder an, zuckte die Achseln und sagte: «Vor einer Weile.»

«Vor weniger als zwei Jahren», kommentierte sie und leckte weiter an dem Pudding.

«Ja», erklärte er und ging mit zur Seite ausgestreckten Armen auf sie zu, seine Unterhosen präsentierend. «Gefallen sie dir?»

Sie klatschte applaudierend in die Hände.

«Was tust du hier, Sara?»

Sekundenlang sah sie ihm in die Augen und stellte dann den Pudding neben sich ab. Sie lehnte sich zurück, wobei ihre Fersen leicht gegen die unteren Fächer im Tresen stießen. «Ich hab neulich an den Tag denken müssen, als ich auf dem Steg saß. Erinnerst du dich?»

Er schüttelte den Kopf, weil sie praktisch jede freie Sekunde jedes Sommers auf dem Steg verbracht hatten.

«Ich war gerade schwimmen gewesen und saß auf dem Steg und bürstete mir das Haar. Und dann kamst du, nahmst die Bürste und bürstetest es für mich.»

Er nickte. Ihm fiel ein, dass er an genau diese Situation gedacht hatte, als er am Morgen im Krankenhaus aufgewacht war. «Ich erinnere mich.»

«Du hast mir mindestens eine Stunde lang das Haar gebürstet. Weißt du das auch noch?»

Er lächelte.

«Du hast mir einfach nur das Haar gebürstet, bis es dann Zeit fürs Abendessen wurde. Erinnerst du dich?»

Er nickte.

«Was habe ich falsch gemacht?», fragte sie, und ihr Blick brachte ihn fast um. «War es der Sex?»

Er schüttelte den Kopf. Sex mit Sara war die erfüllendste Erfahrung seines Erwachsenenlebens gewesen. «Natürlich nicht», sagte er.

«Wolltest du, dass ich dir das Abendessen mache? Oder öfter da wäre, wenn du nach Hause kamst?»

Er wollte sich ein Lachen abringen. «Du hast mir doch mal das Abendessen gemacht, weißt du nicht mehr? Ich war drei Tage lang krank.»

«Ich mein es ernst, Jeff. Ich will wissen, was ich falsch gemacht habe.»

«Es lag nicht an dir», antwortete er und wusste, dass es abgedroschen klingen musste, noch bevor er den Satz beendet hatte. «Es lag an mir.»

Sara seufzte tief. Sie griff nach dem Glas und leerte es in einem Zug.

«Ich war dumm», fuhr er fort, obwohl er wusste, dass er lieber den Mund halten sollte. «Ich hatte Angst, weil ich dich so sehr liebte.» Er hielt inne, weil er sich richtig ausdrücken wollte. «Ich dachte, dass du mich nicht so sehr brauchtest, wie ich dich brauchte.»

Sie nahm ihn mit ihrem Blick gefangen. «Möchtest du noch immer, dass ich dich brauche?»

Zu seiner Verblüffung spürte er ihre Hand auf seiner Brust, spürte, wie ihre Finger sein Haar streichelten. Er schloss die Augen, als sie die Finger hinauf zu seinen Lippen klettern ließ.

Sie sagte: «Im Moment brauche ich dich wirklich.»

Er öffnete die Augen. Einen Sekundenbruchteil lang dachte er, dass sie nur einen Scherz machte. «Was hast du gesagt?»

«Jetzt, da du es hast, willst du es nicht?», fragte Sara. Sie berührte immer noch seine Lippen.

Er leckte über ihre Fingerspitze.

Sara lächelte und kniff die Augen zusammen, als wolle sie seine Gedanken lesen. «Willst du mir nicht antworten?»

«Doch», sagte er, obwohl er sich nicht einmal mehr an die Frage erinnerte. «Ja. Ja, ich will dich noch immer.»

Sie küsste seinen Hals, und ihre Zunge strich leicht über seine Haut. Er fasste um ihre Taille und zog sie an den Rand des Tresens. Sie schlang die Beine um seine Taille.

«Sara.» Er stöhnte und wollte sie auf den Mund küssen, aber sie entzog sich, und ihre Lippen wanderten an seiner Brust hinunter. «Sara», wiederholte er, «lass mich mit dir Liebe machen.»

Sie sah ihn an, ein listiges Lächeln auf den Lippen. «Ich will aber keine Liebe machen.»

Er wusste nicht, wie er darauf reagieren sollte. «Was soll das bedeuten?», brachte er schließlich doch heraus.

«Es bedeutet ...», begann sie, nahm dann seine Hand und hielt sie an den Mund. Er sah zu, wie sie mit ihrer Zunge über die Spitze seines Zeigefingers fuhr. Langsam nahm sie seinen Finger in den Mund und saugte daran. Es dauerte nicht annähernd lange genug, da zog sie ihn schon wieder heraus. Sie lächelte neckisch. «Na?»

Jeffrey beugte sich vor, um sie zu küssen, aber sie ließ sich vom Tresen rutschen. Er stöhnte, als Sara sich alle Zeit der Welt ließ, seine Brust abzuküssen bis hinunter zum Bündchen seiner Boxershorts, das sie zwischen die Zähne nahm. Unter Schwierigkeiten kniete er sich vor sie hin und versuchte abermals, sie auf den Mund zu küssen. Wieder entzog sie sich.

«Ich möchte dich aber küssen», sagte er, überrascht von dem flehenden Ton seiner Worte.

Sie schüttelte den Kopf und knöpfte sich das Hemd auf. «Mir fallen da ein paar andere Dinge ein, die du mit deinem Mund machen könntest.»

«Sara –»

Sie schüttelte den Kopf. «Nicht reden, Jeffrey.»

Es kam ihm sehr seltsam vor, dass sie das sagte, denn das Beste am Sex mit Sara war das Reden gewesen. Er nahm ihr Gesicht zwischen die Hände. «Komm her», sagte er.

«Was?»

«Was ist los mit dir?»

«Nichts.»

«Das glaube ich dir nicht.» Er wartete darauf, dass sie seine Frage beantwortete, aber sie starrte ihn nur an.

Er fragte: «Warum lässt du mich dich nicht küssen?»

«Mir ist einfach nicht nach Küssen.» Ihr Lächeln war nicht mehr so verschmitzt. «Auf den Mund.»

«Was ist denn los?», wiederholte er.

Fast schon warnend sah sie ihn aus zusammengekniffenen Augen an.

«Antworte mir», wiederholte er.

Sara wandte den Blick nicht von ihm ab, während sie ihre Hand über das Bündchen seiner Shorts weiter nach unten wandern ließ. Sie presste ihre Hand gegen ihn, als wollte sie auch sichergehen, dass er sie verstand. «Ich will aber nicht mit dir reden.»

Er hielt ihre Hand zurück. «Sieh mich an.»

Sie schüttelte den Kopf, und als er sie zwang aufzublicken, schloss sie die Augen.

Er flüsterte: «Was stimmt nur nicht mit dir?»

Sara antwortete nicht. Sie küsste ihn mitten auf den Mund, und ihre Zunge suchte sich fordernd den Weg an seinen Zähnen vorbei. Es war ein Zungenkuss, wie er ihn von Sara eigentlich gar nicht kannte, aber hinter ihm war eine Leidenschaft zu spüren, die ihn in die Knie hätte gehen lassen, wenn er gestanden hätte.

Sie hielt plötzlich inne, ließ den Kopf an seine Brust sinken. Er wollte sie dazu bringen, dass sie ihn ansah, aber sie weigerte sich.

Er fragte: «Sara?»

Er spürte, wie sie ihn wieder umarmte, aber anders als zuvor. Es war eine gewisse Verzweiflung darin, wie sie ihn umklammerte. Fast so, als würde sie ertrinken.

«Halt mich nur fest», flehte sie. «Bitte halt mich fest.»

Jeffrey schreckte aus dem Schlaf auf. Er streckte die Hand aus, wusste aber im selben Moment schon, dass Sara nicht neben ihm lag. Er entsann sich vage, dass sie sich schon vor einiger Zeit fortgeschlichen hatte. Jeffrey war zu müde gewesen, um sich zu bewegen, geschweige denn sie aufzuhalten. Er drehte sich auf die andere Seite und drückte sein Gesicht in das Kissen, das sie benutzt hatte. Er konnte den Lavendelduft ihres Shampoos riechen und einen leichten Hauch ihres Parfüms. Jeffrey hielt das Kissen in den Armen und drehte sich auf den Rücken. Er blickte an die Decke und versuchte sich daran zu erinnern, was letzte Nacht geschehen war. Er verstand es immer noch nicht. Er hatte Sara ins Bett getragen. Sie hatte leise an seiner Schulter geweint. Er hatte Angst gehabt vor dem, was diese Tränen auslöste. Er hatte ihr keine Fragen mehr gestellt.

Jeffrey setzte sich auf und kratzte sich die Brust. Er konnte nicht den ganzen Tag im Bett bleiben. Die restlichen der überführten Sexualstraftäter auf seiner Liste mussten noch verhört werden. Er musste auch noch Ryan Gordon verhören und alle anderen, die mit Julia Matthews an jenem Abend in der Bibliothek gewesen waren, als sie zum letzten Mal vor ihrer Entführung gesehen worden war. Außerdem musste er Sara aufsuchen, um sich davon zu überzeugen, dass es ihr gut ging.

Er reckte sich und berührte die Oberkante des Türpfostens, als er ins Badezimmer ging. Vor der Toilette blieb er stehen. Auf dem Spülkasten lag ein Stapel Papier. Von einer silberfarbenen Klemme wurden ungefähr zweihundert Blatt Papier zusammengehalten. Die Seiten hatten Eselsohren und waren teilweise vergilbt, als hätte jemand sie häufig durchgeblättert. Wie Jeffrey dann feststellte, handelte es sich um ein Prozessprotokoll.

Er sah sich im Bad um, als müsse der Protokollgeist, der es zurückgelassen hatte, noch irgendwo sein. Außer Sara war niemand im Haus gewesen, und er konnte sich nicht vorstellen, wieso sie dergleichen hätte zurücklassen sollen. Er las das Deckblatt und stellte dabei fest, dass die Akte zwölf Jahre alt war. Der Fall trug den Titel *Der Staat Georgia gegen Jack Allen Wright*.

Ein gelber Post-it-Zettel klebte an einer der Seiten und ragte hervor. Jeffrey schlug das Protokoll auf und hielt inne, als er sah, dass Saras Name ganz oben auf der Seite stand. Ruth Jones, wahrscheinlich die Bezirksstaatsanwältin, die in diesem Fall Klage geführt hatte, war als Fragestellerin aufgeführt.

Jeffrey setzte sich auf die Toilette und machte sich daran, Ruth Jones' Befragung von Sara Linton zu lesen.

FRAGE: Doktor Linton, würden Sie uns bitte mit Ihren eigenen Worten schildern, was sich am Dreiundzwanzigsten um diese Zeit letzten Jahres zugetragen hat?

ANTWORT: Ich arbeitete am Grady Hospital als Assistenzärztin in der Pädiatrie. Ich hatte einen schweren Tag und beschloss, zwischen den Schichten eine Spazierfahrt in meinem Wagen zu machen.

FRAGE: Haben Sie dabei etwas Ungewöhnliches bemerkt?

ANTWORT: Als ich zu meinem Auto kam, sah ich, dass das Wort *Fotze* in die Beifahrertür geritzt worden war. Ich dachte, dass es sich vermutlich nur um einen Fall von Vandalismus handelte, und daher benutzte ich Klebeband, das ich im Kofferraum hatte, um das Wort zu verdecken.

FRAGE: Und was taten Sie danach?

ANTWORT: Ich ging zurück ins Krankenhaus, um meine Schicht anzutreten.

FRAGE: Möchten Sie vielleicht ein Glas Wasser?

ANTWORT: Nein danke. Ich ging zur Toilette, und als ich mir die Hände wusch, kam Jack Wright herein.

FRAGE: Der Angeklagte?

ANTWORT: So ist es. Er kam herein. Er hatte einen Schrubber dabei und trug einen grauen Overall. Ich wusste, dass er der Hausmeister war. Er entschuldigte sich dafür, dass er nicht geklopft hatte, sagte, er würde später zurückkommen, um sauberzumachen, und verließ dann die Toilette.

FRAGE: Und was geschah dann?

ANTWORT: Ich ging in eine der Kabinen, um die Toilette zu benutzen. Der Angeklagte, Jack Wright, sprang von oben über die Seitenwand auf mich herab. Er fesselte meine Hände mit Handschellen an die Haltegriffe für Behinderte und klebte mir den Mund mit silberfarbenem Klebeband zu.

FRAGE: Sind Sie sicher, dass es sich um den Angeklagten handelte?

ANTWORT: Ja. Er trug zwar eine rote Skimaske, aber ich erkannte seine Augen. Er hat sehr charakteristische blaue Augen. Ich erinnere mich noch, dass ich vorher gedacht hatte, mit seinen langen blonden Haaren, seinem Bart und seinen blauen Augen sehe er aus wie Jesus in einer Bilderbibel. Ich bin sicher, dass es Jack Wright war, der mich attackiert hat.

FRAGE: Gibt es noch ein weiteres besonderes Kennzeichen, das Sie glauben lässt, es sei der Angeklagte gewesen, der Sie vergewaltigt hat?

ANTWORT: Ich sah auf seinem Arm eine Tätowierung, die Jesus am Kreuz zeigte, mit den Worten JESUS darüber und SAVES darunter. Ich erkannte diese Tätowierung als die von Jack Wright, einem Hausmeister am Krankenhaus. Ich war ihm bereits mehrere Male auf dem Gang begegnet, aber wir hatten noch nie miteinander gesprochen.

FRAGE: Was geschah als Nächstes, Doktor Linton?

ANTWORT: Jack Wright zog mich von der Toilette herunter. Meine Knöchel wurden von meiner Hose eingeklemmt. Sie war auf den Boden gerutscht. Meine Hose. Um meine Knöchel.

FRAGE: Bitte, lassen Sie sich Zeit, Doktor Linton.

ANTWORT: Ich wurde nach vorn gezogen, aber meine Arme waren hinter mir, ungefähr so. Er legte mir einen Arm um die Taille und hielt mich fest, so nach vorn gezogen. Er presste mir ein langes Messer, ungefähr fünfzehn Zentimeter lang, ans Gesicht. Er verletzte mir die Lippe, um mich einzuschüchtern, glaube ich.

FRAGE: Und was tat der Angeklagte dann?

ANTWORT: Er steckte seinen Penis in mich hinein und vergewaltigte mich.

FRAGE: Doktor Linton, könnten Sie uns berichten, ob der Angeklagte während der Vergewaltigung etwas zu Ihnen sagte, und wenn, was das war?

Antwort: Er bezeichnete mich immer wieder als «Fotze».

Frage: Könnten Sie uns bitte sagen, was als Nächstes geschah?

Antwort: Er versuchte, zur Ejakulation zu kommen, aber es gelang ihm nicht. Er zog seinen Penis heraus und brachte sich selbst zum Höhepunkt [*undeutlich gesprochen*].

Frage: Würden Sie das bitte wiederholen?

Antwort: Er brachte sich selbst zum Höhepunkt und ejakulierte auf mein Gesicht und meine Brust.

Frage: Würden Sie uns bitte schildern, was als Nächstes geschah?

Antwort: Er beschimpfte mich aufs Neue und stach dann mit dem Messer zu. Hier links hinein.

Frage: Und was geschah dann?

Antwort: Ich schmeckte etwas in meinem Mund. Ich würgte. Es war Essig.

Frage: Er goss Ihnen Essig in den Mund?

Antwort: Ja, er hatte eine kleine Phiole wie die für Parfümproben. Die kippte er in meinen Mund aus und sagte: «Es ist vollbracht.»

Frage: Hat diese Aussage für Sie irgendeine besondere Bedeutung, Doktor Linton?

Antwort: Sie stammt aus dem Evangelium des Johannes. «Es ist vollbracht.» Nach Johannes sind das die letzten Worte, die Jesus spricht, als er am Kreuz stirbt. Er bittet um etwas zu trinken, und man gibt ihm Essig. Er trinkt davon, und danach gibt er den Geist auf und stirbt.

Frage: Das geschieht bei der Kreuzigung?

Antwort: Ja.

Frage: Jesus sagt: «Es ist vollbracht»?

Antwort: Ja.

Frage: Er kann die Arme nicht bewegen?

Antwort: Ja.

Frage: Mit einem Schwert wird ihm in die Seite gestochen?

Antwort: Ja.

FRAGE: Wurde sonst noch etwas gesagt?

ANTWORT: Nein. Jack Wright sagte das und verließ dann die Toilette.

FRAGE: Doktor Linton, haben Sie eine Vorstellung davon, wie viel Zeit Sie in der Toilette zubrachten?

ANTWORT: Nein.

FRAGE: Waren Sie noch immer mit Handschellen gefesselt?

ANTWORT: Ja. Ich war noch immer in Handschellen und lag auf den Knien mit dem Gesicht zum Fußboden. Ich konnte mich nicht aufrichten.

FRAGE: Und dann geschah was?

ANTWORT: Eine der Krankenschwestern kam herein. Sie sah das Blut auf dem Fußboden und schrie. Ein paar Sekunden später kam Doktor Lange, mein Supervisor, herein. Ich hatte eine Menge Blut verloren. Sie machten sich daran, mir zu helfen, aber sie konnten nicht viel ausrichten, solange die Handschellen noch angelegt waren. Jack Wright hatte das Schloss so präpariert, dass es sich nicht öffnen ließ. Er hatte irgendetwas in das Schloss gesteckt, einen Zahnstocher oder so. Ein Schlosser musste gerufen werden, um die Handschellen zu lösen. Während der Zeit verlor ich das Bewusstsein. Die Lage meines Körpers war so, dass mein Blut ständig weiter aus der Stichwunde lief. Ich verlor im Laufe dieser Zeit sehr viel Blut aus dieser Wunde.

FRAGE: Doktor Linton, lassen Sie sich Zeit. Wünschen Sie vielleicht eine kurze Unterbrechung?

ANTWORT: Nein, ich möchte weitermachen.

FRAGE: Könnten Sie mir sagen, was in der Folgezeit der Vergewaltigung geschah?

ANTWORT: Ich wurde schwanger, aber es war eine Eileiterschwangerschaft. Dann ist mein Eileiter geplatzt, und deswegen kam es zu Blutungen in die Bauchhöhle.

FRAGE: Hatte das Nachwirkungen? Und wenn ja, welche waren es?

ANTWORT: Eine teilweise Hysterektomie wurde gemacht, bei der meine Fortpflanzungsorgane entfernt wurden. Ich kann keine Kinder mehr bekommen.
FRAGE: Doktor Linton?
ANTWORT: Ich hätte gern eine Unterbrechung.

Jeffrey saß in seinem Bad und starrte auf die Seiten des Verhandlungsprotokolls. Er las sie nochmals und dann noch einmal, und seine Schluchzer hallten wider, als er um eine Sara weinte, die er nie gekannt hatte.

NEUNZEHN

Lena hob ganz langsam den Kopf und versuchte, ein Gefühl dafür zu bekommen, wo sie sich befand. Sie sah nichts als Dunkelheit. Sie hielt ihre Hand nur Zentimeter vom Gesicht entfernt, konnte aber weder Handfläche noch Finger genau erkennen. Sie vermochte sich nur noch daran zu erinnern, dass sie zuletzt in ihrer Küche gesessen und sich mit Hank unterhalten hatte. Was danach folgte, war wie ausgelöscht. Ihr war, als hätte sie einmal geblinzelt und sich dann an diesem Ort wieder gefunden. Wo immer sich dieser Ort befinden mochte.

Sie stöhnte und bewegte sich zur Seite, um sich aufsetzen zu können. Mit plötzlicher Deutlichkeit wurde ihr klar, dass sie nackt war. Der Boden unter ihr fühlte sich rau an. Sie spürte die Maserung der Holzbohlen. Ihr Herz fing aus irgendeinem Grund schneller zu schlagen an, aber ihr Verstand wollte ihr nicht sagen, warum das geschah. Lena streckte die Hand nach vorne aus und ertastete noch mehr raues Holz, aber vertikal, es war eine Wand.

Indem sie sich mit den Händen gegen die Wand stützte, konnte sie aufstehen. Von irgendwoher nahm sie ein Geräusch wahr, aber vertraut war es ihr nicht. Alles war zusammenhanglos und fehl am Platz. Sie spürte körperlich, dass sie nicht an diesen Ort gehörte. Lena fühlte, dass sie den Kopf gegen die Wand lehnte und wie das Holz einen Abdruck auf ihrer Stirn hinterließ. Das Geräusch war ein Stakkato in der Peripherie, hämmernd, dann nichts, hämmernd, dann nichts, wie ein Hammer, der auf ein Stück Stahl schlägt. Wie ein Schmied, der ein Hufeisen formt.

Klink, klink, klink.

Wo hatte sie das schon einmal gehört?

Lenas Herzschlag wollte aussetzen, als ihr die Verbindung klar wurde. In der Dunkelheit sah sie, wie sich Julia Matthews' Lippen bewegten, das Geräusch nachahmten.

Klink, klink, klink.

Das Geräusch von tropfendem Wasser.

ZWANZIG

Jeffrey stand hinter dem durchsichtigen Spiegel und blickte in den Verhörraum. Ryan Gordon saß am Tisch, die mageren Arme über der eingefallenen Brust gekreuzt. Buddy Conford saß neben ihm, die Hände vor sich auf dem Tisch verschränkt. Buddy war eine Kämpfernatur. Mit siebzehn hatte er sein rechtes Bein vom Knie abwärts bei einem Autounfall verloren. Mit sechsundzwanzig hatte er sein linkes Auge durch Krebs verloren. Als er neunundddreißig war, hatte ein unzufriedener Klient den Versuch gemacht, Buddys Bemühungen mit zwei Kugeln zu honorieren. Buddy hatte eine Niere verloren, und einer seiner Lungenflügel war kollabiert, aber zwei Wochen später stand er schon wieder im Gerichtssaal. Jeffrey hoffte, dass Buddys Sinn für Recht und Unrecht ihnen heute helfen würde, die Dinge voranzubringen. Jeffrey hatte an diesem Morgen ein Foto von Jack Allen Wright von der staatlichen Datenbank heruntergeladen. Jeffrey würde in Atlanta eine weitaus bessere Ausgangsposition haben, wenn er über eine positive Identifikation verfügte.

Jeffrey hatte sich noch nie für einen gefühlsbetonten Menschen gehalten, aber jetzt verspürte er einen Schmerz in der Brust, der einfach nicht vergehen wollte. Er wollte unbedingt mit Sara sprechen, aber er hatte schreckliche Angst davor, etwas Falsches zu sagen. Auf der Fahrt zur Arbeit war er im Geist immer wieder durchgegangen, was er zu ihr sagen würde, und manchmal hatte er es auch laut ausgesprochen, um zu hören, wie es klang. Aber nichts konnte ihn zufrieden stellen, und schließlich saß Jeffrey dann geschlagene zehn Minuten mit der Hand auf dem Telefon in seinem Büro, bevor er genügend Mut zusammenhatte, um Saras Nummer in der Klinik zu wählen.

Nachdem er Nelly gesagt hatte, dass es sich nicht um einen Notfall handelte, er aber dennoch gern mit Sara gesprochen hätte, wurde er nur mit einem schnippischen «Sie ist bei einem Patienten» abgefertigt, bevor man den Hörer aufknallte. Das bewirkte bei Jeffrey zuerst enorme Erleichterung, aber dann verspürte er auch Abscheu vor seiner Feigheit.

Er wusste, dass er um ihretwillen stark sein musste, aber Jeffrey fühlte sich zu sehr überrumpelt, um zu etwas anderem fähig zu sein, als loszuschluchzen wie ein Kind, sobald er daran dachte, was Sara widerfahren war. Er war verletzt, dass sie ihm nicht genug vertraut hatte, um zu erzählen, was ihr in Atlanta geschehen war. Andererseits war er auch wütend, dass sie ihn rundheraus belogen hatte. Die Narbe an der Seite war bagatellisiert worden als Überbleibsel einer Blinddarmoperation, obwohl Jeffrey sich im Rückblick erinnerte, dass die Narbe gezackt und vertikal gewesen war, so ganz anders als der saubere Schnitt eines Chirurgen.

Dass sie keine Kinder haben konnte, war etwas, weswegen er ihr nie zugesetzt hatte, es handelte sich ja um ein ziemlich heikles Thema. Es fiel ihm auch nicht schwer, sie in dieser Hinsicht in Ruhe zu lassen. Er nahm an, es gäbe da ein medizinisches Problem, oder vielleicht war sie auch, wie so manche Frau, einfach nicht dazu ausersehen, ein Kind auszutragen. Er war doch ein Cop, ein Detective, und daher hatte er alles, was sie sagte, für bare Münze genommen. Sara war eine Frau, die immer die Wahrheit sagte. Oder zumindest hatte er sie dafür gehalten.

«Chief?», sagte Marla und klopfte an die Tür. «Jemand aus Atlanta hat angerufen und lässt ausrichten, alles sei vorbereitet. Wollte keinen Namen hinterlassen. Sagt Ihnen das etwas?»

«Ja», antwortete Jeffrey und sah in der Akte, die er in der Hand hielt, noch einmal nach, ob der Ausdruck auch da war. Er starrte das Bild nochmals an, obwohl er das unscharfe Foto praktisch schon im Gedächtnis gespeichert hatte. Er streifte Marla auf dem Weg in den Flur. «Nach der Sache hier fahr ich gleich nach Atlanta. Ich weiß nicht, wann ich wieder zurück bin. Frank übernimmt hier so lange das Kommando.»

Jeffrey ließ ihr keine Zeit zu einer Erwiderung. Er öffnete die Tür zum Verhörraum und trat ein.

Buddy sagte vorwurfsvoll: «Wir sitzen hier schon seit zehn Minuten.»

«Und wir werden auch nur noch weitere zehn Minuten hier sitzen, wenn Ihr Klient sich zur Kooperation entschließt», sagte Jeffrey und setzte sich Buddy gegenüber auf einen Stuhl.

Jeffrey war sich nur einer einzigen Sache sicher, und zwar, dass er Jack Allen Wright umbringen wollte. Außerhalb des Football-Spielfeldes war Jeffrey nie ein gewalttätiger Mensch gewesen, aber den Mann, der Sara vergewaltigt hatte, wollte er töten, koste es, was es wolle.

«Können wir jetzt endlich anfangen?», fragte Buddy und klopfte mit der Hand auf den Tisch.

Jeffrey sah durch das kleine Fenster in der Tür nach draußen. «Wir müssen nur noch auf Frank warten», sagte er. Er fragte sich, wo der Mann nur blieb. Gleichzeitig hoffte er, dass er sich um Lena kümmerte.

Die Tür wurde geöffnet, und Frank betrat den Raum. Er sah aus, als hätte er die ganze Nacht nicht geschlafen. Sein Hemd hing an der Seite aus der Hose, und auf seiner Krawatte war ein Kaffeefleck. Jeffrey warf einen anzüglichen Blick auf seine Uhr.

«Tut mir Leid», sagte Frank und setzte sich auf den Stuhl neben Jeffrey.

«Also schön», sagte Jeffrey. «Es gibt da einige Fragen, die wir Gordon stellen müssen. Sollte er sich entgegenkommend verhalten, verzichten wir auf eine strafrechtliche Verfolgung wegen Drogenbesitzes.»

«Scheiß drauf», fauchte Gordon. «Ich hab Ihnen doch gesagt, es war nicht meine Hose.»

Jeffrey tauschte mit Buddy einen Blick. «Ich kann meine Zcit nicht mit so was verschwenden. Wir schicken ihn einfach in den Knast nach Atlanta und ersparen uns die ganze Arbeit.»

«Um was für Fragen handelt es sich denn?», fragte Buddy.

Jeffrey ließ die Katze aus dem Sack. Buddy hatte damit gerechnet, wieder einmal einen College-Studenten in einer simplen Drogensache zu verteidigen. Jeffrey gab sich Mühe, möglichst sachlich zu klingen, als er sagte: «Fragen zum Tod von Sibyl Adams und zur Vergewaltigung von Julia Matthews.»

Buddy wirkte leicht schockiert. Sein Gesicht wurde kreidebleich, sodass seine schwarze Augenklappe umso auffälliger wirkte. Er fragte Gordon: «Weißt du irgendwas darüber?»

Frank antwortete für ihn. «Er war der Letzte, der Julia Matthews in der Bibliothek gesehen hat. Und er war ihr Freund.»

Gordon legte wieder los. «Ich hab doch schon gesagt, dass es nicht meine Hose war. Scheiße, holen Sie mich hier raus.»

Buddy fixierte Gordon: «Du solltest denen hier lieber erzählen, was geschehen ist, wenn du nicht demnächst deiner Mama Briefe aus dem Gefängnis schreiben willst.»

Gordon kreuzte wütend die Arme. «Ich denke, Sie sind mein Anwalt?»

«Und ich denke, du bist ein menschliches Wesen», entgegnete Buddy und nahm seine Aktentasche zur Hand. «Diese Mädchen wurden zusammengeschlagen und umgebracht, Sohn. Du könntest einer Anklage wegen Drogenbesitzes entgehen, wenn du jetzt einfach das tust, was du gleich hättest tun sollen. Und wenn du damit ein Problem hast, dann musst du dir einen anderen Anwalt suchen.»

Buddy stand auf, aber Gordon hielt ihn zurück. «Sie war in der Bibliothek, okay?»

Buddy setzte sich wieder, behielt aber seine Aktentasche auf dem Schoß.

«Auf dem Campus?», fragte Frank.

«Jawohl, auf dem Campus», blaffte Gordon. «Ich bin ihr nur übern Weg gelaufen, okay?»

«Okay», antwortete Jeffrey.

«Also hab ich mit ihr geredet, ist doch klar? Sie wollte mich zurück. Das hab ich sofort geschnallt.»

Jeffrey nickte, obwohl er sich vorstellen konnte, dass Julia Matthews sehr bestürzt gewesen war, Gordon in der Bibliothek zu treffen.

«Jedenfalls haben wir geredet, so 'n bisschen auf Lippeneinsatz gemacht, wenn Sie verstehen, was ich meine. «Haben dann verabredet, dass wir uns später noch treffen.»

«Und danach was?», fragte Jeffrey.

«Dann ist sie gegangen. Sag ich doch. Sie ist einfach abgehauen, hat sich ihre Bücher geschnappt und hat gesagt, bis später dann, und ist abgedüst.»

Frank fragte: «Hast du gesehen, dass ihr jemand gefolgt ist? Jemand Verdächtiges?»

«Nö», antwortete er. «Sie war allein. Mir wär doch aufgefallen, wenn jemand sie beobachtet hätte. Sie war mein Mädchen. Ich hatte immer ein Auge auf sie.»

Jeffrey sagte: «Du kannst dir niemanden vorstellen, den sie vielleicht gekannt hat, nicht einen Fremden, bei dem sie vielleicht ein unbehagliches Gefühlt hatte? Vielleicht hat sie sich ja auch mit jemandem getroffen, nachdem ihr Schluss gemacht habt?»

Gordon sah ihn an, wie man einen begriffsstutzigen Hund ansieht. «Sie hat sich mit niemandem getroffen. Sie war in mich verliebt.»

«Du kannst dich nicht entsinnen, irgendwelche fremden Autos auf dem Campus gesehen zu haben?», fragte Jeffrey. «Oder Lieferwagen?»

Gordon schüttelte den Kopf. «Nichts hab ich gesehen, okay?»

Frank sagte: «Kommen wir zu eurer Verabredung. Du solltest sie also später treffen?»

Gordon gab sich mitteilsam: «Sie wollte sich um zehn mit mir hinter dem Landwirtschaftsgebäude treffen.»

«Aber sie erschien nicht?», fragte Frank.

«Nein», antwortete Gordon. «Ich hab noch gewartet, verstehen Sie? Dann wurde ich irgendwann sauer und ging sie suchen. Ich bin auch in ihr Zimmer gegangen, um zu sehen, was anlag, aber da war sie auch nicht.»

Jeffrey räusperte sich. «War Jenny Price dort?»

«Die Nutte?» Gordon winkte ab. «Die war doch bestimmt unterwegs und hat das halbe Naturwissenschaftsseminar gevögelt.»

Jeffrey merkte, wie der Ärger in ihm aufstieg. Mit Männern, die in allen Frauen Huren sahen, hatte er sein Problem, und zwar nicht zuletzt deswegen, weil diese Haltung gewöhnlich einherging mit Gewalttätigkeit gegenüber Frauen. «Also, Jenny war nicht da», fasste Jeffrey zusammen. «Und was hast du danach gemacht?»

«Bin zurück in mein Wohnheim.» Er zuckte mit den Achseln. «Und ins Bett gegangen.»

Jeffrey lehnte sich zurück. «Was verschweigst du uns, Ryan?», fragte er. «So wie ich die Sache sehe, hast du unseren Handel noch nicht eingehalten. So wie ich es sehe, wirst du wohl die nächsten zehn Jahre in dem orangen Overall stecken, den du jetzt schon trägst.»

Gordon warf Jeffrey einen Blick zu, der wohl bedrohlich sein sollte. «Ich hab Ihnen alles gesagt.»

«Nein», wandte Jeffrey ein. «Das hast du nicht. Du lässt etwas aus, das ziemlich wichtig ist, und ich schwöre bei Gott, wir verlassen diesen Raum erst, wenn du mir erzählt hast, was du weißt.»

Gordons Blick wurde unstet. «Ich weiß nichts.»

Buddy beugte sich zu ihm hinüber und flüsterte Gordon etwas ins Ohr, sodass er die Augen weit aufriss. Was immer der Anwalt seinem Klienten gesagt haben mochte – es wirkte.

Gordon sagte: «Ich bin ihr gefolgt, als sie aus der Bibliothek wegging.»

«Ja?» Jeffrey wollte ihn anspornen.

«Sie hat sich mit diesem Typen getroffen, okay?» Jeffrey wusste nicht, wo er seine Hände lassen sollte. Er hätte den Widerling am liebsten gepackt und gewürgt. «Ich hab versucht, sie einzuholen, aber sie waren zu schnell.»

«Was soll das heißen – schnell?», fragte Jeffrey. «Rannte sie neben ihm her?»

«Nein», sagte Gordon. «Er hat sie getragen.»

Jeffrey hatte das Gefühl, dass sich ihm der Magen umdrehte. «Und dir kam das nicht verdächtig vor, dass ein Typ sie wegtrug?»

Gordon zog die Schultern hoch bis an die Ohren. «Ich war sauer, okay? Ich war sauer auf sie.»

«Du wusstest, dass sie dich später nicht mehr treffen würde», begann Jeffrey, «und deswegen bist du ihr gefolgt.»

Er reagierte mit einem leichten Achselzucken, das ja oder nein bedeuten konnte.

«Und du hast gesehen, wie dieser Typ sie fortgeschleppt hat?», fuhr Jeffrey fort.

«Hab ich.»

Frank fragte: «Wie sah er denn aus?»

«Groß, schätz ich», sagte Gordon. «Sein Gesicht konnte ich nicht sehen, wenn Sie das meinen.»

«Weiß? Schwarz?», fragte Jeffrey.

«Ja, weiß», bot Gordon an. «Weiß und groß. Er trug dunkle Kleidung, alles schwarz. Man konnte die beiden gar nicht richtig sehen. Aber sie trug ja dies weiße Shirt, okay? Das fing irgendwie das Licht ein, und daher sah man sie, aber ihn nicht.»

Frank fragte: «Bist du ihnen gefolgt?»

Gordon schüttelte nur den Kopf.

Frank blieb stumm und biss vor Ärger die Zähne zusammen. «Du weißt, dass sie jetzt tot ist, oder?»

Gordon sah auf die Tischplatte hinunter. «Ja, weiß ich.»

Jeffrey öffnete den Umschlag und zeigte Gordon den Ausdruck. Er hatte Wrights Namen mit einem schwarzen Marker ausgestrichen, aber alle anderen Daten waren noch zu lesen. «Ist das hier der Kerl?»

Gordon senkte den Blick noch weiter. «Nein.»

«Sieh dir das verdammte Foto an», forderte Jeffrey ihn auf. Er sprach so laut, dass Frank neben ihm aufschreckte.

Gordon tat, wozu er aufgefordert worden war, und näherte sich mit dem Gesicht dem Foto, bis seine Nase es fast berührte. «Ich weiß doch nicht, Mann», sagte er. «Es war dunkel. Ich konnte sein Gesicht nicht erkennen.» Er ließ den Blick über Wrights persönliche Daten schweifen. «Er war so groß. Auch ungefähr so gebaut. Könnte der hier gewesen sein, schätze ich.»

Er zuckte fast gleichgültig die Achsel. «Ich mein, Scheiße, ich hab doch nicht auf ihn geachtet. Ich hab nur sie gesehen.»

Die Fahrt nach Atlanta dauerte lange und war ermüdend. Nur gelegentlich unterbrach eine Baumgruppe in den Fängen der eingeschleppten und nicht mehr wegzudenkenden asiatischen Kletterpflanze Kudzu die Monotonie der Landschaft. Zweimal versuchte er, Sara zu Hause anzurufen und eine Nachricht für sie zu hinterlassen, aber ihr Anrufbeantworter sprang auch nach dem zwanzigsten Klingeln nicht an. Jeffrey verspürte plötzliche Erleichterung, aber gleich darauf schämte er sich ganz entsetzlich. Je näher er der Stadt kam, desto intensiver redete er sich ein, dass er das Richtige tat. Er konnte Sara ja noch anrufen, sobald er etwas wusste. Vielleicht konnte er sie ja auch mit der Nachricht überraschen, dass Jack Allen Wright in einen unglückseligen Unfall verwickelt worden war, an dem Jeffreys Waffe und Wrights Brust beteiligt waren.

Obwohl er 130 Stundenkilometer fuhr, brauchte Jeffrey vier Stunden, bevor er von der 20 abbog und die Ausfahrt in die Innenstadt nahm. Ein kleines Stück nach der Gabelung kam er am Grady Hospital vorbei und spürte, dass ihm wieder die Tränen kommen wollten. Das Krankenhaus war ein monströses Gebäude, das an einer Stelle über der Interstate aufragte, die Atlantas Verkehrsberichterstatter die Grady Curve nannten. Grady war eines der größten Krankenhäuser der Welt. Sara hatte ihm erzählt, dass im Jahresdurchschnitt über zweihunderttausend Patienten in der Notfallklinik behandelt wurden. Nach einer kürzlichen Renovierung, die vierhundert Millionen Dollar gekostet hatte, sah das Krankenhaus aus, als gehörte es zur Kulisse eines Batman-Films. In einer für die Stadt Atlanta typischen politischen Situation war die Renovierung zum Thema einer brisanten Untersuchung geworden, wobei Schmiergelder und Bestechungssummen bis hinauf ins Rathaus hatten zurückverfolgt werden können.

Jeffrey nahm die Innenstadt-Ausfahrt und fuhr am Capitol vorbei. Sein Freund aus der Polizeitruppe von Atlanta war im Dienst angeschossen worden und hatte einen Posten als Wachhabender im Gericht der frühzeitigen Pensionierung vorgezogen. Mit einem Anruf aus Grant war ein Treffen um ein Uhr verabredet worden. Es war fünfzehn Minuten vor eins, als Jeffrey einen Parkplatz in der sehr belebten Innenstadt ums Capitol gefunden hatte.

Keith Ross wartete vor dem Gerichtsgebäude, als Jeffrey ankam. In einer Hand hielt er einen großen Aktenordner, in der anderen einen einfachen weißen Briefumschlag.

«Hab dich ja schon eine kleine Ewigkeit nicht mehr gesehen», sagte Keith und begrüßte Jeffrey mit einem festen Händedruck.

«Freut mich auch, dich zu sehen, Keith», erwiderte Jeffrey die Begrüßung und versuchte dabei, seine Stimme so locker klingen zu lassen, wie er sich ganz und gar nicht fühlte. Die Fahrt nach Atlanta hatte Jeffrey nur noch mehr angespannt. Und auch der schnelle Fußmarsch vom Parkhaus zum Gerichtsgebäude hatte nicht dazu beigetragen, seine Anspannung zu lösen.

«Ich kann dir dies hier nur ganz kurz überlassen», sagte Keith, der spürte, wie viel Jeffrey an dieser Sache lag. «Ich hab's von einem Kumpel aus dem Archiv.»

Jeffrey nahm den Aktenordner entgegen, aber öffnete ihn noch nicht. Er wusste, was er darin finden würde: Bilder von Sara, Zeugenaussagen, detaillierte Beschreibungen dessen, was genau auf jener Toilette geschehen war.

«Gehen wir rein», sagte Keith und geleitete Jeffrey ins Gebäude.

Jeffrey zeigte an der Tür kurz seine Dienstmarke und entging dadurch der Sicherheitsüberprüfung. Keith führte ihn in ein kleines Büro seitlich vom Eingang. Ein Schreibtisch, der von TV-Monitoren gesäumt war, füllte fast den gesamten Raum aus. Ein junger Bursche mit dicken Brillengläsern und in einer Polizeiuniform sah überrascht auf, als sie eintraten.

Keith zog einen Zwanzigdollarschein aus der Tasche. «Hier, kauf dir was zu naschen», sagte er.

Der junge Mann nahm das Geld und ging, ohne einen Ton zu sagen.

«Hingebungsvolle Dienstauffassung», kommentierte Keith sarkastisch. «Man muss sich doch fragen, was die bei der Polizei wollen.»

«Ja», murmelte Jeffrey, der sich nichts weniger wünschte als eine weitschweifige Unterhaltung über die Qualität von Polizeirekruten.

«Ich lass dich damit allein», sagte Keith. «Zehn Minuten, okay?»

«Okay», antwortete Jeffrey, der nur noch darauf wartete, dass die Tür geschlossen wurde.

Die Akte war kodiert und datiert und trug irgendwelche obskuren Bezeichnungen, die wohl nur ein städtischer Angestellter enträtseln konnte. Jeffrey rieb mit der Hand über die Vorderseite, als könne er sich die Informationen einverleiben, ohne sie tatsächlich betrachten zu müssen. Als das aber nicht gelingen wollte, atmete er tief durch und öffnete die Akte.

Bilder von Sara nach der Vergewaltigung stürmten auf ihn ein. Farbige Nahaufnahmen ihrer Hände und Füße, der Stichwunde an ihrer Seite und ihrer geschundenen Geschlechtsorgane ergossen sich über den Tisch. Bei ihrem Anblick rang er nach Luft. Es schnürte ihm den Brustkorb zusammen, und stechende Schmerzen durchfuhren seinen Arm. Einen Augenblick lang dachte Jeffrey, er hätte einen Herzanfall, aber ein paar tiefe Atemzüge verhalfen ihm langsam wieder zu einem klaren Kopf. Er merkte, dass er unwillkürlich die Augen geschlossen hatte, und als er sie wieder aufschlug, drehte er die Bilder von Sara um, ohne noch einmal hinzusehen.

Jeffrey lockerte die Krawatte. Er gab sich große Mühe, die Bilder zu verdrängen, die er gerade noch gesehen hatte. Er blätterte die anderen Fotos durch und stieß auf ein Bild von Saras

Auto. Es war ein silberfarbener BMW 320 mit schwarzen Stoßstangen und blauen Streifen an den Seiten. In die Tür geritzt war, wohl mit einem Schlüssel, das Wort FOTZE, wie Sara bei ihrer Aussage vor Gericht auch gesagt hatte. Es gab sowohl ein «Vorher»- wie ein «Nachher»-Foto der Autotür, einmal ohne und einmal mit dem silbernen Klebeband. Jeffrey hatte ganz plötzlich Sara vor Augen, wie sie vor der Tür kniete und die Verunstaltung überklebte. Wahrscheinlich hatte sie sich dabei vorgenommen, wenn sie wieder einmal nach Grant käme, den Schaden von ihrem Onkel Al beheben zu lassen.

Jeffrey warf einen Blick auf seine Armbanduhr. Fünf Minuten waren schon verstrichen. Auf dem Monitor einer der Überwachungskameras sah er Keith. Er hatte die Hände tief in den Hosentaschen vergraben und quatschte mit den Wächtern am Eingang.

Als er weiter hinten in der Akte blätterte, fand er den Bericht über die Festnahme von Jack Allen Wright. Wright war vorher bereits zweimal unter Verdacht in Gewahrsam genommen, aber nicht angeklagt worden. Beim ersten Vorkommnis hatte eine junge Frau in ungefähr dem Alter, in dem sich Sara bei dem Übergriff befunden hatte, die Beschuldigung zurückgezogen und war aus der Stadt weggezogen. In dem anderen Fall hatte die junge Frau sich das Leben genommen. Jeffrey rieb sich die Augen. Er dachte an Julia Matthews.

Es klopfte an der Tür, und dann sagte Keith: «Die Zeit ist rum, Jeffrey.»

«Yeah», sagte Jeffrey und schloss die Akte. Er mochte sie auch gar nicht mehr in den Händen halten. Er streckte sie Keith entgegen, ohne ihn anzusehen.

«Hat's dir was geholfen?»

Jeffrey nickte und rückte seine Krawatte zurück. «Ein wenig», sagte er. «Konntest du rausfinden, wo der Typ steckt?»

«Nur die Straße runter», antwortete Keith. «Arbeitet im Bank Building.»

«Heißt das, zehn Minuten von der Uni entfernt? Und noch fünf mehr vom Grady?»

«Du sagst es.»

«Und, was macht er?»

«Ist wieder Hausmeister, wie im Grady», sagte Keith. Er hatte sich die Akte offenbar angesehen, bevor er sie Jeffrey gab. «All diese Studentinnen, und er ist nur zehn Minuten von ihnen entfernt.»

«Weiß die Campus-Polizei Bescheid?»

«Inzwischen ja», sagte Keith und sah Jeffrey bedeutungsvoll an. «Ist ja wohl keine große Gefahr mehr.»

«Was soll das heißen?», fragte Jeffrey.

«Teil seiner Bewährung», sagte Keith und deutete auf die Akte. «So weit bist du wohl nicht gekommen. Er nimmt Depo.»

Unbehagen überkam Jeffrey. Depo-Provera war der neueste Trend in der Behandlung von Sexualverbrechern. Normalerweise wurde es bei Frauen zur Hormonsubstitution eingesetzt, aber bei genügend hoher Dosis ließen sich damit auch die sexuellen Bedürfnisse eines Mannes einschränken. Wenn die Droge bei Sexualtätern eingesetzt wurde, sprach man von chemischer Kastration. Jeffrey wusste jedoch, dass die Droge nur so lange wirkte, wie der Täter sie auch nahm. Es handelte sich eher um ein dämpfendes Medikament als um ein Heilmittel.

Jeffrey deutete auf den Aktenordner. Er durfte in diesem Raum Saras Namen nicht aussprechen. «Hat er hiernach nochmal jemanden vergewaltigt?»

«Zwei andere Frauen hat er nach dieser Sache hier noch vergewaltigt», antwortete Keith. «Das war das Linton-Mädchen, ja? Auf sie hat er auch eingestochen, ja? Versuchter Mord, sechs Jahre. Hat wegen guter Führung frühe Bewährung bekommen, wurde auf Depo gesetzt, hat das Depo abgesetzt, ging los und hat noch drei weitere Frauen vergewaltigt. In einem Fall konnten sie ihn überführen, die anderen Frauen wollten nicht aussagen. Man schickte ihn für drei weitere Jahre hinter Gitter, und jetzt ist er auf Bewährung frei und bekommt das Depo unter strenger Kontrolle verabreicht.»

«Er hat sieben Frauen vergewaltigt und dafür nur zehn Jahre gesessen?»

«Sie haben ihn nur in drei Fällen überführen können, und außer bei ihr» – er deutete auf Saras Akte – «waren die anderen Identifikationen ziemlich zweifelhaft. Er trug eine Maske. Du weißt ja, wie es ist, wenn diese Frauen im Zeugenstand sind. Sie werden unheimlich nervös, und ehe du dich versiehst, hat der gegnerische Anwalt sie so weit, dass sie sich fragen, ob sie überhaupt vergewaltigt wurden. Noch weniger können sie sich an den Täter erinnern.»

Jeffrey biss sich auf die Lippen, aber Keith schien seine Gedanken zu lesen.

«He», sagte er, «wenn ich diese Fälle bearbeitet hätte, wäre der Hundesohn auf den Stuhl geschickt worden. Du weißt doch, was ich meine?»

«Ja», sagte Jeffrey, der fand, dass solche Aufschneiderei sie auch nicht weiterbrachte. «Ist er fällig für seinen ‹dritten Treffer›?», fragte er. In Georgia war wie in vielen anderen Bundesstaaten vor einiger Zeit ein «Third strike»-Gesetz verabschiedet worden, durch das ein Straftäter nach seiner dritten Verurteilung wegen eines Verbrechens, mochte es diesmal auch noch so geringfügig sein, sofort zurück ins Gefängnis geschickt wurde, möglicherweise lebenslänglich.

«Sieht ganz so aus», antwortete Keith.

«Wer ist sein Bewährungshelfer?»

«Darum hab ich mich schon gekümmert», sagte Keith. «Wright trägt ein Armband. Sein Bewährungshelfer sagt, die letzten beiden Jahre ist er sauber geblieben. Er sagt auch, der Bursche würde sich eher den Kopf abhacken lassen, als wieder ins Gefängnis zu gehen.»

Jeffrey nickte. Jack Wright musste als Teil seiner Bewährung eine Überwachungsmanschette tragen. Wenn er das ihm zugeschriebene Aufenthaltsgebiet verließ oder zu einer bestimmten Zeit nicht wieder im Haus war, schrillte in der Überwachungsstation eine Alarmglocke. Im Stadtgebiet von Atlanta waren die meisten Bewährungshelfer in den jeweiligen Polizeibezirken stationiert, sodass man die Leute, die ihre Auflagen nicht erfüllten, sofort wieder schnappen konnte. Es war ein gutes System, und obwohl Atlanta eine so große Stadt war, schlüpften nicht viele auf Bewährung Entlassene durch die Maschen.

«Außerdem», sagte Keith, «bin ich auch zum Bank Building runtergegangen.» Er zuckte entschuldigend mit den Achseln, denn er wusste sehr wohl, dass er damit seine Befugnisse überschritten hatte. Das hier war Jeffreys Fall, aber Keith langweilte sich wahrscheinlich zu Tode, wenn er den ganzen Tag lang nur in Besuchertaschen nach Handfeuerwaffen kramte.

«Ist schon okay», sagte Jeffrey. «Was hast du rausgefunden?»

«Hab mir mal seine Stechkarten angesehen. Er ist jeden Morgen um sieben gekommen, ist mittags um zwölf raus, um halb eins wieder zurück und schließlich Feierabend um fünf.»

«Könnte doch jemand anderes für ihn gestempelt haben.»

Keith reagierte mit einem Achselzucken. «Seine Vorgesetzte hatte ihn nicht ständig im Auge, aber sie sagt, es hätte Beschwerden aus den Büros gegeben, wenn er nicht am Arbeitsplatz gewesen wäre. Anscheinend legen die feinen Herren Angestellten sehr viel Wert darauf, dass ihre Klos ständig auf Hochglanz geputzt sind.»

Jeffrey deutete auf den weißen Briefumschlag, den Keith in der Hand hielt. «Was ist das?»

«Zulassung», sagte Keith und reichte ihm den Umschlag. «Er fährt einen blauen Chevy Nova.»

Jeffrey riss den Umschlag mit dem Daumennagel auf. Er fand die Fotokopie von Jack Allen Wrights Pkw-Zulassung. Unter dem Namen stand auch eine Adresse. «Aktuell?», fragte Jeffrey.

«Ja», antwortete Keith. «Nur – von mir hast du sie nicht bekommen.»

Jeffrey wusste, was er meinte. Atlantas Polizeichefin leitete ihre Behörde straff und streng. Jeffrey kannte ihren Ruf und bewunderte ihre Leistung, aber er wusste auch, dass er sehr schnell einen zehn Zentimeter langen Stilettoabsatz im Nacken spüren würde, wenn sie meinte, dass ein Hinterwäldler-Cop aus Grant County ihr auf die Zehen trat.

«Wenn du von Wright bekommst, was du brauchst», sagte Keith, «dann ruf beim APD an.» Er reichte Jeffrey eine Visitenkarte mit Atlantas aus der Asche aufsteigendem Phoenix. Jeffrey drehte sie um und las auf der Rückseite einen Namen und eine Telefonnummer.

Keith sagte: «Das ist seine Bewährungshelferin. Ein gutes Mädchen, aber du musst schon was Handfestes vorzuweisen haben, wenn du ihr erklären willst, warum du es auf Wright abgesehen hast.»

«Du kennst sie?»

«Hab von ihr gehört», sagte Keith. «Ziemlich harter Brocken, also sei auf der Hut. Wenn du sie einbeziehen willst, ihren Jungen zu schnappen, und ihr nicht passt, wie du sie ansiehst, sorgt sie dafür, dass du ihn nie wieder zu Gesicht bekommst.»

Jeffrey sagte: «Ich versuche, mich wie ein Gentleman zu benehmen.»

Keith fügte noch hinzu: «Ashton liegt gleich an der Interstate. Ich werd's dir beschreiben.»

EINUNDZWANZIG

Nick Sheltons Stimme dröhnte durchs Telefon: «He, Lady!»

«He, Nick», entgegnete Sara und schloss ein Krankenblatt, das vor ihr auf dem Schreibtisch lag. Seit acht Uhr früh war sie schon in der Klinik und hatte bis um vier Uhr nachmittags ständig Patienten in der Sprechstunde gehabt. Sara kam es so vor, als sei sie den ganzen Tag durch Treibsand gelaufen. Sie hatte leichte Kopfschmerzen, und zudem war ihr auch ein wenig übel, weil sie am Abend zuvor wohl etwas zu viel getrunken hatte. Hinzu kam noch das Unbehagen über das emotionale Drama, das sich abgespielt hatte. Je weiter der Tag fortschritt, desto ausgelaugter fühlte sie sich. Beim Mittagessen hatte Molly bemerkt, dass Sara heute wohl besser Patientin als Ärztin wäre.

«Ich hab Mark diese Samen gezeigt», sagte Nick. «Er sagt, es handelt sich auf jeden Fall um Belladonna, nur sind es die Beeren, nicht die Samen.»

«Gut zu wissen», brachte Sara heraus. «Er ist seiner Sache sicher?»

«Hundertprozentig», erwiderte Nick. «Er sagt, irgendwie ist es komisch, dass sie die Beeren gegessen haben. Du weißt ja, die sind am wenigsten giftig. Vielleicht gibt euer Kerl da unten ihnen die Beeren, damit sie aufgekratzt sind, und gibt ihnen die endgültige Dosis erst, wenn er von ihnen ablässt.»

«Das klingt einleuchtend», sagte Sara, die gar nicht darüber nachdenken mochte. Heute wollte sie keine Ärztin sein. Heute wollte sie keine Gerichtsmedizinerin sein. Sie wollte nur im Bett liegen, Tee trinken und irgendwas Stumpfsinniges in der Glotze sehen. Und genau das würde sie auch tun, sobald sie die letzte Krankenakte des Tages auf den neuesten Stand gebracht hatte. Dankenswerterweise hatte Nelly den morgigen Tag als einen freien Tag für Sara angemeldet. Sie würde das Wochenende nutzen, um neue Kraft zu tanken. Montag würde Sara dann wieder ganz die Alte sein.

Sie fragte: «Irgendwas zu der Spermaprobe?»

«Damit haben wir ein paar Probleme, wenn man in Betracht zieht, wo du sie gefunden hast. Ich denke jedoch, dass wir da noch etwas herausbekommen.»

«Das sind ja gute Nachrichten.»

Nick sagte: «Erzählst du Jeffrey das mit den Beeren, oder soll ich ihn anrufen?»

Sara wurde bei der Erwähnung von Jeffreys Namen noch mehr übel.

«Sara?», fragte Nick nach.

«Ja», antwortete Sara. «Ich rede mit ihm, sobald ich die Arbeit hier hinter mir habe.»

Sara legte nach den angemessenen Abschiedsfloskeln auf. Danach saß sie in ihrem Büro und massierte sich das Kreuz. Sie überflog die nächste Krankenakte, trug die Änderung der Medikation ein und notierte, dass der Patient wegen der Laborresultate zu einem neuen Termin bestellt werden sollte. Als sie mit der letzten Akte durch war, zeigte die Uhr halb sechs an.

Sara stopfte ein paar Akten in ihre Aktentasche, denn sie wusste, dass am Wochenende auch der Moment kommen würde, wo die Schuldgefühle einsetzten und sie einfach etwas arbeiten musste. In ihr kleines Aufnahmegerät konnte sie zu Hause diktieren. Es gab in Macon einen Laden, wo man Abschriften machte, es dauerte nur zwei Tage.

Sie knöpfte ihre Jacke zu, als sie die Straße überquerte und den Weg in die Innenstadt einschlug. Sie blieb auf dem Gehsteig, der der Apotheke gegenüberlag, um Jeb nicht über den Weg zu laufen. Sara hielt den Kopf gesenkt, als sie an dem Haushaltswarenladen und dem Textilgeschäft vorbeiging, sie wollte niemanden zu einer Unterhaltung animieren. Dass sie vor der Polizeiwache stehen blieb, überraschte sie selbst. Ihr Verstand arbeitete, ohne dass sie sich dessen bewusst wurde, und mit jedem Schritt wurde sie zorniger auf Jeffrey, weil er sie nicht angerufen hatte. Es war doch nicht zu bestreiten, dass sie ihre Seele über seinem Badezimmerwaschbecken entblößt hatte, und trotzdem hatte er nicht den Anstand besessen, sie anzurufen.

Sara marschierte in die Wache und rang sich ein Lächeln für Marla ab. «Ist Jeffrey da?»

Marla runzelte die Stirn. «Ich glaube nicht», sagte sie. «Er hat sich um die Mittagszeit schon abgemeldet. Sie müssten vielleicht Frank fragen.»

«Und der ist hinten?» Sara deutete mit ihrer Aktentasche auf die Tür.

«Ich glaub schon», antwortete Marla und wandte sich wieder ihrer Beschäftigung zu.

Sara warf einen Blick darauf, als sie an der älteren Frau vorbeiging. Marla löste ein Kreuzworträtsel.

Der hintere Raum war leer, und die ungefähr zehn Schreibtische, an denen normalerweise die ranghöheren Detectives arbeiteten, waren momentan nicht besetzt. Sara nahm an, dass sie dabei waren, Jeffreys Liste abzuarbeiten, oder kurz etwas zu Abend aßen. Mit erhobenem Kopf steuerte sie auf Jeffreys Büro zu und trat ein. Natürlich war er nicht da.

Sara stand in dem kleinen Büroraum. Ihre Aktentasche hatte sie auf seinem Schreibtisch abgestellt. Sie war wer weiß wie oft in diesem Raum gewesen. Hier hatte sie sich immer sicher gefühlt. Auch noch nach der Scheidung hatte Sara das Gefühl gehabt, dass Jeffrey vertrauenswürdig war. Als Polizist hatte er immer das Richtige getan. Er hatte alles in seiner Kraft Stehende unternommen, um sicherzustellen, dass die Menschen, denen er diente, in Sicherheit lebten.

Als Sara vor zwölf Jahren zurück nach Grant gezogen war, konnten auch noch so viele Beteuerungen ihres Vaters und ihrer Familie sie nicht davon überzeugen, dass sie in Sicherheit war. Sara hatte gewusst, dass sich die Nachricht von einem Waffenkauf wie ein Lauffeuer verbreitet hätte. Mehr noch, sie wusste, dass sie zur Polizeiwache gehen musste, um die Waffe registrieren zu lassen. Ben Walker, vor Jeffrey Polizeichef, spielte jeden Freitagabend mit Eddie Linton Poker. Sara hätte keine Waffe kaufen können, ohne alle Verwandten und Bekannten in Alarmzustand zu versetzen.

Ungefähr zu der Zeit wurde ein Mitglied einer Jugendbande ins Krankenhaus von Augusta eingeliefert, weil man ihm beinahe den ganzen Arm weggeschossen hatte. Sara hatte um den Arm des Jungen gekämpft und ihn schließlich auch gerettet. Der Junge war erst vierzehn. Als seine Mutter kam, hatte sie sofort mit ihrer Handtasche auf seinen Kopf eingeprügelt. Sara hatte das Zimmer verlassen, aber kurz darauf hatte die Mutter vor ihr gestanden. Die Frau hatte Sara die Waffe ihres Sohnes ausgehändigt und sie gebeten, darauf Obacht zu geben. Wäre Sara eine gläubige Christin gewesen, hätte sie dies Ereignis als Wunder bezeichnet.

Die Waffe befand sich jetzt, wie Sara sehr wohl wusste, in Jeffreys Schreibtischschublade. Sie blickte kurz über die Schulter, bevor sie die Schublade aufzog, nahm den Beutel mit der Ruger heraus und verstaute ihn in ihrer Aktentasche. Kurz darauf hatte sie auch schon das Zimmer verlassen.

Erhobenen Hauptes ging Sara zurück zum College. Ihr Boot lag vertäut vor dem Bootshaus. Mit einer Hand warf sie ihre Aktentasche hinein, während sie mit der anderen die Leine löste. Ihre Eltern hatten ihr das Boot zum Einzug in ihr Haus geschenkt, und es war zwar alt, aber sehr robust. Der Motor war stark, und Sara war oft in seinem Schlepptau Wasserski gelaufen. Dabei war ihr Vater am Ruder gewesen und hatte immer wieder Gas weggenommen, weil er fürchtete, ihr sonst die Arme auszureißen.

Nachdem sie sich vergewissert hatte, dass sie nicht beobachtet wurde, nahm Sara vorsichtig die Waffe aus der Aktenmappe und schloss sie samt Plastikbeutel im wasserdichten Handschuhfach vor dem Beifahrersitz weg. Sie hob ein Bein über die Reling und stieß das Boot mit dem Fuß vom Steg ab. Der Motor stotterte, als sie den Zündschlüssel drehte. Sie hätte den Motor prüfen lassen sollen, nachdem sie ihn den ganzen Winter über nicht benutzt hatte, aber sie hatte keine andere Wahl, weil ihr Wagen nicht vor Montag repariert sein würde. Ihren Vater zu bitten, sie zu fahren, wäre auf ein längeres Gespräch hinausgelaufen, und Jeffrey kam gar nicht in Frage.

Nachdem er eine Wolke übel aussehenden blauen Qualms ausgestoßen hatte, sprang der Motor an, und Sara legte leicht lächelnd ab. Sie war sich schon fast wie eine Verbrecherin vorgekommen, als sie sich mit der Waffe in ihrer Aktentasche fortgeschlichen hatte, aber sie fühlte sich jetzt sicherer. Was Jeffrey denken mochte, wenn er feststellte, dass die Waffe weg war, konnte Sara ziemlich egal sein.

Als sie die Mitte des Sees erreicht hatte, hüpfte das Boot schon beinahe übers Wasser. Ihr Gesicht schmerzte in der schneidenden Kälte des Fahrtwinds, und sie setzte die Brille auf, um die Augen zu schützen. Obwohl die Sonne vom Himmel brannte, war das Wasser noch kalt von den Niederschlägen, die es kürzlich in Grant County gegeben hatte. Es sah bereits so aus, als würde es auch an diesem Abend wieder ein Unwetter geben, aber wahrscheinlich erst lange nach Sonnenuntergang.

Sara zog den Reißverschluss ihrer Jacke ganz bis unters Kinn, um sich der Kälte zu erwehren. Doch als sie endlich ihr Haus sehen konnte, lief ihre Nase, und ihre Wangen fühlten sich an, als hätte sie den Kopf in einen Eimer mit Eiswasser getaucht. Sie steuerte scharf nach links, um einer Gruppe von Felsen auszuweichen, die vom Wasser überspült waren. Es hatte eine Zeit gegeben, da war diese Stelle mit einem Warnschild markiert gewesen, aber das war schon vor Jahren verrottet. Nach den kürzlichen Regenfällen hatte der See zwar Hochwasser, aber Sara wollte kein Risiko eingehen.

Sie hatte im Bootshaus angelegt und benutzte die elektrische

Winde, um das Boot aus dem Wasser zu ziehen, als ihre Mutter von der Rückseite des Hauses auftauchte.

«Mist», murmelte Sara und drückte auf den roten Knopf, um die Winde anzuhalten.

«Ich hab in der Klinik angerufen», sagte Cathy. «Nelly sagte, du nimmst dir morgen frei.»

«Stimmt», antwortete Sara. Dabei zog sie an der Kette, um die Tür hinter dem Boot herunterzulassen.

«Deine Schwester hat mir von eurem Streit gestern Abend erzählt.»

Sara zog mit einem Ruck an der Kette, sodass die Metallkonstruktion schepperte. «Wenn du hier bist, um mir wieder zu drohen, kann ich nur sagen: Der Schaden ist bereits angerichtet.»

«Soll heißen?»

Sara ging an ihrer Mutter vorbei. «Soll heißen, er weiß Bescheid», sagte sie, stemmte die Hände in die Hüften und wartete darauf, dass ihre Mutter hinterherkam. «Ich hab ihm das Protokoll gezeigt.»

«Was hat er gesagt?»

«Darüber kann ich nicht sprechen», antwortete Sara und wandte sich dem Haus zu. Ihre Mutter folgte ihr über den Rasen, blieb aber dankenswerterweise stumm.

Sara schloss die Hintertür auf und ließ sie für ihre Mutter offen stehen. Sie ging in die Küche und merkte zu spät, dass eine furchtbare Unordnung herrschte.

Cathy sagte: «Also wirklich, Sara, du müsstest doch mal die Zeit finden, hier sauberzumachen.»

«Ich hatte sehr viel zu arbeiten.»

«Das ist keine Entschuldigung», dozierte Cathy. «Du musst dir nur sagen: ‹Ich werde jeden zweiten Tag eine Ladung Wäsche machen. Und ich werde alle Sachen wieder an den Platz zurücklegen, von dem ich sie genommen habe.› Dann hast du auch ruck, zuck alles im Griff.»

Sara ignorierte den inzwischen vertrauten Rat und ging ins Wohnzimmer. Sie prüfte die Rufnummernbox, aber es waren keine Anrufe registriert worden.

«Wir hatten Stromausfall», sagte ihre Mutter und drückte auf die Knöpfe am Herd, um die richtige Zeit einzustellen. «Die Unwetter richten das reine Chaos an. Dein Vater hat gestern Abend fast einen Herzschlag gekriegt, als er *Jeopardy!* sehen wollte und nichts als Schnee auf dem Bildschirm hatte.»

Irgendwie war Sara erleichtert. Vielleicht hatte Jeffrey ja doch angerufen. Höhere Gewalt hatte eingegriffen. Sie ging zum Waschbecken und füllte den Teekessel. «Möchtest du auch einen Tee?»

Cathy schüttelte den Kopf.

«Ich auch nicht», murmelte Sara und ließ den Kessel im Becken stehen. Sie ging nach hinten ins Haus und zog auf dem Weg ins Schlafzimmer zuerst ihr Hemd und dann den Rock aus. Cathy folgte ihr und ließ die Tochter nicht aus den mütterlich trainierten Augen.

«Streitest du dich wieder mit Jeffrey?»

Sara zog ein T-Shirt über den Kopf. «Ich streite mich doch immer mit Jeffrey, Mutter. So sind wir nun mal.»

«Und vor lauter Lust auf solche Streitereien kannst du nicht mal in der Kirche stillsitzen?»

Sara biss sich auf die Lippe und merkte, dass sie rot wurde.

Cathy fragte: «Was ist denn diesmal passiert?»

«Mein Gott, Mama. Ich möchte wirklich nicht darüber reden.»

«Dann erzähl mir was über diese Sache mit Jeb McGuire.»

«Da gibt es keine ‹Sache›. Wirklich nicht.» Sara schlüpfte in ein Paar Trainingshosen.

Cathy setzte sich aufs Bett und glättete das Laken mit der flachen Hand. «Das ist gut. Der ist nämlich überhaupt nicht dein Typ.»

Sara lachte. «Wie ist denn mein Typ?»

«Jemand, der es mit dir aufnehmen kann.»

«Vielleicht mag ich Jeb ja», erwiderte Sara, der nicht entging, wie gereizt ihr Tonfall war. «Vielleicht gefällt es mir, dass er vorhersagbar ist und nett und ausgeglichen. Er hat weiß Gott lange genug gewartet, bis er einmal mit mir ausgehen kann. Vielleicht sollte ich mich öfter mit ihm treffen.»

Cathy sagte: «Du bist nicht so böse auf Jeffrey, wie du denkst.»

«Oh, tatsächlich?»

«Du bist nur verletzt, und das macht dich zornig. Du öffnest dich anderen Menschen nur sehr selten», fuhr Cathy fort. Sara bemerkte, dass die Stimme ihrer Mutter besänftigend, aber doch auch entschieden klang, als wolle sie ein gefährliches Tier aus seinem Versteck locken. «Ich weiß noch, dass du schon als kleines Mädchen sehr sorgsam darauf geachtet hast, mit wem du dich anfreunden wolltest.»

Sara setzte sich aufs Bett, um die Socken anzuziehen. Sie sagte: «Ich hatte massenhaft Freundinnen.»

«O ja, du warst beliebt, aber du hast nur sehr wenige an dich herangelassen.» Sie strich Sara das Haar hinters Ohr. «Und nach dem, was in Atlanta geschehen ist –»

Sara vergrub das Gesicht in den Händen. Tränen flossen, und sie flüsterte: «Mama, ich mag wirklich jetzt nicht darüber sprechen, okay? Bitte, nicht jetzt.»

«Schon gut», lenkte Cathy ein und legte ihr den Arm um die Schulter. Sie zog Saras Kopf an ihre Brust. «Psssst», beruhigte sie sie und streichelte ihr das Haar. «Ist ja alles gut.»

«Ich …» Sara schüttelte den Kopf, konnte nicht weiterreden. Sie hatte vergessen, wie gut es tat, von ihrer Mutter getröstet zu werden. In den letzten Tagen war sie so erpicht darauf gewesen, Jeffrey von sich zu weisen, dass sie dabei auch auf Distanz zu ihrer Familie gegangen war.

Cathy küsste Sara oben auf den Kopf und sagte: «Es gab auch mal eine Situation zwischen deinem Vater und mir.»

Sara war so verblüfft, dass sie zu weinen aufhörte. «Daddy hat dich betrogen?»

«Natürlich nicht.» Cathy runzelte die Stirn. Einige Sekunden verstrichen, bevor sie damit herauskam. «Es war umgekehrt.»

«Du hast Daddy betrogen?»

«Es ist nie vollzogen worden, aber in meinem Herzen empfand ich so, als sei es geschehen.»

«Was soll das denn heißen?» Sara schüttelte den Kopf, für sie klang es wie eine von Jeffreys Entschuldigungen: fadenscheinig. «Nein, vergiss es.» Sie wischte mit dem Handrücken über die Augen und dachte dabei, dass sie es wirklich nicht hören wollte. Die Ehe ihrer Eltern war das Podest, auf das Sara all ihre Vorstellungen von Liebe und zwischenmenschlichen Beziehungen gestellt hatte.

Cathy schien jedoch unbedingt ihre Geschichte erzählen zu wollen. «Ich habe deinem Vater gesagt, dass ich ihn wegen eines anderen Mannes verlassen wolle.»

Mit hängendem Unterkiefer kam sich Sara reichlich blöd vor, aber sie konnte kaum etwas dagegen tun. Schließlich bekam sie die Frage heraus: «Wer?»

«Ein Mann eben. Er war solide, hatte einen Job drüben in einem der Werke. Sehr besonnen. Sehr ernsthaft. Ganz anders als dein Vater.»

«Und was ist passiert?»

«Ich habe deinem Vater gesagt, dass ich ihn verlassen wollte.»

«Und?»

«Er hat geweint und ich hab geweint. Ungefähr sechs Monate lang waren wir getrennt. Am Ende beschlossen wir dann doch zusammenzubleiben.»

«Wer war dieser andere Mann?»

«Darum geht es jetzt nicht mehr.»

«Wohnt er immer noch in der Stadt?»

Cathy schüttelte den Kopf. «Egal. Er hat nichts mehr mit meinem Leben zu tun, und ich bin mit deinem Vater zusammen.»

Sara konzentrierte sich eine Weile darauf, ruhig zu atmen. Schließlich schaffte sie es zu fragen: «Wann war das alles?»

«Bevor du und Tessie geboren wurdet.»

Sara schluckte an dem Kloß vorbei, den sie im Hals hatte. «Was ist passiert?»

«Was meinst du?»

Sara zog sich eine Socke an. Man musste ihrer Mutter alles aus der Nase ziehen. Sie soufflierte: «Dass du dich anders besonnen hast? Was hat dich veranlasst, bei Daddy zu bleiben?»

«Ach, ungefähr eine Million Dinge», antwortete Cathy mit einem viel sagenden Lächeln. «Ich glaube, dieser andere Mann hat mich nur ein wenig verwirrt, und ich hab vergessen, wie wichtig mir dein Vater war.» Sie seufzte tief. «Ich weiß noch, wie ich eines Morgens in meinem alten Zimmer bei Mama aufwachte und an nichts anderes denken konnte, als dass Eddie hätte bei mir sein müssen. Ich brauchte ihn so sehr.» Cathy missbilligte Saras Reaktion auf ihre Worte: «Du musst gar nicht rot werden, es gibt nämlich auch noch andere Arten, jemanden zu brauchen.»

Sara zuckte unter der Schelte zusammen. Sie zog die andere Socke über den Fuß. «Also hast du ihn angerufen?»

«Ich bin hinübergegangen zum Haus, hab mich auf die Vorderveranda gesetzt und fast gebettelt, dass er mich zurücknimmt. Nein, wenn ich mir's genau überlege, hab ich tatsächlich gebettelt. Ich sagte zu ihm, wenn wir beide kreuzunglücklich ohne einander wären, dann könnten wir auch miteinander kreuzunglücklich sein, und dass mir alles Leid täte und ich es nie mehr als selbstverständlich betrachten würde, dass er an meiner Seite sei, solange ich lebte.»

«Es als selbstverständlich betrachten?»

Cathy legte die Hand auf Saras Arm. «Das ist es doch, was

wehtut, nicht wahr? Wenn man das Gefühl hat, dass man dem anderen nicht mehr so viel bedeutet wie früher.»

Sara nickte und gab sich alle Mühe, ans Atmen zu denken. Ihre Mutter hatte den Nagel auf den Kopf getroffen. Sie fragte: «Was hat Daddy gemacht, als du ihm das sagtest?»

«Hat mich aufgefordert, reinzukommen und zu frühstücken.» Cathy legte die Hand auf die Brust und tätschelte sich. «Ich weiß nicht, wie Eddie es übers Herz gebracht hat, mir zu verzeihen, denn er ist ein so stolzer Mann, aber ich bin dankbar, dass er es getan hat. Zu wissen, dass er mir etwas derart Schreckliches verzeihen konnte, dass er mich auch noch lieben konnte, nachdem ich ihn zutiefst verletzt hatte, ebendas machte meine Liebe zu ihm nur noch stärker.» Sie lächelte. «Aber ich besaß ja natürlich eine Geheimwaffe.»

«Und die war?»

«Du.»

«Ich?»

Cathy streichelte Saras Wange. «Ich traf mich wieder mit deinem Vater, aber die Situation war angespannt. Nichts war wie zuvor. Dann wurde ich mit dir schwanger, und plötzlich war das Leben lebenswert. Ich glaube, weil du zu uns kamst, hatte dein Vater wieder eine Perspektive. Dann kam Tessie, dann kamt ihr beide zur Schule, dann wart ihr erwachsen und gingt aufs College.» Wieder lächelte sie. «Es braucht einfach Zeit. Liebe und Zeit. Und wenn man eine kleine rothaarige Göre hat, der man ständig hinterherrennen muss, ist das eine gute Ablenkung.»

«Na ja, ich werd jedenfalls nicht schwanger», konterte Sara, sich ihres scharfen Tons durchaus bewusst.

Cathy schien ihre Antwort zu bedenken. «Manchmal muss man das Gefühl durchleben, etwas verloren zu haben, damit einem klar wird, welchen Wert es wirklich besaß», sagte sie. «Sprich nur nicht mit Tessie darüber.»

Sara versprach es mit einem Kopfnicken. Sie stand auf und

stopfte ihr T-Shirt in die Jeans. «Ich hab es ihm gesagt, Mama», sagte sie. «Ich hab ihm die Protokollabschrift hingelegt.»

Cathy fragte: «Das Gerichtsprotokoll?»

«Ja», sagte Sara und lehnte sich gegen die Kommode. «Ich weiß, dass er es gelesen hat. Ich hab es im Bad für ihn hingelegt.»

«Und?»

«Und», sagte Sara, «er hat noch nicht mal angerufen. Er hat den ganzen Tag kein Wort mit mir gesprochen.»

«Na ja», sagte Cathy, die allem Anschein nach ihr Urteil gefällt hatte. «Dann zum Teufel mit ihm. Ein Dreckskerl ist er.»

ZWEIUNDZWANZIG

Jeffrey fand die Nummer 633 in der Ashton Street ohne Schwierigkeiten. Es handelte sich um ein verfallenes Haus, von dem nicht viel mehr übrig war als ein Quadrat aus Schlackenbetonsteinen. Die Fenster schienen erst im Nachhinein eingebaut worden zu sein und waren alle von verschiedener Größe. Auf der vorderen Veranda befand sich ein Keramikkamin, neben dem Papier und Zeitschriften aufgestapelt waren, die man wahrscheinlich als Anzündmaterial benutzte.

Er sah sich in der Umgebung des Hauses um und versuchte, möglichst unauffällig zu wirken. Da er Anzug und Krawatte trug und einen weißen Town Car fuhr, passte Jeffrey nicht so recht in diese Gegend. Die Ashton Street war zumindest in dem Teil, wo Jack Wright wohnte, heruntergekommen und verwahrlost. Die meisten Häuser in der Nachbarschaft waren mit Brettern vernagelt, und gelbe Plakate wiesen warnend auf ihre Baufälligkeit hin. Kinder, deren Eltern nirgends zu sehen waren, spielten im Schmutz der Hinterhöfe. Ein bestimmter Geruch lag über der Gegend, nicht gerade der von Abwasser, doch irgendwie nicht sehr anders. Jeffrey fühlte sich erinnert an eine Fahrt entlang der städtischen Müllhalde im Außenbezirk von Madison. An einem schönen Tag stieg einem der Gestank von verfaulendem Müll selbst bei Gegenwind in die Nase. Sogar bei geschlossenen Scheiben und laufender Klimaanlage.

Auf dem Weg zum Haus atmete Jeffrey ein paar Mal ein, um sich an den Geruch zu gewöhnen. Vor der Tür befand sich ein Schutz aus dichtem Drahtgeflecht, der mit einem Vorhängeschloss gesichert war, und die Tür selbst hatte drei Riegel und ein Schloss, das aussah, als könne man es nur mit einem Puzzle-Teil öffnen und nicht mit einem Schlüssel. Jack Wright hatte einen großen Teil seines Lebens im Gefängnis verbracht und war offenbar ein Mann, der seine Privatsphäre schätzte. Jeffrey sah sich um, bevor er an eines der Fenster trat. Es war ebenfalls mit Drahtgeflecht und einem schweren Schloss gesichert, aber das Fensterfutter war alt und mürbe. Mit ein paar festen Stößen war der gesamte Rahmen ausgehebelt. Jeffrey sah sich um, bevor er das Fenster einschließlich Futter und allem herausnahm und ins Haus einstieg.

Das Wohnzimmer war dunkel und schmuddelig. Überall waren Papier und Müll verstreut. An einer orangen Couch schien eine dunkle Substanz hinuntergetropft zu sein. Jeffrey vermochte nicht zu erkennen, ob es der Saft von Kautabak gewesen war oder irgendeine Körperflüssigkeit. Was er jedoch deutlich registrierte, war der geradezu betäubende Gestank von Schweiß, gemischt mit Lysol-Geruch, der im Zimmer hing.

Kruzifixe aller Art umsäumten den oberen Rand der Wohnzimmerwände wie eine Bordüre. In ihrer Größe variierten sie von kleinen Plastikteilchen, wie man sie als Zugaben aus Automaten mit Süßigkeiten zog, bis zu solchen, die größer als zwanzig Zentimeter waren. Sie waren an die Wand genagelt, dicht an dicht, sodass sie eine ununterbrochene Kette bildeten. Fortgeführt wurde das Jesus-Motiv von Plakaten an den Wänden, die Jesus und seine Jünger zeigten und aussahen, als seien sie aus dem Klassenzimmer einer Sonntagsschule mitgenommen worden. Auf einem der Plakate hielt der Herr ein Lamm. Auf einem anderen streckte er die Hände aus und zeigte die Wunden.

Jeffrey spürte, dass sein Herz bei diesem Anblick zu rasen begann. Er griff nach seiner Waffe und löste den Riemen von seinem Holster, als er in den vorderen Bereich des Hauses ging, um sich zu überzeugen, dass niemand die Auffahrt heraufkam.

In der Küche waren die Teller im Spülstein gestapelt, verkrustet und unappetitlich. Der Fußboden war klebrig, und der gesamte Raum kam einem feucht vor, aber nicht feucht von Wasser. Im Schlafzimmer war es nicht anders: Der seltsame Moschusgeruch legte sich wie ein nasser Waschlappen auf Jeffreys Gesicht. An der Wand über der fleckigen Matratze hing ein großes Poster von Jesus Christus mit einem Heiligenschein hinter dem Kopf. Wie auf dem Poster im Wohnzimmer streckte auch dieser Jesus dem Betrachter die Handflächen entgegen und zeigte seine Wunden. Das Kreuzigungsmotiv umsäumte auch die Wände des Schlafzimmers, nur waren die Kreuze hier drinnen größer. Auf dem Bett stehend konnte Jeffrey erkennen, dass jemand, wahrscheinlich Wright, rote Farbe benutzt hatte, um Jesu Wunden hervorzuheben, um das Blut zu betonen, das an seinem Rumpf herunterrann, und um die Dornenkrone auffällig zu machen, die auf seinem Haupt saß. Die Augen von jedem Jesus, den Jeffrey sehen konnte, waren mit schwarzen X übermalt. Es war, als hätte Wright versuchen wollen, den Herrn daran zu hindern, ihn zu beobachten. Welche Taten Wright nicht im Angesicht des Herrn tun mochte, das war die Frage, die Jeffrey beantworten musste.

Jeffrey kletterte vom Bett. Er sah sich einige der Zeitschriften an, nahm sich aber die Zeit, Gummihandschuhe anzuziehen, bevor er etwas berührte. Die Zeitschriften waren größtenteils ältere Ausgaben von *People* und *Life*. Der Wandschrank im Schlafzimmer war vom Boden bis zur Decke mit Pornographie gefüllt. *Busty Babes* lagen neben einem Stapel *Righteous Redheads*. Jeffrey musste an Sara denken und spürte einen Kloß im Hals.

Mit dem Fuß stieß Jeffrey die Matratze hoch. Eine Sig-Sauer-Neunmillimeter-Pistole lag auf den Sprungfedern. Die Waffe sah neu und gut gepflegt aus. In einer Gegend wie dieser würde sich nur ein Idiot ohne eine Waffe in Reichweite schlafen legen. Jeffrey grinste, als er die Matratze wieder an ihren Platz beförderte. Was er gefunden hatte, könnte vielleicht später von Nutzen sein.

Als er die Kommode öffnete, hatte Jeffrey keine Ahnung, was er zu finden erwartete. Noch mehr Pornos vielleicht. Eine weitere Pistole oder eine improvisierte Waffe. Stattdessen waren die beiden obersten Schubladen voller Damenunterwäsche. Nicht normale Unterwäsche, sondern die von der seidenen und sexy Art, wie er sie so gern bei Sara gesehen hatte. Da gab es Bodys und String-Tangas sowie hoch angeschnittene Höschen mit Schleifen an den Hüften. Und sie waren allesamt extrem groß, groß genug, um einem Mann zu passen.

Am liebsten hätte sich Jeffrey vor Abscheu geschüttelt. Er benutzte einen Kugelschreiber, um in dem Inhalt der Schubladen zu stöbern, denn er wollte sich nicht an einer Nadel stechen oder an irgendetwas Scharfem ritzen, wollte sich keine Geschlechtskrankheit holen. Jeffrey wollte gerade eine der Schubladen wieder zuschieben, als etwas ihn stutzen ließ. Irgendwas hatte er übersehen. Als er ein Paar dunkelgrüner Spitzenhöschen zur Seite schob, entdeckte er wieder, was er gesehen hatte. Die Schublade war ausgelegt mit Seiten der Sonntagsausgabe des *Grant County Observer*. Er hatte den Zeitungstitel erkannt.

Jeffrey schob die Kleidungsstücke beiseite und nahm die Zeitungsseite heraus. Die Titelseite ließ auf einen Tag schließen, an dem kaum etwas passiert war. Ein Bild, auf dem der Bürgermeister ein Ferkel auf dem Arm hielt, strahlte ihm entgegen. Dem Datum nach war die Zeitung älter als ein Jahr. Auf der Suche nach weiteren *Observer*-Ausgaben öffnete er die anderen Schubladen. Einige fand er auch, aber in den meisten standen nur völlig harmlose Artikel. Jeffrey hielt es für sehr interessant, dass Jack Wright anscheinend den *Grant County Observer* abonniert hatte.

Er ging zurück in den Wohnraum und widmete sich den Papierstapeln auf dem Fußboden mit frisch gewecktem Interesse. Brenda Collins, eines von Wrights weiteren Opfern nach Sara, stammte aus Tennessee, wie sich Jeffrey erinnerte. Ein Exemplar des *Monthly Vols*, eines Newsletters für Absolventen der University of Texas, steckte zwischen Zeitungen aus Alexander City in Alabama. In dem nächsten Stapel fand Jeffrey weitere Zeitungen aus anderen Bundesstaaten, alle aus Kleinstädten. Daneben lagen Postkarten, die verschiedene Ansichten Atlantas zeigten. Die Rückseiten waren leer und warteten darauf, beschriftet zu werden. Jeffrey konnte sich nicht vorstellen, was ein Mann wie Wright mit diesen Postkarten anfangen wollte. Er kam Jeffrey nicht gerade wie ein Mann vor, der viele Freunde hatte.

Jeffrey drehte sich um und überzeugte sich davon, dass er in dem randvollen Zimmer nichts übersehen hatte. Es gab da einen Fernsehapparat, der in den alten Kamin gezwängt worden war. Er sah noch recht neu aus und wie einer von denen, die man auf der Straße für fünfzig Dollar kaufen konnte, wenn man nicht zu viele Fragen darüber stellte, woher er stammte. Oben auf dem Gerät stand eine Settop-Box fürs Kabelfernsehen.

Er ging zum vorderen Fenster zurück, blieb aber stehen, als er etwas unter der Couch sah. Mit dem Fuß kippte er die Couch auf die Seite, und massenweise hasteten Kakerlaken davon. Ein kleines schwarzes Keyboard lag auf dem Fußboden.

Die Settop-Box hatte einen Internetanschluss. Jeffrey schaltete das Gerät ein und drückte die Tasten auf dem Keyboard, bis der Receiver sich ins Internet eingeloggt hatte. Er setzte sich auf die Kante der umgekippten Couch, während er darauf wartete, dass das System die Verbindung herstellte. Auf dem Revier war Brad Stephens der Computerfachmann, aber dadurch, dass er den jungen Streifenpolizisten beobachtet hatte, war es Jeffrey gelungen, so viel zu lernen, dass er sich schon einigermaßen im Netz zurechtfand.

An Wrights E-Mails war leicht heranzukommen. Außer dem Ersatzteilangebot eines Chevy-Händlers und den unvermeidlichen heißen Teenies, die Geld fürs College brauchten, also den E-Mails, die jeder bekam, war da noch ein langer Brief von einer Frau, die allem Anschein nach wohl Wrights Mutter war. Eine weitere Mail hatte als Anhängsel das Foto einer jungen Frau, die sich mit weit gespreizten Schenkeln präsentierte. Die E-Mail-Adresse des Absenders war eine Zahlenreihe. Wahrscheinlich gehörte sie einem Gefängniskumpel von Wright. Jeffrey notierte sie sich trotzdem auf einem Zettel, den er in seiner Tasche fand.

Mit den Pfeiltasten manövrierte Jeffrey weiter. Außer diversen Porno- und Gewaltseiten fand Jeffrey ein Link zum Onlineangebot des *Grant Observer*. Er war über alle Maßen schockiert, denn auf dem Monitor war die heutige Titelseite der Zeitung zu sehen, auf der der Selbstmord von Julia Matthews am gestrigen Abend gemeldet wurde. Jeffrey drückte die Abwärts-Taste und überflog den Artikel nochmals. Danach klickte er sich ins Archiv der Zeitung und ließ nach Sibyl Adams suchen. Sekunden später erschien auf dem Bildschirm ein Artikel über den Berufsberatungstermin vom letzten Jahr. Die Suche nach Julia Matthews förderte die heutige Titelseite zutage, aber sonst nichts. Über sechzig Artikel wurden aufgeführt, als er Saras Namen eintippte.

Jeffrey meldete sich ab und stellte die Couch wieder richtig hin. Draußen drückte er das Fenster zurück in das Loch, das er aufgestoßen hatte. Es wollte aber nicht halten, und daher sah er sich gezwungen, einen der Stühle vor das Fenster zu zerren, um es abzustützen. Von seinem Wagen aus hatte man nicht den Eindruck, dass jemand sich am Fenster zu schaffen gemacht hatte, aber sobald er seine Vorderveranda betrat, würde Jack Wright wissen, dass jemand in seinem Haus gewesen war.

Die Straßenlaterne über Jeffreys Wagen ging an, als er einstieg. Sogar in diesem Höllenloch von Straße bot die Sonne, die hinter der Skyline von Atlanta unterging, einen unvergesslichen Anblick. Jeffrey kam der Gedanke, dass sich die Leute in diesem Viertel ohne das Aufgehen und das Untergehen der Sonne wohl kaum mehr als Menschen fühlen würden.

Er musste dreieinhalb Stunden warten, bis der blaue Chevy Nova in die Auffahrt einbog. Das Auto war alt und verdreckt, Rostflecken befanden sich auf dem Kofferraum und um die Rücklichter. Silbernes Klebeband war im Zickzack über das Heck geklebt, und auf der einen Seite der Stoßstange war ein Aufkleber zu erkennen, auf dem zu lesen war GOD IS MY COPILOT. Auf der anderen Seite klebte ein Sticker, der an ein Zebrafell erinnerte und auf dem I'M GOING WILD AT THE ATLANTA ZOO stand.

Jack Wright war lange genug mit dem Gesetz in Konflikt gewesen, um zu wissen, wie ein Cop aussah. Er warf Jeffrey einen verdrossenen Blick zu, als er aus seinem Nova stieg. Wright war ein dicklicher Mann mit Ansatz zur Glatze. Er trug kein Hemd, und das, was Jeffrey sah, konnte man nur als Brüste bezeichnen. Er vermutete, dass es mit der Hormonbehandlung zu tun hatte. Einer der Hauptgründe, warum Vergewaltiger und Pädophile die Droge absetzten, war deren unangenehme Nebenwirkung, die sie zunehmen und weibliche Körpermerkmale annehmen ließ.

Wright nickte Jeffrey zu, als dieser die Auffahrt hinaufkam. Wie heruntergekommen dieses Stadtviertel auch sein mochte, die Straßenbeleuchtung jedenfalls funktionierte. Das Haus war taghell erleuchtet.

Wright sprach mit sehr hoher Stimme, und das war ebenfalls eine Nebenwirkung des Depo. Er fragte: «Suchst du mich?»

«Ganz richtig», antwortete Jeffrey. Er blieb direkt vor dem Mann stehen, der Sara Linton vergewaltigt und mit dem Messer verletzt hatte.

«Verdammt», sagte Wright und schürzte die Lippen. «Da hat sich wohl wieder einer irgendwo ein Mädchen geschnappt, was? Ihr klopft doch immer sofort an meine Tür, wenn so ein junges Ding verloren gegangen ist.»

«Gehen wir ins Haus», sagte Jeffrey.

«Das glaube ich nicht», entgegnete Wright. Er lehnte sich rücklings gegen sein Auto. «Ist sie 'ne Hübsche, die weg ist?» Er hielt inne, als würde er mit einer Antwort rechnen. Er leckte sich langsam über die Lippen. «Ich greif mir immer nur die Hübschen.»

«Es geht um einen älteren Fall», sagte Jeffrey, der den Köder nicht schlucken wollte.

«Amy? Ist es meine süße kleine Amy?»

Jeffrey sah ihn durchdringend an. Er hatte den Namen in Wrights Akte gelesen. Amy Baxter hatte sich das Leben genommen, nachdem sie von Jack Wright vergewaltigt worden war. Sie war Krankenschwester gewesen und aus Alexander City nach Atlanta gezogen.

«Nein, nicht Amy», sagte Wright und stützte das Kinn in die Hand, als müsste er nachdenken. «War es dann diese süße kleine –» Er unterbrach sich und warf einen Blick auf Jeffreys Wagen. «Grant County, hä? Warum hast du das nicht gleich gesagt?» Er grinste, und man sah, dass einer seiner Schneidezähne abgebrochen war. «Wie geht's denn meiner kleinen Sara?»

Jeffrey ging einen Schritt auf den Mann zu, aber Wright ließ sich nicht einschüchtern.

Er sagte: «Nur los, schlag mich doch. Ich hab's gern etwas grob.»

Jeffrey ging einen Schritt zurück, zwang sich dazu, den Mann nicht zu schlagen.

Plötzlich hob Wright seine Brüste mit den Händen an. «Gefallen dir die hier, Daddy?» Er grinste, weil Jeffrey wohl höchst angeekelt aussah. «Ich nehm Depo, aber das weißt du ja wohl schon, mein Schnuckelchen? Du weißt auch, was es bei mir anrichtet, oder?» Er senkte die Stimme. «Macht ein Mädel aus mir. Gibt den Jungs das Beste beider Welten.»

«Schluss damit», sagte Jeffrey und sah sich um. Wrights Nachbarn waren herausgekommen, um sich die Show nicht entgehen zu lassen.

«Meine Eier sind so klein wie Murmeln», sagte Wright und fasste mit den Händen an die Taille seiner Jeans. «Soll ich sie dir mal zeigen?»

Jeffrey knurrte nur noch: «Wenn Sie unbedingt möchten, dass es nicht bei einer *chemischen* Kastration bleibt.»

Wright kicherte. «Du bist 'n großer, starker Mann, weißt du das?», fragte er. «Und du sollst jetzt auf meine Sara aufpassen?»

Jeffrey konnte nur schlucken.

«Die Mädels wollen immer nur wissen, warum ich gerade sie ausgesucht hab. ‹Warum ich?›, ‹Warum ich?›», trällerte er mit besonders hoher Stimme. «Bei ihr, da wollte ich eigentlich nur sehen, ob sie ein echter Rotfuchs ist.»

Jeffrey stand da wie versteinert.

«Wahrscheinlich weißt du schon längst, dass sie echt ist, hä? Das kann ich in deinen Augen lesen.» Wright kreuzte die Arme über der Brust. Er ließ den Blick nicht von Jeffrey. «Und richtig klasse Titten hat sie auch. Hat viel Spaß gemacht, daran zu nuckeln.» Er leckte sich die Lippen. «Ich wünschte, du hättest die Angst in ihrem Gesicht gesehen. Ich hab sofort gemerkt, dass sie so was nicht gewohnt war. Hatte bis dahin wohl noch nie 'nen richtigen Mann gehabt.»

Jeffrey packte den Mann am Hals und stieß ihn gegen den Wagen. Das geschah so schnell, dass Jeffrey erst merkte, was er eigentlich tat, als er spürte, wie sich Jack Wrights lange Fingernägel in seinen Handrücken gruben.

Jeffrey zwang sich dazu, Wright loszulassen. Der spuckte, hustete und rang nach Atem. Jeffrey machte ein paar Schritte, um rundherum nach den Nachbarn zu sehen. Keiner von ihnen hatte sich gerührt. Sie schauten alle wie hypnotisiert herüber.

«Du meinst, du kannst mir Angst einjagen?», fragte Wright mit rauer Stimme. «Im Gefängnis hab ich's schon mit größeren aufgenommen, sogar mit zwei gleichzeitig.»

«Wo waren Sie am vergangenen Montag?», fragte Jeffrey.

«Bei der Arbeit, Bruder. Fragen Sie ruhig meine Bewährungshelferin.»

«Vielleicht tu ich das auch.»

«Sie hat mich vor Ort besucht, sagen wir mal um» – Wright gab vor, darüber nachdenken zu müssen –, «so um zwei, halb drei. Ist das die Zeit, um die es dir geht?»

Jeffrey antwortete nicht. Der Todeszeitpunkt von Sibyl Adams hatte im *Observer* gestanden.

«Da hab ich gerade gefegt und aufgewischt und den Müll rausgebracht», fuhr Wright fort.

Jeffrey deutete auf die Tätowierung. «Wie ich sehe, sind Sie ein religiöser Mensch.»

Wright sah auf seinen Arm. «Das hat mich ja mit Sara zusammengebracht.»

«Und Sie bleiben bei Ihren Mädchen wohl auch gern auf dem Laufenden, hm?», fragte Jeffrey. «Lesen in den Zeitungen nach, nicht wahr? Oder bleiben vielleicht sogar per Internet am Ball?»

Wright wirkte zum ersten Mal nervös. «Bist du in meinem Haus gewesen?»

«Mir gefällt sehr, wie Sie die Wände geschmückt haben», sagte er. «All diese kleinen Kruzifixe. Die Blicke von Jesus folgen einem ja richtig, wenn man durchs Zimmer geht.»

Wrights Miene veränderte sich. Er zeigte Jeffrey eine Seite von sich, die nur eine Hand voll bedauernswerter Frauen zu Gesicht bekommen hatte, als er schrie: «Das ist mein persönliches Eigentum! Sie hatten da drinnen nichts zu suchen.»

«Ich war aber drin», sagte Jeffrey, der jetzt, als Wright es nicht mehr war, ruhig blieb. «Ich hab alles durchsucht.»

«Du Arschloch», brüllte Wright und wollte zuschlagen. Jeffrey machte einen Schritt zur Seite, packte den Arm des Mannes und drehte ihn nach hinten. Wright taumelte vorwärts und fiel dann kopfüber zu Boden. Jeffrey war über ihm und presste dem Mann die Knie in den Rücken.

«Was wissen Sie?», fragte Jeffrey.

«Lass mich los», bettelte Wright. «Bitte, lass mich los!»

Jeffrey legte Wright mit Gewalt in Handschellen. Das Klicken der Schlösser löste sofort Hyperventilation aus.

«Ich hab gerade erst davon gelesen», sagte Wright. «Bitte, bitte, lassen Sie mich doch los.»

Jeffrey beugte sich hinunter und flüsterte dem Mann ins Ohr: «Sie gehen wieder ins Gefängnis.»

«Schicken Sie mich nicht dahin zurück», flehte Wright. «Bitte nicht.»

Jeffrey fasste nach der Knöchelmanschette und zerrte daran. Da er wusste, wie die Dinge in Atlanta liefen, wusste er auch, dass dies schneller gehen würde als ein Notruf über 911. Als die Manschette nicht nachgeben wollte, sprengte Jeffrey sie mit dem Absatz seines Schuhs.

«Das können Sie doch nicht machen», kreischte Wright.

Jeffrey blickte auf und erinnerte sich wieder an die Nachbarn. Wortlos sah er zu, wie sie sich umdrehten und in ihren Häusern verschwanden.

«O Gott, bitte schicken Sie mich nicht zurück», bettelte Wright aufs Neue. «Bitte, ich tu auch, was Sie wollen.»

«Die Neunmillimeter unter der Matratze wird denen auch gefallen, Jack.»

«O mein Gott», schluchzte der zitternde Mann.

Jeffrey lehnte sich gegen den Nova und holte die Visitenkarte hervor, die Keith ihm gegeben hatte. Der Name auf der Karte lautete Mary Ann Moon. Jeffrey warf einen Blick auf seine Uhr. Er hatte ernsthafte Zweifel, dass die Dame ihn um zehn vor acht an einem Freitagabend mit Freuden begrüßen würde.

DREIUNDZWANZIG

Lena schloss die Augen vor der Sonne, die auf ihr Gesicht brannte. Das Wasser war warm und einladend, und bei jeder Welle, die sich sanft unter ihr brach, strich auch eine leichte Brise über ihren Körper. Sie konnte sich nicht entsinnen, wann sie das letzte Mal am Meer gewesen war, aber diese Ferien waren wohlverdient, um das Mindeste zu sagen.

«Sieh mal», sagte Sibyl und zeigte nach oben.

Lena folgte der Richtung, in die der Finger ihrer Schwester wies. Sie erkannte eine Möwe im Himmel über dem Wasser. Aber sie studierte lieber die Wolken. Sie sahen aus wie Wattebäusche vor einem babyblauen Theaterprospekt.

«Wolltest du das hier zurück?», fragte Sibyl und reichte Lena ein rotes Schwimmbrett.

Lena lachte. «Hank hat mir erzählt, dass du es verloren hättest.»

Sibyl lächelte. «Ich hab's dahin gelegt, wo er es nicht sehen konnte.»

Mit plötzlicher Deutlichkeit wurde Lena bewusst, dass es Hank gewesen war, der sein Augenlicht verloren hatte, und nicht Sibyl. Sie konnte sich nicht erklären, wie sie die beiden hatte verwechseln können, aber da saß Hank am Strand, die Augen durch dunkle Gläser geschützt. Auf die Hände gestützt, lehnte er sich zurück, sodass die Sonne ungehindert auf seine Brust scheinen konnte. Er war so braun gebrannt, wie Lena ihn noch nie gesehen hatte. Bisher war Hank, immer wenn sie ans Meer gefahren waren, allein im Hotelzimmer geblieben, statt mit den Mädchen an den Strand zu gehen. Was er dort den ganzen Tag tat, wusste Lena nicht. Manchmal gesellte sich Sibyl zu ihm, um für eine Weile aus der Sonne zu kommen, aber Lena liebte es am Strand. Sie liebte es, im Wasser zu tollen oder Ausschau nach Leuten zu halten, die Volleyballspiele improvisierten. Dann flirtete sie so lange, bis man sie in eine Mannschaft aufnahm.

So hatte Lena auch Greg Mitchell kennen gelernt, ihren letzten erwähnenswerten Freund. Greg spielte mit einer Gruppe Freunden Volleyball. Er war ungefähr achtundzwanzig Jahre alt, aber seine Freunde waren viel jünger und fanden es weitaus interessanter, die Mädchen zu beobachten, als auf ihr Spiel zu achten. Lena war zu ihnen hinübergegangen, hatte genau gewusst, dass die jungen Männer sie wie ein Stück Fleisch begutachteten, und gefragt, ob sie mitspielen dürfe. Greg hatte ihr den Ball direkt aus Brusthöhe zugeworfen, und Lena hatte ihn auch so aufgefangen.

Nach einer Weile waren die Jungs auf der Suche nach Alkohol oder Mädchen oder beidem abgezogen. Lena und Greg spielten weiter, stundenlang, wie es ihnen vorkam. Wenn er erwartet hatte, dass Lena in Anerkennung seiner Männlichkeit freiwillig verloren hätte, so musste er sich eines anderen belehren lassen. Sie hatte ihn bei Ende des dritten Spiels so vernichtend geschlagen, dass er aufgegeben und sie als Belohnung zum Abendessen eingeladen hatte.

Er führte sie in einen billigen mexikanischen Laden, bei dessen Anblick Lenas Großvater umgekippt wäre, wenn er nicht schon lange das Zeitliche gesegnet hätte. Sie tranken zuckersüße Margaritas, und dann tanzten sie. Schließlich schenkte Lena Greg nur ein hintergründiges Lächeln statt eines Gutenachtkusses. Am nächsten Tag stand er dann vor ihrem Hotel, diesmal mit einem Surfboard. Sie hatte schon immer das Wellenreiten lernen wollen, und ohne dass sie zweimal gefragt werden musste, nahm sie sein Angebot an, es ihr beizubringen.

Jetzt konnte sie das Brett unter sich spüren, und die Wellen trugen ihren Körper empor, ließen ihn wieder sinken. Gregs Hand lag auf ihrem Kreuz und rutschte dann weiter nach unten und noch weiter, bis er ihren Hintern in der Hand hatte. Sie drehte sich langsam herum, ließ ihn ihren nackten Körper sehen und berühren. Die Sonne brannte, sodass ihre Haut sich warm und lebendig anfühlte.

Er träufelte Sonnenöl in seine Hände und massierte ihr die Füße. Seine Hände umfingen ihre Knöchel und spreizten ihre Beine. Sie trieben noch immer auf dem Meer, aber irgendwie trug das Wasser ihren Körper Greg entgegen. Seine Hände arbeiteten sich an ihren Schenkeln hinauf, streichelten sie und wanderten an ihrer intimsten Stelle vorüber, bis sie schließlich auf ihren Brüsten lagen. Er benutzte seine Zunge, küsste und biss ihre Brustwarzen und Brüste, arbeitete sich vor bis zu ihrem Mund. Gregs Küsse war fordernd und grob, wie Lenas es von ihm nie erwartet hätte. Und sie spürte, dass sie so auf ihn reagierte, wie sie es sich nie hätte vorstellen können.

Als sich sein Körper so auf ihren presste, entflammten alle ihre Sinne auf erschreckende Weise. Seine Hände waren schwielig, seine Berührungen grob, als er mit ihr machte, was er wollte. Zum ersten Mal in ihrem Leben behielt Lena nicht die Kontrolle. Zum ersten Mal in ihrem Leben war sie völlig hilflos diesem einen Mann ausgeliefert. Sie empfand eine Leere, die nur von ihm ausgefüllt werden konnte. Was auch immer er verlangte, sie würde es tun. Jeden Wunsch, den er äußerte, würde sie ihm erfüllen.

Sein Mund bewegte sich an ihrem Körper hinab, seine Zunge ging zwischen ihren Beinen auf Erkundung, seine Zähne taten ihr ein wenig weh. Sie wollte ihn mit den Händen erreichen und ihn dichter an sich ziehen, aber sie stellte fest, dass sie wie gelähmt war. Plötzlich war er auf ihr, stieß ihre Hände von ihrem Körper weg, als wollte er sie unter sich festnageln, als er in sie eindrang. Sie wurde von einer Welle der Lust überschwemmt, die stundenlang anzudauern schien, bis schließlich, plötzlich die heftige Erlösung kam. Ihr ganzer Körper öffnete sich ihm, und sie krümmte sich ihm entgegen, um ihr Fleisch mit seinem zu verschweißen.

Dann war es vorüber. Lena spürte, dass sie sich von ihrem Körper löste und wieder klar zu denken begann. Sie bewegte den Kopf hin und her, genoss die Nachwirkung. Sie leckte sich die Lippen und öffnete die Augen nur ein wenig, um in den dunklen Raum zu sehen. Aus der Ferne kam ein Klicken. Ein anderes und deutlicheres Geräusch kam von allen Seiten, ein unregelmäßiges Ticktack wie von einer Uhr, nur dass es von Wasser hervorgerufen wurde. Merkwürdig, sie konnte sich nicht mehr an das Wort für Wasser erinnern, das aus den Wolken fiel.

Lena versuchte sich zu bewegen, aber ihre Hände schienen sich zu widersetzen. Sie sah sich um, nahm ihre Fingerspitzen wahr, obwohl es kein Licht gab, das sie beleuchtete. Da war etwas um ihre Handgelenke, eng und unerbittlich fest. Mit dem Verstand befahl sie ihren Fingern, sich zu bewegen, und sie spürte eine raue Holzoberfläche unter ihrem Handrücken. Entsprechend umschnürte auch etwas ihre Knöchel und presste ihre Füße an den Boden. Sie konnte weder Beine noch Arme bewegen. Sie war mit ausgebreiteten Armen an den Boden gefesselt. Eine Erkenntnis durchfuhr elektrisierend ihren Körper: Sie war gefangen in einer Falle.

Lena befand sich wieder in dem dunklen Raum, wohin man sie vor Stunden gebracht hatte: Oder war es vor Tagen gewesen? Vor Wochen? Das Klicken war da, der langsame Takt der Wasserfolter, die ihr Hirn marterte. Der Raum hatte weder Fenster noch Licht. Da gab es nur Lena und das, was sie am Boden gefesselt hielt.

Plötzlich ging ein Licht an, ein blendendes Licht, das in ihren Augen brannte. Lena versuchte wieder, sich aus ihren Fesseln zu befreien, aber sie war hilflos. Jemand war da; jemand, von dem sie wusste, dass er ihr helfen müsste. Aber er tat es nicht. Sie wand sich unter den Stricken, drehte den Körper, versuchte sich zu befreien. Aber es war zwecklos. Ihr Mund öffnete sich, aber Worte wollten nicht kommen. In Gedanken formte sie mit aller Kraft die Worte – Bitte, hilf mir doch! –, aber mit dem Klang ihrer Stimme wurde sie nicht belohnt.

Sie drehte den Kopf zur Seite, blinzelte und versuchte, an dem Licht vorbeizusehen, als sie einen ganz leichten Druck auf ihrer Handfläche spürte. Es war nur ein dumpfes Gefühl, aber Lena konnte im Licht sehen, dass die Spitze eines langen Nagels in ihre Handfläche gepresst wurde. Und im Licht wurde auch ein Hammer erhoben.

Lena schloss die Augen. Schmerz spürte sie nicht.

Sie befand sich wieder am Strand. Nur diesmal nicht im Wasser. Diesmal flog sie.

VIERUNDZWANZIG

Eine angenehme Frau war Mary Ann Moon nicht. Ihre Miene drückte ganz deutlich aus: «Kommen Sie mir bloß mit keinem Scheiß», noch ehe Jeffrey sich vorstellen konnte. Sie hatte einen Blick auf Wrights zerrissene Überwachungsmanschette geworfen.

«Wissen Sie eigentlich, wie viel diese Dinger kosten?»

Und von da an war es nur noch bergab gegangen.

Jeffreys größtes Problem mit Moon, wie sie genannt werden wollte, war die Sprachbarriere. Moon stammte von irgendwo oben im Osten, aus einem jener Orte, wo die Konsonanten ein Eigenleben führten. Außerdem sprach sie laut und abgehackt, was in den Ohren von Südstaatlern sehr ungehörig klang. Im Fahrstuhl auf dem Weg von der zentralen Aufnahme zu den Verhörräumen stand sie zu dicht neben ihm. Ihr Mund war eine schmale Linie der Missbilligung, die Arme hatte sie unterhalb der Taille gekreuzt. Moon war ungefähr vierzig Jahre alt, aber diese vierzig Jahre waren von zu viel Rauchen und zu viel Trinken geprägt. Sie hatte dunkelblondes Haar mit ein paar grauen Strähnen. Von ihren Lippen gingen in alle Richtungen tief gefurchte Falten aus.

Ihr nasaler Tonfall und das rasante Tempo, mit dem sie sprach, vermittelten Jeffrey den Eindruck, er unterhielte sich mit einem Waldhorn. Jede Erwiderung Jeffreys brauchte ihre Zeit, weil er erst darauf warten musste, dass sein Hirn ihre Worte übersetzt hatte. Er merkte schon sehr bald, dass Moon diese Langsamkeit für ein Zeichen von Beschränktheit hielt, aber daran konnte er auch nichts ändern.

Als sie durchs Dezernat gingen, sagte sie über die Schulter hinweg etwas zu ihm Er ließ ihre Worte nochmals in Zeitlupe abspulen und kam zu dem Schluss, dass sie gesagt haben musste: «Erzählen Sie mir von Ihrem Fall, Chief.»

Er gab ihr einen kurzen Abriss der Ereignisse, seit Sibyl Adams gefunden worden war, wobei er seine Verbindung zu Sara nicht erwähnte. Er nahm wahr, dass seine Darstellung nicht schnell genug vorankam, denn Moon unterbrach ihn immer wieder mit Fragen, die er gleich darauf ohnehin beantwortet hätte, wenn sie ihm nur Zeit gelassen hätte, seinen Satz zu Ende zu bringen.

«Sie sind also ins Haus meines Jungen eingedrungen», sagte sie. «Haben Sie auch die ganze Jesus-Scheiße gesehen?» Sie verdrehte die Augen. «Die Neunmillimeter ist nicht zufällig in Ihre Hosentasche reinmarschiert, oder, Sheriff Tolliver?»

Jeffrey warf ihr einen – wie er hoffte – drohenden Blick zu.

Sie reagierte mit einem Lachanfall, der ihm die Trommelfelle zu sprengen drohte. «Der Name kommt mir bekannt vor.»

«Wie meinen Sie?»

«Linton. Tolliver ebenfalls.» Sie stemmte ihre winzigen Hände in die schmalen Hüften. «Ich bin sehr gewissenhaft mit Benachrichtigungen, Chief. Ich habe Sara vielleicht fünf-, sechsmal angerufen, um sie wissen zu lassen, wo sich Jack Allen Wright befindet. Es ist mein Job, die Opfer einmal im Jahr zu benachrichtigen. Ihr Fall ereignete sich doch vor zehn Jahren?»

«Zwölf.»

«Dann habe ich also mindestens sechsmal mit ihr gesprochen.»

Er rückte mit der Wahrheit heraus, denn er wusste, dass er erwischt worden war. «Sara ist meine Exfrau. Sie war eines der ersten Opfer von Wright.»

«Und trotzdem lässt man Sie diesen Fall bearbeiten?»

«Dieser Fall untersteht mir, Miss Moon», antwortete er.

Sie sah ihn an mit einem Blick, der wahrscheinlich bei ihren auf Bewährung Entlassenen Eindruck machte, aber Jeffrey kalt ließ. Er war über einen halben Meter größer als Mary Ann Moon und würde sich von dieser kleinen Portion Yankee-Hass nicht einschüchtern lassen.

«Wright ist ein Depo-Freak. Wissen Sie, was ich damit sagen will?»

«Er nimmt es offenbar gern.»

«Das reicht weit zurück bis in seine Anfangszeit, gleich nach Sara. Haben Sie Fotos von ihm gesehen?»

Jeffrey schüttelte den Kopf.

«Folgen Sie mir», sagte Moon.

Er kam ihrer Aufforderung nach und gab sich alle Mühe, ihr nicht in die Fersen zu treten. Sie war in allen Dingen schnell, außer beim Gehen, seine Schrittlänge war mindestens das Doppelte von ihrer. Sie blieb vor einem kleinen Büroraum stehen, der zum Bersten mit Aktenkartons gefüllt war. Sie stieg über einen Stapel Handbücher und nahm eine Akte von ihrem Schreibtisch.

«Hier drin ist das reine Chaos», sagte sie, als ob es mit ihr nichts zu tun hätte. «Hier.»

Jeffrey öffnete den Aktenordner und sah das Foto eines jüngeren, schlankeren und weniger weiblichen Jack Allen Wright vor sich. Es war an das Deckblatt geheftet. Er hatte mehr Haare auf dem Kopf, und sein Gesicht war hager. Seine Figur entsprach der eines Mannes, der täglich drei Stunden lang Gewichte stemmt, und seine Augen waren von einem durchdringenden Blau. Jeffrey musste an die wässrigen Augen denken, in die er noch vor kurzem geblickt hatte. Und es fiel ihm auch ein, dass man ihn unter anderem auch deswegen hatte identifizieren können, weil Sara sich an seine klaren blauen Augen erinnert hatte. Wrights Aussehen hatte sich sehr verändert, seit er Sara überfallen hatte. Das hier war der Mann, den Jeffrey erwartet hatte, als er Wrights Haus durchsuchte. Das hier war der Mann, der Sara vergewaltigt hatte, der sie der Möglichkeit beraubt hatte, Jeffrey ein Kind zu schenken.

Moon blätterte durch die Akte. «So sah er bei seiner Entlassung aus», sagte sie und zog ein weiteres Foto hervor.

Jeffrey nickte, denn er sah den Mann vor sich, den er als Wright kannte.

«Er hat unter verschärften Haftbedingungen gesessen, wussten Sie das?»

Jeffrey nickte abermals.

«Viele Männer versuchen, dagegen anzukämpfen. Andere geben einfach auf.»

«Mir bricht das Herz», murmelte Jeffrey. «Hatte er viele Besucher im Gefängnis?»

«Nur seine Mutter.»

Jeffrey schloss die Akte und gab sie zurück. «Und was war, als er aus dem Gefängnis kam? Offenbar hat er das Depo abgesetzt. Und er hat wieder vergewaltigt.»

«Er sagt, er hat es nicht getan, und bei der ihm verordneten Dosis hätte er beim besten Willen keinen mehr hoch bekommen.»

«Wer hat ihn kontrolliert?»

«Er hat in Eigenverantwortung gehandelt.» Sie hielt ihn zurück, bevor er etwas hätte sagen können. «Hören Sie, ich weiß, es ist keine ideale Lösung, aber manchmal müssen wir ihnen auch vertrauen. Und manchmal irren wir uns. Bei Wright haben wir uns geirrt.» Sie warf den Ordner auf den Schreibtisch. «Inzwischen geht er in die Klinik und bekommt einmal die Woche sein Depo injiziert. Alles sauber und ordentlich. Die Überwachungsmanschette, die Sie freundlicherweise kaputtgemacht haben, sorgte dafür, dass er immer unter Aufsicht stand. Er war auf Vordermann.»

«Und er hat die Stadt nicht verlassen?»

«Nein», antwortete sie. «Ich hab am vergangenen Montag an seinem Arbeitsplatz einen Kontrollbesuch gemacht. Er war im Bank Building.»

«Ist ja sehr aufmerksam von Ihnen, dass er so nahe bei all diesen Studentinnen arbeiten darf.»

«Passen Sie auf, was Sie sagen», mahnte sie.

Er streckte ihr die erhobenen Handflächen entgegen.

«Schreiben Sie mir alle Fragen auf, die Sie gestellt haben möchten», sagte sie. «Ich werde mit Wright sprechen.»

«Ich muss aber von seinen Antworten ausgehen.»

«Theoretisch brauchte ich Sie hier gar nicht hereinzulassen. Sie sollten froh sein, dass ich Sie nicht mit einem Tritt in den Hintern zurück nach Mayberry befördere.»

Er biss sich buchstäblich auf die Zunge, um nicht barsch zu kontern. Sie hatte ja Recht. Er konnte am nächsten Morgen ein paar Freunde bei der Polizei von Atlanta anrufen und würde besser behandelt werden, aber im Augenblick saß Mary Ann Moon am längeren Hebel.

Jeffrey sagte: «Darf ich vielleicht mal?» Er deutete auf ihren

Schreibtisch. «Ich muss mich mit meinen Leuten in Verbindung setzen.»

«Ich kann von hier keine Ferngespräche führen.»

Er hielt sein Handy in die Höhe. «Es geht mir eher darum, ungestört zu sein.»

Sie nickte und wandte sich um.

«Danke», sagte er höflich, aber sie reagierte nicht. Er wartete, bis sie auf dem Flur ein Stück entfernt war, und schloss dann die Tür. Nachdem er über einige Kartons gestiegen war, setzte er sich an ihren Schreibtisch. Der Stuhl war sehr niedrig, und es kam ihm so vor, als berührte er mit den Knien die Ohren. Jeffrey sah auf seine Uhr, bevor er Saras Nummer wählte. Sie ging immer früh zu Bett, aber er musste sie unbedingt sprechen. Er war plötzlich sehr aufgeregt, als das Telefon klingelte.

Sie nahm beim vierten Klingeln ab. Ihre Stimme klang schlaftrunken. «Hallo?»

Er merkte, dass er den Atem angehalten hatte. «Sara?»

Sie blieb stumm, und einen Moment lang dachte er, dass sie wieder aufgelegt hätte. Er hörte, wie sie sich bewegte und dass Stoff raschelte: Sie lag im Bett. Er hörte übers Telefon, dass es draußen regnete und dass in der Ferne Donner grollte. Plötzlich musste Jeffrey an eine Nacht denken, die sie vor langer Zeit miteinander verbracht hatten. Sara mochte keine Gewitter und sie hatte ihn geweckt, damit er sie von Blitz und Donner ablenkte.

«Was willst du denn?», fragte sie.

Er überlegte, was er sagen sollte. Plötzlich dämmerte es ihm, dass er zu lange gewartet hatte, bis er sich wieder mit ihr in Verbindung setzte. Er konnte an ihrem Tonfall erkennen, dass sich in ihrer Beziehung etwas verändert hatte. Er wusste so recht nicht, was und warum.

«Ich hab schon versucht, dich zu erreichen», sagte er, und es kam ihm wie eine Lüge vor, obwohl es keine war. «In der Klinik», sagte er.

«Tatsächlich?»

«Hab mit Nelly gesprochen», sagte er.

«Hast du ihr gesagt, es sei wichtig?»

Jeffrey spürte ein flaues Gefühl im Magen, und er antwortete nicht.

Was von Sara kam, hielt er für ein Lachen.

Er sagte: «Ich wollte nicht mit dir sprechen, bevor ich nicht etwas in der Hand hatte.»

«Und was?»

«Ich bin in Atlanta.»

Sie blieb einen Moment stumm und sagte dann: «Lass mich raten, 633 Ashton Street.»

«Da war ich vorher», antwortete er. «Jetzt bin ich im Polizeipräsidium. Er sitzt hier in einem Verhörraum.»

«Jack?», fragte sie.

Die Selbstverständlichkeit, mit der sie ihn beim Vornamen nannte, ließ Jeffrey mit den Zähnen knirschen.

«Moon hat mich angerufen, als sein Monitor ausfiel», informierte ihn Sara beinahe teilnahmslos. «Ich hatte schon so eine Ahnung, wo du bist.»

«Ich wollte mit ihm über die Situation reden, bevor ich die Kavallerie rief.»

Sie seufzte tief. «Schön für dich.»

Die Leitung war wieder stumm, und Jeffrey fehlte es wieder an Worten. Sara unterbrach das Schweigen.

Sie fragte: «Hast du mich deswegen angerufen? Um mir zu sagen, dass du ihn verhaftet hast?»

«Um mich zu erkundigen, ob bei dir alles in Ordnung ist.»

Sie lachte leise. «Aber ja doch. Mir geht es prächtig, Jeff. Danke für deinen Anruf.»

«Sara?», fragte er voller Angst, dass sie auflegen würde. «Ich hab's doch vorher auch schon versucht.»

«Offenbar hast du dir aber nicht sonderlich Mühe gegeben», sagte sie.

Jeffrey spürte ihre Verbitterung am anderen Ende der Leitung. «Ich wollte dir etwas berichten können, wenn ich anrief. Etwas Konkretes.»

Sie gebot ihm Einhalt, schroff, aber auch niedergeschlagen. «Du wusstest nicht, was du sagen solltest, und statt zwei Straßen weiter zur Klinik zu gehen oder dafür zu sorgen, dass du mich am Telefon erreichst, bist du dann nach Atlanta abgedüst, um Jack Auge in Auge gegenüberzustehen.» Sie hielt inne. «Erzähl mir, was du dabei empfunden hast, Jeff.»

Er konnte ihr nicht antworten.

«Und was hast du gemacht? Ihn zusammengeschlagen?» Ihr Tonfall wurde vorwurfsvoll. «Vor zwölf Jahren hätte ich das gebrauchen können. Jetzt habe ich mir nur gewünscht, dass du für mich da sein würdest. Dass du mir eine Stütze wärest.»

«Ich versuche doch, dir eine Stütze zu sein, Sara», entgegnete Jeffrey, der sich zu Unrecht überrumpelt fühlte. «Was denkst du denn, was ich hier mache? Ich versuche herauszubekommen, ob der Kerl noch immer unterwegs ist und Frauen vergewaltigt.»

«Moon sagt, er hat in den letzten beiden Jahren die Stadt nicht verlassen.»

«Vielleicht hat Wright damit zu tun, was in Grant geschehen ist. Hast du daran schon mal gedacht?»

«Eigentlich nicht», antwortete sie obenhin. «Ich habe nur daran gedacht, dass ich dir heute Morgen das Gerichtsprotokoll gezeigt habe, dass ich meine Seele vor dir bloßgelegt habe, aber dass du nichts Besseres zu tun hattest, als aus der Stadt zu verschwinden.»

«Ich wollte doch –»

«Du wolltest vor mir davonlaufen. Du wusstest nicht, wie du dich verhalten solltest, und deswegen bist du lieber verschwunden. Das ist nicht so raffiniert, wie mich nach Hause kommen und dich mit einer anderen Frau in unserem Bett erwischen zu lassen, aber irgendwie bedeutet beides doch dasselbe, oder?»

Er schüttelte den Kopf, verstand nicht, wie es hierzu hatte kommen können. «Wieso bedeutet es dasselbe? Ich versuche doch nur, dir zu helfen.»

Danach änderte sich ihr Tonfall, nun klang sie nicht mehr zornig, sondern zutiefst verletzt. Nur ein einziges Mal hatte sie so mit ihm gesprochen, und zwar kurz nachdem sie seinen Betrug entdeckt hatte. Damals war er sich vorgekommen wie jetzt auch: wie ein egoistisches Arschloch.

Sie sagte: «Wie kannst du mir helfen, wenn du in Atlanta bist? Was soll es mir helfen, dass du vier Stunden weit weg bist? Weißt du, wie ich mir den ganzen Tag lang vorgekommen bin, wenn ich bei jedem Telefonläuten aufgesprungen bin, in der Hoffnung, du würdest dran sein?» Sie antwortete für ihn. «Wie eine Bescheuerte bin ich mir vorgekommen. Ist dir eigentlich klar, wie schwierig es für mich gewesen ist, dich einzuweihen? Dir zu sagen, was mir geschehen ist?»

«Ich hab ja nicht –»

«Ich bin fast vierzig Jahre alt, Jeffrey. Ich habe mich entschieden, meinen Eltern eine gute Tochter zu sein und für Tessa eine Schwester, die für sie da ist. Ich habe mich damals entschieden, mich so zu fordern, dass ich an einer der renommiertesten Universitäten Amerikas als Beste meines Semesters den Studienabschluss machte. Ich entschied mich, Kinderärztin zu werden, um den Kids zu helfen. Ich entschied mich, wieder nach Grant zu ziehen, um in der Nähe meiner Familie sein zu können. Ich entschloss mich, sechs Jahre lang deine Ehefrau zu sein, weil ich dich so sehr liebte, Jeffrey. Ich hab dich so sehr geliebt.» Sie hielt inne, und er merkte, dass sie weinte. «Ich hab mich aber nie entschieden, vergewaltigt zu werden.»

Er wollte etwas sagen, aber sie ließ ihn nicht.

«Was mir geschehen ist, hat fünfzehn Minuten gedauert. Fünfzehn Minuten, und all das andere war ausgelöscht. Nichts von alledem bedeutet noch etwas, wenn man an diese fünfzehn Minuten denkt.»

«Das stimmt nicht.»

«Nein?», fragte sie. «Und warum hast du mich dann heute Morgen nicht angerufen?»

«Ich hab's doch versucht –»

«Du hast nicht angerufen, weil du in mir ein Opfer siehst. Du siehst mich so wie Julia Matthews und Sibyl Adams.»

«Nein, Sara», entgegnete er, schockiert darüber, dass sie ihn dessen beschuldigte. «Ich sehe dich –»

«Zwei Stunden lang habe ich damals auf dem Fußboden der Toilette gesessen, bevor sie mich losgebunden haben. Ich wäre beinahe verblutet», sagte sie. «Als er mit mir fertig war, war nichts mehr übrig. Absolut nichts. Ich musste mein Leben neu aufbauen. Ich musste mich damit abfinden, dass ich wegen dieses Hundesohns niemals Kinder haben könnte. Und daran, je wieder Sex zu haben, mochte ich absolut nicht denken. Und nach dem, was er mir angetan hatte, mochte ich auch nicht glauben, dass mich je wieder ein Mann würde berühren wollen.» Sie unterbrach sich. Er hätte so unendlich gerne etwas zu ihr gesagt, aber ihm fehlten die Worte.

Mit leiser Stimme sagte sie dann: «Du meinst, dass ich mich dir nie anvertraut habe? Nun, dies ist der Grund dafür. Ich eröffne dir mein tiefstes und dunkelstes Geheimnis, und was tust du? Du verschwindest nach Atlanta, um dem Mann gegenüberzutreten, der das alles getan hat, statt dass du mit mir sprichst. Statt mich zu trösten.»

«Ich dachte, du wolltest, dass ich etwas unternehme.»

«Ich wollte, dass du etwas unternimmst», antwortete sie voller Traurigkeit. «Ja, das wollte ich.»

Es klickte, als sie auflegte. Er wählte ihre Nummer noch einmal, aber es war besetzt. Noch fünfmal benutzte er die Wahlwiederholung, aber Sara hatte den Hörer daneben gelegt.

Hinter dem Spiegel im Beobachtungsraum vergegenwärtigte sich Jeffrey noch einmal sein Gespräch mit Sara. Unsagbare

Traurigkeit erfasste ihn. Er wusste, dass sie Recht hatte, was das Anrufen betraf. Er hätte darauf bestehen sollen, dass Nelly ihn durchstellte. Er hätte zur Klinik gehen sollen, um ihr zu sagen, dass er sie noch immer liebte, dass sie noch immer die wichtigste Frau in seinem Leben war. Er hätte auf die Knie fallen und sie anflehen sollen, wieder zu ihm zurückzukehren. Er hätte sie nicht verlassen sollen. Nicht noch einmal.

Jeffrey dachte daran, wie Lena vor ein paar Tagen das Wort Opfer gebraucht hatte, um damit die Beute von Sexualverbrechern zu beschreiben. Sie hatte dem Wort einen Beigeschmack gegeben und es so ausgesprochen, als hätte sie von «schwach» oder «dumm» geredet. Jeffrey hatte diese Einstufung durch Lena nicht gefallen, und besonders ungern hörte er sie von Sara. Er kannte Sara wahrscheinlich besser als jeder andere Mann, der ihr begegnet war, und er wusste, dass Sara höchstens Opfer ihrer vernichtenden Selbstkritik war. Als Opfer in dem anderen Kontext sah er sie nicht. Viel eher sah er in ihr eine Überlebende. Jeffrey war zutiefst getroffen, dass Sara so wenig von ihm zu halten schien.

Moon unterbrach seine Gedanken und fragte: «Können wir langsam anfangen?»

«Ja», antwortete Jeffrey. Er verbannte Sara aus seinen Gedanken. Unabhängig davon, was sie gesagt hatte, könnte Wright doch noch immer bedenkenswerte Anhaltspunkte in Bezug auf das liefern, was sich in Grant County abspielte. Jeffrey war bereits in Atlanta. Es gab keinen Grund, wieder zurückzufahren, bevor er aus dem Mann nicht alles herausbekommen hatte, was er brauchte. Jeffrey biss die Zähne zusammen und zwang sich dazu, seine ganze Konzentration auf die bevorstehende Aufgabe zu richten. Gespannt blickte er durch die Scheibe.

Ziemlich geräuschvoll betrat Moon den Verhörraum, knallte die Tür hinter sich zu und zog einen Stuhl unter dem Tisch hervor, wobei die Stuhlbeine über den gekachelten Boden kratzten. Trotz des vielen Geldes und der speziellen Etatposten, die dem Police Department von Atlanta zur Verfügung standen, waren die Verhörräume der Stadt nicht annähernd so sauber wie die in Grant County. Der Raum, in dem Jack Allen Wright saß, war schäbig und schmutzig. Die Wände waren nicht gestrichen, sondern nur grau verputzt. Es herrschte eine derart bedrückende Atmosphäre, dass man sich nicht wundern durfte, wenn jemand allein schon deswegen ein Geständnis ablegte, um hier wegzukommen. Jeffrey ließ all das auf sich wirken, während er Moon dabei zusah, wie sie Wright bearbeitete. Sie machte ihre Sache nicht annähernd so gut wie Lena Adams, aber es ließ sich nicht leugnen, dass sie Zugang zu dem Vergewaltiger zu finden wusste. Sie redete mit ihm wie eine ältere Schwester.

Sie fragte: «Der blöde Hinterwäldler ist Ihnen doch nicht zu nahe getreten, oder?»

Jeffrey wusste, dass sie ein Vertrauensverhältnis zu Wright herzustellen versuchte, aber trotzdem hörte er es nicht gern, so charakterisiert zu werden, zumal er annehmen musste, dass Mary Ann Moon ihrer Überzeugung Ausdruck gegeben hatte.

«Er hat meine Manschette kaputtgemacht», sagte Wright. «Meine Schuld war das nicht.»

«Jack», seufzte Moon, die ihm am Tisch gegenübersaß. «Das weiß ich doch, okay? Wir müssen herausbekommen, wie die Pistole unter Ihre Matratze geraten sein kann. Das ist ein ganz klarer Gesetzesverstoß und wäre für Sie dann schon der dritte Streich. Stimmt's?»

Wright warf einen Blick auf den Spiegel und wusste wahrscheinlich ganz genau, dass sich Jeffrey dahinter befand. «Ich weiß auch nicht, wie die da hingekommen ist.»

«Ihre Fingerabdrücke hat er wohl auch darauf angebracht, hm?», fragte Moon. Sie verschränkte die Arme.

Wright schien das zu bedenken. Jeffrey wusste, dass die Pistole Wright gehörte, aber er wusste auch, dass Moon die

Waffe im Leben nicht so schnell forensisch hätte überprüfen lassen und dann auch noch eine positive Identifikation der Fingerabdrücke hätte bekommen können.

«Ich hatte Angst», antwortete Wright schließlich. «Meine Nachbarn wissen Bescheid, okay? Sie wissen, was ich bin.»

«Was sind Sie denn?»

«Die wissen von meinen Mädchen.»

Moon stand vom Stuhl auf. Sie wandte Wright den Rücken zu und schaute aus dem Fenster. Ein Drahtgeflecht wie im Haus von Wright war über den Rahmen gespannt. Verblüfft stellte Jeffrey fest, dass der Mann sein Heim wie ein Gefängnis ausgestattet hatte.

«Erzählen Sie mir von Ihren Mädchen», sagte Moon. «Ich spreche von Sara.»

Jeffrey ballte die Fäuste bei der Erwähnung von Saras Namen.

Wright lehnte sich zurück und leckte sich die Lippen. «Das war jedenfalls mal 'ne enge Muschi.» Er grinste. «Sie war gut zu mir.»

Moons Stimme klang gelangweilt. Sie hatte derartige Verhöre oft genug geführt und war nicht mehr schockiert. Sie fragte: «War sie das?»

«Sie war so süß.»

Moon drehte sich um und lehnte sich mit dem Rücken gegen das Drahtnetz. «Sie wissen, was dort, wo sie wohnt, los ist, nehme ich an. Sie wissen, was den Mädchen zugestoßen ist?»

«Ich weiß nur, was ich in der Zeitung gelesen hab», sagte Wright achselzuckend. «Sie werden mich doch wegen der Pistole nicht hinter Gitter schicken, oder, Boss? Ich musste mich schützen. Ich hatte Angst um mein Leben.»

«Reden wir erst von Grant County», schlug Moon vor. «Danach unterhalten wir uns dann über die Waffe.»

Wright betastete sich das Gesicht und sah sie forschend an. «Sind Sie auch ehrlich zu mir?»

«Aber natürlich doch, Jack. Wann bin ich mal nicht ehrlich zu Ihnen gewesen?»

Wright schien seine Möglichkeiten abzuwägen. Soweit Jeffrey es beurteilen konnte, gab es nichts zu deuteln: Zusammenarbeit oder Gefängnis. Aber er konnte sich trotzdem vorstellen, dass Wright das Gesicht nicht ganz verlieren wollte.

«Das, was man mit ihrem Wagen gemacht hat», sagte Wright.

«Was denn?», fragte Moon.

«Das Wort auf ihrem Auto», erläuterte Wright. «Das war ich nicht.»

«Das waren Sie nicht?»

«Ich hab's meinem Anwalt gesagt, aber der meinte, es wäre egal.»

«Jetzt ist es aber nicht egal, Jack», sagte sie mit genau dem richtigen Maß an Bestimmtheit im Ton.

«Ich würde so was auf kein Auto kratzen.»

«Fotze?», fragte sie. «Auf der Toilette haben Sie sie aber doch so genannt.»

«Das war was anderes», sagte er. «Das war in der Hitze des Augenblicks.»

Darauf reagierte Moon nicht. «Wer hat es denn eingeritzt?»

«Das weiß ich nicht», antwortete Wright. «Ich war den ganzen Tag im Krankenhaus und hab gearbeitet. Ich wusste ja nicht mal, was sie für einen Wagen fuhr. Hätte ich mir aber natürlich denken können. So war sie nämlich, tat immer so, als wär sie was Besseres.»

«Darauf gehen wir jetzt nicht weiter ein, Jack.»

«Verstehe», sagte er und senkte den Blick. «Tut mir Leid.»

«Wer, meinen Sie, hat ihr Auto so verunziert?», fragte Moon. «Jemand aus dem Krankenhaus?»

«Jemand, der sie kannte und wusste, was für ein Auto sie fuhr.»

«Vielleicht ein Arzt?»

«Keine Ahnung.» Er zuckte mit den Achseln. «Möglich.»

«Sie machen mir hier nichts vor?»

Er reagierte überrascht auf die Frage. «Scheiße, nein, tu ich nicht.»

«Sie glauben also, jemand aus dem Krankenhaus könnte das Wort in den Lack ihres Autos gekratzt haben. Und warum?»

«Vielleicht war jemand wütend auf sie.»

«Hat sie oft Leute wütend gemacht?»

«Nein», sagte er und schüttelte heftig den Kopf. «Sara war eine nette Frau. Sie hat immer mit allen geredet.» Er schien vergessen zu haben, dass er gerade noch behauptet hatte, Sara sei eingebildet gewesen. Wright fuhr fort: «Sie hat mich auf dem Flur immer begrüßt. Sie müssen wissen, nicht nur ‹Wie geht's?› oder so was Ähnliches, sondern: ‹Ach, da sind Sie ja›. Die meisten Leute, die sehen einen, sehen einen aber dann doch nicht. Wissen Sie, was ich meine?»

«Sara ist eine nette Frau», sagte Moon, weil sie nicht wollte, dass er zu sehr abschweifte. «Wer würde denn ihren Wagen so zerkratzen?»

«Kann sein, dass jemand wegen irgendwas sauer auf sie war?»

Jeffrey legte die Hand auf die Scheibe und spürte, wie sich seine Nackenhaare sträubten. Moon schien ebenfalls hellhörig zu werden.

Sie fragte: «Weswegen?»

«Ich weiß nicht», antwortete Wright. «Ich sag ja nur, dass ich das nicht auf ihren Wagen gekratzt hab.»

«Da sind Sie ganz sicher?»

Wright musste schlucken. «Sie haben doch gesagt, für das hier vergessen Sie die Pistole?»

Moon sah ihn erbost an. «Kommen Sie mir nicht so, Jack. Ich habe Ihnen im Voraus gesagt, das sei der Deal. Also, was haben Sie für uns?»

Wright schielte zum Spiegel. «Das ist alles, was ich weiß. Dass ich ihren Wagen nicht zerkratzt hab.»

«Und wer war es dann?»

Wright zuckte die Achseln. «Ich hab doch gesagt, das weiß ich nicht.»

«Meinen Sie, derselbe Kerl, der ihren Wagen zerkratzt hat, macht auch diese Sachen in Grant County?»

Wieder ein Achselzucken. «Ich bin doch kein Detektiv. Ich sag Ihnen nur, was ich weiß.»

Moon verschränkte die Arme über der Brust. «Wir lassen Sie übers Wochenende hinter Schloss und Riegel. Wenn wir uns dann Montag unterhalten, können Sie ja sehen, ob Sie eine Ahnung haben, wer die Person sein könnte.»

Wright kamen die Tränen. «Ich sage Ihnen die Wahrheit.»

«Wir werden ja sehen, ob es Montagmorgen noch dieselbe Wahrheit ist.»

«Schicken Sie mich nicht dahin zurück, bitte nicht.»

«Ist doch nur vorläufige Haft, Jack», erklärte Moon. «Ich werde dafür sorgen, dass Sie Ihre eigene Zelle bekommen.»

«Lassen Sie mich doch einfach nach Hause.»

«Nein», entgegnete Moon. «Wir lassen Sie einen Tag schmoren. Da haben Sie Zeit, sich zu besinnen, worauf es ankommt.»

«Das weiß ich doch. Ganz bestimmt.»

Moon wartete nicht mehr länger. Sie ließ Wright in dem Raum zurück. Er hielt den Kopf in den Händen und weinte.

SONNABEND

FÜNFUNDZWANZIG

Sara schreckte aus dem Schlaf hoch, und für eine kurze Sekunde der Panik wusste sie nicht, wo sie sich befand. Sie sah sich in ihrem Schlafzimmer um und ließ den Blick nicht von den gediegenen Dingen, von Dingen, die Trost spendeten. Die alte Kommode, die ihrer Großmutter gehört hatte, der Spiegel, den sie bei einem privaten Räumungsverkauf gefunden hatte, der Schrank, der so breit gewesen war, dass ihr Vater ihr dabei geholfen hatte, die Schlafzimmertür aus den Angeln zu heben, damit sie ihn reinbekommen konnten.

Sie setzte sich im Bett auf und sah durch die Fensterfront hinaus auf den See. Vom Unwetter der letzten Nacht waren noch kabbelige Wellen geblieben, die die Wasseroberfläche unruhig machten. Der Himmel war von einem warmen Grau, das die Sonne verbarg und sich mit dem Bodennebel mischte. Im Haus war es kalt, und Sara stellte sich vor, dass es draußen noch kälter sein musste. Sie nahm den Quilt vom Bett mit auf den Weg ins Bad und zog die Nase kraus, als sie barfuß über den kalten Fußboden tapste.

In der Küche stellte sie die Kaffeemaschine an, blieb vor ihr stehen und wartete, bis eine Tasse gefüllt war. Sie ging zurück ins Schlafzimmer und schlüpfte in ein Paar kurze Jogginghosen, über die sie noch eine alte Trainingshose streifte. Der Hörer lag seit Jeffreys Anruf letzte Nacht noch daneben, und Sara legte ihn zurück. Fast im selben Moment klingelte das Telefon.

Sara atmete tief durch und antwortete: «Hallo.»

«He, Baby», sagte Eddie Linton. «Wo hast du dich rumgetrieben?»

«Ich hab aus Versehen das Telefon runtergeworfen», log Sara.

Entweder hatte ihr Vater die Lüge nicht bemerkt, oder er ließ sie ihr durchgehen. Er sagte: «Wir machen hier gerade unser Frühstück. Willst du nicht rüberkommen?»

«Nein danke», antwortete Sara, obwohl ihr leerer Magen im selben Augenblick auch schon protestierte. «Ich wollte gerade meinen Morgenlauf machen.»

«Und wie wär's mit danach?»

«Vielleicht», antwortete Sara auf dem Weg zum Schreibtisch in der Diele. Sie öffnete die oberste Schublade und holte zwölf Postkarten hervor. Zwölf Jahre seit der Vergewaltigung, eine Postkarte für jedes Jahr. Zusammen mit ihrer Adresse war jedes Mal ein Bibelvers auf die Rückseite getippt.

«Baby?», machte sich Eddie bemerkbar.

«Ja, Paps», antwortete Sara und achtete wieder darauf, was er sagte. Sie legte die Karten in die Schublade zurück und schob diese mit der Hüfte zu.

Sie unterhielten sich über das Unwetter. Eddie berichtete ihr, dass ein Ast das Haus der Lintons nur um wenige Meter verfehlt hatte, und Sara bot an, später vorbeizukommen und bei den Aufräumungsarbeiten zu helfen. Während er sprach, überkam Sara die Erinnerung an die erste Zeit nach der Vergewaltigung. Sie lag im Krankenhausbett, die Beatmungsmaschine ächzte, und der Monitor für die Herztätigkeit hatte ihr die Gewissheit vermittelt, dass sie noch nicht gestorben war, obwohl sie sich gut daran erinnerte, dass sie diese Gewissheit als nicht im Geringsten tröstlich empfunden hatte.

Sie war eingeschlafen, und als sie aufwachte, war Eddie bei ihr, hielt ihre Hand in seinen beiden Händen. Sie hatte ihren Vater zuvor noch nie weinen sehen, aber in dem Moment weinte er, schluchzte leise und Mitleid erregend. Cathy stand hinter ihm, hatte die Arme um seine Taille geschlungen und den Kopf an seinen Rücken gelegt. Sara war es vorgekommen, als sei sie fehl am Platz, und hatte sich gefragt, was die beiden wohl bedrückte. Erst dann war ihr eingefallen, was ihr passiert war.

Nach einer Woche Krankenhausaufenthalt hatte Eddie sie nach Grant zurückgefahren. Sara hatte während des gesamten Weges den Kopf an seine Schulter gelehnt. Sie saß auf der vorderen Bank seines alten Pick-ups, zwischen ihre Mutter und ihren Vater gequetscht, so wie es eigentlich vor Tessas Geburt immer gewesen war. Ihre Mutter hatte ein Kirchenlied, das Sara noch nie zuvor gehört hatte, ziemlich falsch gesungen. Irgendwas von Seelenheil. Etwas von Erlösung. Etwas von Liebe.

«Baby?»

«Ja, Daddy», antwortete Sara. Sie wischte sich eine Träne aus dem Auge. «Ich guck später rein, okay?» Sie hauchte einen Kuss in den Hörer. «Ich liebe dich.»

Er antwortete entsprechend, aber sie bemerkte die Besorgnis in seiner Stimme. Sara ließ die Hand auf dem Hörer, wünschte mit aller Kraft, dass er sich nur nicht aufregte. Das Schlimmste an ihrer Genesung von dem, was Jack Allen Wright ihr angetan hatte, war das Wissen darum, dass ihr Vater über alle Einzelheiten der Vergewaltigung Bescheid wusste. Sie fühlte sich ihm gegenüber so entblößt, während einer so langen Zeit, dass sich ihr Verhältnis verändert hatte. Die Sara, mit der er spontan irgendwelche Spiele gespielt hatte, die gab es nicht mehr. Nicht mehr erwähnt wurden auch Eddies Scherze, dass er wünschte, sie würde Gynäkologin werden, damit er sagen könnte, seine beiden Töchter hätten sich aufs Klempnern verlegt. Er sah sie nicht mehr als seine unverwundbare Sara. Er sah sie als jemanden, den er beschützen musste. Ja, er sah sie so, wie Jeffrey sie jetzt sah.

Sara zog die Schnürsenkel an ihren Tennisschuhen zu fest zu, kümmerte sich aber nicht darum. Letzte Nacht hatte sie aus Jeffreys Stimme Mitleid herausgehört. Sofort und instinktiv wusste sie, dass sich alles unwiderruflich verändert hatte. Von jetzt an würde er in ihr immer nur das Opfer sehen. Sara hatte zu verbissen darum gekämpft, dies Gefühl zu überwinden, als dass sie sich ihm jetzt wieder ergeben würde.

Nachdem sie eine leichte Jacke übergezogen hatte, trat Sara aus dem Haus. Sie joggte die Auffahrt hinunter zur Straße und wandte sich nach links, weg vom Haus ihrer Eltern. Sara joggte nicht gern auf Straßenpflaster, denn sie hatte zu viele Knie gesehen, die von dem ständigen Stauchen Verletzungen davongetragen hatten. Wenn sie Fitnesstraining machte, dann mit den Geräten im YMCA von Grant, oder sie schwamm dort im Pool. Im Sommer ging sie frühmorgens im See schwimmen, um ihren Kopf frei zu bekommen und sich auf den bevorstehenden Tag zu konzentrieren. Heute wollte sie sich jedoch ohne Rücksicht auf ihre Gelenke bis an die Grenze ihrer Leistungsfähigkeit treiben. Sara war schon immer ein körperbewusster Mensch gewesen, und durch Schwitzen fand sie ihre Mitte wieder.

Nach ungefähr zwei Meilen verließ sie die Hauptstraße und nahm einen Seitenpfad, um am See entlanglaufen zu können. Stellenweise war der Boden holprig, aber der Ausblick war herrlich. Die Sonne gewann endlich ihren Kampf gegen die dunklen Wolken, als Sara feststellte, dass sie bei Jeb McGuires Haus war. Sie war stehen geblieben, um sich das schnittige schwarze Boot anzusehen, das an seinem Steg vertäut war, als sie schaltete, wo sie war. Sie beschattete die Augen mit der Hand, um die Rückseite von Jebs Haus zu betrachten.

Er wohnte in dem alten Tanner-Haus, das erst kürzlich auf den Markt gekommen war. Die Leute gaben ihre Seegrundstücke nicht gern auf, aber die Tanner-Kinder, die schon vor Jahren aus Grant weggezogen waren, hatten nur zu gern das Geld eingesackt, als ihr Vater schließlich einem Emphysem erlegen war. Russell Tanner war ein netter Mann gewesen, aber er hatte wie die meisten alten Leute auch seine Macken gehabt. Jeb hatte ihm seine Medikamente persönlich vorbeigebracht, und das hatte wahrscheinlich auch dazu beigetragen, dass er das Haus nach dem Tod des alten Mannes billig bekommen hatte.

Sara ging den steil abschüssigen Rasen zum Haus empor. Eine Woche nach seinem Einzug hatte Jeb eine große Renovierungsaktion gestartet, die alten windschiefen Fenster durch Doppelglasscheiben ersetzt und die Asbestschindeln vom Dach und die Asbestplatten der Seitenverkleidung entfernt. Solange sich Sara erinnern konnte, war das Haus dunkelgrau gewesen, aber Jeb hatte es in einem heiteren Gelb gestrichen. Sara war die Farbe zu grell, aber zu Jeb passte sie.

«Sara?», fragte Jeb, der aus dem Haus kam. Er trug einen Werkzeuggürtel, an dem ein Schindelhammer hing.

«He», antwortete sie und ging auf ihn zu. Je näher sie dem Haus kam, desto deutlicher fiel ihr ein Tropfgeräusch auf. «Was ist denn das für ein Geräusch?», fragte sie.

Jeb deutete auf eine Dachrinne, die vom Dachansatz herunterhing. «Ich wollte gerade da rangehen», erklärte er. Er kam auf sie zu und stützte die Hand auf den Hammer. «Ich hatte so viel im Geschäft zu tun, dass ich kaum zum Luftholen gekommen bin.»

Sie nickte, denn sie verstand sein Dilemma. «Kann ich dir irgendwie helfen?»

«Danke, geht schon», erwiderte Jeb und hob eine zwei Meter lange Leiter auf. Er trug sie zu der Stelle, wo die Rinne herunterhing, hörte dabei aber nicht zu reden auf. «Hörst du, wie laut es ist? Das verdammte Ding leitet das Wasser so langsam ab, dass es wie ein Dampfhammer auf den Sockel des Fallrohrs prallt.»

Sie hörte das Geräusch noch deutlicher, als sie Jeb zum Haus folgte. Es war ein an den Nerven zerrendes, sich ständig wiederholendes dumpfes Geräusch. Als würde ein Wasserhahn in ein Becken aus Gusseisen tropfen. Sie fragte: «Was ist denn passiert?»

«Altes Holz vermutlich», sagte er und stellte die Leiter auf.

«Dies Haus ist der reinste Geldfresser. Ich repariere das Dach, und die Dachrinnen fallen ab. Ich versiegele das Deck, und schon sinken die Stützpfähle ab.»

Sara blickte unter die Deckterrasse und sah den Wasserspiegel. «Ist dein Keller überflutet?»

«Gott sei Dank habe ich keinen, sonst würde da unten Hochwasser herrschen», sagte Jeb und griff in einen der Lederbeutel an seinem Gürtel. Er holte mit der einen Hand einen Dachrinnennagel hervor und langte mit der anderen nach dem Hammer.

Sara sah gebannt auf den Nagel und brachte ihn mit etwas in Verbindung. «Darf ich den mal sehen?»

Er sah sie irritiert an und antwortete dann: «Sicher.»

Sie nahm den Nagel und wog ihn in der Hand. Mit seinen fünfundzwanzig Zentimetern war er bestimmt lang genug, um eine Dachrinne zu halten, aber hätte jemand diese Art Nagel auch benutzen können, um Julia Matthews auf dem Fußboden anzunageln?

«Sara?», machte Jeb sich bemerkbar. Er streckte die Hand nach dem Nagel aus. «Ich hab noch mehr davon im Lagerschuppen», sagte er und deutete auf den Blechschuppen. «Wenn du einen behalten möchtest.»

«Nein danke», antwortete sie und reichte ihm den Nagel. Sie musste dringend in ihr Haus zurück, um Frank Wallace wegen dieser Sache anzurufen. Jeffrey befand sich wahrscheinlich noch in Atlanta, aber jemand musste herausbekommen, wer in letzter Zeit diese Sorte Nägel gekauft hatte. Das war doch eine gute Spur.

Sie fragte: «Hast du die im Haushaltswarengeschäft gekauft?»

«Ja», sagte er und sah sie neugierig an. «Wieso?»

Sara lächelte und gab sich alle Mühe, ihn zu besänftigen. Wahrscheinlich hielt er es für eigentümlich, dass sie so interessiert an Nägeln für die Dachrinnenhalterung war. Und sie konnte ihm ja auch nicht einfach sagen, warum es so war. Saras

Verehrerreservoir war schon klein genug, sodass sie nicht auch noch Jeb McGuire vor den Kopf stoßen musste, indem sie andeutete, dass seine Dachrinnennägel hervorragend dazu geeignet wären, eine Frau auf den Fußboden zu nageln, wenn man sie vergewaltigen will.

Sie sah ihm dabei zu, wie er die herabhängende Dachrinne am Haus befestigte. Sara erwischte sich dabei, dass sie sich Jeffrey und Jack Wright zusammen in einem Raum vorstellte. Moon hatte gesagt, dass Wright sich im Gefängnis habe gehen lassen und dass sein wie gemeißelt wirkender bedrohlicher Körper in schwabbeliges Fett übergegangen war, aber Sara sah ihn noch immer vor sich wie an jenem Tag vor zwölf Jahren. Die Haut straffte sich über seinen Knochen, und die Venen traten entlang seiner Arme überdeutlich hervor. Holzschnittartig war sein Gesicht eine Studie des Hasses, und seine Zähne mahlten, sodass sein Grinsen zur grässlichen Bedrohung wurde, als er sie vergewaltigte.

Unwillkürlich erschauerte Sara. Sie hatte die vergangenen zwölf Jahre ihres Lebens damit verbracht, die Erinnerung an Wright aus ihrem Kopf zu verbannen, und dass er jetzt wieder gegenwärtig war, sei es durch Jeffrey oder durch eine dämliche Postkarte, weckte in ihr von neuem das Gefühl, missbraucht zu werden. Dafür hasste sie Jeffrey, hauptsächlich aber deswegen, weil er der Einzige war, der unter ihrem Hass wirklich litt.

«Hör mal», sagte Jeb und riss sie dadurch aus ihren Gedanken. Er legte die Hand ans Ohr und lauschte. Das dumpf pochende Geräusch war noch immer da, denn Wasser tropfte ins Fallrohr.

«Das macht mich noch verrückt», sagte er beim Dompf, Dompf, Dompf des Wassers.

«Das kann ich gut verstehen», sagte sie. Schon nach fünf Minuten des Geräusches tat ihr der Kopf weh.

Jeb kam von der Leiter herunter und befestigte den Hammer an seinem Gürtel. «Ist was?»

«Nein», antwortete sie, «ich war nur in Gedanken.»

«Und woran?»

Sie holte tief Luft und sagte dann: «Unsere verschobene Verabredung.» Sie sah in den Himmel hinauf. «Warum kommst du nicht gegen zwei zu einem späten Lunch bei mir zu Hause vorbei? Ich besorg uns was aus dem Feinkostladen in Madison.»

Er lächelte, aber in seiner Stimme klang unerwartete Nervosität mit. «Ja», antwortete er. «Das hört sich toll an.»

SECHSUNDZWANZIG

Jeffrey versuchte sich aufs Fahren zu konzentrieren, aber dazu ging ihm zu viel durch den Kopf. Er hatte die ganze Nacht nicht geschlafen, und langsam bemächtigte sich Erschöpfung seines Körpers. Sogar nachdem er an den Straßenrand gefahren war und ein halbstündiges Nickerchen gemacht hatte, fühlte er sich noch nicht klar im Kopf. Es geschah einfach zu viel. Zu viele Dinge zerrten ihn gleichzeitig in verschiedene Richtungen.

Mary Ann Moon hatte versprochen, sich unter Strafandrohung die Personalakten des Grady Hospital aus der Zeit, als Sara dort gearbeitet hatte, aushändigen zu lassen. Jeffrey konnte nur beten, dass die Frau auch ihr Wort hielt. Sie hatte vermutet, dass die Akten Jeffrey irgendwann am Sonntagnachmittag zur Einsicht vorliegen würden. Jeffreys einzige Hoffnung bestand darin, dass ein Name aus dem Krankenhaus vertraut klingen würde. Sara hatte nie jemanden aus Grant erwähnt, der in jenen Tagen mit ihr zusammengearbeitet hatte, aber er musste sie trotzdem fragen. Drei Anrufe bei ihr zu Hause hatten ihn nur mit dem Anrufbeantworter verbunden.

Ihr eine Nachricht zu hinterlassen, ihn zurückzurufen, erschien ihm sinnlos. Ihr Ton in der vergangenen Nacht hatte gereicht, ihn davon zu überzeugen, dass sie wahrscheinlich nie wieder mit ihm sprechen würde.

Jeffrey lenkte den Town Car auf den Parkplatz der Wache. Eigentlich hätte er dringend nach Hause gemusst, um zu duschen und sich umzuziehen, aber er musste sich auch bei der Arbeit sehen lassen. Sein Ausflug nach Atlanta hatte länger gedauert als geplant, und Jeffrey hatte die morgendliche Lagebesprechung verpasst.

Frank Wallace kam aus der Vordertür, als Jeffrey die Automatik auf «Park» stellte. Frank winkte ihm kurz zu, bevor er um den Wagen herumging und einstieg.

Er sagte: «Die Kleine ist verschwunden.»

«Lena?»

Frank nickte, als Jeffrey den Gang einlegte.

Jeffrey fragte: «Was war los?»

«Ihr Onkel Hank hat auf der Wache angerufen, weil er sie suchte. Er sagte, er hat sie das letzte Mal in der Küche gesehen, kurz nachdem diese Matthews das Zeitliche gesegnet hat.»

«Das war vor zwei Tagen», entgegnete Jeffrey. «Wie zum Teufel konnte das nur passieren?»

«Ich hab eine Nachricht auf ihrem Anrufbeantworter hinterlassen. Ich dachte, sie hält sich bedeckt. Hatten Sie ihr nicht freigegeben?»

«Hatte ich», antwortete Jeffrey voller Schuldbewusstsein. «Hank ist bei ihr zu Hause?»

Frank nickte abermals und legte den Sicherheitsgurt an, als Jeffrey den Wagen auf über 130 Stundenkilometer hochjagte. Auf dem Weg zu Lenas Haus wurde die Anspannung im Wagen immer größer. Als sie ankamen, saß Hank Norton auf der Vorderveranda und wartete.

Er kam zum Auto gelaufen. «Ihr Bett ist unbenutzt», sagte er zur Begrüßung. «Ich war bei Nan Thomas. Keiner von uns hatte etwas von ihr gehört. Deswegen haben wir angenommen, sie sei bei Ihnen.»

«War sie aber nicht», formulierte Jeffrey das Naheliegende. Er betrat Lenas Haus und suchte im vorderen Zimmer nach Anhaltspunkten. Das Haus hatte zwei Stockwerke wie die meisten in der Nachbarschaft. Küche, Esszimmer und Wohnzimmer befanden sich im Parterre, zwei Schlafzimmer und das Bad waren oben.

Jeffrey nahm zwei Stufen auf einmal, obwohl sein Bein gegen diese Bewegung protestierte. Er betrat ein Zimmer, das er für Lenas Schlafzimmer hielt, und suchte nach etwas, das alledem einen Sinn geben könnte. Seine Augen brannten, und alles, was er betrachtete, hatte eine leicht rote Färbung. Er durchsuchte die Schubladen und schob die Kleidung im Wandschrank zur Seite und hatte nicht die geringste Ahnung, was er zu finden erwartete. Er fand nichts.

Unten in der Küche redete Hank Norton mit Frank. Seine Worte waren ein Sperrfeuer aus Anschuldigung und Abwehr. «Sie sollte doch mit Ihnen zusammenarbeiten», sagte Hank. «Sie sind schließlich ihr Partner.»

Jeffrey erkannte in der Stimme ihres Onkels Lena wieder. Er sprach zornig und anklagend. Da war dieselbe unterschwellige Feindseligkeit, die er schon immer aus Lenas Tonfall herausgehört hatte.

Jeffrey wollte Frank aus der Schusslinie nehmen. «Ich habe ihr freigegeben, Mister Norton», sagte er. «Wir nahmen an, sie wäre zu Hause.»

«Da bläst sich so 'n Mädchen direkt vor den Augen meiner Nichte den Kopf weg, und Sie nehmen einfach an, dass es ihr gut geht?», zischte er. «Herr im Himmel, sind Sie aus jeder Verantwortung raus, wenn Sie ihr einen Tag freigeben?»

«Das habe ich nicht gemeint, Mister Norton.»

«Scheiße, hören Sie doch auf, mich Mister Norton zu nennen», brüllte er und warf dabei die Hände in die Luft.

Jeffrey wartete darauf, dass der Mann noch mehr sagte, aber der drehte sich abrupt um und verließ die Küche. Die Tür knallte er hinter sich zu.

Frank sprach ganz langsam. Er war sichtbar bestürzt. «Ich hätte nach ihr sehen sollen.»

«Das war meine Aufgabe», sagte Jeffrey. «Ich trage die Verantwortung für sie.»

«Alle tragen die Verantwortung für sie», entgegnete Frank. Er fing an, die Küche zu durchsuchen, öffnete und schloss Schubladen, stöberte in den Schränken. Aber augenfällig schenkte Frank dem, was er tat, gar keine Aufmerksamkeit. Mehr um seine Wut abzureagieren, als nach etwas Konkretem zu suchen, öffnete er die Schranktüren und schlug sie wieder zu. Jeffrey sah ihm eine Weile zu und ging dann ans Fenster. Lenas schwarzer Celica stand in der Auffahrt.

Jeffrey sagte: «Ihr Wagen ist noch da.»

Frank schob mit Wucht eine Schublade zu. «Hab ich gesehen.»

«Ich werd mal nachsehen», erbot sich Jeffrey. Er ging zur Hintertür hinaus und kam dabei an Hank Norton vorbei, der auf den Stufen zum Hinterhof saß. Mit unbeholfenen und gereizten Bewegungen rauchte er eine Zigarette.

Jeffrey fragte ihn: «Stand der Wagen die ganze Zeit hier, als Sie fort waren?»

«Woher soll ich das denn wissen?», fauchte Norton.

Jeffrey beließ es dabei und ging zum Wagen. Beide Türen waren verriegelt. Die Reifen auf der Beifahrerseite sahen gut aus, und die Kühlerhaube fühlte sich kalt an, als er um den Wagen herumging.

«Chief?», rief Frank von der Küchentür. Hank Norton stand auf, als Jeffrey zum Haus ging.

«Was gibt es denn?», fragte Norton. «Haben Sie was gefunden?»

Jeffrey ging in die Küche zurück und sah sofort, was Frank

gefunden hatte. Das Wort FOTZE war innen in die Tür des Küchenschranks über dem Herd geritzt.

«Dass es Vorschriften gibt, schert mich einen Scheißdreck», sagte Jeffrey zu Mary Ann Moon, als er zum College raste. Das Telefon hielt er in der einen Hand, und mit der anderen lenkte er.

«Ein weiblicher Detective ist verschwunden, und die einzige Spur, die ich habe, ist diese Liste.» Er atmete tief durch, versuchte sich zu beruhigen. «Ich brauche Zugang zu diesen Personallisten.»

Moon reagierte diplomatisch. «Chief, hier müssen wir uns an die Dienstvorschriften halten. Wir sind nicht in Grant County. Wenn wir allen möglichen Leuten auf die Zehen treten, können wir es beim nächsten geselligen Beisammensein der Kirchengemeinde nicht einfach wieder gutmachen.»

«Wissen Sie eigentlich, was dieser Kerl den Frauen hier angetan hat?», fragte er. «Wollen Sie es verantworten, dass mein Detective vielleicht in diesem Moment vergewaltigt wird? Denn ich kann Ihnen garantieren, dass ihr genau das geschieht.» Er hielt für einen Moment den Atem an, um zu verhindern, dass diese Vorstellung von ihm Besitz ergriff.

Als sie nichts erwiderte, sagte er: «Jemand hat etwas in eine Schranktür in ihrer Küche geritzt.» Er hielt inne, damit seine Worte wirkten. «Möchten Sie vielleicht raten, um welches Wort es sich handelt, Ms Moon?»

Moon schwieg und dachte offenbar nach. «Ich könnte mich mal mit jemand unterhalten, den ich im Archiv kenne. Zwölf Jahre sind eine lange Zeit. Da kann ich nicht garantieren, dass man die entsprechenden Unterlagen gleich zur Hand hat. Wahrscheinlich sind sie auf Mikrofilm im Bundesstaatsarchiv.»

Er gab ihr seine Handynummer, bevor er das Gespräch beendete.

«Welche Zimmernummer hat sie im Wohnheim?», fragte Jeffrey, als sie durchs Eingangstor am College fuhren.

Frank zog sein Notizbuch hervor und blätterte darin. «Zwölf», sagte er. «Sie ist in Jefferson Hall.»

Das Heck des Town Car geriet ins Schleudern, als sie vor das Wohnheim kurvten und hielten. Jeffrey war im Nu aus dem Auto gestiegen und die Treppen hinaufgelaufen. Er schlug mit der Faust an die Tür von Zimmer zwölf und stieß sie auf, als niemand öffnete.

«O mein Gott», sagte Jenny Price und griff nach einem Laken, um sich zuzudecken. Ein Junge, den Jeffrey noch nie zuvor gesehen hatte, sprang aus dem Bett und zog sich in Windeseile seine Hose an.

«Raus mit dir», forderte Jeffrey ihn auf und ging auf die Seite des Zimmers, die Julia Matthews bewohnt hatte. Seit er das letzte Mal hier gewesen war, hatte man nichts verändert. Jeffrey konnte sich auch nicht vorstellen, dass Matthews' Eltern sonderlich danach zumute gewesen war, in den Habseligkeiten ihrer toten Tochter zu kramen.

Jenny Price war angezogen weitaus selbstbewusster als am Tag zuvor. «Was tun Sie denn hier?», verlangte sie zu wissen.

Jeffrey beachtete ihre Frage nicht, sondern durchsuchte Kleider und Bücher.

Jenny wiederholte ihre Frage, diesmal an Frank gerichtet.

«Polizeiangelegenheit», murmelte er vom Flur her.

In Sekundenschnelle hatte Jeffrey das Zimmer auf den Kopf gestellt. Viel zu durchsuchen hatte es ohnehin nicht gegeben, und wie bei der Durchsuchung vorhin fand sich auch jetzt nichts Neues. Er hielt inne, sah sich im Zimmer um und fragte sich, ob er vielleicht etwas übersehen hatte. Als er sich daranmachen wollte, nochmals den Wandschrank zu durchstöbern, bemerkte er neben der Tür einen Stapel Bücher. Eine dünne Schicht Matsch bedeckte deren Rücken. Beim ersten Mal, als Jeffrey das Zimmer durchsucht hatte, waren sie noch nicht da gewesen. Daran hätte er sich erinnert.

Er fragte: «Woher kommen die?»

Jenny folgte seinem Blick. «Die Campuspolizei hat sie vorbeigebracht», erklärte sie. «Sie gehörten Julia.»

Jeffrey ballte die Faust und hätte am liebsten auf irgendetwas eingeschlagen. «Die haben sie hierher gebracht?», fragte er und wusste eigentlich auch nicht, warum ihn das so überraschte. Die Sicherheitsbediensteten vom Grant Tech Campus waren fast allesamt ziemlich hirnlose und ausgemusterte Hilfssheriffs mittleren Alters.

Die Studentin klärte ihn auf: «Man hat die Bücher vor der Bibliothek gefunden.»

Mit großer Anstrengung öffnete Jeffrey die Fäuste und ging in die Knie, um die Bücher zu untersuchen. Er dachte noch daran, Handschuhe anzuziehen, bevor er sie berührte, aber als Beweismittel waren sie ohnehin nicht mit der erforderlichen Sorgfalt behandelt worden.

Biologie der Mikroorganismen lag oben auf dem Stapel, und über den Schutzumschlag waren Matschflecken verteilt. Jeffrey nahm das Buch zur Hand und blätterte die Seiten durch. Auf Seite 23 fand er, wonach er gesucht hatte. Das Wort FOTZE war mit rotem Filzschreiber in Druckbuchstaben quer über die Seite geschrieben worden.

«Mein Gott», hauchte Jenny hinter vorgehaltener Hand.

Jeffrey ließ Frank zurück, um das Zimmer zu versiegeln. Statt zum naturwissenschaftlichen Labor zu fahren, in dem Sibyl gearbeitet hatte, eilte er im Laufschritt über den Campus. Dabei schlug er die entgegengesetzte Richtung zu der ein, die er noch vor ein paar Tagen mit Lena gegangen war. Wieder nahm er zwei Stufen auf einmal, wieder wartete er gar nicht erst eine Reaktion ab, nachdem er an die Tür von Sibyls Laboratorium geklopft hatte, sondern stürmte hinein.

«Oh», sagte Richard Carter und sah von seinen Notizen auf. «Was kann ich für Sie tun?»

Jeffrey stützte sich mit der Hand auf den erstbesten Tisch und versuchte, wieder zu Atem zu kommen. «Gab es irgendwas

Ungewöhnliches», fragte er, «an dem Tag, als Sibyl Adams ermordet wurde?»

Carter wirkte verärgert. Jeffrey hätte ihm diesen Ausdruck am liebsten aus dem Gesicht geprügelt, aber er riss sich zusammen.

Selbstgerecht plusterte sich Carter auf: «Ich hab's Ihnen doch schon mal gesagt: Es gab nichts Außergewöhnliches. Sie ist tot, Chief Tolliver, meinen Sie da nicht, dass ich etwas Ungewöhnliches erwähnt hätte?»

«Vielleicht war irgendwo etwas draufgeschrieben», deutete Jeffrey an. Er wollte nicht zu viel preisgeben, es war verblüffend, an was sich die Leute zu erinnern meinten, wenn man ihnen nur die entsprechend formulierten Fragen stellte. «Haben Sie vielleicht gesehen, dass auf einer ihrer Kladden etwas geschrieben stand? Vielleicht hatte sie ja irgendetwas immer bei sich, und daran hat sich jemand zu schaffen gemacht?»

Carter sackte der Unterkiefer weg. Offenbar erinnerte er sich an etwas. «Jetzt, wo Sie es erwähnen», fing er an, «also kurz vor ihrem ersten Seminar am Montag sah ich, dass man etwas auf die Wandtafel geschrieben hatte.» Er verschränkte die Arme über seinem massigen Oberkörper. «Die Kids finden es lustig, solche Streiche zu spielen. Sie war blind, und daher konnte sie auch nicht mitbekommen, was die machten.»

«Was machten sie denn?»

«Na ja, jemand, ich weiß nicht wer, hatte das Wort *Fotze* an die Tafel geschrieben.»

«Und das war am Montagmorgen?»

«Ja.»

«Bevor sie starb?»

Er besaß so viel Anstand, zur Seite zu sehen, bevor er antwortete: «Ja.»

Jeffrey blickte einen Moment lang starr von oben auf Richards Kopf. Dabei kämpfte er gegen das Bedürfnis an, den Mann mit Fäusten zu traktieren. Er sagte: «Ist Ihnen klar, dass

Julia Matthews noch am Leben sein könnte, wenn Sie mir das am vergangenen Montag erzählt hätten?»

Darauf wusste Richard Carter keine Antwort.

Jeffrey ging und knallte die Tür hinter sich zu. Er war auf der Treppe, als sein Handy klingelte. Beim ersten Ton antwortete er: «Tolliver.»

Mary Ann Moon kam sofort zur Sache. «Ich bin jetzt im Archiv und habe die Liste vor mir. Sie enthält alle, die in der Notaufnahme im ersten Stock gearbeitet haben, von den Ärzten bis zum Aufsichtspersonal.»

«Legen Sie los», bat Jeffrey und schloss die Augen. Er gab sich alle Mühe, ihren näselnden Yankee-Akzent zu überhören, als sie die Vornamen, die zweiten Vornamen und die Nachnamen aller Männer vorlas, die mit Sara zusammengearbeitet hatten. Sie brauchte dafür geschlagene fünf Minuten. Nach dem letzten Namen blieb Jeffrey stumm.

Moon fragte: «Kommt Ihnen einer bekannt vor?»

«Nein», erwiderte Jeffrey. «Wenn es Ihnen nichts ausmacht, faxen Sie mir doch bitte die Liste in mein Büro.» Er gab ihr die Nummer. Dabei kam es ihm vor, als hätte ihm jemand einen Schlag in den Magen versetzt. Und dann hatte er wieder Lena vor Augen, auf den Kellerflur genagelt und in Todesangst.

Moon machte sich bemerkbar: «Chief?»

«Ich lasse die Liste dann durch einige meiner Leute mit Wählerlisten und dem Telefonbuch abgleichen.» Er hielt inne und rang mit sich, ob er fortfahren sollte. Schließlich behielt die Höflichkeit die Oberhand. «Danke Ihnen», sagte er, «dass Sie die Liste herausgesucht haben.»

Moon bedachte ihn nicht wie gewohnt mit ihrem brüsken Abschiedsgruß. Sie sagte: «Tut mir Leid, dass keiner der Namen Ihnen bekannt vorkommt.»

«Ja», antwortete er und sah dabei auf die Uhr. «Hören Sie, ich könnte in ungefähr vier Stunden wieder in Atlanta sein. Meinen Sie, ich könnte mich dann mit Wright allein unterhalten?»

Sie zögerte und sagte dann: «Sie sind heute Morgen über ihn hergefallen.»

«Was?»

«Scheint so, als hätten die Wärter beschlossen, dass er keine Einzelzelle verdiente.»

«Sie haben versprochen, dass er nicht unters gemeine Volk gerät.»

«Das weiß ich», blaffte sie. «Aber ich kann nicht kontrollieren, was geschieht, wenn er wieder hinter Gitter kommt. Sie sollten doch am besten wissen, dass diese Jungs ihre eigenen Regeln haben.»

Wenn er bedachte, wie er sich gestern gegenüber Jack Wright verhalten hatte, fiel ihm nicht viel zur eigenen Verteidigung ein.

«Er wird für eine Weile aus dem Verkehr gezogen sein», sagte Moon. «Sie haben ihn ziemlich böse aufgeschlitzt.»

Er fluchte unhörbar. «Er hat Ihnen nichts mehr gesagt, nachdem ich weggefahren war?»

«Nein.»

«Ist er sicher, dass es jemand ist, der im Krankenhaus gearbeitet hat?»

«Nein, ist er nicht.»

«Es ist jemand, der sie im Krankenhaus gesehen hat», sagte Jeffrey. «Und wer würde sie im Krankenhaus sehen, der nicht auch dort arbeitet?» Mit der freien Hand bedeckte er die Augen und dachte nach. «Können Sie von dort aus Patientenakten einsehen?»

«Krankenblätter?» Sie klang skeptisch. «Das wäre wahrscheinlich zu viel verlangt.»

«Nur Namen», sagte er. «Und nur von dem Tag. Vom 23. April.»

«Ich weiß, welcher Tag.»

«Geht das?»

Sie hatte offenbar die Sprechmuschel mit der Hand abgedeckt, aber trotzdem konnte er hören, dass sie mit jemandem sprach. Kurz darauf war sie wieder da: «Geben Sie mir eine bis anderthalb Stunden.»

Jeffrey unterdrückte einen Klagelaut. Eine Stunde war eine Ewigkeit. Aber stattdessen sagte er: «Ich werde pünktlich sein.»

SIEBENUNDZWANZIG

Lena hörte, dass irgendwo eine Tür geöffnet wurde. Sie lag auf dem Boden und wartete auf ihn, weil sie nichts anderes tun konnte. Als Jeffrey ihr gesagt hatte, dass Sibyl tot war, hatte Lena danach kein anderes Ziel vor Augen gehabt, als denjenigen zu finden, der Sibyl umgebracht hatte. Sie wollte ihn der gerechten Strafe zuführen. Nichts wünschte sie sich mehr, als diesen Schweinehund zu finden und auf den elektrischen Stuhl zu bringen. Von diesen Gedanken war sie vom ersten Tag an so besessen, dass sie noch nicht einmal die Zeit gefunden hatte, innezuhalten und zu trauern. Nicht einen Tag hatte sie damit verbracht, den Verlust ihrer Schwester zu betrauern. Nicht eine einzige Stunde war vergangen, in der sie sich die Zeit genommen hatte, über ihren Verlust nachzudenken.

Jetzt, da sie in diesem Haus gefangen war, festgenagelt auf den Fußboden, hatte Lena gar keine andere Wahl, als nachzudenken. Sie dachte an Sibyl. Sogar als sie unter Drogen gesetzt wurde, als man ihr einen Schwamm auf die Lippen presste und ihr bittersüßes Wasser in den Rachen rann und sie gezwungen war, es zu schlucken, trauerte Lena um Sibyl. Da gab es Schultage, die ihr auf einmal so gegenwärtig waren, dass sie meinte, das Holz des Bleistifts zu spüren, den sie in der Hand hielt. Neben Sibyl hinten im Klassenraum sitzend, konnte sie die Tinte des Hektographen riechen. Da gab es Spazierfahrten im Auto und Ferienerlebnisse, Fotos aus der Abgangsklasse und Wandertage. Sie durchlebte all das noch einmal mit Sibyl an ihrer Seite, und es war so, als sei es real.

Das Licht war wieder da, als er den Raum betrat. Ihre Pupillen waren so erweitert, dass sie nichts sah als Schatten, aber trotzdem benutzte er die Taschenlampe, um ihr die Sicht zu nehmen. Der Schmerz war so intensiv, dass sie die Augen schließen musste. Warum er das tat, konnte sie sich nicht zusammenreimen. Lena wusste, wer sie gefangen hatte. Auch wenn sie seine Stimme nicht erkannt hatte, konnte das, was er sagte, nur vom Apotheker der Stadt kommen.

Jeb setzte sich an ihre Füße und legte die Lampe auf den Boden. Der Raum war bis auf diesen kleinen Lichtstrahl stockdunkel. Irgendwie empfand Lena es als tröstlich, wieder etwas sehen zu können, nachdem sie sich so lange in völliger Dunkelheit befunden hatte.

Jeb fragte: «Geht es dir besser?»

«Ja», antwortete Lena, die sich gar nicht daran erinnerte, dass sie sich vorher schlechter gefühlt hatte. Ungefähr alle vier Stunden spritzte er ihr irgendetwas. So wie sich ihre Muskeln kurz danach entspannten, vermutete sie, dass es sich um eine Art Schmerzmittel handeln musste. Die Droge war so stark, dass sie keinen Schmerz spürte, aber sie raubte ihr nicht das Bewusstsein. Er sorgte nur dafür, dass sie über Nacht ohnmächtig war, und zwar durch etwas, das er dem Wasser beigab. Er hielt einen nassen Schwamm über ihre Lippen und zwang sie, das bittere Wasser zu schlucken. Sie betete zu Gott, dass es kein Belladonna war. Lena hatte Julia Matthews mit eigenen Augen gesehen. Sie wusste, dass die Droge tödlich sein konnte. Außerdem bezweifelte Lena, dass Sara zur Stelle sein würde, um sie zu retten. Nicht dass Lena sich sicher war, überhaupt gerettet werden zu wollen. Im Stillen kam sie nämlich immer mehr zu der Überzeugung, es sei am besten, wenn sie hier stürbe.

«Ich hab versucht, das Tropfen abzustellen», sagte Jeb, als wolle er sich entschuldigen. «Ich weiß einfach nicht, woran es liegt.»

Lena leckte sich die Lippen und zog die Zunge nicht zurück.

«Sara ist vorbeigekommen», sagte er. «Kannst du dir vorstellen, dass sie wirklich nicht weiß, wer ich bin?»

Wieder blieb Lena stumm. In seiner Stimme schwang Einsamkeit mit, auf die sie nicht reagieren wollte. Es war, als wünschte er sich Trost.

«Möchtest du wissen, was ich mit deiner Schwester gemacht hab?», fragte er.

«Ja», antwortete Lena, bevor sie sich davon abhalten konnte.

«Sie hatte Halsschmerzen», begann er und zog sich das Oberhemd aus. Aus dem Augenwinkel beobachtete Lena ihn dabei, wie er sich weiter entkleidete. Er sprach ganz entspannt, so als würde er ein frei erhältliches Hustenmittel oder irgendwelche Vitaminpräparate empfehlen.

Er sagte: «Sie wollte eigentlich keine Medikamente nehmen, nicht einmal Aspirin. Und sie fragte mich, ob ich ein gutes Hustenmittel auf pflanzlicher Basis hätte.» Inzwischen war er völlig nackt und rückte näher an Lena heran. Sie versuchte, sich loszureißen, als er sich neben sie legte, aber es war sinnlos. Ihre Hände und Füße waren so auf dem Boden befestigt, dass sie sich fast wie gelähmt vorkam.

Jeb fuhr fort: «Sara sagte mir, sie würde um zwei in den Diner gehen. Ich wusste, dass Sibyl auch dort sein würde. Ich hab sie nämlich jeden Montag dabei beobachtet, wie sie dorthin zum Mittagessen ging. Sie war sehr hübsch, Lena. Aber nicht wie du. Sie besaß nicht dein Feuer.»

Lena zuckte zusammen, als er ihren Bauch zu streicheln begann. Seine Finger spielten auf ihrer Haut und ließen ihren Körper vor Angst erbeben.

Er legte den Kopf an ihre Schulter und betrachtete seine Hand, während er sprach. «Ich wusste, dass Sara dort sein würde und dass Sara sie auch hätte retten können, aber natürlich wurde daraus nichts, wie wir wissen. Denn Sara kam zu spät. Sie kam zu spät und ließ deine Schwester sterben.»

Lenas Körper zitterte unkontrollierbar. Während der vorangegangenen Attacken hatte er sie unter Drogen gesetzt, und darum waren sie einigermaßen erträglich gewesen. Wenn er sie aber jetzt unter diesen Umständen vergewaltigte, würde sie es nicht überleben. Lena erinnerte sich an Julia Matthews' letzte Worte. Sie hatte gesagt, dass Jeb mit ihr Liebe gemacht hatte. Ebendas hatte Julia umgebracht. Lena wusste, wenn er sanft mit ihr umgehen würde, wenn er sie küssen und liebkosen würde wie ein Liebhaber, dann würde sie sich nie wieder von diesem Erlebnis befreien können. Was auch immer er ihr antat – wenn sie den morgigen Tag überlebte, wenn sie diese Tortur überstand, würde ein Teil von ihr tot sein.

Jeb beugte sich vor, ließ seine Zunge über ihren Unterkörper bis in ihren Bauchnabel wandern. Er lachte selbstzufrieden. «Du bist so süß, Lena», flüsterte er und tastete sich mit der Zunge hinauf zu ihrer Brustwarze. Sanft saugte er daran und betastete mit der Handfläche ihre andere Brust. Sein Körper presste sich an sie, und sie fühlte sein hartes Glied an ihrem Bein.

Lenas Lippen zitterten, als sie ihn aufforderte: «Erzähl mir von Sibyl.»

Mit den Fingern drückte er sanft ihre Brustwarze. An einem anderen Ort und unter anderen Umständen wäre es beinahe spielerisch gewesen. Seine Stimme nahm den leisen Tonfall eines verzückten Liebhabers an, und das weckte einen Abscheu in ihr, der durch Mark und Bein ging.

Jeb sagte: «Ich ging hinten um das Gebäude herum und versteckte mich auf der Toilette. Ich wusste, der Tee würde bewirken, dass sie die Toilette aufsuchen musste, und daher habe ich ...» Er strich mit dem Finger über ihren Bauch bis fast hinunter zum Schamhaar. «Ich habe mich in der angrenzenden Kabine eingeschlossen. Es ging sehr schnell. Ich hätte mir denken müssen, dass sie noch Jungfrau war.» Wie ein Hund nach einem ausgiebigen Mahl stieß er einen zufriedenen Seufzer aus. «Sie war so warm und feucht, als ich in ihr war.»

Lena erschauerte, als sie seinen Finger zwischen ihren Beinen spürte. Er massierte sie und sah ihr dabei fest in die Augen, weil er ihre Reaktion erkennen wollte. Die direkte Stimulierung veranlasste ihren Körper, völlig anders zu reagieren als mit dem Entsetzen, das sie verspürte. Er beugte sich vor und küsste links und rechts die Seiten ihrer Brüste. «Mein Gott, was für einen schönen Körper du hast», stöhnte er. Mit seinem Finger spreizte er ihre Lippen, sodass sie ihren Mund öffnen musste. Sie konnte sich selbst schmecken, als er seinen Finger tiefer hineingleiten ließ; rein und raus, rein und raus.

Er sagte: «Julia war auch hübsch, aber nicht so hübsch wie du.» Er ließ seine Hand wieder zwischen ihre Beine gleiten und stieß seinen Finger tief in sie hinein. Sie spürte, wie er sie weitete, um einen zweiten Finger hineingleiten zu lassen.

«Ich könnte dir etwas geben», sagte er. «Etwas, um dich zu weiten. Dann könnte meine ganze Faust in dich hinein.»

Ein Schluchzen erfüllte den Raum, ihr Schluchzen. In ihrem ganzen Leben hatte sie noch nie einen solchen Schmerzenslaut gehört. Der Laut war viel erschreckender als das, was Jeb ihr antat. Ihr ganzer Körper bewegte sich auf und ab, als er sie fickte. Die Ketten, durch die sie zusätzlich festgehalten wurde, schrammten über den Boden, und ihr Hinterkopf rieb sich auf dem harten Holz.

Dann lag er dicht an sie gepresst neben ihr. Sie konnte jeden seiner Körperteile spüren und daher auch ahnen, wie sehr ihn das erregte. Ein Geruch von Sex war im Raum und ließ sie nur sehr schwer atmen. Er machte etwas, aber sie konnte nicht sagen, was es war.

Er legte die Lippen dicht an ihr Ohr und flüsterte: «Sehet, ich habe euch Macht gegeben, zu treten auf Schlangen und

Skorpione, und über alle Gewalt des Feindes; und nichts wird euch beschädigen.»

Lenas Zähne klapperten. Sie spürte ein Zwicken am Oberschenkel und wusste, dass er ihr wieder eine Spritze gegeben hatte.

«Ich habe dich einen kleinen Augenblick verlassen, aber mit großer Barmherzigkeit will ich dich sammeln.»

«Bitte», flehte Lena, «bitte tun Sie das nicht.»

«Julia konnte Sara retten. Deine Schwester aber nicht», sagte Jeb. Er setzte sich auf und schlug wieder die Beine übereinander. Während er sprach, berührte er sich, und er sprach fast im Plauderton. «Ich weiß nicht, ob es ihr auch gelingen wird, dich zu retten, Lena. Was meinst du?»

Lena konnte den Blick nicht von ihm wenden. Auch noch, als er seine Hose vom Boden aufhob und etwas aus der Gesäßtasche herauszog, sah sie ihm unverwandt in die Augen. Er hob die Zange so hoch, dass sie in ihr Blickfeld geriet. Es war eine große Zange, ungefähr zwanzig Zentimeter lang, und der rostfreie Stahl blitzte im Licht auf.

«Ich bin zum Mittagessen verabredet», sagte er, «und dann muss ich in dic Stadt, um ein bisschen Papierkram zu erledigen. Bis dahin müsste die Blutung aufgehört haben. Ich habe dem Percodan ein wenig Gerinnungsmittel beigemischt. Außerdem auch noch etwas gegen Brechreiz und Übelkeit. Es wird dennoch etwas wehtun. Da will ich dir nichts vormachen.»

Lena warf den Kopf hin und her. Sie begriff nicht. Sie spürte nur die Wirkung der Drogen einsetzen. Ihr Körper schien mit dem Boden zu verschmelzen.

«Blut ist ein großartiges Gleitmittel. Wusstest du das?»

Lena hielt den Atem an. Sie wusste zwar nicht, was kommen würde, aber sie ahnte die Gefahr.

Sein Penis strich über ihre Brust, als er sich rittlings auf sie setzte. Er hielt mit starker Hand ihren Kopf fest und öffnete ihr den Mund, indem er seine Finger zwischen Ober- und Unterkiefer presste. Alles verschwamm vor ihren Augen, aber dann sah sie mit extremer Schärfe, wie er mit der Zange in ihren Mund griff.

ACHTUNDZWANZIG

Sara drosselte den Motor, als sie sich dem Steg näherte. Jeb stand schon dort, zog seine orange Schwimmweste aus und wirkte so trottelig wie zuvor. Wie Sara trug er einen dicken Pullover und Jeans. Das Unwetter der letzten Nacht hatte die Temperaturen beträchtlich sinken lassen, und sie konnte sich nicht vorstellen, warum jemand heute auf den See hinauswollte, wenn er es nicht unbedingt musste.

«Lass mich dir helfen», bot er an und streckte die Hand nach dem Boot aus. Er griff eine der Leinen und ging auf dem Steg entlang. Er zog das Boot zur Winde.

«Mach's einfach hier fest», sagte Sara und kletterte vom Boot. «Ich muss später noch zu meinen Eltern rüber.»

«Hoffentlich keine Probleme?»

«Nein», antwortete Sara, die die andere Leine festmachte. Sie warf einen Seitenblick auf Jebs Seil und den stümperhaften Knoten, mit dem er es am Poller befestigt hatte. Wahrscheinlich würde sich das Boot innerhalb von zehn Minuten losgerissen haben, aber Sara fehlte der Mut, ihm Nachhilfeunterricht im Vertäuen zu geben.

Sie griff ins Boot und nahm zwei Plastiktüten heraus. «Ich musste mir den Wagen meiner Schwester leihen, um zum Einkaufen zu fahren», erläuterte sie. «Mein Wagen ist immer noch beschlagnahmt.»

«Von –» Er hielt inne und blickte über Saras Schulter hinweg.

«Ja», antwortete sie. Sie ging den Steg entlang und fragte: «Hast du deine Dachrinne repariert?»

Er schüttelte den Kopf, als er sie eingeholt hatte und ihr die Tüten abnahm. «Ich weiß einfach nicht, wo das Problem liegt.»

«Hast du schon mal daran gedacht, einen Schwamm oder so was unten reinzulegen?», fragte sie. «Vielleicht lässt sich das Geräusch dadurch dämpfen.»

«Das ist eine prima Idee», sagte er. Sie hatten das Haus erreicht, und sie öffnete ihm die Hintertür.

Er warf ihr einen besorgten Blick zu, als er die Tüten neben seine Bootsschlüssel auf den Küchentresen stellte. «Du solltest wirklich lieber abschließen, Sara.»

«Ich war doch nur ein paar Minuten weg.»

«Ist mir ja klar», sagte Jeb, «aber man kann nie wissen. Besonders bei den Vorfällen in letzter Zeit. Du weißt schon – mit den jungen Frauen.»

Sara seufzte. Er hatte ja gar nicht so Unrecht. Sie konnte und wollte aber nicht das, was in der Stadt geschah, auch auf ihre Privatsphäre beziehen. Es war, als fühlte sie sich durch die alte Regel «Ein Blitz schlägt nicht zweimal an derselben Stelle ein» irgendwie beschützt. Aber natürlich hatte Jeb Recht. Sie sollte viel vorsichtiger sein.

Auf dem Weg zum Anrufbeantworter fragte sie: «Was macht das Boot?» Das Licht blinkte zwar nicht, aber eine Abfrage sagte ihr, dass Jeffrey in der vergangenen Stunde dreimal angerufen hatte. Was immer er zu sagen hatte, Sara würde es sich nicht anhören. Sie dachte schon daran, den Job als Leichenbeschauerin zu kündigen. Es musste doch einen besseren Weg geben, Jeffrey aus ihrem Leben zu verbannen. Es bedurfte der Konzentration auf die Gegenwart, und sie durfte nicht mehr der Vergangenheit nachtrauern. Und um ehrlich zu sein – die Vergangenheit war gar nicht so wunderbar gewesen, wie sie sich vormachte.

«Sara?», fragte Jeb und reichte ihr ein Glas Wein.

«Oh.» Sara nahm an, fand aber eigentlich, es sei für sie ein wenig zu früh, um Alkohol zu trinken.

Jeb hob sein Glas. «Prost.»

«Prost», erwiderte auch Sara und setzte das Glas an die Lippen. Vom Geschmack des Weins musste sie würgen. «O Gott», stieß sie aus und fasste sich an den Mund. Der scharfe Geschmack lag wie ein feuchter Stofffetzen auf ihrer Zunge.

«Was ist denn los?»

«Bäh», stöhnte Sara und hielt den Kopf unter den Wasserhahn. Mehrere Male wusch sie sich den Mund aus, bevor sie sich wieder Jeb zuwandte. «Er ist umgekippt. Der Wein ist umgekippt.»

Er schwenkte das Glas unter der Nase und verzog das Gesicht. «Riecht ja wie Essig.»

«Ja», sagte sie und nahm noch einen kräftigen Schluck Wasser.

«Mensch, das tut mir aber Leid. Hab ihn wohl ein bisschen zu lange aufbewahrt.»

Das Telefon klingelte, als sie den Wasserhahn zudrehte. Sara lächelte Jeb entschuldigend zu, während sie durchs Zimmer ging, um nachzusehen, wer anrief. Es war schon wieder Jeffrey. Sie nahm nicht ab.

«Hier ist Sara», ertönte ihre Stimme vom Anrufbeantworter. Sie wusste nie genau, auf welchen Knopf sie drücken musste, als der Pfeifton kam und Jeffreys Stimme zu hören war.

«Sara», sagte Jeffrey. «Ich bekomme Patientenakten vom Grady zur Durchsicht, dann können wir –»

Sara zog das Stromkabel aus dem Gerät und unterbrach dadurch Jeffrey mitten im Satz. Sie wandte sich wieder an Jeb und hoffte, dass ihrem Lächeln anzusehen war, wie Leid ihr die Störung tat. «Entschuldigung», sagte sie.

«Stimmt etwas nicht?», fragte er. «Hast du nicht mal im Grady gearbeitet?»

«In einem früheren Leben», antwortete sie und nahm den

Telefonhörer von der Gabel. Sie horchte auf das Freizeichen und legte den Hörer auf den Tisch.

«Oh», sagte Jeb.

Sie schmunzelte über den verwirrten Blick, mit dem er sie ansah, und kämpfte gegen den Drang auszuspucken. Der Geschmack war scheußlich. Sie ging zum Küchentresen und machte sich daran, die Einkaufstüten auszupacken. «Ich hab im Feinkostgeschäft Aufschnitt gekauft», sagte sie. «Roastbeef, Huhn, Pute, Kartoffelsalat.» Sie hielt inne, weil er sie eigenartig ansah. «Was?»

Er schüttelte den Kopf. «Wie schön du bist.»

Sara merkte, dass sie bei dem Kompliment rot wurde. «Danke», brachte sie heraus. Sie packte ein Brot aus. «Möchtest du Mayonnaise?»

Er nickte und lächelte noch immer. Er sah sie beinahe anbetend an, und das war ihr unbehaglich.

«Mach doch mal Musik», schlug sie vor, um die Situation aufzulockern. Nach ihren Anweisungen widmete er sich der Stereoanlage. Sara bereitete die Sandwiches, während er mit dem Zeigefinger an ihrer CD-Sammlung entlangfuhr.

Er sagte: «Wir haben denselben Musikgeschmack.»

Sara unterdrückte ein «toll», als sie Teller aus dem Küchenschrank nahm. Sie halbierte die Sandwiches, als die Musik anfing. Sie kam von einer alten Robert-Palmer-CD, die sie schon seit Jahren nicht mehr gehört hatte.

«Klasse Anlage», sagte Jeb. «Ist das Surround-Sound?»

«Ja», antwortete Sara. Die Lautsprecher hatte Jeffrey installiert, damit man im ganzen Haus Musik hören konnte. Sogar im Bad gab es einen Lautsprecher. Manchmal hatte sie spätabends noch gebadet, mit Kerzen rund um die Wanne und sanfter Musik.

«Sara?»

«Entschuldige», sagte sie, als sie merkte, dass sie in Gedanken versunken war.

Sara stellte die Teller einander gegenüber auf den Küchentisch und wartete darauf, dass Jeb zum Tisch kam. Dann setzte sie sich auf ein angewinkeltes Bein. «Das hab ich schon lange nicht mehr gehört.»

«Ist auch ziemlich alt», sagte er und biss von seinem Sandwich ab. «Meine Schwester hat sich den Song immerzu angehört.» Er lächelte. «*Sneakin' Sally Through the Alley*. So hieß sie, Sally.»

Sara leckte Mayonnaise von ihrem Finger. Sie hoffte, dass deren Geschmack den des Weins überdecken würde. «Ich wusste gar nicht, dass du eine Schwester hast.»

Er setzte sich auf und zog seine Geldtasche aus der Hose. «Sie ist vor einer Weile gestorben», sagte er und ging die Bilder durch, die vorne steckten. Aus einer der Plastikhüllen zog er ein Foto heraus und hielt es Sara hin. «So geht's eben manchmal.»

Sara empfand das als etwas sonderbaren Kommentar zum Tod seiner Schwester. Sie nahm jedoch das Foto, das ein junges Mädchen im Cheerleader-Kostüm zeigte. Lächelnd hielt sie die Pompons nach links und rechts weggestreckt. Das Mädchen sah genau aus wie Jeb. «Sie war ja sehr hübsch», sagte Sara und gab ihm das Foto zurück. «Wie alt ist sie denn geworden?»

«Gerade dreizehn», antwortete er und betrachtete einige Sekunden lang das Foto. Er schob es wieder in die Plastikhülle und steckte die Geldtasche dann wieder in seine hintere Hosentasche. «Sie war ein Nachkömmling. Ich war schon fünfzehn, als sie geboren wurde. Mein Vater hatte gerade seine erste Pfarrstelle bekommen.»

«Er war Pfarrer?», fragte Sara und wunderte sich, dass sie das nicht gewusst hatte, obwohl sie mit Jeb ausgegangen war. Sie hätte schwören können, dass er ihr einmal erzählt hatte, sein Vater sei Elektriker.

«Er war Baptistenprediger», stellte Jeb richtig. «Er war stark und sicher in seinem Glauben, dass es in der Macht des Herrn liegt zu heilen, was den Menschen schmerzt. Ich bin froh, dass er seinen Glauben hatte, um den Verlust zu bewältigen, aber ...» Er zuckte mit den Achseln. «Manche Dinge wird man einfach nicht los. Manche Dinge kann man nicht vergessen.»

«Tut mir sehr Leid, dass du sie verloren hast», sagte Sara. Sie wusste genau, was er damit meinte, etwas nicht loszuwerden. Sie senkte den Blick auf ihr Sandwich. Es gehörte sich nicht, gerade jetzt davon abzubeißen. Ihr Magen knurrte, aber sie achtete nicht darauf.

«Es ist schon sehr lange her», antwortete Jeb schließlich. «Ich hab gerade heute an sie gedacht – bei all dem, was so passiert ist.»

Sara wusste nicht, was sie sagen sollte. Sie war es leid, an den Tod erinnert zu werden. Sie wollte Jeb auch nicht trösten. Auf diese Verabredung war sie eingegangen, um sich davon abzulenken, was in letzter Zeit geschehen war, nicht um wieder daran erinnert zu werden.

Sie stand vom Tisch auf und fragte: «Möchtest du vielleicht etwas anderes trinken?» Dabei ging sie zum Kühlschrank. «Ich habe Coke, ein bisschen Kool-Aid, Orangensaft.» Sie öffnete die Tür, und das schmatzende Geräusch erinnerte sie an etwas. Sie wusste nur nicht genau zu sagen, was es war. Plötzlich ging ihr ein Licht auf. Das Gummifutter an den Türen der Notaufnahme im Grady hatte ganz genau dasselbe Geräusch verursacht, wenn sie geöffnet wurden. Noch nie zuvor war ihr die Ähnlichkeit bewusst geworden, aber sie war unbestreitbar.

Jeb sagte: «Coke ist prima.»

Sara griff in den Kühlschrank und tastete nach den Getränkedosen. Sie hielt inne, als ihre Hand eine der wohl bekannten roten Dosen berührte. Leichter Schwindel erfasste sie, als hätte sie zu viel Luft in den Lungen. Sie schloss die Augen, bemüht, nicht das Gleichgewicht zu verlieren. Sara befand sich wieder in der Notaufnahme. Die Türen öffneten sich mit diesem schmatzenden Geräusch. Ein junges Mädchen wurde auf einer Krankentrage hereingefahren. Die Sanitäter machten laut ihre Angaben, erste Zugänge wurden gelegt, und das Mädchen wurde intubiert. Es befand sich im Schockzustand, die Pupillen waren geweitet, der Körper fühlte sich warm an. Die Temperatur wurde angesagt: vierzig Grad. Der Blutdruck schoss immer höher. Zwischen den Beinen heraus blutete das Mädchen sehr stark.

Sara übernahm den Fall und versuchte sofort, die Blutung zu stoppen. Das Mädchen krampfte und krümmte sich, riss sich die Schläuche heraus und stieß mit den Füßen das Instrumententablett von der Trage. Sara beugte sich über das Mädchen und versuchte zu verhindern, dass es noch mehr Schaden anrichtete. Von einer Sekunde zur anderen hörten die Zuckungen auf, und Sara dachte schon, die Kleine sei gestorben. Doch ihr Puls war stark. Ihre Reflexe waren hingegen schwach, aber registrierbar.

Eine Vaginaluntersuchung ergab, dass das Mädchen erst kürzlich eine Abtreibung durchgemacht hatte, die jedoch nicht von einem qualifizierten Arzt vorgenommen worden war. Ihre Gebärmutter war grässlich zugerichtet, ihre Scheidenwände waren zerkratzt und so gut wie zerfetzt. Sara rettete, was zu retten war, doch der Schaden war angerichtet. Ob das Mädchen wieder gesund wurde, lag jetzt an ihren Selbstheilungskräften.

Sara ging hinaus ans Auto, um ihr Shirt zu wechseln, bevor sie sich mit den Eltern der Kleinen unterhielt. Sie fand sie im Wartebereich und gab ihre Prognose ab. Dabei benutzte sie die entsprechenden Floskeln, sprach von «verhaltenem Optimismus» und von «kritisch, aber stabil». Nur überlebte die Kleine die nächsten drei Stunden nicht, sie hatte weitere Fieberkrämpfe bekommen.

Zu dem Zeitpunkt ihrer ärztlichen Laufbahn war das dreizehnjährige Mädchen die jüngste Patientin, die Sara verloren hatte. Die anderen Patienten, die unter Saras Obhut nicht überlebt hatten, waren älter oder schlimmer krank gewesen. Es war zwar traurig, sie zu verlieren, doch ihr Tod kam nicht unerwartet. Sara war noch völlig entsetzt über die Tragödie, als sie zum

Wartebereich ging. Die Eltern des Mädchens wirkten nicht minder schockiert. Sie hatten nicht die geringste Ahnung von der Schwangerschaft ihrer Tochter gehabt. Soweit sie wussten, hatte die Kleine noch nicht einmal einen Freund gehabt. Sie konnten einfach nicht verstehen, wie ihre Tochter schwanger sein konnte, und noch viel weniger, wieso sie tot sein sollte.

«Mein Baby», flüsterte der Vater. Mit einer Stimme, die vor Kummer beinahe versagte, wiederholte er ständig den Satz: «Sie war aber doch mein Baby.»

«Sie müssen sich irren», sagte die Mutter. Sie kramte in ihrer Handtasche und brachte eine Brieftasche zum Vorschein. Bevor Sara sie davon abhalten konnte, war ein Foto gefunden – ein Schulfoto eines jungen Mädchens in Cheerleader-Uniform. Sara wollte sich das Foto nicht anschauen, aber die Frau war anders nicht zu trösten. Sara sah sich das Foto ein zweites Mal an, diesmal aufmerksamer. Das Mädchen hielt die Pompons seitlich von sich gestreckt. Die Kleine lächelte. Dieser Gesichtsausdruck stand in großem Kontrast zu dem des leblosen Mädchens, das auf der Bahre lag und darauf wartete, ins Leichenschauhaus gebracht zu werden.

Der Vater griff nach Saras Händen. Er beugte den Kopf und flüsterte ein Gebet, das sehr lange anzudauern schien und in dem er um Vergebung bat. Außerdem beteuerte er seinen immer währenden Glauben an Gott. Sara war absolut kein religiöser Mensch, aber etwas an diesem Gebet rührte sie. In der Lage zu sein, angesichts eines so furchtbaren Verlusts derart Trost zu finden, erstaunte sie.

Nach dem Gebet war Sara zu ihrem Wagen gegangen, um sich zu sammeln, vielleicht sogar eine Fahrt um den Block zu machen, damit sich ihr Verstand mit diesem tragischen und unnötigen Tod beschäftigen konnte. Und da hatte sie den Schaden an ihrem Auto vorgefunden. Und da war sie zurück ins Haus und auf die Toilette gegangen. Und da hatte Jack Allen Wright sie vergewaltigt.

Das Bild, das Jeb ihr gezeigt hatte, war dasselbe gewesen, das sie vor zwölf Jahren in dem Warteraum gesehen hatte.

«Sara?»

Ein neuer Song begann. Sara wurde beinahe übel, als sie die Worte «He, he, Julia» aus den Lautsprechern hörte.

«Stimmt was nicht?», fragte Jeb und zitierte darauf den Song: «‹You're acting so peculiar.›»

Sara hielt eine Dose hoch und schloss den Kühlschrank. «Das hier ist die letzte Coke», sagte sie und machte einen ersten kleinen Schritt Richtung Garagentür. «Draußen hab ich aber noch mehr.»

«Lass nur.» Er zuckte die Achseln. «Mir reicht Wasser.» Er hatte sein Sandwich beiseite gelegt und starrte sie an.

Sara riss die Coke-Dose auf. Ihre Hände zitterten ein wenig, aber sie glaubte nicht, dass Jeb es bemerkte. Sie hob die Dose an den Mund und ließ beim Trinken etwas Coke auf ihren Pullover tropfen.

«Oh», sagte sie und tat, als sei sie überrascht. «Ich geh mich mal eben umziehen. Bin gleich wieder da.»

Sara erwiderte sein Lächeln, auch wenn ihre Lippen dabei bebten. Sie zwang sich dazu, sich in Bewegung zu setzen und langsam die Diele hinunterzugehen. In ihrem Zimmer griff sie nach dem Telefon, sah zum Fenster hinaus und war überrascht, dass strahlender Sonnenschein hereinfiel. Das wollte so gar nicht zu dem Entsetzen passen, das sie ergriffen hatte. Sara wählte Jeffreys Nummer, aber es waren keine Töne zu hören, als sie die einzelnen Tasten drückte. Sie starrte auf das Telefon, wollte mit reiner Willenskraft bewirken, dass es funktionierte.

«Du hast doch den Hörer daneben gelegt», sagte Jeb.

Sara sprang vom Bett auf. «Hab nur eben meinen Dad angerufen. Er kommt in ein paar Minuten vorbei.»

Gegen den Rahmen gelehnt, stand Jeb in der Tür. «Ich dachte, du hättest gesagt, dass du später bei deinen Eltern vorbeischaust?»

«Stimmt», antwortete Sara. Langsam bewegte sie sich rückwärts auf die andere Seite des Zimmers. Dadurch war das Bett zwischen ihnen, aber Sara, die mit dem Rücken zum Fenster stand, steckte auch in der Falle. «Er kommt mich abholen.»

«Bist du da so sicher?», fragte Jeb. Er hatte sein typisches Lächeln aufgesetzt, eher ein schräges Grinsen wie bei einem Kind. Irgendwie wirkte er so ungezwungen und so wenig bedrohlich, dass sich Sara eine halbe Sekunde lang fragte, ob sie vielleicht falsche Schlüsse gezogen hatte. Ein Blick hinunter auf seine Hand belehrte sie aber sofort eines Besseren. In ihr hielt er ein langes Ausbeinmesser.

«Wie bist du darauf gekommen?», fragte er. «Durch den Essig? Es war höllisch schwer, ihn durch den Korken zu kriegen. Dem Himmel sei Dank für Herzkanülen.»

Sara tastete hinter sich und spürte die kalte Fensterscheibe unter ihrer Handfläche. «Du hast sie mir alle präsentiert», sagte sie und ging in Gedanken die letzten Tage durch. Jeb hatte von ihrem Mittagessen mit Tessa gewusst. Jeb hatte gewusst, dass sie in der Nacht, als Jeffrey angeschossen wurde, im Krankenhaus war. «Darum war Sibyl also auf der Toilette. Und darum lag Julia auf meinem Wagen. Du wolltest, dass ich sie rette.»

Er lächelte und nickte bedächtig. In seinen Augen war eine gewisse Traurigkeit, als bedauerte er, dass das Spiel vorüber war. «Ich wollte dir die Gelegenheit dazu geben.»

«Hast du mir deswegen ihr Bild gezeigt?», fragte sie. «Weil du wissen wolltest, ob ich mich an sie erinnere?»

«Ich bin überrascht, dass du es tust.»

«Wieso?», fragte Sara. «Glaubst du, ich könnte so etwas vergessen? Sie war noch ein Baby.»

Er zuckte die Achseln.

«Hattest du ihr das angetan?», fragte Sara, die sich an die Brutalität der amateurhaften Abtreibung erinnerte. Derrick Lange, ihr Supervisor, hatte vermutet, dass ein Metallkleiderbügel benutzt worden war.

Sie sagte: «Warst du derjenige, der es getan hat?»

«Woher wusstest du es?», fragte Jeb in leicht defensivem Tonfall. «Hat sie es dir gesagt?»

Hinter dem, was er sagte, steckte mehr, ein düsteres Geheimnis verbarg sich hinter seinen Worten. Als Sara sprach, kannte sie die Antwort bereits, bevor sie noch ihren Satz zu Ende gebracht hatte. Sie hatte ja gesehen, wozu Jeb fähig war, und wenn sie das einbezog, war ihr Schluss völlig logisch.

Sie fragte: «Du hast deine Schwester vergewaltigt, nicht wahr?»

«Ich hab meine Schwester geliebt», entgegnete er, noch immer in diesem defensiven Ton.

«Sie war noch ein Kind.»

«Sie kam zu mir», sagte er, als könne das als Entschuldigung gelten. «Sie wollte mit mir zusammen sein.»

«Sie war dreizehn Jahre alt.»

«‹Wenn jemand seine Schwester nimmt, seines Vaters Tochter, und sieht ihre Scham und sie sieht die seine, so ist es eine Schandtat.›» Sein Lächeln schien zu sagen, dass er mit sich zufrieden war. «Nenn mich einfach einen Schandtäter.»

«Sie war deine Schwester.»

«Wir alle sind Gottes Kinder, oder etwa nicht? Wir haben alle denselben Vater.»

«Kannst du auch einen Bibelvers zitieren, um Vergewaltigung zu rechtfertigen? Um Mord zu rechtfertigen?»

«Sara, das Gute an der Bibel ist ja gerade, dass sie Raum für Auslegungen lässt. Gott schickt uns Zeichen, zeigt Möglichkeiten, und entweder folgen wir ihnen, oder wir tun es nicht. Wir können uns aussuchen, was uns widerfährt. Wir denken nicht gerne daran, aber wir sind unseres Schicksals Schmied. Wir treffen die Entscheidungen, die den Lauf unseres Lebens bestimmen.» Er sah sie durchdringend an und schwieg einen Moment. «Ich hatte eigentlich gedacht, dass du diese Lektion schon vor zwölf Jahren gelernt hättest.»

Sara hatte das Gefühl, im Erdboden zu versinken, als ihr ein Gedanke kam. «Warst du es? In der Toilette?»

«Mein Gott, nein», sagte Jeb und winkte ab. «Das war Jack Wright. Er ist mir wohl zuvorgekommen. Hat mich jedoch auf eine Idee gebracht.» Jeb lehnte sich an den Türrahmen, und dasselbe wohlgefällige Lächeln krümmte seine Lippen. «Wir sind beide Männer des Glaubens, musst du wissen. Wir lassen uns beide vom Heiligen Geist leiten.»

«Ihr seid beide nichts als wilde Tiere.»

«Ich schulde ihm etwas dafür, dass er uns zusammengebracht hat», sagte Jeb. «Was er für dich getan hat, diente mir als Beispiel, Sara. Dafür möchte ich mich bei dir bedanken. Im Namen der vielen Frauen, die seither gekommen sind, und ich meine ‹kommen› im biblischen Sinn, entbiete ich dir meinen aufrichtigen Dank.»

«O mein Gott», hauchte Sara und hielt sich den Mund zu. Sie hatte gesehen, was er seiner Schwester angetan hatte, Sibyl Adams und Julia Matthews. Das sollte seinen Anfang genommen haben, als sie von Jack Wright vergewaltigt worden war? Der Gedanke drehte Sara den Magen um. «Du Ungeheuer», zischte sie. «Du Mörder.»

Er richtete sich auf, und sein Gesicht war plötzlich von Wut verzerrt. Jeb verwandelte sich vom stillen und bescheidenen Apotheker in den Mann, der mindestens zwei Frauen vergewaltigt und ermordet hatte. Seine Körperhaltung spiegelte die Wut wider. «Du hast sie sterben lassen. Du hast sie umgebracht.»

«Sie war bereits tot, als sie zu mir gebracht wurde», entgegnete Sara, darauf bedacht, mit fester Stimme zu sprechen. «Sie hatte zu viel Blut verloren.»

«Das ist nicht wahr.»

«Du hast nicht alles rausbekommen», sagte sie. «Sie verfaulte innerlich.»

«Du lügst doch!»

Sara schüttelte den Kopf. Hinter ihrem Rücken bewegte sie

die Hand, suchte das Schloss am Fenster. «Du hast sie umgebracht.»

«Das ist nicht wahr», wiederholte er. Sie erkannte jedoch an der Veränderung in seiner Stimme, dass er ihr irgendwo auch glaubte.

Sara fand das Schloss und bemühte sich, es zu öffnen. Doch es gab nicht nach. «Auch Sibyl ist durch deine Schuld gestorben.»

«Es ging ihr gut, als ich sie verließ.»

«Sie bekam einen Herzanfall», klärte Sara ihn auf und drückte dabei gegen das Schloss. «Sie starb an einer Überdosis. Sie bekam einen Krampfanfall, genau wie deine Schwester.»

In dem Schlafzimmer klang seine Stimme Furcht erregend laut, und die Scheibe hinter Sara vibrierte, als er schrie: «Das ist nicht wahr!»

Sara ließ von dem Schloss ab, als er einen Schritt auf sie zukam. Noch hielt er das Messer am Oberschenkel, aber die Bedrohung war unverkennbar. «Ich möchte mal wissen, ob deine Fotze noch immer so süß ist, wie sie es für Jack war», sagte er leise. «Ich weiß noch, wie ich Tag für Tag bei deinem Prozess war und mir alle Einzelheiten angehört habe. Zuerst wollte ich mir Notizen machen, aber nach dem ersten Tag stellte ich schon fest, dass es nicht nötig war.» Er griff in seine hintere Hosentasche und zog ein Paar Handschellen hervor. «Hast du noch den Schlüssel, den ich dir dagelassen hab?»

Sie gebot ihm mit Worten Einhalt. «Ich werde das nicht noch einmal mitmachen», sagte sie mit Bestimmtheit. «Vorher musst du mich umbringen.»

Er blickte zu Boden. Seine Schultern waren entspannt. Für einen kurzen Moment empfand sie Erleichterung, bis er wieder zu ihr aufsah. Ein Lächeln lag auf seinen Lippen. «Wieso meinst du, dass es für mich interessant ist, ob du tot bist oder nicht?»

«Du willst mir also ein Loch in den Bauch schneiden?»

Vor Schreck ließ er die Handschellen fallen. «Was?», flüsterte er.

«Du hast keine Sodomie mit ihr getrieben?»

Sie sah, dass ein Schweißtropfen an seiner Schläfe hinunterrann. Er fragte: «Mit wem?»

«Mit Sibyl. Wie sonst hätte Scheiße in ihre Vagina gelangen sollen.»

«Das ist ekelhaft.»

«So?», fragte Sara. «Hast du sie auch gebissen, während du sie in das Loch in ihrem Bauch gefickt hast?»

Heftig schüttelte er den Kopf. «Das hab ich nicht getan.»

«Die Abdrücke deiner Zähne befanden sich auf ihrer Schulter, Jeb.»

«Kann gar nicht sein.»

«Ich hab sie aber gesehen», widersprach Sara. «Ich hab alles gesehen, was du ihnen angetan hast. Ich hab gesehen, dass du ihnen allen wehgetan hast.»

«Sie hatten keine Schmerzen», beharrte er. «Ihnen hat gar nichts wehgetan.»

Sara ging auf ihn zu, bis ihre Knie das Bett berührten. Er stand auf der anderen Seite und sah sie beinahe verzweifelt an. «Sie haben gelitten, Jeb. Sie haben beide gelitten, genau wie deine Schwester. Ebenso wie Sally.»

«Ich hab ihnen nie wehgetan», flüsterte er. «Ich hab ihnen nicht wehgetan. Du bist diejenige, die sie hat sterben lassen.»

«Du hast ein dreizehnjähriges Mädchen vergewaltigt, eine blinde Frau und eine labile Zweiundzwanzigjährige. Ist es das, was dir deinen Kick verschafft, Jeb? Über hilflose Frauen herzufallen? Sie unter deine Kontrolle zu bekommen?»

Seine Kiefer mahlten. «Du machst es für dich immer nur noch schlimmer.»

«Fick dich, du krankes Schwein.»

«Nein», sagte er. «Andersrum wird es sein.»

«Dann komm doch», höhnte Sara und ballte die Fäuste. «Versuch's doch, wenn du dich traust.»

Jeb wollte sich auf sie stürzen, aber Sara war schon in Bewegung. Mit voller Wucht warf sie sich gegen das große Aussichtsfenster und zog den Kopf ein, als sie das Glas durchbrach. Schmerz betäubte all ihre Sinne, Glasscherben schnitten ihr ins Fleisch. Sie landete im Garten und kauerte sich zusammen, als sie ein Stück den Abhang hinunterrollte.

Sara rappelte sich eilig wieder auf und blickte sich gar nicht erst um, als sie zum See rannte. Sie hatte eine Schnittwunde am Oberarm und eine klaffende Wunde auf der Stirn, aber das war ihre geringste Sorge. Als sie am Steg war, hatte Jeb bereits stark aufgeholt. Ohne nachzudenken, hechtete sie in das kalte Wasser und tauchte so lange, bis sie wieder Luft holen musste. Zehn Meter vom Steg entfernt kam sie schließlich wieder an die Oberfläche. Dann sah Sara Jeb in ihr Boot springen, und zu ihrem Schrecken fiel ihr ein, dass sie den Zündschlüssel stecken gelassen hatte.

Wieder tauchte Sara, nahm all ihre Kraft zusammen und schwamm so weit sie nur konnte, bevor sie wieder an die Oberfläche kam. Das Boot kam auf sie zu. Sie tauchte, berührte den Grund des Sees, als das Boot über sie hinwegraste. Sara wendete unter Wasser und schwamm auf die Felsen zu, die in der anderen Richtung lagen. Sie waren nicht mehr als zehn Meter entfernt, aber Sara spürte, dass ihre Arme immer schwerer wurden. Die Kälte des Wassers war wie ein immer neuer Schlag ins Gesicht, und sie wusste, dass sie bei dieser niedrigen Temperatur stetig langsamer werden würde.

Sie kam an die Oberfläche und sah sich nach dem Boot um. Wieder kam Jeb mit Vollgas auf sie zu. Wieder tauchte sie ab. Sie kam gerade rechtzeitig wieder hoch, um zu sehen, wie das Boot auf die überspülten Felsen zuflog. Der Bug traf frontal auf den ersten Felsen und schoss in die Höhe. Das Boot wirbelte durch die Luft, Jeb wurde hinausgeschleudert und klatschte ins Wasser. Seine Hände verkrampften sich hilflos, als er versuchte, sich vor dem Ertrinken zu bewahren. Sein Mund stand offen, seine Augen waren in Todesangst weit aufgerissen, und er schlug mit den Armen um sich, als er unter die Wasseroberfläche gezogen wurde. Sie hielt die Luft an und wartete, aber er tauchte nicht wieder auf.

Jeb war ungefähr drei Meter weit aus dem Boot geschleudert worden, weg von den Felsen. Sara wusste, dass sie es nur ans Ufer schaffen konnte, wenn sie zwischen den Felsen hindurchschwamm. Sie konnte auch nur eine begrenzte Zeit Wasser treten, bevor die Kälte sie völlig umfing und hilflos machte. Die Entfernung zum Steg war zu groß. Das würde sie nie schaffen. Der sicherste Weg ans Ufer führte an dem kieloben schwimmenden Boot vorbei.

Am liebsten wäre sie geblieben, wo sie war, aber Sara wusste sehr wohl, dass das kalte Wasser allmählich ihre Sinne abstumpfen ließ. Die Wassertemperatur war zwar noch nicht nahe am Gefrierpunkt, aber das Wasser war kalt genug, um eine leichte Unterkühlung hervorzurufen, wenn sie nicht bald herauskam.

Sie schwamm mit langsamen Kraulbewegungen, um Körperwärme zu bewahren. Nur ihr Kopf war über Wasser, als sie sich den Weg zwischen den Felsen suchte. Ihr Atem stieg in einer Wolke vor ihrem Gesicht auf, doch sie versuchte, an etwas Warmes zu denken, zum Beispiel daran, vorm Kaminfeuer zu sitzen und Marshmallows zu rösten. An den Hot Tub im YMCA. An die Sauna. An den warmen Quilt auf ihrem Bett.

Sie änderte die Richtung und schwamm um die andere Seite des Boots herum, abseits von der Stelle, wo Jeb untergegangen war. Sie hatte zu viele Filme gesehen. Sie fürchtete, dass er an die Oberfläche kam, ihr Bein packte und sie mit sich in die Tiefe zerrte. Als sie am Boot vorüberschwamm, konnte sie das große Loch erkennen, das der Fels in den Bug gerissen hatte. Es war gekentert und lag kieloben da. Jeb befand sich auf der anderen Seite und hielt sich am zerfetzten Bug fest. Seine Lippen waren schon dunkelblau; ein starker Kontrast zu seinem kreidebleichen Gesicht. Er zitterte unkontrolliert, und seinen Atem stieß er in kleinen weißen Wölkchen aus. Er hatte in Panik seine Kräfte verschwendet, um seinen Kopf über Wasser zu halten. Die Kälte verringerte seine Kerntemperatur von Minute zu Minute.

Sara schwamm weiter, bewegte sich aber langsamer. Außer Jebs Atem und den Geräuschen, die ihre Hände im Wasser machten, war auf dem stillen See nichts zu hören.

«Ich ka-ka-kann nicht schwimmen», sagte er.

«Was für ein Pech», antwortete Sara, deren Stimme fast versagte. Sie hatte das Gefühl, ein verwundetes, aber noch immer gefährliches Tier zu umkreisen.

«Du kannst mich doch nicht hier zurücklassen», kriegte er zähneklappernd hervor. Sie schwamm jetzt auf der Seite und drehte sich im Wasser, um ihm nur nicht den Rücken zuzukehren. «Und ob ich das kann.»

«Du bist Ärztin.»

«Ja, das bin ich», sagte sie und entfernte sich immer weiter von ihm.

«Du wirst Lena niemals finden.»

Sara hatte das Gefühl, von einer zentnerschweren Last getroffen zu sein. Sie schwamm auf der Stelle und ließ Jeb nicht aus den Augen. «Was ist mit Lena?»

«I-i-ich hab sie», sagte er. «Sie ist an einem sicheren Ort.»

«Das glaube ich dir nicht.»

Soweit sie erkennen konnte, reagierte er mit einem Achselzucken.

«Was heißt – ein sicherer Ort?», wollte Sara wissen. «Was hast du mit ihr gemacht?»

«Ich hab sie für dich zurückgelassen, Sara», sagte er. Seine Stimme war wieder da, aber sein Körper begann zu zittern. Sie wusste, dass die zweite Phase einer Hypothermie von unkontrollierbarem Zittern und irrationalen Gedankengängen geprägt war.

Er sagte: «Ich hab sie irgendwo zurückgelassen.»

Sara schwamm ein wenig näher heran. Sie traute ihm nicht. «Wo hast du sie zurückgelassen?»

«Du mu-mu-musst sie retten», stammelte er leise und schloss die Augen. Sein Gesicht sank nach vorn, und sein Mund war plötzlich unter der Wasseroberfläche. Er prustete, als er Wasser in die Nase bekam, und klammerte sich noch verzweifelter an das Boot. Ein Knirschen war zu hören, als das Boot am Felsen entlangstreifte.

Sara wurde es plötzlich ganz heiß. «Wo ist sie, Jeb?» Als er nicht antwortete, sagte sie zu ihm: «Du kannst hier draußen sterben. Das Wasser ist kalt genug. Dein Herzschlag wird immer langsamer werden, bis er ganz aufhört. Ich würde sagen, dir bleiben noch zwanzig Minuten, allerhöchstens», sagte sie, obwohl sie wusste, dass es eher ein paar Stunden sein würden. «Ich werde dich hier sterben lassen», warnte Sara, und sie war in ihrem ganzen Leben noch nie entschlossener gewesen. «Sag mir, wo sie ist.»

«Ich sag's dir a-a-am Ufer», flüsterte er.

«Sag es mir jetzt», forderte sie ihn auf. «Ich weiß, dass du sie nicht irgendwo allein sterben lassen würdest.»

«Würde ich auch nicht», sagte er, und etwas wie Verstehen schien in seinen Augen aufzublitzen. «Ich würde sie niemals allein lassen, Sara. Ich würde sie nicht allein sterben lassen.»

Sara streckte die Arme seitlich aus, um ihren Körper in Bewegung zu halten, damit sie nicht erfror. «Wo ist sie, Jeb?»

Es schüttelte ihn so sehr, dass auch das Boot im Wasser bebte und kleine Wellen in Saras Richtung schlagen ließ. Er flüsterte. «Du musst sie retten, Sara. Du musst sie retten.»

«Sag es mir, oder ich lass dich sterben, Jeb. Ich schwör bei Gott, ich lass dich hier ertrinken.»

Sein Blick schien sich zu umwölken, und ein leichtes Lächeln trat auf seine blauen Lippen. «Es ist vollbracht», flüsterte er und ließ den Kopf wieder sinken. Sara sah, wie er das Boot losließ und wie sein Kopf unter Wasser versank.

«Nein», schrie sie und schwamm zu ihm. Sie packte ihn am Hemdrücken und versuchte, ihn wieder hochzuziehen. Instinktiv setzte er sich zur Wehr und zog sie hinunter, statt sich von ihr nach oben ziehen zu lassen. Sie rangen miteinander. Jeb packte ihre Hose, ihren Pullover, wollte an ihr emporklettern wie auf einer Leiter, um Luft zu bekommen. Seine Fingernägel kratzten über die Schnittwunde an ihrem Arm, und unwillkürlich stieß sie sich von ihm ab. Um Halt zu finden, griffen seine Finger nach der Vorderseite ihres Pullovers.

Sara wurde nach unten gezogen, als er sich in die Höhe stemmte. Mit einem dumpfen Knall stieß sein Kopf gegen das Boot. Überrascht riss er den Mund auf und rutschte dann geräuschlos zurück unter Wasser. Hinter ihm färbte ein Streifen hellroten Bluts den Bug des Bootes. Sara gab sich alle Mühe, nicht auf den Druck in ihren Lungen zu achten, sondern griff nach ihm und wollte ihn wieder in die Höhe ziehen. Das Sonnenlicht reichte gerade aus, ihn auf den Grund sinken zu sehen. Sein Mund stand offen, die Hände hatte er nach ihr ausgestreckt.

Sie kam an die Oberfläche, rang nach Luft und tauchte dann den Kopf wieder unter Wasser. Das tat sie mehrere Male hintereinander, hielt nach Jeb Ausschau. Sie fand ihn schließlich an einen größeren Felsbrocken gelehnt, die Arme vor sich ausgestreckt. Seine offenen Augen schienen sie anzustarren. Sara umfasste sein Handgelenk, um zu prüfen, ob er noch lebte. Sie schwamm an die Oberfläche, um Luft zu holen, bewegte sich auf der Stelle, streckte die Arme zur Seite aus. Ihre Zähne klapperten, aber sie zählte laut.

«Eins – eintausend», sagte sie zähneklappernd. «Zwei – eintausend.» Sara zählte weiter und trat wie wild Wasser. Sie erinnerte sich daran, als Kind im Wasser ein Fangspiel namens Marco Polo gespielt zu haben. Entweder sie oder Tessa traten dabei Wasser, hatten die Augen geschlossen und zählten wie vorher verabredet bis zu einer Zahl, bevor sie einander suchten.

Bei fünfzig atmete sie tief ein und tauchte dann wieder hinab. Jeb war noch immer an derselben Stelle, hielt den Kopf im Nacken. Sie schloss ihm die Augen und fasste ihn unter den Armen. An der Oberfläche schlang sie einen Arm um seinen Hals und benutzte den anderen zum Schwimmen. Sie hielt ihn fest und schwamm in Richtung Ufer.

Nachdem scheinbar Stunden vergangen waren, aber es höchstens eine Minute war, hielt Sara Wasser tretend inne, um wieder zu Atem zu kommen. Das Ufer war nicht näher gekommen, sondern schien sich sogar weiter entfernt zu haben. Ihre Beine schienen sich vom Körper abgelöst zu haben, obwohl sie ihnen doch befahl, Wasser zu treten. Jeb war nur noch Ballast und zog sie in die Tiefe. Ihr Kopf tauchte unter die Wasseroberfläche, aber sie riss sich zusammen, hustete das Seewasser aus und versuchte, einen klaren Kopf zu bekommen. Es war so kalt, und sie fühlte sich so schläfrig. Sie blinzelte und gab sich große Mühe, die Augen nicht zu lange geschlossen zu halten. Eine kurze Ruhepause wäre jedoch gut. Sie würde sich hier ausruhen und ihn danach ans Ufer schleppen.

Sara legte den Kopf in den Nacken und wollte sich auf dem Rücken treiben lassen. Jeb machte ihr das jedoch unmöglich, und wieder sackte sie langsam unter die Wasseroberfläche. Sie würde Jeb loslassen müssen. Das sah Sara ein. Aber sie konnte sich einfach nicht dazu zwingen, es zu tun. Obwohl das Gewicht seines Körpers sie allmählich wieder hinunterzog, brachte Sara es nicht fertig, ihn loszulassen.

Eine Hand packte sie, und dann legte sich ein Arm um ihre Taille. Sara war zu schwach, um sich zu wehren, und ihr Gehirn war zu sehr eingefroren, um zu verstehen, wie ihr geschah. Für einen Sekundenbruchteil dachte sie, es sei Jeb, aber die Kraft, mit der sie an die Oberfläche gezogen wurde, war zu stark. Sie ließ Jeb los und öffnete die Augen. Sie sah, wie seine Leiche langsam auf den Grund des Sees sank.

Ihr Kopf durchbrach die Wasseroberfläche, und ihr Mund

öffnete sich weit, als sie nach Luft rang. Ihre Lungen schmerzten bei jedem Atemzug, ihre Nase lief. Sara fing zu husten an und bekam einen jener Hustenanfälle, die ein Herz zum Stillstehen bringen konnten. Wasser kam aus ihrem Mund, dann Galle, als sie an der frischen Luft zu ersticken drohte. Sie merkte, dass ihr jemand auf den Rücken klopfte, als wolle er das Wasser aus ihr hinausprügeln. Ihr Kopf kippte wieder ins Wasser, aber an den Haaren wurde sie mit einem Ruck hochgerissen.

«Sara», sagte Jeffrey, eine Hand um ihren Unterkiefer, die andere um ihren Arm, um sie hochzuhalten. «Sieh mich an», verlangte er. «Sara!»

Ihr Körper erschlaffte, aber sie war sich dessen bewusst, dass Jeffrey sie in Richtung Ufer zog. Unter ihren Armen umklammerte er ihren Oberkörper und schwamm auf dem Rücken, was mit nur einem Arm schwierig war.

Sara legte ihre Hände auf Jeffreys Arm, lehnte den Kopf an seine Brust und ließ sich von ihm nach Hause bringen.

NEUNUNDZWANZIG

Lena brauchte Jeb. Sie wollte, dass er ihr die Schmerzen nahm. Sie wollte, dass er sie wieder an den Ort schickte, wo Sibyl und ihre Mutter und ihr Vater waren. Sie wollte bei ihrer Familie sein. Es war ihr egal, welchen Preis sie dafür würde zahlen müssen; sie wollte nur bei ihnen sein.

Blut tröpfelte ihr in einem stetigen Rinnsal die Kehle hinunter, deswegen musste sie ab und zu husten. Er hatte Recht gehabt mit dem pochenden Schmerz in ihrem Mund, aber das Percodan machte ihn erträglich. Sie vertraute Jeb, dass die Blutung bald aufhören würde. Sie wusste, dass er mit ihr noch nicht fertig war. Nach all der Mühe, die er sich gegeben hatte, um sie hier gefangen zu halten, würde er sie niemals an ihrem eigenen Blut ersticken lassen. Lena wusste, dass er sich für sie etwas Besonderes ausgedacht hatte.

Wenn sie ihre Gedanken schweifen ließ, malte sie sich aus, dass sie vor dem Haus von Nan Thomas lag. Irgendwie gefiel ihr das. Hank würde sehen, was Lena angetan worden war. Er würde wissen, was Sibyl angetan worden war. Er würde sehen, was Sibyl nicht hatte sehen können. Das schien ihr so richtig zu sein.

Ein vertrautes Geräusch kam von unten, Schritte auf dem harten Holzfußboden. Sie klangen gedämpft, als er über den Teppich ging. Lena nahm an, dass er durchs Wohnzimmer ging. Sie kannte zwar die Aufteilung des Hauses nicht, aber wenn sie auf die verschiedenen Geräusche achtete und den Übergang von den hohl klingenden Schritten, die er in Schuhen machte, und dem dumpfen Aufschlag registrierte, der zu hören war, wenn er seine Schuhe ausgezogen hatte, um sie zu besuchen, dann konnte sie im Allgemeinen sehr wohl sagen, wo er sich befand.

Nur waren diesmal anscheinend noch die Schritte einer zweiten Person zu hören.

«Lena?» Sie konnte seine Stimme kaum hören, aber instinktiv wusste sie, dass Jeffrey Tolliver ihren Namen gerufen hatte. Eine Sekunde lang fragte sie sich verwirrt, was er hier zu suchen hatte.

Ihr Mund öffnete sich, aber sie sagte kein Wort. Sie befand sich oben auf dem Boden. Vielleicht würde es ihm nicht einfallen, hier zu suchen. Vielleicht würde er sie hier liegen lassen. Sie könnte hier sterben, und niemand würde je erfahren, was ihr angetan worden war.

«Lena?», rief eine weitere Stimme. Die von Sara Linton.

Ihr Mund stand noch immer offen, aber sprechen konnte sie nicht.

Stundenlang gingen sie unten umher. So kam es ihr zumindest vor. Sie hörte die lauten Geräusche von Möbelstücken, die verschoben oder umgestellt wurden. Sie hörte, wie Wandschränke durchsucht wurden. Die gedämpften Stimmen klangen in ihren Ohren völlig disharmonisch. Sie lächelte und dachte, die beiden hörten sich so an, als schlügen sie Töpfe und Pfannen aneinander. In einer Küche hätte Jeb sie jedenfalls nicht verstecken können.

Diesen Gedanken fand sie komisch. Ein Lachen brach aus ihr heraus, eine unwillkürliche Reaktion, die ihren Oberkörper schüttelte und einen Hustenanfall zur Folge hatte. Bald lachte sie so sehr, dass ihr Tränen in die Augen schossen. Dann begann sie zu schluchzen, und vor Schmerzen schnürte es ihr die Brust zusammen, als sie wieder alles vor Augen hatte, was ihr in der vergangenen Woche passiert war. Sie sah Sibyl auf dem Tisch im Leichenschauhaus. Sie sah Hank um seine Nichte trauern. Sie sah Nan Thomas, verzweifelt und mit rot geränderten Augen. Sie sah Jeb auf sich, wie er mit ihr Liebe machte.

Ihre Finger krümmten sich um die langen Nägel, die sie an den Fußboden fesselten, und bei dem Wissen um die Misshandlungen, die sie hatte erleiden müssen, bäumte sich ihr Körper auf.

«Lena?», rief Jeffrey. Seine Stimme klang lauter als zuvor. «Lena?»

Sie hörte ihn näher kommen, hörte ein Stakkatoklopfen, gefolgt von einer Pause und neuerlichem Klopfen.

Sara sagte: «Die Wandverkleidung ist vorgetäuscht.»

Wieder wurde geklopft, und dann waren ihre Schritte auf der Bodentreppe zu hören. Die Tür sprang auf, Licht explodierte in die Dunkelheit. Lena schloss die Augen so fest es ging, denn die Lichtstrahlen schmerzten wie Nadeln, die in ihre Augäpfel drangen.

«O mein Gott», stieß Sara hervor. «Hol ein paar Handtücher. Laken. Was du finden kannst.»

Lena öffnete ihre Augen zu schmalen Schlitzen, als sich Sara vor sie kniete. Ihr Körper brachte Kälte mit, und obendrein war sie nass.

«Ist ja alles in Ordnung», flüsterte Sara. Ihre Hand lag auf Lenas Stirn. «Es wird dir wieder gut gehen.»

Lena öffnete die Augen noch weiter, damit sich ihre Pupillen an das Licht gewöhnten. Dann sah sie zur Tür, hielt Ausschau nach Jeb.

«Er ist tot», sagte Sara. «Wehtun kann er dir –» Sie hielt inne, aber Lena wusste, was sie sagen wollte. Den Schluss von Saras Satz hörte sie aber nur im Geist. Wehtun kann er dir nie mehr, hatte sie sagen wollen.

Lena sah zu Sara auf. Deren Augen signalisierten etwas, und Lena wusste, dass Sara sie irgendwie verstand. Jeb war jetzt ein Teil von Lena. Er würde ihr an jedem Tag ihres restlichen Lebens von neuem wehtun.

SONNTAG

DREISSIG

Auf der Rückfahrt vom Krankenhaus in Augusta fühlte sich Jeffrey wie ein Soldat, der aus dem Krieg heimkehrt. Physisch würde sich Lena von ihren Verletzungen erholen, aber er hatte nicht die geringste Ahnung, ob sie je über den emotionalen Schaden hinwegkommen würde, den Jeb McGuire angerichtet hatte. Wie Julia Matthews wollte auch Lena mit niemandem sprechen, nicht einmal mit ihrem Onkel Hank. Jeffrey wusste nicht, was er für sie tun sollte. Außer ihr Zeit lassen.

Mary Ann Moon hatte ihn exakt eine Stunde und zwanzig Minuten nach ihrem Gespräch angerufen. Der Name von Saras Patientin war Sally Lee McGuire gewesen. Moon hatte sich die Zeit genommen, den Computer unter der Gesamtbelegschaft des Krankenhauses nach diesem Nachnamen suchen zu lassen. Es dauerte nur wenige Sekunden, bis Jeremy «Jeb» McGuires Name auf dem Monitor erschien. Er machte sein Praktikum in der Apotheke des Grady im dritten Stock, und zwar zu der Zeit, als auch Sara in dem Krankenhaus arbeitete. Sara hätte wohl keinen Grund gehabt, mit ihm zusammenzukommen, aber Jeb hätte es sicherlich darauf anlegen können, ihr zu begegnen.

Jeffrey würde niemals Lenas Gesichtsausdruck vergessen, als er die Tür zum Bodenraum eingetreten hatte. Vor seinem geistigen Auge sah er immer die Fotos von Sara, wenn er an Lena dachte, wie sie dort lag, angenagelt an den Fußboden von Jebs Dachboden. Der Raum war eine stockdunkle Höhle. Mattschwarze Farbe bedeckte alles, einschließlich der Sperrholzplatten, die man vor die Fenster genagelt hatte. Schrauben mit Ösen, durch die Ketten liefen, waren in den Fußboden gedreht, und zwei Reihen von Nagellöchern, eine oben, die andere unten, zeugten davon, dass die Opfer hier gekreuzigt worden waren.

Im Auto rieb Jeffrey sich die Augen und versuchte, nicht mehr an all das zu denken, was er gesehen hatte, seit Sibyl Adams ermordet worden war. Als er die Bezirksgrenze von Grant County überquerte, konnte er nur noch denken, dass jetzt alles ganz anders war. Niemals mehr würde er die Leute in der Stadt, die Leute, die seine Freunde und Nachbarn waren, mit demselben Vertrauen betrachten, das er am vergangenen Sonntag um diese Zeit noch besessen hatte. Er stand unter Schock, wie bei einer Schützengrabenpsychose.

Als er in Saras Auffahrt einbog, merkte Jeffrey, dass ihm sogar ihr Haus anders vorkam. Hier hatte Sara sich gegen Jeb wehren müssen. Hier war Jeb ertrunken. Sie hatten seine Leiche aus dem See gezogen, aber die Erinnerung an ihn würde nie verschwunden sein.

Jeffrey saß im Wagen und betrachtete das Haus. Sara hatte ihm gesagt, dass sie Zeit brauchte, aber die würde er ihr nicht geben. Er musste ihr erklären, was ihm durch den Kopf gegangen war. Er musste sich selbst genauso wie ihr klar machen, dass es für ihn absolut nicht in Frage kam, sich aus ihrem Leben fern zu halten.

Die Vordertür stand offen, aber trotzdem klopfte Jeffrey an, bevor er hineinging. Er konnte Paul Simon «Have a Good Time» singen hören. Im Haus stand alles auf dem Kopf. Kartons säumten den Flur, und von den Regalen waren die Bücher geräumt. Er fand Sara in der Küche, mit einer Rohrzange in der Hand. Sie trug ein ärmelloses weißes T-Shirt und eine zerschlissene graue Trainingshose, und er fand, dass sie noch nie schöner ausgesehen hatte. Sie blickte in den Abfluss, als er an den Türknauf klopfte.

Sie drehte sich um und wirkte gar nicht überrascht, dass er vor ihr stand. «Ist das deine Art, mir Zeit zu geben?», fragte sie.

Er zuckte die Achseln, vergrub die Hände in den Hosentaschen. Ein grellgrünes Pflaster bedeckte den Schnitt auf ihrer Stirn, und wo die Glasscherbe ihren Oberarm so tief aufgeschnitten hatte, dass sie hatte genäht werden müssen, trug sie einen weißen Verband. Wie es ihr gelungen war, zu überleben, was sie getan hatte, erschien Jeffrey wie ein Wunder. Ihr Mut und ihre Energie erstaunten ihn.

Der nächste Song von Paul Simon war «Fifty Ways to Leave Your Lover». Jeffrey versuchte es mit einem Scherz und sagte: «Ist wohl unser Song.»

Sara warf ihm einen argwöhnischen Blick zu und griff dann nach der Fernbedienung. Abrupt hörte die Musik auf, und statt des Songs erfüllte Stille das Haus. Sie schienen beide ein paar Sekunden zu brauchen, um sich auf die Veränderung einzustellen.

Sie sagte: «Was tust denn du hier?»

Jeffrey dachte, er sollte vielleicht etwas Romantisches sagen, etwas, das sie dahinschmelzen ließ. Er wollte ihr sagen, dass sie die schönste Frau war, die er je gesehen hatte, und dass er erst verstanden hatte, was Liebe eigentlich bedeutete, als er sie kennen gelernt hatte. Da er aber nichts von alledem herausbrachte, entschied er sich, sie zu informieren.

«Ich habe die Protokolle von deinem Prozess, von Wrights Prozess, bei Jeb im Haus gefunden.»

Sie schlug die Arme übereinander. «Tatsächlich?»

«Er hatte auch Zeitungsausschnitte und Fotos. Solche Sachen.» Er hielt inne und äußerte dann seine Vermutung: «Ich nehme an, Jeb ist hergezogen, um in deiner Nähe zu sein.»

Sie reagierte darauf mit einem leicht herablassenden «Nimmst du also an?».

Er ließ sich von ihrem Tonfall nicht warnen. «Da gibt es noch ein paar weitere Überfälle auf Frauen in Pike County», fuhr Jeffrey fort. Er konnte sich nicht zügeln, obwohl er doch an ihrem Gesichtsausdruck erkannte, dass er verdammt nochmal die Klappe halten sollte, dass sie von diesen Dingen nichts wissen wollte. Das Problem war nur, dass es Jeffrey viel leichter fiel, Sara mit Tatsachen zu kommen, als ihr etwas von sich zu erzählen.

Er redete weiter: «Der Sheriff da drüben hat vier Fälle, die er meint Jeb anlasten zu können. Wir brauchen also ein paar Proben für das Labor, damit sie die mit den DNS-Proben vergleichen können, die sie an den Tatorten genommen haben. Und außerdem noch das, was wir von Julia Matthews haben.» Er räusperte sich. «Seine Leiche ist drüben im Leichenschauhaus.»

«Ich mach das nicht», antwortete Sara.

«Wir können jemanden aus Augusta holen.»

«Nein», stellte Sara klar. «Du verstehst nicht. Ich reiche morgen meine Kündigung ein.»

Etwas anderes als «Warum das denn?» fiel ihm nicht ein.

«Weil ich das hier nicht mehr aushalten kann», sagte sie und deutete auf den Abstand zwischen ihnen beiden. «Ich kann einfach nicht mehr. Und deswegen sind wir auch geschieden.»

«Wir sind geschieden, weil ich einen dummen Fehler gemacht habe.»

«Nein», sagte sie und wies ihn zurück. «Wir werden nicht immer wieder diese selbe Diskussion führen. Und deswegen kündige ich. Ich kann mir das nicht länger antun. Ich kann dich nicht länger im Dunstkreis meines Lebens ertragen. Ich muss mein eigenes Leben weiterleben.»

«Ich liebe dich», sagte er, als sei das von Bedeutung. «Ich weiß, dass ich für dich nicht gut genug bin. Ich weiß, dass ich dich nie verstehen werde und dass ich immer das Falsche tue und die falschen Dinge sage und dass ich hier bei dir hätte sein sollen, statt nach Atlanta zu fahren, nachdem du mir erzählt hattest – nachdem ich gelesen hatte –, was geschehen war.»

Nach einer Pause fügte er hinzu: «All das weiß ich. Aber ich kann nicht aufhören, dich zu lieben.» Sie antwortete nicht, und deshalb beschwor er sie: «Sara, ich kann ohne dich nicht sein. Ich brauche dich.»

«Welche Sara brauchst du?», fragte sie. «Die von früher oder die, die vergewaltigt wurde?»

«Beide sind dieselbe Person», entgegnete er. «Ich brauche sie beide. Ich liebe sie beide.» Er starrte sie an, suchte nach den richtigen Worten. «Ich will nicht ohne dich leben.»

«Da hast du aber keine Wahl.»

«Doch, habe ich», antwortete er. «Was auch immer du sagst, Sara, es ist mir egal. Mir ist egal, ob du kündigst oder in eine andere Stadt ziehst oder deinen Namen änderst, ich werde dich trotzdem immer finden.»

«So wie Jeb?»

Diese Worte trafen ihn sehr. Von allen, die sie hätte wählen können, waren diese die grausamsten. Das schien sie auch zu merken, denn sie entschuldigte sich sofort. «Das war nicht fair», sagte sie. «Entschuldigung.»

«Denkst du das etwa? Dass ich bin wie er?»

«Nein.» Sie schüttelte den Kopf. «Ich weiß, dass du nicht wie er bist.»

Er blickte zu Boden, fühlte sich noch immer tief verletzt von ihren Worten. Hätte sie ihn angeschrien, dass sie ihn hasse, er hätte das leichter ertragen.

«Jeff», sagte sie und ging zu ihm. Sie legte ihm die Hand auf die Wange. Er nahm sie und küsste die Handfläche.

Er sagte: «Ich will dich nicht verlieren, Sara.»

«Das hast du schon.»

«Nein», sagte er, weil er es nicht akzeptieren konnte. «Das habe ich nicht. Ich weiß, dass es nicht so ist, denn sonst würdest du nicht hier bei mir stehen. Du würdest da drüben sein und mich auffordern zu gehen.»

Sara widersprach ihm nicht, aber sie ging zum Spülstein zurück. «Ich hab hier Arbeit», sagte sie leise und nahm die Rohrzange zur Hand.

«Ziehst du um?»

«Ich mache sauber», sagte sie. «Gestern Abend habe ich angefangen. Ich weiß schon gar nicht mehr, wo was ist. Ich musste auf dem Sofa schlafen, weil so viel Kram auf meinem Bett liegt.»

Er wollte die Stimmung auflockern. «Na, jedenfalls machst du deine Mama glücklich.»

Sie lachte eher widerwillig, kniete sich dann vor den Spülstein. Sie deckte das Rohr mit einem Handtuch ab und packte dann mit der Zange zu. Aus der Schulter heraus drückte sie auf die Zange. Jeffrey konnte sehen, dass sich die Verbindung nicht aufdrehen ließ.

«Lass mich dir helfen», bot er an und zog seine Jacke aus. Bevor sie ihn zurückhalten konnte, kniete er schon neben ihr und drückte gegen die Zange. Das Rohr war alt, und die Verbindung wollte nicht nachgeben. Er gab auf und sagte: «Du musst es wahrscheinlich durchsägen.»

«Nein, muss ich nicht», entgegnete sie und schob ihn sanft zur Seite. Sie stemmte einen Fuß gegen den Schrank hinter sich und drückte mit aller Kraft. Die Zange drehte sich langsam vorwärts und Sara mit ihr.

Sie lächelte stolz, weil sie es geschafft hatte. «Siehst du?»

«Du bist erstaunlich», sagte Jeffrey und meinte es auch. Er blieb hocken und schaute zu, wie sie das Rohr auseinander nahm. «Gibt es etwas, das du nicht kannst?»

«Eine lange Liste», murmelte sie.

Ohne darauf einzugehen, fragte er: «War das Rohr verstopft?»

«Ich hab was reinfallen lassen», antwortete sie und stocherte mit dem Finger im Knie des Rohrs herum. Sie holte etwas hervor, verbarg es aber in ihrer Faust, bevor er es sehen konnte.

«Was?», fragte er und wollte nach ihrer Hand greifen.

Sie schüttelte den Kopf und öffnete die Faust nicht.

Er lächelte und wurde immer neugieriger. «Was ist das?», wiederholte er.

Sie saß auf den Knien und richtete sich auf. Die Hände hielt sie hinter dem Rücken. Einen Augenblick lang runzelte sie die Stirn, schien sich zu konzentrieren und streckte dann beide Hände vor sich aus, zu Fäusten geballt.

Sie sagte: «Such dir eine aus.»

Er kam der Aufforderung nach und berührte ihre rechte Hand.

Sie sagte: «Such dir eine andere aus.»

Er lachte und berührte ihre linke Hand.

Sara drehte ihr Handgelenk und öffnete die Faust. Ein kleiner goldener Ring lag in ihrer Hand. Das letzte Mal gesehen hatte er diesen Ring, als Sara ihn sich vom Finger gezerrt hatte, um ihn ihm ins Gesicht zu werfen.

Jeffrey war so verblüfft, den Ring zu sehen, dass er nicht wusste, was er sagen sollte. «Mir hast du erzählt, du hättest ihn weggeworfen.»

«Ich kann eben besser lügen, als du denkst.»

Er schaute sie wissend an und nahm ihr den Ehering aus der Hand. «Was machst du denn noch immer damit?»

«Der ist wie Falschgeld», sagte sie. «Taucht immer wieder auf.»

Er sah darin eine Einladung und fragte: «Was machst du morgen Abend?»

Sie seufzte: «Weiß ich noch nicht. Wahrscheinlich aufarbeiten, was liegen geblieben ist.»

«Und danach?»

«Bin ich zu Hause, nehm ich an. Wieso?»

Er ließ den Ring in seine Tasche gleiten. «Ich könnte mit Abendessen vorbeikommen.»

Sie schüttelte den Kopf. «Jeffrey –»

«Vom Tasty Pig», lockte er, denn er wusste, dass es eines von

Saras Lieblingsrestaurants war. Er nahm ihre Hände und pries an: «Brunswick-Eintopf, gegrillte Rippchen, Sandwiches mit Schweinebraten, mit Bier abgelöschte gebackene Bohnen.»

Sie schaute ihn fassungslos an, ohne zu antworten. Schließlich sagte sie dann: «Du weißt doch, dass es so nicht geht.»

«Was haben wir zu verlieren?»

Sie schien darüber nachzudenken. Er wartete, gab sich große Mühe, Geduld zu bewahren. Sara ließ seine Hände los und stützte sich an seiner Schulter ab, um aufzustehen.

Jeffrey stand ebenfalls auf und sah zu, wie sie in einer von ihren vielen Schubladen mit Krimskrams räumte. Er wollte schon den Mund öffnen, um noch etwas zu sagen, besann sich aber eines Besseren. Er wusste nur zu gut, dass Sara Linton niemals einen Rückzieher machte, wenn sie sich einmal entschieden hatte.

Er trat hinter sie und küsste ihre bloße Schulter. Es musste doch eigentlich eine bessere Art geben, voneinander Abschied zu nehmen, aber ihm fiel keine ein. Jeffrey hatte sich nie besonders gut aufs Reden verstanden. Er verstand sich besser aufs Handeln. Zumindest meistens.

Er ging die Diele entlang, als Sara ihm etwas nachrief.

«Bring Bestecke mit», sagte sie.

Er drehte sich um, war sicher, dass er sich verhört hatte.

Sie beugte sich noch immer über die Schublade, in der sie stöberte. «Ich rede von morgen Abend», klärte sie ihn auf. «Ich kann mich nämlich nicht erinnern, wo ich die Gabeln gelassen hab.»

DANKSAGUNGEN

Victoria Sanders, meine Agentin, erwies sich während der Fertigstellung des Manuskripts immer wieder als Rettungsanker. Ich weiß nicht, wie ich das hier ohne sie hätte schaffen sollen. Meine Lektorin, Meaghan Dowling, hat wesentlich dazu beigetragen, diesem Buch seine Konturen zu geben, und ich danke ihr von Herzen, dass sie mich angespornt hat, die Herausforderung anzunehmen. Captain Jo Ann Cain, Chief of Detectives in der Stadt Forest Park, Georgia, war so freundlich, ihre Geschichten von der Front mit mir zu teilen. Die Mitchell-Cary-Familie beantwortete alle meine Fragen über die Arbeit von Klempnern und inspirierte mich zudem zu einigen interessanten Ideen. Michael A. Rolnick, M. D., und Carol Barbier Rolnick verhalfen Sara zu einiger Glaubwürdigkeit. Tamara Kennedy gab mir schon von Anfang an hervorragende Ratschläge. Alle Fehler in den oben erwähnten Spezialbereichen sind ausschließlich meine eigenen.

Den Autorenkolleginnen Ellen Conford, Jane Haddam, Eileen Moushey und Katy Munger gilt mein Dank. Jede von ihnen weiß, weshalb ich mich bei ihr bedanke. Steve Hogan watete alltäglich durch den Morast meiner Neurosen, und dafür hätte er einen Orden verdient. Chris Cash, Cecile Dozier, Melanie Hammet, Judy Jordan und Leigh Vanderels waren als Leser von unschätzbarem Wert. Greg Pappas, Schutzpatron der Beschilderung, erleichterte die Sache. S. S. war mein Fels in der Brandung. Zum Schluss Dank an D. A. – du hast mehr von mir als ich selbst.